OS LOBOS DOURADOS

ROSHANI CHOKSHI

OS LOBOS DOURADOS

TRADUÇÃO MARCIA BLASQUES

astral
cultural

Editora Natália Ortega **Editora de arte** Tâmizi Ribeiro
Produção editorial Brendha Rodrigues, Esther Ferreira, Felix Arantes
e Maith Malimpensa
Preparação de texto João Rodrigues **Revisão** César Carvalho e Alexandre Magalhães
Capa Kerri Resnick e James Iacobelli **Elementos da capa** © Hercules Milas/Alamy Stock
Photo; Nazar Yosyfiv/Shutterstock.com; © Egorova Julia/Shutterstock.com; © Boiarkina
Marina/Shutterstock.com; © Aiala Hernando/Offset
Adaptação da capa Tâmizi Ribeiro **Foto da autora** Aman Sharma

Dados Internacionais de Catalogação na Publicação (CIP)
Angélica Ilacqua CRB-8/7057

C473L

    Chokshi, Roshani
       Os lobos dourados / Roshani Chokshi ; tradução de Marcia Blasques. — Bauru, SP :
Astral Cultural, 2023.
       384 p.

    ISBN 978-65-5566-298-6
    Título original: The Gilded Wolves

    1. Ficção norte-americana 2. Literatura fantástica I. Título II. Blasques, Marcia

23-1805   CDD 813.6

Índice para catálogo sistemático:
1. Ficção norte-americana

BAURU
Av. Duque de Caxias, 11-70
8º andar
Vila Altinópolis
CEP 17012-151
Telefone: (14) 3879-3877

SÃO PAULO
Rua Major Quedinho, 111
Cj. 1910, 19º andar
Centro Histórico
CEP 01050-904
Telefone: (11) 3048-2900

E-mail: contato@astralcultural.com.br

Para Aman, que disse:
— Fale algo maneiro sobre mim.

Vai sonhando.

Tempos atrás, havia quatro Casas da França.

Como todas as outras Casas da Ordem de Babel, a facção francesa jurou proteger a localização de seu Fragmento de Babel, a fonte de todo o poder da Forja.

A Forja era um poder de criação que competia apenas com a obra de Deus.

Mas uma Casa caiu.

E a linhagem de outra morreu sem um herdeiro.

Agora, tudo o que resta é um segredo.

PRÓLOGO

A matriarca da Casa Kore estava atrasada para um jantar. No curso normal das coisas, ela pouco se importava com pontualidade. Pois a pontualidade, o sopro indecoroso de ansiedade, era para plebeus. E como ela não era plebeia, não estava nem um pouco ansiosa para suportar uma refeição com o herdeiro mestiço da Casa Nyx.

— Por que minha carruagem está demorando tanto? — gritou ela no saguão.

Se chegasse muito tarde, abriria margem para rumores, muito mais incômodos e impróprios que a pontualidade.

Enquanto esperava, limpou uma partícula invisível de pó do vestido novo. O modelo, de seda, fora desenhado pelos costureiros da Raudnitz & Cie, na Place Vendôme, no 1º *arrondissement*. Lírios de tafetá balançavam na bainha de seda azul. Da crinolette abaixo do vestido e ao longo da cauda de tule, campos em miniatura de botões-de-ouro e hera se desenrolavam à luz das velas. O trabalho da Forja não tinha costuras. Assim como devia ser, dado o preço exorbitante.

O cocheiro dela então enfiou a cabeça pela porta de entrada, dizendo:

— Minhas profundas desculpas, madame. Estamos quase prontos.

A matriarca fez um gesto de dispensa com o pulso. Seu Anel de Babel — um nó de espinhos pretos atravessado por uma luz azulada — reluziu. O anel fora soldado em seu dedo indicador no dia em que se tornou a matriarca da Casa Kore, depois de derrotar os outros membros de sua família e de disputas internas por poder. Ela sabia que seus descendentes, e até membros de sua Casa, faziam contagem regressiva para sua morte e para a, então, passagem do anel, mas ela ainda não estava pronta. E até lá, apenas ela e o patriarca da Casa Nyx saberiam os segredos do anel.

Quando tocou o papel de parede, um símbolo reluziu brevemente nos padrões dourados: um nó de espinhos. Ela sorriu. Como todo objeto Forjado em seu lar, o papel de parede havia sido marcado pela Casa.

Ela jamais se esqueceria da primeira vez que deixara a marca de sua Casa em um artefato. O poder do anel a fez se sentir uma deusa presa à forma humana. Ainda que esse não fosse sempre o caso. No dia anterior, ela havia tirado a marca de Kore de um objeto. Não queria fazer aquilo, mas era para o leilão da Ordem da última semana, e algumas tradições não podiam ser negadas... Incluindo jantares com a liderança de uma Casa.

A matriarca caminhou até a porta aberta e ficou parada sob a soleira de granito. O ar frio da noite fez com que as pétalas das flores sedosas de seu vestido se fechassem.

— Tem certeza de que os cavalos estão prontos? — perguntou ela noite afora.

O cocheiro não respondeu. Ela puxou o xale para mais perto do corpo e deu outro passo para fora. Viu a carruagem, os cavalos esperando, mas nem sinal do cocheiro.

— Será que *todo mundo* que trabalha para mim foi contaminado pela praga da incompetência? — murmurou, enquanto seguia na direção dos cavalos.

Até seu mensageiro — que só precisava aparecer no leilão da Ordem, deixar lá um objeto doado e partir — fracassara. Sem sombra de dúvida, ele mesmo acrescentara uma tarefa à sua lista de afazeres pendentes: encher a cara de maneira fabulosa no L'Éden, aquela espelunca espalhafatosa que se fazia passar por hotel.

Próximo da carruagem, encontrou o cocheiro caído de cara no chão. Ao vê-lo, a matriarca cambaleou para trás. Ao seu redor, o som dos cascos dos cavalos batendo no chão parou abruptamente. O silêncio caiu como uma pesada lâmina pelo ar.

Quem está aí?, queria perguntar, mas as palavras morreram antes de serem pronunciadas.

Ela deu um passo para trás. Seus saltos não fizeram barulho contra o cascalho. Bem que podia estar embaixo d'água. Assim, correu para a porta, abrindo-a. A luz do candelabro a banhou e, por um momento, ela achou ter escapado. Mas seu salto pegou a barra do vestido, e ela tropeçou. O chão não teve pressa de ir ao seu encontro. Mas uma faca, sim.

Nem chegou a ver a lâmina, só sentiu as consequências dela: uma pressão aguda mergulhando nos nós de seus dedos, o estalo dos ossos da mão se partindo, a umidade quente escorrendo pela palma e pelo pulso, manchando as caríssimas mangas godê. Alguém arrancou o anel de seu dedo. A matriarca da Casa Kore sequer teve tempo de gritar.

Seus olhos se arregalaram. À sua frente, luzes de mariposas Forjadas com painéis de esmeraldas no lugar de asas revoluteavam pelo teto. Um punhado delas pousou ali, como estrelas adormecidas.

E então, com o canto do olho, ela viu uma grossa barra balançar em sua direção.

PARTE I

DOS ARQUIVOS DA ORDEM DE BABEL

AS ORIGENS DO IMPÉRIO

MESTRE EMANUELE ORSATTI, DA CASA ORCUS DA FACÇÃO ITALIANA
DA ORDEM, 1878, REINADO DO REI HUMBERTO I

A arte de Forjar é tão antiga quanto a própria civilização. Segundo nossas tradições, impérios antigos creditavam a fonte de seu poder de Forja a uma variedade de artefatos místicos. A Índia acreditava que a fonte de seu poder vinha da Bandeja de Brahma, uma divindade da criação. Os persas creditavam-na à mítica Taça de Jã et cetera.

Suas crenças — ainda que vívidas e imaginativas — estão erradas.

A Forja vem da presença dos Fragmentos de Babel. Embora ninguém consiga determinar o número exato de Fragmentos em existência, acredita este autor que Deus achou adequado dispersar pelo menos cinco deles depois da destruição da Torre de Babel (Gênesis 11, 4-9). Onde esses Fragmentos de Babel se espalharam, civilizações germinaram: egípcios e africanos perto do Rio Nilo; hindus perto do Rio Indo; orientais no Rio Amarelo; mesopotâmios nos rios Tigres e Eufrates; maias e astecas na Mesoamérica; e os incas nos Andes Centrais. Naturalmente, onde quer que um Fragmento de Babel existisse, a arte de Forjar florescia.

A primeira documentação do Oeste quanto a seu Fragmento de Babel foi no ano de 1112. Nossos irmãos ancestrais, os Cavaleiros Templários, trouxeram um Fragmento de Babel das Terras Sagradas e o colocaram para descansar em nosso solo. Desde então, a arte da Forja alcançou níveis de maestria inigualáveis por todo o continente. Para aqueles abençoados com a afinidade da Forja, isso é uma herança do divino, como qualquer arte. Pois, assim como somos feitos à Sua imagem e semelhança, a arte de Forjar reflete a beleza de Sua criação. Forjar não se trata somente de realçar a criação, mas também de remodelá-la.

É dever da Ordem salvaguardar esta habilidade. É nossa tarefa, sagrada e ordenada, guardar a localização do Fragmento de Babel do Oeste. Tirar tal poder de nós seria, ouso dizer, o fim da civilização.

I

SÉVERIN

Séverin olhou para o relógio: faltavam dois minutos.

Ao seu redor, membros mascarados da Ordem de Babel abanavam leques brancos, murmurando para si mesmos enquanto esperavam, ansiosos, pelo último lance do leilão.

Séverin inclinou a cabeça para trás. Nos afrescos do teto, deuses mortos fulminavam a multidão com olhares fixos. Ele lutou para não olhar para as paredes, mas fracassou. Cercando-o por todos os lados havia os símbolos das duas Casas remanescentes da facção francesa. Luas crescentes para a Casa Nyx. Espinhos para a Casa Kore. Os outros dois símbolos haviam sido cuidadosamente removidos do desenho.

— Senhoras e senhores da Ordem, nosso leilão de primavera está se aproximando do fim — anunciou o leiloeiro. — Obrigado por terem vindo testemunhar essa troca extraordinária. Como todos sabem, os objetos do leilão desta noite foram resgatados de lugares remotos, como os desertos do norte da África e os palácios resplandecentes da Indochina. Mais uma vez, agradecemos e honramos as duas Casas da França, que concordaram em acolher este leilão de primavera. Casa Nyx, nós a honramos; Casa Kore, nós a honramos.

Séverin ergueu as mãos, mas se recusou a aplaudir. A longa cicatriz que percorria sua palma brilhou sob a luz do candelabro, uma recordação da herança que lhe fora negada.

Séverin, o último da linhagem Montagnet-Alarie e herdeiro da Casa Vanth, sussurrou o nome mesmo assim. *Casa Vanth, eu a honro.*

Dez anos antes, a Ordem declarara morta a linhagem da Casa Vanth. A Ordem havia mentido.

Enquanto o leiloeiro se lançava em um extenso discurso acerca dos deveres sagrados e dispendiosos da Ordem, Séverin tocou sua máscara roubada. Era um emaranhado de espinhos e rosas de metal douradas e geladas, Forjadas para que o gelo jamais derretesse e as rosas nunca murchassem. A máscara pertencia ao mensageiro da Casa Kore, que, se a dosagem de Séverin estivesse correta, estaria naquele momento babando em uma suíte luxuosa em seu hotel, o L'Éden.

Segundo a informação que conseguira, o objeto pelo qual viera estaria no leilão a qualquer momento. Ele sabia o que aconteceria na sequência. Lances leves se desenrolariam, mas todo mundo suspeitava que a Casa Nyx tinha combinado a rodada para conquistar o objeto. Mas, ainda que a Casa Nyx vencesse, o artefato iria para casa com Séverin.

Os cantos de seus lábios ergueram-se em um sorriso quando levantou os dedos. No mesmo instante, uma taça do candelabro feito de champanhe que flutuava sobre ele se separou e veio até sua mão. Em seguida, levou a taça aos lábios, sem beber, mas notando uma vez mais, por cima da borda do cristal, o desenho do salão de baile e as saídas. Camadas de macarons perolados, que formavam um cisne gigante, marcavam a saída leste. Ali, o jovem herdeiro da Casa Nyx, Hipnos, secava uma taça de champanhe e fazia sinal pedindo outra. Séverin não falava com Hipnos desde que eram mais novos. Quando crianças, tinham sido companheiros de brincadeiras e rivais, tanto um quanto o outro criados de forma quase idêntica, preparados para assumir o anel de seus pais. Mas isso foi há muito tempo.

Séverin se obrigou a afastar o olhar de Hipnos e, em vez disso, olhou para as colunas de lápis-lazúli que protegiam a saída sul. A oeste, quatro Esfinges autoritárias estavam posicionadas, imóveis, vestindo seus ternos e máscaras de crocodilo. Elas eram o motivo pelo qual ninguém podia roubar da Ordem. A máscara de uma Esfinge podia farejar e seguir qualquer rastro de um objeto que fora marcado por uma Casa, fosse pelo anel de uma matriarca ou o de um patriarca.

Mas Séverin sabia que todos os artefatos chegavam limpos ao leilão, e eram marcados pelas Casas apenas mediante a conclusão do evento, quando eram adquiridos. O que deixava alguns preciosos momentos entre a hora da venda e a da retirada, nos quais um objeto podia ser roubado. E ninguém, nem mesmo uma Esfinge, seria capaz de rastreá-lo depois que a peça tivesse sido levada.

Um objeto vulnerável e sem marca não estava, no entanto, sem suas proteções. Séverin, então, olhou para a extremidade norte, na diagonal do ponto em que estava, na direção da sala de conservação — o lugar onde todos os objetos não marcados esperavam por seus novos donos. Na entrada, havia um imenso leão de quartzo, agachado. Sua cauda cristalina batia preguiçosamente no chão de mármore.

Um gongo soou. Séverin olhou para o pódio, onde um homem de pele clara subira no palco.

— Nosso objeto final é um dos que mais nos enche de prazer de apresentar. Resgatado do Palácio de Verão da China, em 1860, esta bússola foi Forjada em algum momento durante a Dinastia Han. Suas habilidades incluem navegar a partir das estrelas e detectar a mentira — informou o leiloeiro. — Ela mede doze por doze centímetros, e pesa 1,2 quilogramas.

Acima da cabeça do leiloeiro, apareceu um holograma da bússola. Parecia uma peça retangular de metal, com uma reentrância esférica no centro. Em todos os lados, ideogramas chineses adornavam o metal.

A lista das habilidades da bússola era impressionante, mas não era o objeto que o intrigava. Era o mapa do tesouro escondido em seu interior. De canto de olho, Séverin observou Hipnos bater palminhas, ansioso.

— Os lances começam em quinhentos mil francos.

Um homem da facção italiana ergueu o leque.

— Quinhentos mil francos para monsieur Monserro. Alguém dá...

Hipnos ergueu a mão.

— Seiscentos mil — disse o leiloeiro. — Seiscentos mil, dou-lhe uma, dou-lhe duas...

Os membros começaram a falar entre si. Não adiantava nada querer ganhar uma rodada combinada.

— Vendido! — exclamou o leiloeiro, com animação forçada. — Para a Casa Nyx, por seiscentos mil. Patriarca Hipnos, na conclusão do leilão, por favor, peça ao mensageiro da sua Casa e ao criado escolhido para irem até a sala de conservação para os oito minutos de avaliação habituais. O objeto o aguardará no recipiente especificado, onde você o marcará com seu anel.

Séverin aguardou um instante antes de se despedir dos demais. A passos largos, caminhou junto às paredes do átrio, até chegar ao leão de quartzo. Atrás do leão, abria-se um corredor escurecido, revestido com pilares de mármore. Os olhos do leão de quartzo passaram por ele com indiferença, e Séverin lutou contra a vontade de tocar a máscara roubada. Disfarçado como mensageiro da Casa Kore, ele tinha permissão para entrar na sala de conservação e tocar um único objeto por exatos oito minutos. Com sorte, a máscara roubada seria o suficiente para passar pelo leão, mas, caso o animal pedisse para verificar sua moeda-inventário — uma moeda Forjada que continha a localização de cada objeto em posse da Casa Kore —, ele estaria morto. Não tinha conseguido encontrar a maldita moeda quando revistara o mensageiro.

Séverin fez uma mesura diante do leão de quartzo e então permaneceu imóvel. O leão não fez nada. O olhar imperturbável do animal queimava seu rosto enquanto os instantes passavam. Sua respiração começou a ficar presa nos pulmões. Ele odiava o quanto queria aquele artefato. Havia tantos desejos em seu corpo que ele duvidava que houvesse espaço para sangue em suas veias.

Séverin não ergueu os olhos do chão até que ouviu o barulho de pedras sendo rearranjadas. Assim, soltou a respiração. Suas têmporas pulsavam enquanto a porta da sala de conservação aparecia. Sem a permissão do leão, a porta Forjada teria permanecido oculta.

Ao longo das paredes da sala de conservação, estátuas de mármore de deuses e criaturas míticas se assomavam em nichos embutidos. Séverin seguiu direto até a imagem de mármore de um minotauro, cuja cabeça de touro rosnava. Tirando a faca do bolso, levou-a até as narinas dilatadas da estátua. A respiração quente embaçou a lâmina Forjada. Em um movimento suave, Séverin arrastou a ponta da lâmina pela face e pelo corpo da estátua, que se abriu. O mármore silvou e soltou fumaça enquanto seu historiador cambaleava para fora dela e caía sobre Séverin. Enrique arfou, sacudindo-se.

— Você me escondeu em um *minotauro*? Por que o Tristan não fez um esconderijo em um belo deus grego?

— A afinidade dele é com a matéria líquida. A pedra é difícil para ele — comentou Séverin, guardando a faca. — Então, ou era um minotauro, ou um vaso etrusco decorado com testículos de boi.

Enrique estremeceu.

— Sério. Quem olha pra um vaso coberto com testículos de boi e pensa: "Isso. Eu preciso ter isso"?

— Os entediados, os ricos e os enigmáticos.

Enrique suspirou.

— Essas são todas as minhas aspirações de vida.

Assim, os dois se viraram para o círculo de tesouros, muitos deles antigas relíquias Forjadas que foram roubadas de templos e palácios: estátuas, joias, instrumentos de medição e telescópios.

No fundo do cômodo, um urso de ônix representando a Casa Nyx os fulminava com o olhar, sua mandíbula bem aberta. Ao lado dele, uma águia de esmeralda representando a Casa Kore sacudiu as asas. Animais que representavam as outras facções da Ordem ao redor do mundo estavam quietos e atentos, incluindo um urso marrom esculpido em opala de fogo, da Rússia; um lobo esculpido em berilo, da Itália; e até mesmo uma águia de obsidiana, do Império Germânico.

Enrique enfiou a mão em seu disfarce de criado da Ordem e pegou uma peça de metal idêntica à bússola que a Casa Nyx adquirira no leilão.

Séverin pegou o artefato falso.

— Ainda estou esperando meu agradecimento, sabe — bufou Enrique. — Levei décadas para pesquisar e montar isso.

— Teria levado menos tempo se você não tivesse essa rixa com a Zofia.

— É mais forte do que eu. Se eu respiro, sua engenheira já está preparada para lançar navios de guerra.

— Então prenda a respiração.

— Isso seria fácil demais — rebateu Enrique, revirando os olhos. — Faço isso toda vez que a gente adquire uma nova peça.

Séverin riu. Adquirir era o que ele chamava de seu *hobby particular*. Soava... aristocrático. Ético, até. Ele tinha que agradecer à Ordem por seu hábito de adquirir artefatos. Depois de negarem sua posição como herdeiro da Casa Vanth, eles o baniram de todas as casas de leilão, para que assim não pudesse comprar legalmente antiguidades Forjadas.

Se não tivessem feito isso, talvez ele não tivesse ficado tão curioso a respeito de que objetos queriam manter afastados dele. Acontece que alguns daqueles objetos eram posses de sua família, afinal, depois que a linhagem Montagnet-Alarie foi declarada morta, todas as posses da Casa Vanth tinham sido vendidas. Nos meses depois de completar dezesseis anos e liquidar seu fundo fiduciário, Séverin recuperou cada uma delas. Depois disso, ofereceu seus serviços de aquisição para museus internacionais e guildas coloniais, qualquer organização que quisesse recuperar o que a Ordem tivesse roubado.

Se os rumores sobre a bússola estivessem corretos, aquilo talvez lhe permitiria chantagear a Ordem, e então ele poderia adquirir a única coisa que ainda queria: sua Casa.

— Você está fazendo de novo — notou Enrique.

— Fazendo o quê?

— Emanando aquele ar nefasto enquanto devaneia. O que você está escondendo, Séverin?

— Nada.

— Você e seus segredos.

— Os segredos mantêm meus cabelos brilhantes — comentou Séverin, passando a mão pelos cachos. — Vamos?

Enrique confirmou com um aceno de cabeça.

— Hora da inspeção.

Ele lançou uma esfera Forjada no ar, que ficou flutuando. Uma luz irrompeu do objeto, deslizando pelas paredes e por sobre os artefatos, para escaneá-los.

— Nenhum dispositivo de gravação.

Ao aceno de cabeça de Séverin, os dois se posicionaram diante do urso de ônix da Casa Nyx. O animal estava sobre um estrado elevado, com as mandíbulas abertas o suficiente para que a caixa de veludo vermelho que continha a bússola chinesa brilhasse. A partir do instante em que tocasse a caixa, Séverin teria oito minutos para devolvê-la. Ou — seu olhar se voltou para os dentes reluzentes da fera — a criatura a tomaria à força.

Ele removeu a caixa vermelha. Ao mesmo tempo, Enrique pegou uma balança. Primeiro, eles pesaram a caixa com a bússola original e, depois, marcaram o número antes de preparar a troca pela falsificação.

Enrique soltou um xingamento.

— Por um fio de cabelo. Mas deve funcionar. Dificilmente a diferença é discernível pelas balanças.

Séverin travou a mandíbula. Não importava se era dificilmente discernível pelas balanças. Importava se a diferença fosse discernível pelo urso de ônix, mas tinha chegado longe demais para desistir agora.

Portanto, colocou a caixa na boca do urso, empurrando-a até que seu punho desapareceu. Os dentes de ônix rasparam em seu braço. A garganta da estátua era fria e seca, completamente imóvel. Sua mão tremeu.

— Você está respirando? — sussurrou Enrique. — Eu definitivamente não estou.

— Isso não está ajudando — resmungou Séverin.

Agora estava com o braço até o cotovelo dentro da boca do urso. O animal estava rígido. Sequer pestanejava.

Por que ele não aceita a caixa?

Um rangido rompeu o silêncio. Séverin puxou a mão. Tarde demais. Os dentes do urso se espicharam em um piscar de olhos, formando pequenas barras estreitas. Enrique deu uma olhada na mão presa de Séverin, ficou pálido e disse uma única palavra:

— Merda.

2

LAILA

Sorrateira, Laila entrou no quarto de hotel do mensageiro da Casa Kore. Seu vestido, um uniforme de arrumadeira pescado dos descartes do depósito, se enroscou no batente da porta. Ela grunhiu e o puxou, o que fez a costura se abrir.

— Ah, perfeito — murmurou.

Então, virando-se, olhou para o quarto. Como todos os quartos de hóspedes do L'Éden, a suíte do mensageiro era decorada e projetada com todo o luxo. A única peça que parecia fora de lugar era ele, que estava inconsciente, desmaiado de barriga para baixo em uma poça de sua própria saliva. Laila franziu o cenho.

— Eles podiam ao menos ter colocado você na cama, pobrezinho — disse ela, cutucando-o com a ponta do pé, para virá-lo de barriga para cima.

Durante os dez minutos seguintes, Laila redecorou o aposento. Dos bolsos do vestido, tirou brincos, os quais jogou no chão, e uma meia-calça rasgada, que jogou no lustre. Depois desarrumou a cama e jogou champanhe nos lençóis. Quando terminou, ajoelhou-se ao lado do mensageiro.

— Um presente de despedida — explicou ela. — Ou de desculpas. Como você achar melhor.

Laila pegou o cartão de visitas oficial dela do cabaré. E, erguendo o polegar do homem, pressionou-o no papel, que ganhou um brilho iridescente, e as palavras ganharam vida. Os cartões de visita do *Palais des Rêves* eram Forjados para reconhecer a impressão digital do cliente. Só o mensageiro podia ler o que estava escrito, e só quando o tocasse. Ela guardou o cartão no bolso dianteiro do casaco dele, lendo a mensagem antes que se fundisse no papel bege.

Palais des Rêves
Boulevard de Clichy, nº 90
Diga para eles que *L'Énigme* mandou você...

Um convite para uma festa parecia um prêmio de consolação triste depois de ter sido apagado, mas aquilo era diferente. O *Palais des Rêves* era o cabaré mais exclusivo de Paris e, na próxima semana, iam dar uma festa em homenagem ao centésimo aniversário da Revolução Francesa. Atualmente, convites eram vendidos no mercado clandestino pelo preço de diamantes, mas não era só o cabaré que animava as pessoas. Em algumas semanas, a cidade abrigaria a Exposição Universal de 1889, um evento mundial gigantesco que celebrava o poder da Europa e as invenções que abririam o caminho para o novo século, o que significava que o Hotel L'Éden estava sem mais nenhuma vaga.

— Duvido que você vá se lembrar disso, mas tente e peça os morangos cobertos de chocolate do *Palais* — aconselhou ao mensageiro. — Eles são absolutamente divinos.

Laila verificou o relógio de pêndulo: 20h30. Séverin e Enrique não deviam voltar antes de, pelo menos, mais uma hora, mas ela não conseguia parar de olhar as horas. A esperança ardia dolorosamente atrás das suas costelas. Ela passara dois anos esperando descobrir algo quanto a sua busca pelo livro antigo, e esse mapa do tesouro poderia ser a resposta para todas as suas orações. *Eles vão ficar bem*, disse a si mesma. Afinal, as aquisições não eram algo novo para qualquer um deles. Quando Laila começara a trabalhar com Séverin, ele estava tentando recuperar as posses da família. Em troca, a ajudava em sua busca pelo livro antigo. O livro que, até onde ela sabia, não tinha título... Sua única pista era que pertencia à Ordem de Babel.

Ir atrás de um mapa do tesouro escondido em uma bússola parecia uma aventura bastante simples se comparada a viagens anteriores. Laila ainda não se esquecera da vez em que acabou pendurada sobre o vulcão ativo da Ilha Nisyros, enquanto procurava por um diadema antigo. Mas esta aquisição era diferente. Se a pesquisa de Enrique e os relatórios de inteligência de Séverin estivessem corretos, aquela pequena bússola poderia mudar a direção de suas vidas. Ou, no caso de Laila, permitiria a ela que mantivesse essa vida.

Distraída, Laila passou as mãos pelo uniforme. O que era um erro.

Ela nunca devia tocar nada quando seus pensamentos estivessem muito agitados. Aquele simples momento de descuido permitiu que as lembranças da vestimenta penetrassem seus pensamentos: *pétalas de crisântemo presas à bainha molhada, brocado esticado no escabelo da carruagem, mãos cruzadas em oração, e então...*

Sangue.

Sangue por toda parte, a carruagem virada, ossos partindo através do tecido...

Laila estremeceu, tirando a mão dali, mas já era tarde demais. As lembranças do vestido a agarraram com força. Ela apertou os olhos, beliscando a pele o mais forte que conseguia. A dor aguda era como uma chama vermelha em seus pensamentos, e sua consciência se envolveu ao redor dessa dor como se isso pudesse tirá-la da escuridão. Quando as lembranças se desvaneceram, ela abriu os olhos. E, quando abaixou as mangas, suas mãos estavam trêmulas.

Por um momento, Laila se encolheu no chão, com os braços ao redor dos joelhos. Séverin chamara a habilidade dela de "inestimável" antes que ela lhe contasse *por que* podia ler os objetos ao seu redor. Depois disso, ele ficou surpreso demais, ou talvez horrorizado demais, para dizer qualquer outra coisa. De todo o grupo, apenas Séverin sabia que o toque dela podia extrair a história secreta dos objetos. Inestimável ou não, essa habilidade não era... normal. Ela não era normal.

Laila se levantou do chão, as mãos ainda trêmulas, e saiu do quarto. Na escada de serviço, tirou o uniforme de arrumadeira e vestiu novamente seu próprio uniforme surrado da cozinha. A segunda cozinha do hotel era dedicada estritamente à panificação e, durante a noite, era toda dela. Ela não era esperada no palco do *Palais des Rêves* antes da próxima semana, o que a deixava com nada além de tempo livre para seu segundo emprego.

No corredor estreito, os garçons do L'Éden passaram apressados por ela, carregando ostras resfriadas em meias conchas, ovos de codorna flutuando em sopa de tutano e *coq au vin* fumegante, o que deixou o corredor com cheiro de vinho da Borgonha e alho na manteiga. Sem sua máscara e seu enfeite de cabeça característicos, ninguém a reconhecia como a estrela do cabaré, a *L'Énigme*. Ali, ela era simplesmente outra pessoa, mais uma trabalhadora.

Sozinha na cozinha da panificação, Laila examinou o balcão de mármore repleto de balanças culinárias, pincéis, pérolas comestíveis em um prato de vidro e — depois daquela tarde — uma torre de *croquembouche* de quase dois metros de altura. Ela passara a madrugada fazendo bolas de massa *choux*, recheando-as com creme de confeiteiro, e assegurando-se de que cada esfera tivesse o tom dourado perfeito antes de banhá-las em caramelo e empilhá-las na pirâmide. Tudo o que faltava era a decoração.

O L'Éden já havia ganhado todo tipo de prêmios pela qualidade de sua comida — Séverin não aceitaria nada menos do que isso —, mas eram as sobremesas que iluminavam os sonhos dos hóspedes. As sobremesas de Laila, mesmo sem a Forja, eram como mágica comestível. Seus bolos tinham o formato de bailarinas com os braços estendidos — o cabelo feito de fios de açúcar e ouro comestível, a pele pálida como creme e coberta com pó doce perolado.

Os hóspedes chamavam suas criações de "divinas". Quando ela entrava na cozinha, sentia-se como uma divindade supervisionando as camadas de um universo que ainda não tinha sido criado. Ali, também respirava com mais facilidade. Açúcar, farinha e sal não tinham lembranças. Ali, seu toque era apenas isso. Um toque. Uma distância reduzida, uma ação que levava a um fim.

Uma hora mais tarde, estava colocando os toques finais em um bolo quando a porta foi aberta. Laila suspirou, mas não ergueu os olhos. Sabia quem era.

Seis meses depois que começara a trabalhar com Séverin, ela e Enrique estavam jogando cartas no observatório quando Séverin entrou carregando uma polonesa suja e desnutrida, de olhos mais azuis que o coração de uma vela. Séverin a colocara no sofá, apresentara-a como sua engenheira, e foi isso. Só mais tarde Laila descobriu mais a respeito da garota. Presa por incêndio criminoso e expulsa da universidade, Zofia possuía uma rara afinidade de Forja para todos os metais e uma mente afiada para números.

Logo que chegou ao L'Éden, Zofia falava apenas com Séverin, e não parecia nada comunicativa quando qualquer outra pessoa se aproximava. Um dia, Laila percebeu que, quando trazia doces para as reuniões, Zofia só comia os biscoitos claros, cobertos de açúcar, deixando intocadas todas as sobremesas decoradas de maneira colorida. Então, no dia seguinte, Laila deixou um prato deles do lado de fora da porta de Zofia. Fez isso durante três semanas, até que um dia ficou ocupada demais na cozinha e se esqueceu. Quando abriu a porta para arejar o ambiente, encontrou Zofia segurando um prato vazio e a encarando com ar de expectativa. Aquilo fora há um ano.

Agora, sem dizer uma única palavra, Zofia pegou uma tigela limpa, encheu-a de água e a bebeu ali mesmo. Em seguida passou o braço pela boca, e depois estendeu a mão para pegar uma tigela de glacê. Com o rolo de massa, Laila bateu de leve na mão da garota. Zofia a fuzilou com o olhar, e mesmo assim enfiou o dedo manchado de tinta no glacê. No momento seguinte, começou a empilhar xícaras de medida, distraída, separando-as por tamanho. Laila esperou, paciente. Com Zofia, as conversas não começavam, apenas surgiam por acaso e seguiam até que a garota se entediasse.

— Deixei algumas chamas no quarto do mensageiro na Casa Kore.

Laila derrubou o pincel.

— *Como é que é?* Você devia acordá-lo sem estar no quarto!

— Devia? Eu só as deixei quando saí. São bem pequenininhas. — Quando deu de cara com os olhos arregalados de Laila, Zofia mudou de assunto abruptamente. Embora, para ela, não fosse de forma alguma abrupta. — Não gosto da musculatura dos crocodilos. Séverin quer uma falsificação daquelas máscaras das Esfinges...

— Podemos voltar à questão do fogo...

— ... a máscara não se fundirá com as expressões faciais humanas. Preciso fazer isso funcionar. Ah, e também preciso de uma prancheta de desenho nova.

— O que aconteceu com a outra?

Zofia inspecionou a tigela de glacê e deu de ombros.

— Você a quebrou — afirmou Laila.

— Meu cotovelo caiu nela.

Laila balançou a cabeça e jogou um pano limpo para Zofia. Ela o encarou, confusa.

— Pra que eu preciso de um pano?

— Porque tem pólvora no seu rosto.

— E daí?

— ... e daí que isso é só um pouco alarmante, minha querida. Limpe-se.

Zofia passou o pano no rosto. Parecia que a engenheira estava sempre saindo das cinzas ou das chamas, o que lhe valera o apelido de "fênix" entre o pessoal do L'Éden. Não que Zofia se importasse, ainda que a ave não existisse. Enquanto se limpava, a ponta do pano ficou presa em seu colar incomum, que parecia feito de pontas de facas presas umas nas outras.

— Quando eles voltam? — perguntou Zofia.

Laila sentiu uma pontada aguda.

— Enrique e Séverin deviam ter chegado aqui às nove.

— Preciso pegar minhas cartas.

Laila franziu o cenho.

— Tão tarde assim? Já tá escuro lá fora, Zofia.

Zofia tocou o colar.

— Eu sei.

Zofia jogou o pano. Laila o pegou e o atirou na pia. Quando se virou, a outra tinha pegado a colher do glacê.

— Com licença, fênix, mas eu preciso disso aí!

Zofia enfiou a colher na boca.

— Zofia!

A engenheira sorriu. Então abriu a porta e saiu correndo, com a colher ainda enfiada na boca.

◆——◆——◆

Assim que terminou a sobremesa, Laila limpou tudo e deixou a cozinha. Não era a chef confeiteira oficial, nem desejava ser; além disso, metade de seu interesse naquele trabalho-hobby devia-se ao fato de ser feito apenas por prazer. Se ela não quisesse fazer algo, não fazia.

Quanto mais seguia pelo salão de serviço principal, mais os sons do L'Éden ganhavam vida — risadas entre o murmúrio vítreo dos candelabros de âmbar e as taças de champanhe, o zumbido das mariposas Forjadas e suas asas de vitrais que emitiam luzes coloridas em pleno voo. Laila parou diante do Gabinete de Mercúrio, o serviço de mensagens do hotel. Em seu interior, havia várias caixinhas de metal marcadas com o nome dos funcionários. Com sua chave de funcionária, Laila abriu a caixa com o nome dela, sem esperar encontrar nada, quando seus dedos roçaram algo que parecia seda fria. Era uma única pétala preta, na qual havia um bilhete preso com uma única palavra:

Inveja.

Mesmo sem a flor, Laila teria reconhecido aquela caligrafia apertada e inclinada em qualquer lugar: Tristan. Ela precisou se forçar a não sorrir. Afinal, ainda estava zangada com ele. Mas aquilo não a impediria de aceitar um presente. Ainda mais um que ele Forjara.

Forjara. Era uma palavra que ainda tinha um gosto estranho ao seu paladar, mesmo que já morasse em Paris havia dois anos. Os impérios e reinos do Oeste chamavam as habilidades de Tristan e Zofia de "Forja", mas essa arte tinha outros nomes em outras línguas. Na Índia, era chamada de *chhota saanas*, o "pequeno sopro", pois, ainda que só os deuses pudessem insuflar vida em sua criação, aquela arte era um pequeno gole de tamanho poder. Mesmo assim, não importava o nome, as regras que guiavam as afinidades ainda eram as mesmas.

Havia dois tipos de afinidades de Forja: mental e material. Alguém com afinidade material poderia influenciar um dos três estados da matéria: líquido, sólido ou gasoso. Tanto Tristan quanto Zofia tinham afinidades materiais; a afinidade de Forja de Zofia era pela matéria sólida — em grande parte metais e cristais —, já Tristan tinha afinidade pela matéria líquida. Em especial, o líquido presente nas plantas.

Todo poder de Forja era regido por três condições: a força de vontade do artesão, a clareza do objetivo artístico e os limites das propriedades elementais dos meios escolhidos. O que significava que alguém com afinidade de Forja para matéria sólida, com especialidade em rocha, não chegaria a lugar algum sem entender as fórmulas químicas e as propriedades da rocha que desejava manipular.

Como regra, a afinidade se manifestava na infância, o mais tardar aos treze anos de idade. Se a criança desejasse aperfeiçoar tal habilidade, poderia prosseguir nos estudos. Na Europa, a maioria dos artesãos de Forja estudavam durante anos em renomadas instituições ou realizavam estágios duradouros. Zofia e Tristan, no entanto, não seguiram nenhum desses caminhos. Zofia, porque fora expulsa da escola antes de ter a chance. E Tristan porque, bem, Tristan não precisava disso. Sua arte paisagística parecia o sonho febril de um espírito da natureza. Era inquietante e linda, e Paris não se cansava dele. Aos dezesseis anos, ele tinha uma lista de espera por seus trabalhos que chegava à casa das centenas.

Laila costumava se perguntar por que Tristan permanecia no L'Éden. Talvez fosse por lealdade a Séverin. Ou porque o L'Éden permitia a Tristan que mantivesse suas bizarras exibições de aracnídeos. Quando entrou nos jardins, porém, Laila *sentiu* o motivo. O perfume das flores inundou seus pulmões. O jardim se tornava irregular e selvagem quando a escuridão caía. E ela entendeu...

Os outros clientes de Tristan tinham regras demais, como a Casa Kore, que encomendara topiarias extravagantes para a próxima celebração. O L'Éden era diferente. Tristan amava Séverin como a um irmão, mas continuava ali porque só no L'Éden podia criar as maravilhas de sua mente, livre de quaisquer exigências.

E, assim que entrou nos jardins do L'Éden, ela estava dentro da imaginação de Tristan. Apesar do nome, os jardins não eram nenhum paraíso, e sim um labirinto de pecados. Sete, para dizer com exatidão.

O primeiro jardim era a Luxúria. Ali, flores vermelhas saíam das bocas vazias das estátuas. Em um canto, Cleópatra tossia amarílis e anêmonas com adornos rosas. Em outro, Helena de Troia sussurrava zínias e papoulas. Com rapidez, Laila se moveu pelo labirinto. Passou pela Gula, onde havia um céu de flores brilhantes que cheiravam a ambrosia e se fechavam com força no momento em que alguém estendia a mão para tocá-las. Então vinha a Ganância, onde um folheado de ouro envolvia cada bela planta, depois a Preguiça, com arbustos que se moviam lentamente; a Ira, com suas flores ardentes, e o Orgulho, com colossais topiarias móveis de cervos verdes com galhadas de flores e seus leões régios com jubas de jasmim, até que, por fim, chegou à Inveja. Ali, uma proliferação de verde, a cor típica desse pecado.

Laila parou diante da porta Tezcat, situada próximo da entrada. Para qualquer um que não conhecesse seus segredos, o Tezcat parecia um espelho comum, ainda que tivesse uma adorável moldura que lembrava folhas de heras douradas. As portas Tezcat eram impossíveis de serem distinguidas dos espelhos comuns sem, segundo Zofia, um complicado teste envolvendo fogo e fósforo. Por sorte, ela não precisava passar por aquilo, pois, para chegar ao outro lado, simplesmente destrancou a porta, apertando a quarta folha de hera dourada no lado esquerdo da moldura. Uma maçaneta oculta. Seu reflexo se estendeu quando o prateado do espelho da porta Tezcat se tornou transparente.

Lá dentro era a oficina de trabalho de Tristan. Laila sentiu o cheiro de terra e raízes. Todas as paredes eram recobertas por pequenos terrários, paisagens espremidas em formas diminutas. Tristan as fazia de forma quase obsessiva. Quando um dia lhe perguntou o motivo, ele disse que era porque desejava que o mundo fosse mais fácil. Pequeno e manejável o suficiente para caber na palma da mão.

— Laila!

Tristan caminhou na direção dela com um sorriso amplo no rosto redondo. Suas roupas estavam sujas de terra e — ela soltou um suspiro de alívio — não havia nem sinal da aranha de estimação gigantesca dele Mas ela não retribuiu o sorriso. Em vez disso, arqueou uma sobrancelha. Tristan limpou as mãos no avental.

— Ah... Você ainda está brava? — perguntou.

— Claro que estou.

— Se eu te desse um presente, você ficaria menos brava?

Laila ergueu o queixo.

— Depende do presente. Mas, primeiro, diga.

Tristan se remexeu no lugar.

— Me desculpe.

— Pelo quê?

— Por ter colocado o Golias na sua penteadeira.

— A que lugar o Golias pertence? E, aproveitando, a que lugar *todos* os seus insetos e afins pertencem?

Tristan a encarou com os olhos bem abertos.

— Longe do seu quarto?

— Acho que isso serve.

Então ele se virou para a bancada de trabalho ao lado, onde um grande terrário de vidro fosco ocupava metade do espaço. Ao erguer a tampa, revelou uma única flor púrpura, as pétalas delicadas pareciam fragmentos do céu noturno, um roxo aveludado e intenso, sedento pela luz das estrelas. Laila passou o dedo nela com suavidade. As pétalas tinham quase o mesmo tom dos olhos de Séverin. O pensamento a fez retirar a mão.

— *Voilà!* Veja só o seu presente, Forjado com um pedaço de seda tirado de um de seus trajes...

Quando viu a expressão descrente dela, acrescentou:

— Um dos que você ia descartar, eu prometo!

Laila relaxou um pouco.

— Então... estou perdoado?

Ele já sabia que estava. Mesmo assim, ela decidiu prolongar o momento um pouco além do necessário. Bateu o pé no chão, ganhando tempo e observando Tristan sofrer. Então falou:

— *Tá bom.*

Tristan soltou um grito de alegria, e Laila não pôde deixar de sorrir. Com aqueles olhos grandes e cinzentos, Tristan conseguia sair de qualquer situação.

— Ah! Eu pensei em um novo dispositivo. Quero mostrar para o Séverin. Onde ele está?

Quando viu a expressão no rosto dela, Tristan parou de sorrir.

— Eles ainda não voltaram?

— *Ainda* não — enfatizou Laila. — Não se preocupe. Você sabe que essas coisas demoram. Por que não vem para dentro? Vou preparar algo para você comer.

Tristan negou com a cabeça.

— Talvez mais tarde. Tenho que ver como está o Golias. Acho que ele não tá se sentindo bem.

Laila não perguntou como Tristan conseguia reconhecer o estado emocional de uma tarântula. Em vez disso, pegou seu presente e voltou para o hotel. Enquanto caminhava, a inquietude tomou conta de seus pensamentos. No alto da escadaria, o relógio de pêndulo marcou dez horas da noite. Laila sentiu o atraso como uma dor em seus ossos. Eles já deveriam ter voltado.

Alguma coisa estava errada.

3

ENRIQUE

Enrique fez uma careta enquanto tentava abrir as mandíbulas do urso.

— Lembra quando você disse "isso vai ser divertido"?

— Será que dá para deixar pra depois? — grunhiu Séverin.

— Imagino que sim.

O tom de voz de Enrique era leve, mas cada parte do corpo de Séverin parecia feito de chumbo. O urso de ônix segurava o pulso de Séverin entre os dentes. A cada segundo que se passava, a pressão aumentava, e sangue começou a escorrer pelo braço dele. Logo, a pressão da mandíbula da criatura não iria só segurar seu pulso. Ela o partiria ao meio.

Pelo menos a águia de esmeralda da Casa Kore não tinha se envolvido. Aquela criatura de pedra, em particular, podia detectar atividade "suspeita" e ganhar vida mesmo quando não era um de seus objetos que estava em jogo. Enrique quase murmurou uma oração de agradecimento, mas então ouviu um grasnido suave, e uma rajada de vento procedente de um inconfundível bater de asas varreu seu rosto. Era só o que faltava.

— Isso foi a águia? — perguntou Séverin, com uma careta de dor.

Ele não conseguia virar o corpo para olhar.

— Não, jamais — garantiu Enrique.

Diante dele, a águia inclinou a cabeça para um lado. Enrique puxou o pulso preso de Séverin com mais força. Séverin grunhiu.

— Deixa isso pra lá — disse ele, gemendo. — Eu estou preso. Precisamos colocá-lo pra dormir.

Enrique concordou, mas então a questão era como fazer isso. Como todas as criaturas Forjadas eram perigosas demais para ficarem sem supervisão, todos os artesãos tinham o dever legal de acrescentar um dispositivo de segurança conhecido como *somno*, que colocava o objeto para dormir. Mas, mesmo se o encontrassem, o *somno* poderia estar criptografado. Ou, pior ainda, se ele soltasse as mandíbulas do urso, elas só esmagariam o pulso de Séverin ainda mais rápido. E, se eles não saíssem dali no limite de oito minutos, as criaturas Forjadas seriam as menores de suas preocupações.

Séverin resmungou.

— Só pra você saber, leve o tempo que precisar. Eu adoro uma excelente morte lenta e dolorosa.

Enrique soltou o urso. Endireitando o corpo, deu a volta no animal de ônix, ignorando o salto cada vez mais próximo da águia de esmeralda. Em seguida, passou as mãos pelo corpo do urso, pelas patas traseiras e pelos pés peludos. Nada.

— *Enrique* — chamou Séverin.

Séverin caiu de joelhos, e o sangue escorria em torrentes por entre as mandíbulas da criatura. Enrique xingou baixinho. Fechou os olhos. A visão não lhe ajudaria em nada naquele momento. Com tão pouca luz no ambiente, teria que tatear por qualquer palavra. Assim, passou os dedos pelas patas traseiras e pela barriga do urso até que notou algo perto dos tornozelos: pequenas depressões esculpidas na pedra, espaçadas com regularidade e próximas o suficiente, como se fossem algo escrito. As letras e as palavras ganharam vida sob seu toque:

Fiduciam in domum

— Confie na Casa — traduziu Enrique. Sussurrou a frase novamente, percorrendo os vários cenários em sua cabeça. — Eu... Eu tenho uma ideia.

— Vamos lá, me entretenha — conseguiu dizer Séverin.

O urso ergueu uma de suas pesadas patas, lançando uma sombra no rosto de Séverin.

— Você tem que... confiar nele! — exclamou Enrique. — Não lute contra ele! Empurre o braço mais para dentro!

Séverin não hesitou. Ficou em pé e empurrou. Mas sua mão continuou presa. E ele grunhiu. Depois, lançou-se contra a criatura e sentiu o ombro estalar. Cada segundo parecia uma lâmina pressionada com força na pele de Enrique. Nesse instante, a águia alçou voo. Circulou a sala, e então mergulhou com as garras de fora. Enrique se abaixou bem quando as garras de joias rasparam seu pescoço. Não teria tanta sorte da próxima vez. E, desse modo, quando aconteceu, as garras arranharam seu pescoço. Em seguida, a águia o ergueu, e seus pés deixaram o chão. Enrique fechou os olhos com força.

— Cuidado com o cabelo... — começou a dizer.

De forma um tanto abrupta, a ave o soltou. Ele abriu um pouco os olhos e a única coisa que viu foi o teto vazio. Vindo detrás dele, dava para ouvir o barulho das garras no pódio. Ele se ergueu sobre os cotovelos.

A águia retomara sua forma de estátua.

Séverin se esforçou para ficar em pé. Segurava o pulso. Então, puxando o braço, balançou-o para a frente. Enrique fez uma careta ao ouvir o *estalo* das juntas voltando ao lugar. Séverin limpou o sangue na calça e tirou a bússola Forjada de dentro da boca do urso de ônix, imóvel. Depois, guardou-a no paletó e ajeitou o cabelo.

— Bem — disse ele, por fim. — Pelo menos não foi como na Ilha Nisyros.

— Tá falando *sério*? — grasnou Enrique, seguindo, com dificuldade, o amigo até a porta. — Vai ser "como um sonho", você disse. Vai ser "tão simples quanto dormir"!

— Pesadelos também são sonhos.

— Você tá tirando uma com a minha cara? — exigiu saber Enrique. — Você percebe que sua mão está mutilada, né.

— Estou ciente.

— Você quase foi comido por um urso.

— Não era um urso de verdade.

— Mas o desmembramento teria sido bastante verdadeiro.

Séverin apenas sorriu.

— Te vejo daqui a pouco — disse ele, e saiu pela porta.

Enrique ficou onde estava, para dar alguma vantagem para Séverin. No escuro, ele sentia a presença dos tesouros da Ordem como se fossem os olhos dos mortos. O ódio o fez estremecer. Não conseguia nem olhar para as pilhas de objetos *recuperados*. Ele podia até ajudar Séverin a roubar, mas a maior ladra de todos era a Ordem de Babel, pois roubava mais do que simplesmente objetos... Roubava histórias, engolia culturas inteiras, contrabandeava evidências de antiguidades ilustres em grandes navios e os lançava rumo a terras indiferentes.

— Terras indiferentes — entreteu-se Enrique. — É uma boa frase para ser usada depois.

Podia usá-la no próximo artigo que enviaria ao jornal espanhol dedicado ao nacionalismo filipino. Até aquele momento, não tinha as conexões necessárias para que alguém achasse que valia a pena prestar atenção no que ele escrevia. Essa aquisição poderia mudar isso. Mas, primeiro, ele tinha que terminar o trabalho.

Enrique contou trinta segundos. Então endireitou a roupa emprestada de criado, ajustou a máscara e adentrou no corredor escuro. Entre os vãos dos pilares de mármore, dava para distinguir o farfalhar dos leques cortando o ar.

Bem a tempo para seu encontro, o diplomata vietnamita Vũ Văn Đinh dobrou a esquina. Uma carta falsificada saía de sua manga. Embora odiasse fazer aquilo, Tristan era excepcionalmente bom em falsificar a caligrafia das pessoas. A da amante do diplomata não era exceção.

Na semana anterior, Enrique e o diplomata tinham tomado um drinque no L'Éden. Enquanto o diplomata estava distraído, Laila pegara do bolso de Đinh a carta de sua amante, e Tristan copiara a caligrafia dela para orquestrar aquele encontro.

Enrique observou as roupas de Đinh. Como muitos diplomatas de culturas colonizadas, ele aparentemente se aliara à Ordem. No passado, havia versões da Ordem espalhadas por todo o mundo, cada uma dedicada à fonte de poder da Forja de seu país — ainda que nem todas chamassem a arte de Forja, e ainda que nem todos creditassem seu poder aos Fragmentos de Babel. Mas essas versões já não existiam mais. Agora, seus tesouros tinham sido levados para outras terras. Sua arte mudara, e suas antigas guildas tinham recebido duas escolhas: aliar-se ou morrer.

Enrique endireitou seu traje falso e fez uma mesura.

— Posso ajudá-lo em alguma coisa, senhor?

Ele estendeu a mão. Um pânico intenso rugiu em seu interior. Certamente Đinh olharia. Certamente o *reconheceria*. Apenas as pontas de seus dedos roçaram nas mangas de Đinh.

— Na verdade, não — respondeu Đinh, com frieza, afastando o braço.

E não o encarou nos olhos nenhuma vez.

— Muito bem, senhor.

Ele fez outra mesura. Com Đinh ainda esperando um encontro que jamais aconteceria, Enrique seguiu até o fundo do salão de baile. Passou os dedos pelo rosto e pelo pescoço. Um suave formigamento percorreu a pele que ele tocava, e uma fina película de cor flutuou acima de sua pele e roupas, rodopiando para combinar com a aparência e as roupas do embaixador Vũ Văn Đinh.

Graças ao pó de espelho que cobria a ponta de seus dedos, ele agora estava idêntico ao embaixador.

Muito tempo atrás, o pó de espelho fora banido e confiscado, então a Ordem não se dava ao trabalho de proteger suas reuniões contra ele. Eles não contavam com o fato de Séverin ser amigo do oficial de alfândega e imigração.

A passos largos, Enrique se moveu pela multidão. O pó de espelho podia até ser efetivo, mas seu efeito não era duradouro. Enrique desceu correndo a escadaria principal. Na base havia uma porta Tezcat que parecia datar da época em que a Casa Caída ainda não tinha sido expulsa da Ordem de Babel, pois sua soleira ainda tinha os símbolos das quatro Casas originais da França. Uma lua crescente para a Casa Nyx. Espinhos para a Casa Kore. Uma serpente mordendo o próprio rabo para a Casa Vanth. Uma estrela de seis pontas para a Casa Caída. E, dessas, apenas Nyx e Kore ainda existiam. A linhagem da Casa Vanth fora legalmente declarada morta. E a Casa Caída tinha... caído. Supostamente, seus líderes tinham encontrado o Fragmento de Babel do Oeste e tentado usá-lo para reconstruir a bíblica Torre de Babel, pensando que ele poderia lhes dar não apenas uma lasca do poder de Deus... mas sim o verdadeiro poder de Deus. Se tivessem conseguido remover o Fragmento de Babel do Oeste, eles poderiam ter destruído a civilização como a conheciam. Séverin sempre dizia que esse era um boato besta e acreditava que a Ordem tinha destruído a Casa Caída para tomar seu poder. Enrique não tinha tanta certeza. De todas as quatro Casas, dizia-se que a Casa Caída era a mais avançada. Mesmo as portas Tezcat Forjadas pela Casa Caída faziam mais do que simplesmente camuflar sua entrada. Os boatos diziam que elas eram capazes de encurtar distâncias reais. Como um portal. Mas, fosse lá o que a Casa um dia possuiu, ninguém sabia. Durante anos, a Ordem tentara descobrir o que havia acontecido com o anel da Casa Caída e com seu imenso tesouro, mas ninguém fora capaz de descobrir.

Mas isso podia mudar hoje, pensou Enrique.

Através do Tezcat, Enrique podia ver corredores reluzentes, uma multidão lindamente vestida e, ao longe, o brilho dos candelabros. A ideia de que podia ver as pessoas do outro lado enquanto elas só conseguiam ver um espelho fino e polido o enervava. Sentia-se estranhamente como um deus no exílio, preenchido com um tipo de omnisciência vazia. Por mais que pudesse ver o mundo, o mundo não o via.

Enrique entrou no Tezcat e emergiu em um dos salões opulentos do Palais Garnier, a mais famosa casa de óperas de toda a Europa.

Um homem ergueu os olhos, surpreso. Encarou o espelho, depois Enrique, e então analisou sua taça de champanhe.

Ao redor de Enrique a multidão se aglomerava, distraída. Não tinham a mínima ideia do salão de baile que a Ordem mantinha em segredo. Mas, é claro, tudo relativo à Ordem era mantido em segredo. Até seus convites só podiam ser abertos por meio da gota de sangue de um convidado que fosse aprovado. Qualquer outra pessoa que recebesse sem querer um convite não veria nada além de um papel em branco.

Para o público, a Ordem de Babel não passava de uma instituição de pesquisa na França, com a tarefa de garantir a preservação histórica. Ninguém sabia a respeito dos leilões nem dos tesouros enterrados muito abaixo do chão. Metade do público sequer acreditava que o Fragmento de Babel fosse um objeto físico, e sim uma metáfora bíblica disfarçada.

Enrique atravessou a multidão, puxando sua lapela enquanto andava. Seu traje de criado se transformou, os fios se desenrolando e bordando simultaneamente, até deixá-lo vestido em um elegante traje de noite. Em seguida, ele apertou o relógio, e a fina tira de couro Forjado se transformou em uma cartola de seda, que ele imediatamente colocou na cabeça.

Um pouco antes de sair do aposento, Enrique hesitou diante do busto de pedra verita. O busto de verita não era uma peça decorativa, mas um dispositivo de detecção usado para revelar armas escondidas. Trinta gramas de verita equivalia a um quilo de diamante, e apenas palácios e bancos podiam se dar ao luxo de comprar aquela pedra. Enrique verificou mais uma vez se tinha deixado sua faca para trás, e então cruzou o patamar.

Do lado de fora, Paris estava um pouco úmida para um mês de abril. A noite transbordava de estrelas e, do outro lado da rua, um cabriolé preto brilhava opaco. Enrique entrou no veículo, e Séverin lhe deu um sorriso irônico.

No instante em que Séverin bateu os nós dos dedos no teto do cabriolé, os cavalos se lançaram na noite. Enfiando a mão no bolso do casaco, Séverin tirou sua sempre presente latinha de cravos. Enrique enrugou o nariz. Por si só, o cheiro do cravo era agradável. Um pouco amadeirado e picante. Mas, ao longo dos dois anos em que passou a trabalhar para Séverin, os cravos tinham deixado de ser um odor e se tornaram mais um sinal. Era a fragrância da tomada de decisões de Séverin, e podia ser tanto agradável quanto perigosa. Ou ambas as coisas.

— *Voilà!* — disse Séverin, entregando-lhe a bússola.

Enrique passou os dedos pelo metal frio, traçando gentilmente as cavidades na prata. As antigas bússolas chinesas não se pareciam com as do Ocidente, eram tigelas magnetizadas com uma depressão no centro, onde um mostrador em forma de colher girava para frente e para trás.

Um arrepio de admiração percorreu suas veias. Aquilo tinha milhares de anos, e ali estava ele, *segurando...*

— Não precisa seduzir a coisa — interrompeu Séverin.

— Na verdade, estou apreciando.

— Você está apaixonado por ela.

Enrique revirou os olhos.

— É uma peça autêntica da história e deve ser contemplada.

— Você poderia pelo menos cortejá-la antes — disse Séverin, antes de apontar para as bordas do metal. — E então? É como pensávamos que seria?

Enrique apoiou a metade da bússola na mão, estudando os contornos. Ao tocar nas extremidades, notou uma leve deformidade no metal. Deu uma batidinha na superfície e então ergueu os olhos.

— É oca — constatou, sem fôlego.

Não sabia dizer por que se sentia surpreso. Ele sabia que a bússola seria oca e, mesmo assim, as possibilidades do mapa surgiram rápidas e nítidas em sua mente. Enrique não sabia a que, especificamente, o mapa levava... Só que era raro o suficiente para fazer a Ordem reivindicá-lo de maneira furtiva. Sua aposta, no entanto, era que o mapa levava aos tesouros perdidos da Casa Caída.

— Quebre-a — disse Séverin.

— *Perdeu a cabeça?* — Enrique agarrou o objeto de encontro ao peito. — A bússola tem milhares de anos! Há outra forma de abrir, *com cuidado...*

Séverin avançou. Enrique tentou afastar o objeto, mas não foi rápido o bastante. Em um movimento ágil, Séverin agarrou os dois lados da bússola. Enrique ouviu o barulho antes de ver: um breve e implacável...

Crac.

Algo caiu da bússola, batendo no chão do cabriolé. Séverin o alcançou primeiro e, no instante em que o ergueu para a luz, Enrique sentiu como se uma mão fria tivesse agarrado seus pulmões e os apertado com força até que todo o ar saísse. O objeto escondido dentro da bússola certamente parecia um mapa. Tudo o que restava era uma pergunta: para onde ele levava?

4

ZOFIA

Zofia gostava mais de Paris à noite.

Durante o dia, a cidade era insuportável. Ruídos e odores por toda a parte, repleta de ruas sujas e costuradas por multidões agitadas. O anoitecer domava a cidade. Tornava-a administrável.

Enquanto voltava para o L'Éden, Zofia apertava contra o peito a carta mais recente de sua irmã. Hela ia achar Paris linda. Ia gostar das tílias da *rue* Bonaparte. Havia catorze delas. Também acharia os castanheiros-da-índia graciosos. Havia nove. Mas não ia gostar dos cheiros. Havia muitos para contar.

Naquele momento, Paris não parecia bonita. Excrementos de cavalo sujavam as ruas de paralelepípedos. As pessoas urinavam nos postes. Mas, mesmo assim, havia algo vibrante na cidade, que falava de vida. Nada ficava parado. Até as gárgulas de pedra se reclinavam no alto dos edifícios como se estivessem prestes a voar. E nada parecia solitário. Terraços tinham a companhia de cadeiras de vime, e as primaveras, com suas flores púrpuras, abraçavam as paredes de pedra. Nem mesmo o Rio Sena, que cortava Paris como um rastro de tinta, parecia abandonado. Durante o dia, barcos navegavam nele. À noite, as luzes dos lampiões bailavam sobre sua superfície.

Zofia espiou a última carta de Hela, vislumbrando as linhas sob cada lampião aceso. Leu uma frase e descobriu que não conseguia mais parar. Cada palavra trazia o som da voz da irmã.

Zosia, por favor, me diga que vai à Exposição Universal! Se não for, eu vou saber. Acredite em mim, querida irmã, o laboratório pode ficar sem você por um dia. Aprenda algo fora da sala de aula pelo menos uma vez. Além disso, ouvi dizer que a feira mundial terá um diamante amaldiçoado e príncipes de terras exóticas! Talvez você possa trazer um pra casa, e então não terei que bancar a governanta para o nosso tio mesquinho. Como ele pode ser irmão do nosso pai é um mistério a que apenas Deus pode responder. Por favor, vá. Ultimamente você está mandando tanto dinheiro pra cá que temo que não esteja ficando com o suficiente para si mesma. Você está bem e feliz? Me escreva logo, luzinha.

Hela estava meio errada. Zofia não estava na escola. Mas estava aprendendo bastante fora da sala de aula. No último um ano e meio, ela aprendera a inventar coisas que a *École des Beaux-Arts* jamais imaginou para ela, aprendera a abrir uma conta-poupança, que logo — presumindo que o mapa que Séverin adquirira era tudo o que eles esperavam que fosse — teria dinheiro suficiente para bancar Hela durante a faculdade de medicina, quando a irmã finalmente se inscrevesse. Mas a pior lição foi aprender a mentir para Hela. Na primeira vez que mentira em uma carta, Zofia vomitara. A culpa a fizera soluçar por horas, até que Laila a encontrou e a consolou. Não fazia ideia de como Laila sabia o que a incomodava. Ela simplesmente sabia. E Zofia, que nunca encontrou, de fato, uma maneira de encarar uma conversa, apenas se sentiu grata que alguém fizesse isso por ela.

Zofia ainda estava pensando em Hela quando a entrada de mármore da *École des Beaux-Arts* se manifestou diante de si. Zofia cambaleou para trás, quase derrubando as cartas. A entrada de mármore não se moveu.

Não só a entrada era Forjada para aparecer diante de qualquer aluno matriculado a partir de dois quarteirões de distância da escola, mas também era um belo exemplo de como as afinidades com matérias sólidas e mentais trabalhavam juntas. Um feito que só os treinados na *École* podiam realizar.

No passado, Zofia também treinava com eles.

— Você não me quer — disse ela, baixinho.

Lágrimas arderam em seus olhos. Quando pestanejou, viu o caminho para sua expulsão. Depois de um ano de aulas, seus colegas de classe mudaram. Antes, as habilidades dela os maravilhavam. Agora, os ofendiam, então os rumores começaram. No início, ninguém parecia se importar com o fato de ela ser judia. Mas aquilo mudou. Rumores se espalharam, dizendo que os judeus podiam roubar qualquer coisa. Até mesmo a afinidade de Forja de outra pessoa.

Era completamente sem pé nem cabeça, então ela ignorou. Devia ter sido mais cuidadosa, mas esse era o problema com a felicidade. Ela cega.

Por um tempo, Zofia foi feliz, e então, uma tarde, os sussurros dos outros estudantes levaram a melhor. Naquele dia, ela surtou no laboratório. Havia sons demais. Risadas demais. Claridade demais entrando pelas cortinas. E então ela se esqueceu do ensinamento de seus pais, para contar de trás para frente até que se acalmasse. Os sussurros aumentaram depois desse episódio. *Judia maluca.* Um mês depois, dez estudantes se trancaram no laboratório com ela. Mais uma vez vieram os sons, os cheiros, as risadas. Os outros estudantes não a seguraram. Eles sabiam que o mais leve dos toques — como uma pena roçando a pele — a machucaria mais. A calma estava fora de seu alcance, não importava quantas vezes contasse de trás para frente, ou implorasse para que a deixassem em paz ou perguntasse o que fizera de errado.

No fim, foi um movimento tão pequenino.

Alguém a derrubara no chão com um chute. O cotovelo de outra pessoa acertou um frasco de uma das mesas, o qual se quebrou, espalhando seu conteúdo, e a poça escorreu até tocar a ponta de seus dedos estendidos. Ela estava segurando um pedaço de sílex na mão quando a fúria se acendeu em sua mente. *Fogo.* Aquele breve pensamento — aquele fragmento de vontade, assim como os professores lhe ensinaram — viajou da ponta de seus dedos até a poça, inflamando o frasco quebrado até florescer em um inferno imponente. Sete estudantes se machucaram na explosão.

Por seu crime, ela foi presa por incêndio criminoso e insanidade, e então levada para a prisão. Teria morrido lá se não fosse por Séverin. Ele a encontrou, a libertou e fez o impensável: lhe deu um emprego. Um jeito de reconquistar o que tinha perdido. Uma saída.

Zofia esfregou o dedo na tatuagem de juramento nos nós de seus dedos da mão direita. Felizmente, era apenas temporária, ou sua mãe teria ficado horrorizada. Tendo uma tatuagem, não poderia ser enterrada em um cemitério judeu. A tatuagem era um contrato entre ela e Séverin, a tinta Forjada para que, se um deles rompesse o contrato, pesadelos os atormentassem. O fato de Séverin ter usado essa tatuagem — um sinal de iguais —, em vez de um contrato mais cruel, era algo que ela jamais esqueceria.

Zofia deu meia-volta e deixou a *rue* Bonaparte para trás. Talvez a entrada de mármore não reconhecesse quando um aluno era expulso, pois ela não se moveu, mas permaneceu no lugar até que Zofia desapareceu ao virar em uma esquina.

No L'Éden, Zofia foi até o observatório. Séverin os chamara para uma reunião assim que ele e Enrique voltaram da última aquisição, que ela sabia ser apenas uma palavra chique para "roubo".

Zofia nunca usava a escadaria principal do grande salão. Não queria ver todas aquelas pessoas elegantes e bem-vestidas, rindo e dançando. Além disso, era barulhento demais. Em vez disso, usava a entrada dos funcionários, que foi onde se encontrou com Séverin. Ele sorriu, apesar de parecer completamente desgrenhado. Zofia percebeu que ele segurava o pulso com cuidado.

— Você está coberto de sangue.

Séverin olhou para as próprias roupas.

— É de surpreender, mas isso não escapou à minha atenção.

— Você está morrendo?

— Não mais do que o de sempre ou do que já é esperado.

Zofia franziu o cenho.

— Estou bem o bastante. Nem se preocupe.

Ela estendeu o braço para pegar a maçaneta da porta.

— Estou feliz que não esteja morto.

— Obrigado, Zofia — disse Séverin, com um sorrisinho. — Logo me juntarei a vocês. Há algo que gostaria de mostrar para todos com um mnemo-inseto.

No ombro de Séverin, um besouro prateado Forjado passou por baixo de sua lapela. Mnemo-insetos gravavam imagens e sons, permitindo projeções semelhantes a hologramas, caso a pessoa que o portava desejasse. O que queria dizer que ela tinha que se preparar para um clarão inesperado de luz. Séverin sabia que ela não gostava daquilo. Agitava seus pensamentos. Assentindo com a cabeça, Zofia o deixou no salão e seguiu até seu destino.

O observatório a acalmava. Era amplo e espaçoso, com uma abóbada de vidro no teto que deixava a luz das estrelas entrar. Ao longo das paredes havia planetários e telescópios, armários cheios de cristal polido e prateleiras repletas de livros e manuscritos desbotados. No meio da sala, havia uma mesinha de centro com marcas de arranhões e entalhes, provocados por uma centena de esquemas que ganharam vida em sua superfície de madeira. Um semicírculo de assentos a cercava. Zofia foi até seu lugar. Era um banco de metal alto, com uma fronha esfarrapada. Ela preferia se equilibrar ereta porque não gostava de coisas tocando suas costas. Laila estava largada em uma espreguiçadeira de veludo verde à sua frente, passando o dedo distraidamente na beirada de uma xícara de chá. Em uma poltrona felpuda e cheia de almofadas estava Enrique, que tinha um grande livro no colo e o lia atentamente. Das duas cadeiras que sobravam, uma era de Tristan — e era menos uma cadeira e mais um almofadão, porque ele não gostava de alturas — e a outra era de Séverin, uma poltrona de cerejeira escura que Zofia havia Forjado especialmente para que um toque desconhecido fizesse lâminas brotarem.

Tristan explodiu sala adentro, com as mãos estendidas.

— Olhem! Pensei que Golias estava morrendo, mas ele está bem! Ele só trocou de pele!

Enrique gritou. Laila recuou sobre a espreguiçadeira. Zofia se inclinou, inspecionando a imensa tarântula nas mãos de Tristan. Os matemáticos não a assustavam, e as aranhas — e as abelhas — eram justamente isso.

Uma teia de aranha era composta de numerosos raios, uma espiral logarítmica, e as propriedades de difusão da luz de sua seda eram fascinantes.

— Tristan! — repreendeu Laila. — O que eu acabei de falar para você sobre aranhas?

Tristan ergueu o queixo.

— Você disse para não as levar até o seu quarto. Aqui não é o seu quarto.

Diante do olhar fulminante de Laila, ele se encolheu um pouco.

— Por favor, ele pode ficar na reunião? Golias é diferente. É especial.

Enrique puxou os joelhos até o peito e estremeceu.

— O que tem de tão especial *nesse troço*?

— Bem — disse Zofia —, como parte da subordem dos *Mygalomorphae*, a tarântula tem as presas viradas para *baixo*, enquanto as aranhas nas quais você está pensando têm presas que apontam para cima, unindo-se para formar uma espécie de pinça. Isso é bastante especial.

Enrique se engasgou.

Tristan abriu um sorriso para ela.

— Você lembrou.

Zofia não achava aquilo particularmente digno de nota. Ela se lembrava da maioria das coisas que as pessoas lhe diziam. Além disso, Tristan também ouvira com bastante atenção quando ela lhe explicou as propriedades aritméticas da espiral de uma teia de aranha.

Enrique fez um gesto de *xô* com as mãos.

— Por favor, leve isso embora, Tristan. Eu imploro.

— Vocês não estão felizes por Golias? Ele ficou doente durante dias.

— Será que não podemos ficar felizes por Golias com ele detrás de um vidro, uma rede e uma cerca? Talvez um anel de fogo? — perguntou Enrique.

Tristan fez cara triste para Laila. Zofia conhecia o padrão: olhos arregalados, sobrancelhas juntas e para baixo, covinha no queixo e o mais leve dos tremores nos lábios. Ridículo, mas mesmo assim efetivo. Zofia aprovava. Diante dela, Laila tampou os olhos com as mãos.

— Não vou cair nessa — disse Laila, com severidade. — Leve esse olhar de cachorrinho abandonado para outro lado. Golias não pode ficar aqui durante a reunião, e isso não está aberto a discussão.

Tristan bufou.

— Tá bom. — E então murmurou para Golias: — Vou fazer um bolo de grilos pra você, amigão. Não se preocupe.

Assim que Tristan saiu da sala, Enrique se virou para Zofia.

— Eu meio que simpatizei com a Aracne depois do duelo com a Minerva, mas eu detesto seus descendentes.

Zofia ficou imóvel. Pessoas e conversas já eram um mistério para ela, e isso sem despejar todas as palavras extras. Enrique, em especial, a deixava bastante confusa. A elegância iluminava cada palavra que o historiador dizia. E ela nunca conseguia dizer quando ele estava zangado. A boca dele estava sempre curvada em um meio sorriso, independentemente de seu humor.

Se ela respondesse agora, só iria parecer uma tola. Em vez disso, Zofia não falou nada, mas tirou uma caixa de fósforos do bolso e a virou entre as mãos. Enrique revirou os olhos e voltou para seu livro. Ela sabia o que ele pensava dela. Tinha escutado uma vez. *Ela é uma esnobe.*

Ele podia pensar o que quisesse.

Conforme os minutos foram passando, Laila serviu chá e guloseimas, garantindo que Zofia recebesse exatamente três biscoitos com cobertura de açúcar, todos claros e perfeitamente redondos. Ela se acomodou em seu assento, olhando ao redor da sala. Depois de um tempo, Tristan voltou e se jogou, de um jeito um tanto dramático, em seu almofadão.

— Caso estejam se perguntando, Golias está profundamente ofendido. Ele diz que...

Mas eles nunca chegaram a saber quais eram as reclamações específicas da tarântula, porque naquele momento um feixe de luz iluminou a mesinha de centro. A sala ficou escura. E então, lentamente, a imagem de um pedaço de metal apareceu. Quando Zofia ergueu os olhos, Séverin estava parado atrás de Tristan. Ela não o escutara entrar.

Tristan seguiu o olhar dela e quase deu um pulo de susto quando viu Séverin.

— E você precisa nos assustar desse jeito? Eu nem ouvi você entrar na sala!

— É o meu jeitinho — rebateu Séverin, tocando uma sineta Forjada.

Enrique gargalhou. Laila, não. Seu olhar estava fixo no braço ensanguentado de Séverin. Seus ombros caíram um pouco, como se estivesse aliviada pelo fato de apenas o braço dele estar machucado.

Zofia sabia que ele estava vivo e bem, então voltou sua atenção para o objeto. Tratava-se de um pedaço quadrado de metal, com símbolos ondulados nos quatro cantos. Um círculo maior fora inscrito no meio. Dentro do círculo, havia pequenas fileiras de linhas agrupadas, em forma de quadrados:

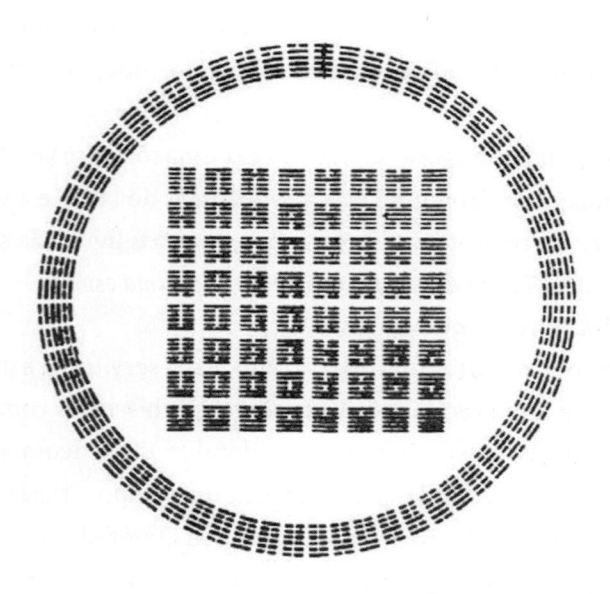

— É isso o que passamos semanas planejando para adquirir? — perguntou Tristan. — O que é? Um jogo? Achei que estávamos atrás de um mapa do tesouro escondido em uma bússola.

— Eu também achei — suspirou Enrique.

— Minha aposta era que seria o mapa do tesouro perdido da Casa Caída — acrescentou Tristan.

— Minha aposta era um livro antigo que a Ordem perdeu anos atrás — comentou Laila, parecendo terrivelmente desapontada. — Zofia? O que você achava que seria?

— Não isso — respondeu ela, apontando para o diagrama.

— Parece que nós todos estávamos errados — disse Tristan. — Não vamos mais poder chantagear a Ordem.

— Pelo menos, como todos estávamos errados, nenhum de nós terá que bancar a cobaia para qualquer veneno estranho que o Tristan fizer na próxima vez — apontou Laila.

— *Touché!* — disse Enrique, erguendo um copo.

— Ei, isso doeu — falou Tristan.

— Não aceitem a derrota ainda — comentou Séverin, andando de um lado para o outro. — Esse diagrama ainda pode nos ser útil. Deve haver um motivo pelo qual o patriarca da Casa Nyx o queria, assim como deve haver um motivo pelo qual todo mundo do nosso serviço de inteligência estava em alerta máximo com essa transação. Enrique, você se importa de nos explicar o que é esse diagrama? Ou está preocupado demais em rezar pela minha alma imortal?

Enrique fez cara feia e fechou o livro em seu colo. Zofia olhou para a lombada. Ele estava segurando a Bíblia. Instintivamente, ela se inclinou para trás.

— Eu já desisti da sua alma — respondeu Enrique, antes de limpar a garganta e apontar para o holograma. — O que temos diante de nós pode parecer um jogo de tabuleiro, mas, na verdade, é um exemplo de cleromancia chinesa. A cleromancia é um tipo de adivinhação que produz números aleatórios que, então, são interpretados como a vontade de Deus, ou de alguma outra força sobrenatural. O que vocês veem nesse diagrama de prata são os sessenta e quatro hexagramas encontrados no *I Ching*, que é um antigo texto de adivinhação chinês que pode ser traduzido livremente como "Livro das Mudanças". Esses hexagramas — ele apontou para os quadradinhos formados por seis linhas, dispostos em fileiras de oito por oito — correspondem a certas palavras encriptadas, como "força" ou "decrescimento". Supostamente, esses arranjos traduzem o destino.

— E quanto às coisas espiraladas nas bordas? — perguntou Tristan.

Os quatro símbolos não tinham semelhança com caracteres chineses, nem com as linhas que formavam os hexagramas.

— Isso... Bem, quanto a isso eu não tenho muita certeza — admitiu Enrique. — Não combina com nada reconhecível do augúrio chinês. Talvez seja uma assinatura adicional de fosse lá quem era que possuía a bússola depois que ela foi feita? De toda forma, não parece um mapa para nada. O que, pra ser sincero, é decepcionante, mas não quer dizer que não alcance um bom preço no mercado.

Laila se apoiou nos cotovelos, inclinando a cabeça mais um pouco para o lado.

— A menos que seja um mapa disfarçado.

A sala ficou em silêncio. Séverin deu de ombros.

— Por que não? — perguntou ele, com suavidade. — Alguma ideia?

Zofia contou as linhas. E então as contou novamente. Um padrão abria caminho em seus pensamentos.

— Isso não é nada que já não tenhamos visto antes — tentou Séverin, animado. — Vocês se lembram daquele templo para Ísis que era submerso?

— Como esquecer? — ironizou Enrique. — Você disse que não teria nenhum tubarão.

— E não havia.

— Certo. Só leviatãs mecânicos com barbatanas dorsais — rebateu Enrique. — Me desculpa.

— Desculpas aceitas — falou Séverin, inclinando a cabeça. — Agora, no que diz respeito a este código, temos que repensar a direção. Temos que questionar nossas presunções. E se o que estamos olhando não é apenas um mapa, mas também uma pista para o que ele pode nos mostrar?

Tristan franziu o cenho.

— Um punhado de linhas de adivinhação não faz tesouro, meu querido irmão.

— Linhas — comentou Zofia, distraída. Ela puxou o colar que usava. — Isso são linhas?

— *Esse* é exatamente o tipo de raciocínio do qual estou falando — aprovou Séverin, apontando para ela. — Questionar as próprias presunções. Bom trabalho.

— E se tentarmos enxergar sob uma perspectiva diferente? — sugeriu Tristan.

— Ou será que esses símbolos nos quatro cantos correspondem a algo, uma pista? — perguntou Enrique.

Zofia ficou quieta, mas era como se o padrão estivesse se soltando do quadrado de metal. Ela semicerrou os olhos, tentando ver melhor.

— Números — disse ela, de repente. — Se trocarmos as linhas por números... isso se torna outra coisa. Fizemos um procedimento parecido no ano passado, com o enigma do alfabeto grego codificado. Eu me lembro porque foi quando o Séverin nos levou naquela expedição até a Ilha Nisyros.

Todos os cinco estremeceram coletivamente. Tristan puxou os joelhos em direção ao peito:

— Odeio vulcões.

Zofia se sentou, animada. Um padrão finalmente tomara forma em sua mente.

— Cada um desses hexagramas é formado apenas por linhas inteiras e interrompidas. Se transformarmos cada linha inteira num zero e cada linha partida no número um, então é um padrão de zeros e uns. Parece algum tipo de cálculo binário.

— Mas não nos diz nada sobre o tesouro — indicou Tristan.

— Eu não teria tanta certeza disso. Os antigos eram *obcecados* com números — falou Enrique, pensativo. — É bem claro na arte deles. O que faz com que eu me pergunte o que mais pode estar aqui. Talvez, no fim das contas, não seja um cálculo estranho. — Inclinou a cabeça. — Hum...

Ele apontou para os símbolos gravados nos quatro cantos.

— Séverin, dá pra alterar a imagem e romper os quatro cantos?

Séverin manipulou o mnemo-holograma, arrancando os quatro cantos. Então, encolheu o diagrama do *I Ching*, aumentou os quatro cantos e os colocou um ao lado do outro.

— *Ali.* — Enrique apontou. — Agora eu vejo. Séverin, coloque-os num bloco e rearranje a ordem. Vire o primeiro símbolo de lado, prenda-o ao segundo símbolo, o terceiro deve ir para baixo e o quarto fica à esquerda.

Séverin fez o que lhe era pedido e, quando deu um passo para trás, um novo símbolo ganhou forma:

— O Olho de Hórus — disse Enrique, suspirando.

A inveja tomou conta de Zofia.

— Como... — começou ela. — Como você viu isso?

— Da mesma forma que você viu números nas linhas — respondeu Enrique, presunçoso. — Você está impressionada. Admita.

Zofia cruzou os braços.

— Vai sonhando.

— Você se deslumbra com a minha inteligência.

Zofia se virou para Laila.

— Faça-o parar.

Enrique fez uma mesura e gesticulou novamente para a imagem.

— O Olho de Hórus é também conhecido como um *wadjet*. É um símbolo egípcio antigo de poder real e proteção. Com o tempo, a maioria dos Olhos de Hórus se perdeu na história...

— Não — corrigiu Séverin. — Eles não se perderam. Foram *destruídos*. Durante a campanha que Napoleão fez ao Egito, em 1798, a Ordem enviou uma delegação com a específica tarefa de encontrar e confiscar todos os Olhos de Hórus. A Casa Kore mandou metade de seus membros, e é por isso que eles têm o maior suprimento de tesouros egípcios Forjados na Europa. Se sobrou algum Olho de Hórus Forjado daquela campanha, está com eles.

— Mas por que foram destruídos? — perguntou Laila.

— Isso é um segredo entre o governo e a Ordem — respondeu Séverin. — Meu palpite é que certos Olhos de Hórus Forjados mostravam todas as somno-localizações da artilharia de Napoleão. Se qualquer pessoa soubesse como inutilizar as armas dele, onde ele estaria?

— E qual é a outra teoria? — Quis saber Laila.

— Napoleão achava que todos os Olhos de Hórus o encaravam de um jeito estranho, então mandou destruir tudo — explicou Tristan.

Enrique deu uma gargalhada.

— Mas então por que colocar um Olho de Hórus num diagrama de *I Ching*? — pressionou Zofia. — Se é um cálculo de zeros e uns, o que isso teria a ver?

Enrique ficou imóvel.

— *Ver*. — Seus olhos se arregalaram. — Zeros e uns... e *ver*. Zofia, você é um gênio.

Ela deu de ombros.

— Me conta uma novidade.

Enrique pegou a Bíblia que deixara na mesinha de centro e começou a folhear as páginas.

— Eu estava lendo isso mais cedo, para uma tradução na qual estou trabalhando, mas a conexão matemática de Zofia é perfeita — disse. Ele tinha parado de folhear. — Ah. Aqui está. Gênesis 11, 4-9, também conhecida como a passagem da Torre de Babel. Todos nós a conhecemos. É um conto etiológico que não pretende somente explicar por que as pessoas falam diferentes idiomas, mas também explicar a presença da Forja em nosso mundo. A história comum é a de que as pessoas tentaram construir uma torre até o céu, mas Deus não queria isso, então Ele inventou novos idiomas, e a confusão das línguas impediu o término da construção. Mas Ele não derrubou a obra simplesmente — comentou, antes de ler em voz alta: — "... e eles cessaram de edificar a cidade. E por isso se chamou Babel, porque ali confundiu o Senhor a língua de toda a terra, mas o Senhor se deleitou com a ingenuidade de Sua criação e depositou sobre a terra os tijolos da torre. Cada tijolo levava seu toque e, assim, deixou uma impressão do poder de Deus para criar alguma coisa do nada".

Alguma coisa do nada.

Ela já ouvira aquilo antes.

— *Ex nihilo* — falou Séverin, sorrindo de orelha a orelha. — Latim para "do nada". Qual é a representação matemática de "do nada"?

— Zero — respondeu Zofia.

— Portanto, o movimento do zero até o um é o poder de Deus, porque, do nada, *alguma coisa* é criada. Os Fragmentos de Babel são considerados lascas dos poderes de Deus. Eles dão vida às coisas, excluindo, é claro, o poder de trazer os mortos de volta e de criar vida de verdade — explicou Enrique.

Diante dela, Zofia percebeu que o sorriso de Laila morreu.

Em sua cadeira, Enrique se inclinou para a frente, os olhos incrivelmente brilhantes.

— Se o diagrama for realmente a respeito disso, então o que isso quer dizer sobre o Olho de Hórus?

Laila soltou um longo suspiro.

— Bem, você disse que olhar pelos Olhos de Hórus revelava alguma coisa... Fosse lá o que ele pudesse ver, tinha que ser perigoso o bastante para que o instrumento não pudesse continuar existindo. O que seria perigoso o bastante para ameaçar um império inteiro? Algo que tenha relação com o poder de Deus? Porque, para mim, só me ocorre uma coisa.

Séverin afundou em sua cadeira. Zofia sentia um zumbido atordoado na beira de seus pensamentos. Sentia como se tivesse se inclinado na borda de um vasto precipício. Como se as próximas palavras pudessem mudar sua vida.

— Em outras palavras — interpretou Séverin, devagar —, você acha que isso pode estar nos dizendo que olhar através de um Olho de Hórus revela um Fragmento de Babel.

5

SÉVERIN

Séverin encarou a escuridão luminosa do Olho de Hórus. Naquele segundo, o ar tinha um cheiro metálico. Ele quase conseguia ver o cinza ondulando no céu, como se estivesse agitado por uma febre. Presas de luz brilhando nas nuvens — prestes a estourar. Essa descoberta era como observar uma tempestade. Não dava para impedir o que viria a seguir. E ele nem queria isso.

Quando ouviu falar da bússola pela primeira vez, imaginara que ela os levaria ao tesouro perdido da Casa Caída, a única riqueza que a Ordem faria qualquer coisa para possuir. Mas aquilo... Aquilo era como tentar pegar um fósforo e sair com uma tocha. A Ordem encobrira a caçada pelo Olho de Hórus, e agora ele sabia o motivo. Se alguém encontrasse o Fragmento do Oeste, poderia interromper todo o Forjamento não apenas na França, mas também na Europa, pois civilizações morreram sem um Fragmento para dar poder à arte da Forja. E, ainda que a Ordem pudesse saber o segredo do Olho de Hórus, o resto do mundo não sabia. Incluindo muitas guildas coloniais que tinham sido obrigadas, pela Ordem, a se esconderem. Guildas cujo conhecimento dos mecanismos internos dos Fragmentos de Babel rivalizava com o da Ordem. Assim, Séverin só podia imaginar o que eles fariam para colocar as mãos nessa informação, e o que a Ordem faria para impedi-los.

— Nós não... — Enrique não conseguia terminar a sentença. — Certo?

— Você não pode estar falando sério — acrescentou Laila, que cutucava a ponta dos dedos repetidas vezes, um hábito nervoso que tinha. Quando estava perdidamente distraída, não podia tocar um objeto sem que o acabasse lendo, e então o mundo todo se tornava, para ela, visível de um jeito perigoso. Quando estava alegremente distraída, o resto do mundo desaparecia. Algo que ele não conseguia, de fato, esquecer. — Isso poderia nos *matar*.

Séverin não encontrou o olhar de Laila, mas podia sentir os olhos escuros fixos nele. Fitou apenas Tristan, seu irmão em tudo, menos em sangue. No escuro, ele parecia mais jovem do que seus dezesseis anos. A lembrança tomou conta de Séverin. Os dois agachados atrás de uma roseira, os espinhos rasgando a pele macia de seus pescoços, dando-se as mãos enquanto o pai, que chamavam de Ira, gritava seus nomes. Séverin abriu e fechou a mão, uma longa cicatriz prateada cruzava a palma direita, e foi pega pela luz. Tristan tinha uma igualzinha.

— Você está? — perguntou Tristan, com suavidade. — Falando sério?

Todo aquele tempo, eles estiveram atrás de um artefato que poderia ser a moeda de troca com a Ordem. Um artefato que obrigasse a Ordem a restaurar a herança que ele havia perdido. Em vez disso, estava em posse de uma informação que era ou um sonho ou uma sentença de morte... dependendo de como o jogo fosse jogado.

Séverin pegou sua latinha de cravos.

— A questão é que não sei o suficiente para falar sério — disse ele, com cautela. — Mas eu gostaria de saber o bastante para ter opções.

Tristan xingou baixinho. Os outros pareciam chocados, e até Zofia encarava o próprio colo com um olhar perdido.

— Essa informação é perigosa — contestou Tristan. — Seria melhor se a gente simplesmente largasse a bússola na porta da Casa Nyx.

— Perigosa, sim, mas as coisas mais gratificantes sempre são — comentou Séverin. — Não estou dizendo para abordarmos a Ordem amanhã e contar que estamos em posse de um dos segredinhos deles. Eu não tenho intenção nenhuma de apressar nada.

Enrique bufou.

— Ah, sim, uma morte lenta e dolorosa sem dúvida alguma é muito melhor do que acabar com tudo de uma só vez.

Séverin ficou em pé. Para uma decisão como aquela, não queria estar no mesmo nível deles. Queria que todos olhassem para cima.

E eles olharam.

— Pensem no que isso poderia significar pra gente. Poderia nos garantir tudo o que queremos.

Enrique passou a palma da mão no rosto.

— Sabe quando as mariposas olham para o fogo e pensam *"Aaah! Brilhante!"* e então morrem num clarão de chamas e arrependimento?

— Não muito.

— Certo. Só estou checando, para ter certeza.

— E quanto ao Hipnos? — perguntou Laila.

— O que tem ele?

— Você não acha que ele vai perceber o que está faltando? Ele tem uma bela reputação de... ser zeloso no que se refere às suas posses. E se ele souber o que a bússola realmente contém?

— Eu duvido muito — falou Séverin.

— Você não acha que ele poderia descobrir? — indagou Laila.

— Não tem como, ele não tem você. — Quando ela arregalou os olhos, Séverin se conteve e gesticulou para todo o grupo: — *Todos* vocês.

— Aaahhh... — gracejou Enrique. — Que sentimento lindo. Vou levá-lo comigo para o túmulo. Literalmente.

— Além disso, Zofia e Enrique fizeram uma falsificação perfeita do artefato. Hipnos não tem como rastreá-lo até nós.

Enrique suspirou.

— Meu Deus, eu sou brilhante.

Zofia cruzou os braços.

— E eu também.

— É claro que você é — tranquilizou-a Laila. — Vocês dois são.

— Sim, mas eu sou *mais...* — bufou Enrique.

Séverin os interrompeu com duas palmas altas.

— Agora que temos a peça, vamos examiná-la de cabo a rabo. Não vamos fazer planos além disso. Não vamos fazer especulações sobre o que vem depois. Não vamos fazer *nada* até que esteja claro com o que estamos lidando. Entendido?

Os quatro confirmaram com a cabeça. E, dessa forma, a reunião estava encerrada. Sem pressa, eles se levantaram. Enrique foi o primeiro a se dirigir para a porta.

Ele parou diante de Séverin.

— Não esqueça que...

E então Enrique entrelaçou os polegares e fez um gesto estranho com as mãos.

— Você é um pássaro?

— Uma *mariposa* — corrigiu Enrique. — Uma mariposa se aproximando de uma chama!

— Essa é uma mariposa bem alarmante.

— É uma metáfora.

— E também é uma metáfora alarmante.

Enrique revirou os olhos.

Atrás dele, Zofia colocou mais biscoitos em seu prato antes de passar ao lado dele.

— Como vão as máscaras de Esfinge?

Zofia não parou de andar nem se virou ao dizer:

— Por que você quer saber?

— Pode ser que a gente precise delas mais cedo do que pensávamos — falou Enrique atrás dela.

— Humpf.

Quando Séverin se voltou para a sala, ficou imóvel. Ainda que o ambiente estivesse quase escuro, todas as luzes dos cantos corriam para iluminar Laila. Parecia que o mundo não podia deixar de querer estar perto dela... cada feixe de luz, pares de olhos, átomos do ar. Talvez fosse por isso que, às vezes, ele não conseguia respirar perto dela.

Ou talvez fossem as recordações que o assolavam nesses momentos. Lembranças de uma noite que os dois juraram deixar no passado. E Laila tinha feito isso. Era óbvio que, é claro, ele não tinha conseguido.

Laila praticamente se assomou sobre ele. Em geral, ela tinha um hábito de ser radiante o tempo todo. Odiava a visão de alguém segurando um prato vazio e sempre achava que as pessoas estavam com fome. Ela conhecia os segredos de todo mundo, mesmo sem ter lido seus objetos. No *Palais des Rêves*, ela transformava esse resplendor em uma fascinação, com a qual conseguira ser a principal atração e que lhe valera seu nome artístico, *L'Énigme. O Enigma*. Mas, naquela noite, ela não lhe deu nenhum sorriso. Seus olhos escuros pareciam lascas de pedra.

Ops.

— Nada de chá ou simpatia para mim? — perguntou ele e, em seguida, ergueu a mão. — Eu tô ferido, sabia?

— Quanta consideração da sua parte atrasar a hora de sua morte para que eu pudesse testemunhá-la em primeira mão — disse ela, com frieza. Porém, quanto mais olhava para o pulso dele, mais seus ombros se suavizavam. — Você podia ter se machucado de verdade.

— É o preço que se paga por perseguir o que se deseja — respondeu ele, despreocupado. — O problema é que eu desejo coisas demais.

Laila balançou a cabeça.

— Você só quer uma coisa.

— É mesmo?

Ele disse aquilo para provocá-la. Mas a postura de Laila mudou quase que imediatamente. Ficou, de algum modo, mais lânguida.

Ela se aproximou dele, passando a mão pela frente de seu paletó.

— Vou te dizer o que você quer.

Séverin ficou imóvel. Os dois estavam tão próximos que ele podia contar os cílios no rosto dela, a luz das estrelas que iluminava o rosto de Laila. Ele se lembrou do roçar suave dos cílios dela contra o rosto dele, quando no passado o fez sucumbir aos seus encantos. O calor da pele dela atravessava o linho da camisa dele. Que jogo era aquele? Os dedos de Laila escorregaram para dentro do bolso interno do paletó. Lá, pegou a latinha de prata, abriu a tampa e pegou um cravo. Com os olhos ainda fixos nos dele, ela passou o dedo no lábio inferior de Séverin. O movimento era como uma queimadura de sol em sua retina. Duas imagens preguiçosamente sobrepostas: Laila tocando sua boca no passado, e Laila tocando sua boca naquele exato momento. Aquilo o abalou tanto que Séverin não se lembrava de ter aberto os lábios. Mas deve ter feito isso porque, no instante seguinte, um cravo atingiu sua língua. Laila recuou. O frio se alastrou, preenchendo o espaço entre eles. A situação não durou mais do que alguns segundos. Durante todo aquele tempo, a compostura dela permanecera a mesma. Distante e sensual, como a artista que era. A artista que sempre fora. Ele podia vê-la realizando a mesma rotina no *Palais des Rêves* — colocando a mão no bolso do paletó de um cliente, para pegar a cigarreira, depois pousando um cigarro nos lábios do homem e acendendo-o antes de pegá-lo para si.

— *É isso* o que você quer — disse ela, sombria. — Você quer uma desculpa para sair para caçar. Mas confundiu o predador com a presa.

Com isso, a saia dela ondulou ao redor de seus tornozelos quando partiu. Séverin mordeu o cravo e a observou se afastar. Laila estava certa. Ele estava caçando. E ela também. Nenhum dos dois podia se dar ao luxo de perder seu prêmio de vista, então uma noite com um nos braços do outro permanecia sendo um erro, e a lembrança desse momento foi enterrada na escuridão. Assim, aguardou um instante antes de se voltar para Tristan.

Ele sabia que conversa precisava ter com o irmão. Estava preparado para isso e, mesmo assim, algo foi arrancado dele ao ver o brilho nos olhos de Tristan.

— Só desembucha — pediu ele, cansado.

Tristan afastou os olhos dele.

— Eu queria que isso fosse suficiente pra você.

Séverin fechou os olhos. O problema não era ser *suficiente*. Tristan jamais entenderia. Nunca sentira a palpitação de um futuro inteiramente diferente, só para em seguida o ver ser arrancado de suas mãos e sufocado em sua frente. Ele não entendia que, às vezes, a única forma de derrotar o que o destruíra era se disfarçar como parte daquilo.

— Não se trata de ser suficiente — disse Séverin. — Trata-se de equilibrar a balança. Justiça.

Tristan não olhou para ele.

— Você prometeu que nos protegeria.

Séverin não tinha se esquecido. O dia em que disse aquilo foi o dia em que percebeu que algumas lembranças têm gosto. Naquele dia, sua boca estava cheia de sangue, então a promessa tinha gosto de sal e ferro.

— Vamos supor que toda essa empreitada não mate a gente. E se você conseguir o que quer? Se conseguir sua Casa de volta, você será um patriarca... — A voz dele ficou mais aguda. — Às vezes, eu queria que você sequer desejasse *ser* um patriarca. E se você ficar como...

— Nem pense nisso. — Ele não pretendia que sua voz soasse tão fria, mas soou, e Tristan se encolheu. — Eu *nunca* serei como nossos pais.

Tristan e Séverin tiveram sete pais. Uma assembleia de pais adotivos e guardiões, todos membros marginais da Ordem de Babel. Todos eles fizeram de Séverin quem ele era, para o bem ou para o mal.

— Ser parte da Ordem não vai me tornar um deles — garantiu Séverin, com a voz gélida. — Não quero ser igual a eles. Não quero olhá-los nos olhos, quero que ao nos verem eles afastem o olhar, que pestanejem rápido, como se encarassem o próprio sol. Não quero que se ergam diante de nós. Quero todos se ajoelhando.

Tristan não falou nada.

— Eu te protejo — declarou Séverin, com suavidade. — Você se lembra daquela promessa? Eu disse que te protegeria. Eu disse que criaria um paraíso para nós.

— L'Éden — disse Tristan, com a expressão miserável.

Séverin havia dado aquele nome ao seu hotel não só por causa dos Jardins do Paraíso, mas pela promessa que havia sido feita muito tempo antes, quando os dois não tinham nada além de olhos cansados e joelhos esfolados, enquanto as casas, os pais e as aulas passavam por eles tão implacáveis quanto as estações do ano.

— Eu te protejo — reiterou Séverin, dessa vez em um tom mais baixo. — Sempre.

Por fim, Tristan abaixou os ombros. Apoiou o corpo contra Séverin, o alto de sua cabeça loira fazendo cócegas no nariz do irmão até que ele espirrou.

— Tudo bem — resmungou Tristan.

Séverin tentou pensar em algo a mais para dizer. Algo que tirasse a mente de Tristan daquilo que os cinco estavam planejando fazer na sequência.

— Ouvi dizer que o Golias trocou a pele?

— Nem começa a fingir que você se importa com o Golias. Eu sei que você tentou transformá-lo em jantar de gato no mês passado.

— Para ser justo, Golias é motivo de pesadelos.

Tristan não riu.

Ao longo da semana e meia seguinte, Laila espionou os membros da Ordem que frequentavam o *Palais des Rêves*, ficando atenta a qualquer rumor sobre o roubo que se seguiu ao leilão.

Mas tudo estava quieto. Até mesmo os notórios guardas Esfinges, que podiam seguir o rastro de qualquer artefato marcado por uma Casa, não tinham sido vistos fora das residências da Casa Kore e da Casa Nyx que ficavam na cidade.

Tudo estava bem...

Essa era a esperança a que Séverin ainda se agarrava quando seu mordomo chegou com a correspondência.

— Para o senhor.

Séverin olhou de relance para o envelope. Uma elaborada letra *H* estava estampada na frente.

Hipnos.

Ele dispensou o mordomo e então ficou encarando o envelope. Estava manchado com pequenos pontos marrons, como se fosse sangue seco. Séverin tocou o selo. Imediatamente, algo pontudo cutucou a ponta de seu dedo, um espinho Forjado escondido na cera derretida. Ele silvou, puxando a mão para trás, mas uma gota de sangue caiu no papel. Ela foi absorvida pelo envelope, e a elaborada letra *H* tremeu, desenrolando-se diante de seus olhos, até se abrir em uma mensagem curta.

Sei que você roubou de mim.

PARTE II

EXCERTOS DOS RELATÓRIOS DA NOVA CALEDÔNIA

ALMIRANTE THÉOPHILE DU CASSE, DA FACÇÃO FRANCESA DA ORDEM
DE BABEL, 1863, SEGUNDA REPÚBLICA FRANCESA,
SOB O GOVERNO DE NAPOLEÃO III

A população indígena, os Canaque, está se tornando bem agitada. Graças aos nossos intérpretes, concluímos que a Forja é considerada parte da linhagem dos sacerdotes nativos. Nenhum de seus artesãos parece ter afinidade mental. Por outro lado, são em grande parte dotados com a afinidade material da água salgada ou da madeira. Cada uma de suas moradias é enfeitada com um *fléche faîtière*, um florão esculpido onde seus ancestrais — a quem eles veneram — supostamente residem. Mas descobrimos outro uso para esses florões.

Como sabeis, senhor, descobrimos ao longo das margens do rio Diahot a presença de níquel. Ainda que nossos colonos tenham sofrido o indizível para extrair o mineral, os melhores instrumentos para detectar sua presença vêm desses florões supostamente sagrados.

Infelizmente, devo informar-vos acerca de um acontecimento que se deu na semana passada. Durante as horas do entardecer, um dos meus homens estava trabalhando com afinco para arrancar o florão do alto de uma cabana Canaque. E, embora ele tenha tido sucesso nesta empreitada, a família se recusou a nos explicar como fazer o florão Forjado responder ao níquel.

Houve um conflito. O homem Canaque tirou a própria vida, declarando que "certos conhecimentos não devem ser conhecidos".

Não descobrimos um meio de fazer os florões Forjados funcionarem.

Mas persistirei.

6

ENRIQUE

Enrique fora convocado ao bar do grande salão.

Em outras circunstâncias, aquele teria sido o melhor tipo de convocação de sua vida, mas o bilhete de Séverin fora estranhamente rude. Enrique verificou o majestoso relógio do salão. 17h em ponto. Seu encontro com Séverin não aconteceria antes das 17h30, o que lhe deixava com o tempo exato para um coquetel.

O salão era rodeado por um grande ouroboros, um símbolo do infinito representado por uma serpente mordendo a própria cauda. Uma imensa serpente de latão Forjado enroscava-se em um círculo sem fim, e luzes de velas se desprendiam de seu corpo de metal. Refrescos e buquês de flores se acomodavam nas escamas douradas em suas costas e, todos os dias, ao meio-dia e à meia-noite, ela finalmente soltava a cauda, e uma chuva brilhante de confetes caía do teto. Ao redor de Enrique, herdeiras usando capas emplumadas e artistas com os dedos manchados de tinta seguiam na direção dos jardins ou do salão de jantar. Em um canto, políticos faziam seus esquemas, com a cabeça encurvada e os olhos obscurecidos pelas nuvens de fumaça de seus cachimbos. Como sempre, ele ignorou os sons. Havia idiomas demais para acompanhar, então era mais fácil deixar que os sons apenas passassem por ele. De vez em quando, captava algum dialeto aguçado pelo sol do deserto ou vogais lânguidas suavizadas pelas ondas de regiões costeiras. Nada disso era mais do que música desconhecida, até que uma frase chamou sua atenção: *"Magandang gabi po"*. *Boa noite*. O idioma era seu tagalo nativo. Enrique virou na direção do som e imediatamente reconheceu quem havia falado: Marcelo Ponce. Do outro lado do salão, Ponce notou seu olhar e acenou com a mão em boas-vindas.

Assim como o dr. Rizal, Ponce era um membro dos Ilustrados, grupo do qual Enrique fazia parte porque, como o outro, todos os membros eram filipinos com educação europeia que sonhavam em reformar o país controlado pela Espanha. Mas, para eles, Enrique não passava de só mais um membro... Não era alguém capaz de marcar o curso de um novo futuro, por mais que quisesse fazer parte do círculo mais íntimo do grupo.

— *Kuya* Marcelo — cumprimentou Enrique, respeitoso.

Ainda sentia um certo assombro pelo fato de chamar o grande Marcelo de "irmão", embora fosse mais por tradição do que por intimidade.

— *Kuya* Enrique — respondeu Marcelo, caloroso. Seu olhar pousou na caneta na mão de Enrique. — Trabalhando em outro artigo para oferecer para o *La Solidaridad*? Ou traduzindo um novo idioma?

— Hum, um pouco de ambas as coisas — disse Enrique, corando. — Na verdade, se tiver um tempo, talvez eu pudesse compartilhar com você meu novo texto. Eu...

— Que ótima notícia, de verdade. Continue com o bom trabalho — falou Marcelo, distraído. Ele olhou por sobre o ombro de Enrique. — Aliás, vou me encontrar com alguém que poderia nos ajudar a fazer a petição para a rainha da Espanha.

— Ah! — exclamou Enrique. — Se-será que eu posso ajudar?

Marcelo sorriu.

— Ah, mas é claro! Enrique Mercado-Lopez: jornalista, historiador e afável espião. — Antes que Enrique pudesse responder, Marcelo deu um tapinha em sua bochecha. — É claro que deve ser fácil espionar quando você quase não se parece com um de nós. Nós nos vemos na próxima reunião. *Ingat ka, kuya.*

Marcelo apertou o ombro de Enrique ao se afastar. O historiador se obrigou a continuar andando, ainda que seu rosto ardesse e seus membros parecessem de chumbo.

É claro que deve ser fácil espionar quando você quase não se parece com um de nós.

Não havia malícia na fala de Marcelo. De certo modo, aquilo era até pior. Ao nascer, Enrique puxara ao pai, um espanhol legítimo. Nas Filipinas, muitos consideravam isso um bom traço. Eles o chamavam de *mestizo*. Seus tios e tias até brincavam que a mãe dele, de pele escura, não devia ter estado presente quando ele foi concebido. Talvez fosse por isso que os Ilustrados não o deixavam adentrar em seu círculo mais íntimo.

Não era seu intelecto que o tornava indesejado.

Era seu rosto.

Enrique se deixou cair contra o balcão do bar. Ninguém devia beber champanhe estando infeliz, então, em vez disso, ele inclinou a taça para frente e para trás, observando as bolhas percorrerem as laterais do cristal. O bar secreto do L'Éden era pequeno, projetado mais como uma cripta do que como um lugar de reuniões, e ficava escondido atrás de uma estante de livros. Lá dentro, as paredes eram cobertas de trepadeiras. Seus botões não davam flores, apenas xícaras de chá ou taças de champanhe de quartzo lapidado, dependendo da hora do dia. As invenções de Tristan e Zofia dominavam o cômodo. Quando os oficiais declararam que um candelabro de vidro era um risco, Tristan Forjou um com damas-da-noite e anêmonas. Quando os oficiais declararam que as lanternas seriam um risco para incêndios, Zofia recolheu pedras fosforescentes da costa da Bretanha e as Forjou em uma rede no teto que parecia um manto de tênues estrelas florescendo.

Olhando para os projetos, Enrique sentiu uma pontada familiar de inveja. Ele sempre quisera Forjar. Quando pequeno, pensava que era como mágica. Agora sabia que essas coisas não existiam — nem fadas nas florestas ou sereias no mar. Mas havia essa arte, essa conexão com o mundo antigo, com o próprio mito da criação, e Enrique queria fazer parte disso.

Ele esperava que a Forja pudesse fazer dele um herói como aqueles sobre os quais sua avó lhe contava quando era mais novo. Afinal, se a Forja podia reformatar os objetos do mundo, por que não poderia reformatar o mundo em si? Por que ele não poderia ser o artista — arquiteto — da mudança? Mas seu 13º aniversário chegou e passou, e não se tornaram presentes nem a afinidade mental, nem a material. Quando percebeu que não tinha o talento, escolheu estudar os assuntos que mais pareciam próximos da Forja: história e idiomas. Ele ainda podia mudar o mundo... talvez não com algo tão dramático ou grandioso quanto a Forja, mas de formas mais íntimas. Escrevendo. Falando. Criando conexões humanas.

Quando chegou a Paris, o grito de guerra da Revolução Francesa se encaixou nos espaços de seus sonhos: *liberté, egalité, fraternité*.

Liberdade, igualdade, fraternidade.

Essas palavras eram para ele o mesmo canto que eram para outros estudantes. Estudantes que começaram a questionar o rígido controle que a Espanha tinha sobre as Filipinas por quase trezentos anos. Em Paris, Enrique encontrou outros com os mesmos ideais, mas foi Séverin quem mudou sua vida, quem deu uma chance para suas habilidades como historiador, quando ninguém mais dera. Séverin escutou seus sonhos de mudar o mundo e lhe mostrou o que precisava ser mudado. Com dois irmãos mais velhos, um dedicado à lucrativa atividade mercantil da família e outro prometido à igreja, Enrique tinha permissão para perseguir o caminho que desejasse. E ele sabia o que desejava... Só tinha que fazer os Ilustrados desejarem-no também.

Talvez a resposta fosse ameaçar a Ordem com o segredo do Olho de Hórus. Enrique se permitiu devanear a respeito do que poderia acontecer na sequência: talvez ele e Séverin pudessem contar para a Ordem que a civilização estava em jogo... Talvez pudessem confrontá-los em um palco. A iluminação era crítica para qualquer apresentação dramática. E haveria champanhe. Obviamente. Então Séverin se tornaria patriarca — Enrique poderia fazer algum discurso sobre a linhagem ressuscitada, o que seria interessante, e talvez com confetes caindo do teto —, a Casa Vanth seria restaurada e, *naturalmente*, precisaria de um historiador. *Ele*. Então, os Ilustrados clamariam por sua atenção, porque assim finalmente teriam alguém de dentro que poderia relatar o funcionamento da Ordem de Babel. Aquele era o único ponto cego na inteligência deles. Depois disso, ele, Séverin e o resto do bando poderiam mudar o mundo! Talvez conseguissem espadas... Enrique não tinha ideia do que fazer com uma, mas apenas o fato de segurá-la já parecia épico o bastante. E se alguém fizesse uma estátua dele...

— Vamos.

Enrique se assustou, e sua taça de champanhe caiu no chão.

— Meu drinque! — exclamou quando o cristal se estilhaçou no chão.

— Você nem estava bebendo. Só devaneando.

— Mas eu estava gostando de segurá-lo...

— Me acompanha.

Séverin não esperou por ele e subiu correndo a curta escadaria. Fazendo cara feia, Enrique resmungou alguma coisa em tagalo que teria feito sua avó lhe dar uma bela bofetada com o chinelo. Não era típico de Séverin ser tão brusco. Seus ombros estavam levantados enquanto os dois atravessaram o grande salão e a entrada do Jardim dos Sete Pecados.

Perto dos estábulos, uma carruagem parou discretamente na rua. Ao contrário da frota usual de carruagens do L'Éden, aquela não tinha nome ou insígnia. Enrique subiu depois de Séverin. O cocheiro fechou a porta, e cortinas escuras bloquearam as janelas.

Enrique ficou mexendo nas mangas de sua camisa.

— E então... Agora eu *posso* saber o que está acontecendo?

Séverin tirou um envelope do bolso. O selo ensanguentado estava partido ao meio, mas a letra estampada na cera era bem clara. *H.*

Enrique ficou mudo. Um segundo se passou.

— Hipnos?

E, no instante em que falou o nome, soube que estava certo. Até o ar ao redor deles parecia confirmar suas suspeitas. O vento se esgueirou por uma fenda na cortina, gelando sua pele.

Séverin apertou os dentes.

— Ele sabe que roubamos dele. Está pedindo um encontro.

— *Como é que é?*

Ele achava que o plano era à prova de falhas. Nenhuma digital. Nenhum dispositivo de gravação. Nada para revelar a presença deles na sala de conservação do leilão.

Como patriarca de uma Ordem, Hipnos poderia ter mandado prendê-los. Ou pior. O fato de ele querer um encontro indicava algo mais... um jogo de dar e receber, de chantagens. Enrique não sabia como interpretar o fato de Séverin ter escolhido apenas ele como companhia. Seria ele dispensável ou inestimável?

Enrique não sabia muito a respeito do patriarca da Casa Nyx, mas certa vez Tristan deixara escapar que Hipnos e Séverin brincavam juntos na infância, quando os dois meninos eram criados como herdeiros de suas Casas. Um rápido olhar de relance para Séverin confirmou que eles não tiveram contato desde então. A expressão de Séverin era pétrea; seus olhos, semicerrados. Ele passava o polegar de um lado para o outro pela cicatriz prateada na palma da mão.

— E se ele... — Enrique não conseguia dizer as palavras "nos matar".

Séverin pareceu entender o significado mesmo assim.

— Hipnos sempre foi esperto — apaziguou ele, devagar. — Mas, se tentar alguma coisa, tenho sujeira suficiente a respeito dele para destruir sua posição na Ordem no instante em que colocar as mãos em nós.

— Fato, mas não dá pra saborear a vingança quando se está morto.

Séverin puxou a aba de seu chapéu para baixo.

— Bem, eu não tenho a menor intenção de morrer.

Quando a carruagem parou, Séverin se inclinou para destrancar a porta. Ao fazer isso, Enrique teve um vislumbre da carta que o outro segurava com a mão enfaixada. Franziu o cenho.

Estava em branco.

Hipnos chamara sua residência de Érebo, em homenagem ao lugar na mitologia grega onde os pesadelos brotavam ao lado de papoulas vermelhas. Ridículo. Enrique achava seu apelido, Hipnos, igualmente pretensioso.

Ninguém daria o nome do deus do sono para uma criança. Pelo menos, pelo bem da pobre criança, Enrique esperava que não.

Enquanto a maioria das Casas do Ocidente usavam e colecionavam objetos Forjados feitos com as duas afinidades, a Casa Nyx colecionava tesouros de um tipo específico: os que exibiam afinidade com a mente. A Casa Nyx tinha objetos que uniam lembranças, empapavam sonhos, prendiam a vontade de alguém com punho de ferro e objetos que causavam ilusões vívidas. O artesanato mental era o mais regulado de todos, usado tanto em casas de prazer e locais de entretenimento quanto em campos de prisioneiros. Era a única afinidade que exigia um registro universal, quisesse a pessoa desenvolver esse talento ou não. Algumas técnicas de afinidades mentais eram até mesmo banidas. E por um bom motivo. Até vinte anos atrás, objetos de manipulação da mente tinham sido especialmente populares nos estados do sul dos Estados Unidos, onde ricos proprietários de terras mantinham pessoas escravizadas.

Logo adiante se assomava a entrada de Érebo. Em cada um dos lados havia dois leões esculpidos em diorito, e acima do umbral resplandecia uma linha de jade branco-leitoso feita com pedra verita. Assim como a entrada de verita no *Palais Garnier*, a pedra podia detectar qualquer arma ou objeto Forjado que fosse perigoso. O único modo de neutralizar seu efeito era levar consigo uma pedra verita, como dois ímãs que repeliam um ao outro. Supostamente, não havia nada no mundo como a verita, embora Enrique tenha lido recentemente um tratado quanto a um artefato do norte da África que o fizera questionar o contrário.

— Ele é conhecido por suas ilusões — comentou Séverin. — Concentre-se em uma única coisa e não se perca nos truques dele.

A porta se abriu. Sem hesitar, Séverin passou por entre os dois leões. Quando passou por baixo da pedra verita, ela reluziu com um tom vermelho, e os leões de pedra rosnaram e viraram a cabeça na direção dele. Um guarda corpulento apareceu na entrada.

— Revelem suas armas — ordenou ele.

— Minhas desculpas — falou Séverin, amavelmente. Ele retirou um pequeno canivete do bolso. — Sempre ando com um desses para cortar maçãs.

Enrique manteve a expressão neutra. Séverin estava mentindo.

— Você terá que passar pela entrada de verita de novo...

— Já estamos atrasados — protestou Séverin. — O Patriarca Hipnos não vai gostar disso, e posso lhe assegurar de que não há mais nada em minha pessoa. Olha só, vou virar meus bolsos do avesso na sua frente.

Séverin armou um espetáculo puxando as pernas da calça e as mangas do casaco. Quando chegou aos bolsos, uma carta caiu no chão. O guarda a pegou, com os olhos arregalados.

— Ah, e isso é um crédito para duas noites grátis no hotel de minha propriedade. Você deve ter ouvido falar. Se chama L'Éden.

O guarda certamente ouvira falar.

— Por que não fica com isso e me deixa passar? Ou devo ficar com ele enquanto passo pela entrada idiota mais uma vez?

O guarda hesitou, e então acenou para que Séverin cruzasse a porta. Enrique foi logo atrás, sem incidentes. Ele nunca teve motivo para carregar uma arma.

Érebo, Enrique logo descobriu, fazia jus ao nome. Assim que entraram na sala, tudo mudou. No início, viu o piso de madeira, pilares de ébano cobertos de filigranas douradas, um tapete suntuoso perto de seus pés. Devia ter mantido os olhos no chão, mas um movimento o distraiu. Ele ergueu os olhos. De imediato, a sala se transformou em uma floresta selvagem. O crepúsculo prateado se infiltrava entre os galhos foscos das árvores. O candelabro se dissolveu em um monte de neve. Pedaços visíveis do tapete pareciam açucarados, e o frio tocava sua pele. Ele conseguia sentir o cheiro, o sabor mineral da neve. O interior de suas narinas ardia de frio. Estava em um mundo de gelo e açúcar. Uma seda branca respingada de sangue. Não, não era sangue. Papoulas. Papoulas florescendo, murchando, brotando em padrões hieroglíficos. Os segredos jaziam logo abaixo das pétalas e da neve, se pelo menos ele pudesse...

Uma voz cortou a ilusão:

— Minha nossa, como sou rude.

A imagem se derreteu completamente. Nada mais de neve, papoulas ou açúcar.

Enrique estava de joelhos, com as mãos espalmadas no tapete escarlate, como se quisesse rasgá-lo. Diante de si, um par de sapatos engraxados. Ele ergueu os olhos antes de perceber que, para começo de conversa, devia ter se levantado. O patriarca da Casa Nyx o encarava de cima.

Até aquele momento, Enrique só vira Hipnos ao longe. Conhecia a pele do outro rapaz, de um tom escuro como a casca de um carvalho encharcada pela chuva. Conhecia o cabelo eriçado, cortado rente à cabeça. Conhecia até mesmo os olhos, de uma cor estranha, um azul tão claro que pareciam vidraças de gelo. Hipnos era bonito ao longe. De perto, era simplesmente deslumbrante. Enrique ficou em pé, meio cambaleante, esperando que o outro rapaz não percebesse. Quando voltou a encará-lo, os olhos de Hipnos pareciam mais escuros. As pupilas estavam dilatadas, como se ele tentasse absorvê-lo por inteiro.

— Se eu soubesse que você viria com tão bela companhia, eu teria solicitado esse encontro antes, Séverin — disse Hipnos, sem tirar os olhos de Enrique.

Séverin deu uma risadinha.

— Duvido muito. Você é patriarca há dois anos, e ainda precisa prestar contas para a Ordem de Babel cada vez que inspira ou expira. Nem passa pela minha cabeça o que eles devem pensar desse nosso encontro. Meu entendimento era o de que qualquer membro da Ordem estava proibido de falar comigo, isso se algum deles sequer se lembrasse da minha existência. Por acaso eles sabem o que você está fazendo neste momento?

Hipnos arqueou uma das sobrancelhas.

— Você quer que eles saibam?

Séverin não respondeu, e Hipnos não insistiu.

— Você pediu um encontro — disse Séverin. — Por quê?

Depois de todo esse tempo, pensou Enrique.

Hipnos sorriu.

— Eu queria conhecer meus ladrões.

— Bem, você nos encontrou.

Hipnos estalou a língua, emitindo um *tsc*.

— Ora, ora. Eu só fiz um pedacinho do trabalho. *Você* fez o restante.

Enrique meneou a cabeça para se livrar do que restava da ilusão. Deu um passo na direção de Séverin. Toda sua consciência se voltou para a inflexão nas palavras de Hipnos.

— O que você quer dizer com isso? — perguntou Enrique.

— Ora! Ele fala — exclamou Hipnos, batendo uma palma. — Aquela bússola falsa que vocês deixaram era uma bela falsificação, mas havia sangue nela. Então fiz um pequeno teste... Fosse lá quem tivesse me roubado tinha sangrado no meu pobre animalzinho de pedra. Então adicionei um pouco de Forjamento de sangue à minha carta para ter certeza de que ninguém além do ladrão fosse capaz de lê-la. Depois, pedi aos meus homens para que a entregassem a todas as pessoas nas quais pude pensar. Quem roubaria de *mim*? E *por quê*? E então, é claro, quando fiquei sem opções, mandei a carta para você. O elegante dono de hotel com uma reputação impecável demais, que está sempre um pouco perto demais de cada roubo de objeto da Ordem. Então, veja bem — acrescentou ele, com uma expressão repentinamente bem séria —, eu não encontrei você. Você mesmo se trouxe até mim.

Enrique fechou os olhos com força. Tarde demais, ele se lembrou de ter vislumbrado a carta de Séverin. A curiosa página em branco. Não era de se estranhar que ele não pudesse lê-la.

Séverin não demonstrou nada.

— Inteligente.

— Sempre é possível contar com a soberba humana. Eu imaginei que você não ia mostrar a carta para ninguém. — Hipnos inclinou a cabeça. — Que devastador para você. Decepcionar sua equipe e admitir que fracassou. Ah, não me olhe assim, Séverin. A Ordem pode não ter olhado na sua direção todo esse tempo, mas eu olhei.

— Fico lisonjeado por você achar que eu valha a pena ser observado.

Hipnos deu uma piscadinha.

— Com um rosto desses? Eu não devo ser o único.

— O que você quer, Hipnos?

— Você sabe o que eu posso fazer com você. Posso mandar prendê-lo, executá-lo, cobri-lo de piche e penas et cetera. Não faz sentido, de fato, entrar em detalhes. — Hipnos fez uma pausa para sorrir. — Mas eu não quero fazer nada disso. Na verdade, sou um ser humano bastante excepcional, e me julgo muitíssimo generoso. Então, em vez disso, peço apenas duas coisas. Primeiro, que me devolva a bússola. Segundo, que você utilize suas habilidades de aquisição para conseguir um objeto que desejo há muito tempo. Em troca, eu lhe darei o que quer.

O rosto de Séverin estava rígido, sua boca apertada em uma linha fina, os olhos escuros quase ardendo.

Lentamente, Hipnos ergueu a mão. Seu Anel de Babel, uma lua crescente fina que se espalhava pelo meio de sua mão, capturou a luz. De onde Enrique estava, parecia uma foice.

— *Mon cher*, você e eu sempre tivemos tanto em comum — começou Hipnos. — Agora temos ainda mais! Olhe só para nós. Dois bastardos órfãos com mães que não eram brancas. — Ele se inclinou para mais perto de Séverin. — Que estranho... A sua não aparece na pele do mesmo jeito que a minha. Minha mãe era filha de escravizados, em uma plantação de cana-de-açúcar que meu pai tinha na Martinica. Assim que nasci, meu pai, aristocrata francês, a abandonou. Mas eu me lembro de que *você* teve sua mãe. E eu sempre senti um pouco de inveja disso, preciso admitir. Ela tinha o cabelo mais adorável... o que ela era? Egípcia? Argelina? O nome dela era tão bonito também...

— Pode ir parando — repreendeu Séverin, com a voz entrecortada. Um músculo em sua mandíbula tremia.

Hipnos deu de ombros de leve e se virou para Enrique, sorrindo como se o garoto fosse só mais outro convidado e aquele fosse um outro dia.

— Ele te contou como funciona o teste de herança da Ordem?

Enrique negou com a cabeça.

— É assim — disse Hipnos, aproximando-se. — Me permite, meu lindo?

Enrique conseguiu assentir com a cabeça. Hipnos virou a mão dele, deslizando o polegar marrom pela palma do historiador antes de parar em cima de seu pulso acelerado.

— Em cada Anel de Babel há um núcleo com o sangue do patriarca ou da matriarca. O sangue alimenta a habilidade do Anel de deixar a marca da

Casa, entre outras coisas. Quando a matriarca ou o patriarca morre, ou se algum deles deseja se aposentar mais cedo de seus deveres, um conselho da Casa é convocado para administrar o teste de herança. Primeiro, o Anel que será passado faz um corte na mão do herdeiro. — Hipnos passou uma das pontas da lua crescente pela mão de Enrique. O garoto, por sua vez, sentiu um zumbido de poder pela pele, como um relâmpago viajando por suas veias. — Então o Anel das testemunhas é mantido sobre o Anel ensanguentado. Se o herdeiro for do mesmo sangue da matriarca ou do patriarca, os dois Anéis ficam azuis. Se o herdeiro não for...

— Você fica com uma bela cicatriz — completou Séverin, com frieza.

Hipnos largou a mão de Enrique.

— A Ordem não está acima das falsificações dos testes de herança — disse ele. — Já foi realizado no passado por famílias que desejavam deixar um herdeiro de lado, em detrimento de algum membro da família.

— E baseado no que eles negariam a herança a um herdeiro? — perguntou Enrique.

Hipnos contou os motivos nos dedos:

— Eles podem não gostar do modo como a mente da criança trabalha, ou quem elas amam, ou...

— Ou a Ordem gosta de manter suas linhagens puras e imaculadas — interrompeu Séverin, com voz distante. — Dois herdeiros de sangue mestiço não dariam certo. Uma solução fácil é escolher um em detrimento do outro.

A mandíbula de Hipnos ficou tensa. Seu ar educado ficou para trás. O arrependimento retorceu suas belas feições.

— Se a memória não me engana, você tentou me dizer isso anos atrás — disse ele, baixinho.

— E se a memória não me engana, você não me deu ouvidos.

Pontos de cor apareceram nas bochechas de Hipnos.

— Como você apontou tão bem, até a minha respiração é monitorada pela Ordem desde o dia em que meu pai morreu e passou o Anel para mim. Mas, se você me trouxer certo artefato, eu mesmo vou administrar o teste de herança. Nenhuma falsificação como da última vez. Posso devolver seu Anel para você... Eu sei onde ele é mantido.

Enrique sentiu como se todo o ar tivesse sido drenado do cômodo. Enquanto falava, Séverin se recusou a olhar para Hipnos:

— O que você quer?

— Um Olho de Hórus.

Enrique prendeu a respiração.

— E onde ele está?

Hipnos hesitou por um momento, e então falou:

— No caixa-forte da Casa Kore.

— Nem pensar — respondeu Séverin de imediato. — Não vou colocar os pés na casa daquela mulher.

"E não é de se espantar", pensou Enrique. A matriarca da Casa Kore provavelmente deve ter ajudado a falsificar os resultados do teste de herança que roubou o título de Séverin.

— Um pouco antes do leilão, ela foi violentamente atacada — comentou Hipnos. — O Anel dela foi roubado.

— Provavelmente um trabalho interno — disse Séverin. — Nós não nos envolvemos com isso.

Nós. Enrique sentiu uma onda de orgulho. "É isso aí!", quis dizer. Mas não abriu a boca.

— Não estou pedindo que encontre o Anel dela — esclareceu Hipnos. — Já temos pessoas dedicadas a essa busca. Eu preciso de sua ajuda para algo muito além disso. Como tenho certeza de que você não se esqueceu, os Anéis das nossas Casas guardam a localização do Fragmento de Babel do Oeste.

Séverin riu.

— E você acha que esse ladrão por trás de tudo sabe a localização do Fragmento e deseja realizar alguma atividade nefasta com o Anel roubado? Porque, se eu me lembro bem, revelar a localização do Fragmento exige dois Anéis, não um. Seu precioso conhecimento deve estar a salvo.

Enrique sabia pouca coisa acerca do funcionamento interno da Ordem, mas Séverin certa vez lhe dissera que o conhecimento a respeito da localização do Fragmento do Oeste circulava entre as Casas de diferentes impérios a cada século. A França era a mais recente detentora do conhecimento da localização.

Se o Anel da Casa Kore fora realmente roubado, esse conhecimento corria grave perigo. E se Séverin estava certo e o roubo fora um trabalho interno, então fazia muito mais sentido que Hipnos desejasse roubar um Olho de Hórus em vez de perguntar a seu respeito.

Se a Casa Kore estava comprometida internamente, então não dava para confiar em ninguém na Casa. E se, por algum motivo, o ladrão *tivesse* levado o Anel até a localização do Fragmento, então olhar através do Olho de Hórus revelaria imediatamente seu paradeiro.

— Com um único Anel, a Casa Caída quase destruiu o equilíbrio do mundo — lembrou Hipnos. — Eles pagaram o preço, certamente, mas a história sempre se repete.

Enrique se lembrava da soleira Forjada no *Palais Garnier* enquanto deixava o leilão. A imagem se destacou em sua mente: um hexagrama desbotado em um espelho dourado. O símbolo da desgraçada Casa Caída. Algo naquele hexagrama ficou dando voltas em seus pensamentos.

— E, se eu puder ser ousado, o que sou, então serei... Você não tem escolha a não ser me ajudar, Séverin.

— Você pode me ameaçar com prisão, mas vou escapar. Você pode mandar seus guardas atrás de nós, mas já plantei uma esfera incendiária, e posso deixar este lugar em chamas antes que se mexa — disse Séverin.

Enrique conteve o sorriso. A mentira de Séverin ao entrarem. O pequeno canivete que ele entregara sem reclamar. Ele distraíra o guarda com uma arma falsa enquanto escondia a verdadeira.

— Quando você...

Séverin sorriu.

— Eu tinha que fazer alguma coisa para passar o tempo enquanto você flertava com o meu historiador.

— Espera aí. Eu era uma *isca*? — quis saber Enrique.

— E, com isso, você está lisonjeado.

Talvez um pouco.

Quando Hipnos olhou ao redor da sala, Séverin fez um aceno com a mão.

— Nem se dê ao trabalho. Você não vai encontrá-la a tempo. E não vou a nenhum lugar perto daquela Casa — reafirmou Séverin, dando meia-volta. — Talvez nós possamos pensar num acordo diferente. Enquanto isso, Enrique e eu precisamos dar o fora.

Hipnos soltou um suspiro.

— Odeio quando tenho que fazer isso! Temperamentos inflamados, ameaças veladas, argh. Isso me envelhece, *mon cher*, e eu detesto isso.

Hipnos bateu o pé. Uma imagem se projetou sobre a superfície do tapete escarlate. A náusea tomou conta de Enrique. À sua frente estava uma imagem de três corpos ajoelhados ao longe... as cabeças inclinadas para a frente, as mãos amarradas... mas as formas eram inconfundíveis.

Laila.

Zofia.

Tristan.

Séverin empalideceu imediatamente.

— Viu só? Você pode ir embora e sobreviver. Mas não posso dizer o mesmo quanto aos demais. Quero um juramento dizendo que você vai devolver a bússola, que depois vai até a Casa Kore e então vai me conseguir aquele Olho de Hórus — exigiu Hipnos, estendendo a pena Forjada que tatuava juramentos. — Faça isso, Séverin, e eu vou te devolver sua Casa.

Séverin estava enraizado no lugar.

— Eles estão vivos?

— Temos um acordo ou não? — perguntou Hipnos.

— *Eles estão vivos?*

— Não estarão se você não fizer o juramento. Nós vamos estar igualmente ligados, Séverin. Asseguro a você que é para o melhor. Você vai gostar de trabalhar comigo, eu prometo! Sou fantástico nas festas, tenho um excelente gosto para roupas masculinas, e muito mais — disse Hipnos, acenando com a mão. — E se você não concordar com isso, então eu vou quebrar cada osso que há no corpo deles, e depois entalharei seu nome nos pedaços. Dessa forma, seu nome irá pairar sobre a morte deles.

O sorriso de Hipnos era afiado como vidro quebrado.

— Ainda indisposto a aceitar?

7

SÉVERIN

Ira foi o segundo dos sete pais de Séverin.

Alguns de seus pais duraram meses. Outros duraram anos. Alguns tinham esposas que não o deixavam chamá-las de mãe. Alguns pais morreram antes que ele conseguisse aprender a odiá-los. Outros morreram porque ele os odiava.

* * *

Na última vez que viu o Anel de seu pai, Séverin tinha sete anos. O Anel era uma coisa oval e fina, feita de latão manchado, que representava uma serpente mordendo a própria cauda. O lado de baixo da cauda era uma lâmina. Depois que o fogo matou seus pais, a matriarca da Casa Kore arrastara o Anel de seu pai pela palma da mão de Séverin, e a cauda da serpente cortou sua pele como uma faca quente faz em um pedaço de manteiga. Por um momento, ele viu o clarão do azul prometido... o mesmo brilho que o pai sempre dissera que demonstraria que ele era o verdadeiro herdeiro da Casa Vanth... mas então o brilho desapareceu, obscurecido pela capa do patriarca da Casa Nyx. Séverin se lembrava de como eles falaram em sussurros apressados, aquelas pessoas que no passado ele chamara de "Tante" e "Oncle", "tia" e "tio", respectivamente. Quando os dois se viraram para encará-lo, era como se nunca o tivessem segurado no colo, balançado no joelho ou lhe servido um prato extra de sobremesa. O mero espaço de um minuto os transformara em desconhecidos.

— Não podemos deixar que você seja um de nós — disse a matriarca.

Séverin nunca se esqueceria do jeito como a matriarca olhou para ele... como ousara demonstrar pena.

—Tante... — conseguiu dizer ele, mas ela o interrompeu com um gesto brusco da mão enluvada.

— Você não pode mais me chamar dessa maneira.

— Uma pena. — Séverin ouvira o antigo oncle dizer. — Mas simplesmente não podemos ter mais do que um.

Mais tarde, um grupo de advogados informou a Séverin que ele seria cuidado até alcançar a idade de herdar o fundo fiduciário da Casa Vanth, pois, embora não fosse o herdeiro de sangue, seu nome aparecia em todos os contratos e escrituras, o que lhe daria direito aos recursos econômicos.

Séverin não lamentou tanto a morte do pai como fez com a de Kahina. Seu pai não lhe permitia chamá-la de "mãe" e, em público, ela se referia a ele como "Monsieur Séverin". Mas à noite... quando se esgueirava até o quarto dele para cantar canções de ninar, ela sempre sussurrava uma coisa antes de partir:

— Sou a sua Ummi. E eu te amo.

No primeiro dia na casa de Ira, Séverin chorou e disse:

— Sinto falta de Kahina.

Ira o ignorou. No segundo dia, Séverin ainda não tinha parado de chorar e mais uma vez disse:

— Sinto falta de Kahina.

Ira parou, a meio caminho do lavabo. Deu meia-volta. Seus olhos eram tão claros que, às vezes, as pupilas pareciam sem cor.

— Diga o nome dela novamente — ordenou o velho.

Séverin hesitou. Mas ele amava o nome dela. Aquele nome soava como o cheiro que ela exalava... como frutas de um jardim de conto de fadas. Ele amava como, quando dizia o nome dela, se lembrava de que ela costumava se inclinar diante dele, com toda aquela cortina de cabelos pretos caindo por sobre sua cabeça de criança, e então ele podia fingir que era hora de dormir e, portanto, hora de ouvir uma história.

No instante em que disse o nome dela, Ira o esbofeteou. Fez isso várias e várias vezes, exigindo dele que dissesse "Kahina" até que o sangue substituiu o gosto de conto de fadas que havia no nome de sua mãe.

— Ela está morta, garoto — disse Ira, quando terminou. — Morreu no fogo, junto com o seu pai. Eu não quero voltar a ouvir o nome dela.

◆————◆————◆

O filho bastardo de Ira também morava na casa, embora o pai raramente tratasse a criança como se fosse sua. O garoto era mais novo do que Séverin e tinha olhos grandes e cinzentos. Quando Ira estava zangado, não se importava com qual garoto espancaria, desde que um deles estivesse por perto para apanhar.

Em seu escritório, Ira mantinha um Elmo de Fobos, um objeto de afinidade mental Forjado que recompilava os pesadelos de quem o usasse e os mostrava repetidas vezes...

Quando os meninos começavam a gritar, depois que o Elmo de Fobos estava preso em suas cabeças, Ira apenas observava. Ele nunca tocava neles, exceto durante os golpes ocasionais.

— Sua imaginação machuca muito mais do que qualquer coisa que eu possa fazer — disse ele uma vez.

Um dia, Ira chamou o outro menino. E, a essa altura, Séverin já sabia que ele se chamava Tristan. Naquele dia, viu Tristan encolhido nas sombras. Nenhum dos meninos se mexeu.

— Você o viu por aí? — quis saber Ira.

Séverin tinha uma escolha. E a fez.

— Não.

Então, em vez disso, Ira o pegou.

No dia seguinte, Ira chamou pelos dois. Séverin estava lá fora, vagando pelo jardim. Os passos de Ira ecoaram alto. Séverin poderia ter sido pego se não tivesse sentido um pequeno puxão em sua manga. O garoto silencioso estava escondido entre as roseiras. Seu colo estava cheio de flores. E então se afastou para o lado, para abrir espaço para Séverin.

— Eu te protejo — sussurrou Séverin.

Eu te protejo.

Uma promessa.

Uma única promessa, e nem isso conseguiu manter.

Toda vez que pestanejava, ele via o corpo deles. O cabelo brilhante de Zofia, despenteado e sujo. Tristan agachado, balançando o corpo... e Laila. Laila, que devia ter açúcar no cabelo, não pedaços de vidro. Laila, que ele...

Séverin enfiou as unhas na palma das mãos, gritando para o cocheiro ir mais rápido. Ao seu lado, Enrique era um fantasma de si mesmo, sussurrando e virando entre os dedos as contas de um rosário. No instante em que chegaram ao L'Éden, Enrique saltou da carruagem.

— Vou procurar por eles lá dentro.

Séverin assentiu com a cabeça, e então saiu correndo na direção do Jardim dos Sete Pecados.

Não parou de correr até que chegou à oficina de Tristan, na Inveja. Tristan estava de costas para ele. Encurvado. O pescoço inclinado. Sua mesa de trabalho estava cheia de pequenas folhas e pedaços de pétalas... todos os ingredientes dos mundos em miniatura que ele criava de maneira obsessiva.

Séverin não conseguia respirar. Será que seu irmão tinha sido estrangulado? Será que o tinham deixado sustentado na vertical, em algum tipo de brincadeira macabra? Nesse caso, o que tinham feito com Laila e Zofia? Será que estavam mortas nas cozinhas e no laboratório? Ou...

Tristan se virou.

— Séverin?

O rapaz ficou parado ali, balançando o corpo para frente e para trás.

— Por que você parece que vai vomitar? É aquele hóspede sonâmbulo do quarto 7? Na noite passada eu o peguei andando por aí, de olhos fechados e pelado, na habitação dos funcionários, e se foi isso o que aconteceu, eu honestamente não o culpo...

— As outras... — Séverin conseguiu falar. — Elas estão... elas estão...

Tristan franziu o cenho.

— Eu acabei de ver a Laila e a Zofia na cozinha. Por quê? O que tá acontecendo?

Séverin o agarrou abruptamente em um abraço.

— Sinto que estou deixando passar algo importante — chiou Tristan.

— Eu pensei que vocês estavam mortos.

Tristan deu risada.

— Por que você pensaria isso? — Mas, quando percebeu a expressão desolada nos olhos de Séverin, fez uma pausa. — O que aconteceu?

Assim, Séverin contou tudo para ele, desde a proposta de Hipnos... até a recompensa que os aguardava no fim.

— Casa Kore? — Tristan praticamente cuspiu. — Depois do que ela...

— É, eu sei.

— E você vai aceitar?

Séverin estendeu a mão, mostrando o corte áspero da tatuagem de juramento.

— Não tenho escolha.

Naquele momento, a expressão de Tristan era inescrutável.

Depois do que pareceu ser uma eternidade, Tristan virou a própria mão. A cicatriz prateada combinava com a de Séverin. Nenhum deles sabia onde Tristan havia conseguido a cicatriz. Mas não importava.

Por fim, Tristan colocou a mão sobre a de Séverin, cicatriz com cicatriz, antes de dizer:

— Eu te protejo.

Um dos maiores segredos da Casa Caída era onde eles conduziam suas reuniões. Diziam que a chave tanto para a localização secreta de seus encontros quanto para seu tesouro perdido estava nos relógios de osso que, no passado, eram dados para cada um dos membros da Casa. Nos cinquenta anos desde que foram exilados e executados pela Ordem, ninguém decifrou o código dos relógios. Atualmente, isso era considerado apenas um boato que o tempo acabara colocando na categoria de mito. O que, no entanto, não diminuiu o interesse na aquisição desses artefatos. Ultimamente, os relógios tinham se tornado itens de colecionador.

Um dos poucos remanescentes estava na estante de livros de Séverin.

Durante todo o tempo em que manteve o relógio de osso, o artefato não revelara nenhum de seus segredos. Ainda que, às vezes, o relógio parasse às 2h06 — o que Séverin achava bem estranho, considerando que havia uma única palavra encontrada no objeto: *nocte.*

Meia-noite.

Com frequência, enquanto refletia, Séverin olhava para o relógio.

Cinquenta anos antes, parecia impossível que alguma coisa arruinasse a Casa Caída. E, agora... para Séverin, o relógio era um lembrete. Tudo podia cair. Torres que alcançavam o céu, Casas com bolsos mais cheios que impérios, serafins resplandecentes que, no passado, tiveram a confiança de Deus. Até mesmo famílias que supostamente o amavam. Nada era invencível, exceto a mudança.

Séverin ainda encarava o relógio quando a carta de Hipnos chegou. Ele rasgou o envelope, leu a primeira linha e fez uma careta.

Sejamos justos, você teria feito o mesmo.

Os nós dos dedos de Séverin ficaram brancos de tanto apertar o papel.

Antes que jogue esta carta no fogo, espero que escute a sementinha da razão que existe bem no fundo da sua fúria. Vamos trabalhar juntos e, ainda que eu possa não cumprir minhas promessas do melhor modo, sempre as cumpro. Como sei que você também o faz.

Me diga o que necessita de mim.

Séverin odiava aquela palavra. *Necessitar.* Odiava como a promessa de Hipnos de um novo teste de herança trazia exatamente essa palavra à vida.

Às vezes ele desejava não se lembrar da vida antes da Ordem. Desejava que alguém com afinidade mental pudesse adentrar em suas lembranças e apagar aqueles anos. Ele era assombrado. Não por pessoas, mas por fantasmas de sensações — a luz do fogo que contornava seus dedos, um gato com a cauda peluda que dormia nos pés de sua cama, água de flor de laranjeira na pele de Kahina, uma colher mergulhada no mel e colocada discretamente em sua mão, que por ela aguardava; o vento em seu rosto quando ele era lançado ao ar e pego em braços carinhosos, palavras que afundavam em sua alma como raízes que cresciam sob a luz do sol: "Sou a sua Ummi. E eu te amo". Séverin fechava os olhos com força. Desejava não saber o que tinha perdido. Talvez então os dias não seriam assim. Como se antes ele soubesse como voar, mas os céus o tivessem sacudido e o deixado sem nada além da lembrança de asas.

Séverin endireitou a postura. Seus dedos deixaram impressões úmidas na carta de Hipnos. E com a mão ele amassou o papel. Sabia o que iria fazer. O que precisava fazer. Enquanto saía pela porta do escritório, uma dor fantasma se acomodou entre suas omoplatas.

Como se sentissem falta do peso das asas.

Pelo vidro fosco da porta da cozinha, Séverin viu os contornos deles amontoados ao redor dos balcões altos. Ouviu o tilintar da porcelana chinesa, das colheres de prata batendo nos pires. A crocância dos biscoitos. Podia imaginá-los com perfeita clareza. Zofia partindo seus biscoitos cuidadosamente ao meio, depois mergulhando cada parte no chá. Enrique exigindo saber por que ela estava torturando os biscoitos. Tristan reclamando que chá não passava de um monte de folhas lavadas com água quente e perguntando: "Laila, não temos chocolate quente?". Laila, que se movia como uma sílfide entre eles, observando-os com aqueles olhos que diziam que ela conhecia seus piores segredos e, acima de tudo, que os perdoava. Laila, que sempre tinha açúcar no cabelo.

Ele podia sentir todos eles, e isso o aterrorizava.

Assim, colocou a mão na maçaneta. As tatuagens de juramento em sua mão esquerda o encaravam. O grupo até podia dever a ele pelos seus empregos, mas era Séverin quem estava ligado a eles.

Era ele quem sempre seria deixado para trás. Logo, a dívida de Zofia seria paga e a deixaria rica o bastante para que pudesse começar uma nova vida. Logo, Enrique se juntaria ao círculo mais íntimo dos visionários filipinos e deixaria o L'Éden. Logo, Laila também partiria. Quando ela lhe ofereceu seus serviços e lhe confiou sua história — assim como ele confiara a dele para ela —, Laila lhe dissera que havia um objeto pelo qual procurava, e que iria para onde quer que essa busca a levasse.

E então sobrava Tristan. O único que ficaria por livre e espontânea vontade.

Mas se eles adquirissem o Olho de Hórus...

Hipnos teria que realizar o teste e, daquela vez, ninguém trapacearia. A Casa Vanth seria ressuscitada. Como patriarca, ele lhes daria mais do que apenas as conexões dos ricos. Ele poderia colocar a irmã de Zofia na escola de medicina; daria acesso a Enrique e informações privilegiadas para os Ilustrados; ajudaria Laila a encontrar o livro antigo que procurava; manteria sua promessa a Tristan.

Poderia lhes dar mais do que simplesmente algo para que pudessem se manter até a aquisição seguinte. Ele poderia lhes dar o suficiente para que permanecessem.

Os quatro o encararam quando ele entrou. A julgar pela xícara vazia, já o esperavam há algum tempo. Depois de um longo instante, Laila lhe serviu o chá. Mesmo com o cabelo dela diante do rosto, ele sabia que ela estava sorrindo. E odiava o fato de saber isso. Dois anos antes, nem passava pela cabeça dele que tais coisas eram possíveis.

Naquela época, Laila havia acabado de começar o trabalho no *Palais*, como sua espiã, e na cozinha, como chef-confeiteira. Um dia, ela invadiu o escritório dele, o cabelo manchado de farinha, carregando uma reluzente e gelatinosa torta de frutas na mão. Laila já havia conquistado metade dos funcionários e conseguido mais aquisições do que Séverin jamais seria capaz de fazer sozinho. O fato de ela passar a maior parte do tempo livre na biblioteca ou na cozinha não o incomodaria se ela não ficasse tentando forçar suas invenções para cima dele ou dando sua opinião em cada coisinha enquanto Séverin tentava trabalhar. O pior era que ela não queria nada em troca. Só deixava bolos na mesa dele e, se ele tentasse pagá-la, ela batia em sua mão.

— Experimente, experimente — insistira ela naquele dia, puxando a cadeira para que ele se sentasse e lhe estendendo um pedaço da torta.

Ele estava tão surpreso com a maneira inesperada com que Laila continuava se manifestando — como um sonho recorrente que mal tinha sido esquecido —, que nem teve tempo de dizer:

— Eu não quero esses malditos doces.

Os dedos dela separaram os lábios dele. Os sabores se tornaram incandescentes. Talvez ele tenha gemido. Já não conseguia se lembrar.

— Tá sentindo isso? — sussurrara ela. — Em vez de raspas de limão comum, usei raspas de yuzu do pomar, e fava de baunilha em vez de apenas o extrato. A cobertura é de geleia de hibisco que eu mesma fiz. Não de um damasco qualquer. O que você acha? Não está dos deuses?

Aquela foi a primeira vez que ele percebeu que podia sentir o sorriso dela. Como a luz indo ao encontro da pálpebra fechada. Ele pestanejou, abrindo os olhos e observando como os lábios dela se abriam em um sorriso crescente. Desde então, sempre que ela sorria, Séverin se lembrava do sabor daquela torta de frutas, o sabor marcante do hibisco e a suavidade da baunilha. Inesperado e doce.

Enrique pigarreou, e Séverin voltou a si.

— *Finalmente* — resmungou Enrique, antes de colocar o último biscoito na boca. — Considere isso uma penalidade por aparecer tão tarde — completou, com a boca cheia.

Séverin puxou uma cadeira, sentindo os olhos de todos sobre si. Claro que Laila foi a primeira a falar.

— Séverin... o que vamos fazer? Enrique nos contou o que aconteceu lá.

Enrique corou, envergonhado, e tomou um gole generoso e bem cronometrado de seu chá.

— Você está ligado a Hipnos — afirmou Laila.

Ele flexionou os dedos, vendo sua cicatriz se esticar.

— O que acontece agora não depende de mim — disse ele. — Não vai ser como nossas aquisições anteriores. Será ainda mais perigoso. E, se escolherem um caminho diferente, não vou ver ninguém com maus olhos. Só vou desativar as tatuagens de juramento e pagar vocês de acordo.

Séverin não confiava em si mesmo para encará-los até que ouviu o suspiro resignado de Enrique.

— Tô dentro — falou Enrique depois de um longo instante.

— Eu também — garantiu Laila.

Zofia concordou com a cabeça.

Tristan engoliu em seco, com os olhos fixos no balcão. Foi quem demorou mais tempo antes de erguer o olhar até Séverin e assentir.

Uma dor quente se espalhou pelo peito de Séverin. Não uma dor física, mas a mordida de algo cruel. Esperança. Ele se recusou a demonstrá-la. Em vez disso, forçou um sorriso.

— Excelente. Agora. Para conseguirmos tirar o Olho de Hórus do cofre, temos que nos concentrar em duas coisas. Primeiro, encontrar a localização exata do Olho dentro do cofre de Kore. Para isso, vamos precisar da moeda--inventário, então temos que fazer uma visita ao nosso velho camarada, o mensageiro da Casa Kore. Graças a Laila, nós sabemos exatamente onde ele estará amanhã.

— No *Palais des Rêves* — esclareceu Laila, sorrindo.

Enrique fez um som agudo.

— Esperem aí, não! Eu quero ir lá! É a festa do ano!

Zofia franziu o cenho.

— O que tem de tão incrível em uma festa?

— Vai ser *magnífica* — comentou Enrique, suspirando.

— E quem disse que eu consigo colocar qualquer um de vocês lá dentro? — perguntou Laila.

— Calma lá. Vamos com calma... Como, exatamente, você planeja fazer com que o mensageiro da Casa Kore entregue a moeda-inventário? — perguntou Enrique. — Nós não conseguimos encontrá-la quando precisamos dela para o leilão.

— É aí que entra a máscara da Esfinge, cortesia de Zofia. Eu vou assumir o papel de uma Esfinge. Mas vou precisar de alguém vestido como oficial da Sûreté.

A Sûreté era o ramo investigativo das forças armadas. Os únicos autorizados a reter um membro da Ordem para interrogatório. Séverin se virou para Tristan, que gemeu.

— Por que eu?

— Você tem um rosto excelente.

— Qual o problema com o meu rosto? — quis saber Enrique. — Eu posso ir?

— Ele quer ir! — apontou Tristan. — Por que ele não pode ir?

— Porque eu já escolhi você.

Enrique choramingou.

— Séverin não me acha bonito.

— Séverin, diga que ele é bonito — pediu Laila.

Séverin cruzou os braços.

— Zofia, diga que ele é bonito.

Zofia não ergueu os olhos do chá.

— Pessoalmente, estou indecisa, mas, se estamos afirmando isso com base na objetividade, então, segundo o princípio da proporção áurea, também conhecida como *phi*, que é aproximadamente 1,618, sua beleza facial é matematicamente agradável.

— Acho que vou desmaiar — resmungou Enrique.

— Tem que ser Tristan — reafirmou Séverin. — Precisa ser um rosto honesto. O tipo que inspira confiança.

Séverin ouviu uma batida quando Tristan chutou a perna da mesa. Um pequeno chilique só podia significar que ele estava parcialmente convencido. Tristan o fuzilou com os olhos.

— Vai ser durante o dia?

— À noite.

— E quanto ao Golias?

Todo mundo suspirou.

— Golias tem um cronograma de alimentação muito estrito. Ele gosta de seus grilos exatamente à meia-noite. Nem antes, nem depois. Quem vai alimentá-lo?

— Golias já não é crescidinho o bastante? — perguntou Laila.

— Provavelmente é ele quem está comendo todos os passarinhos do jardim — disse Enrique. — Vocês perceberam que todos desapareceram?

Tristan pigarreou.

— *Quem vai alimentar o Golias?*

Enrique ergueu a mão, sem nenhum pingo de vontade.

— Eu vou.

Mas Tristan não tinha terminado:

— Se eu fizer isso, todo mundo precisa me ajudar com o meu próximo projeto de miniatura.

Todo mundo gemeu.

Tristan cruzou os braços.

— Tudo bem, então eu não vou...

— Você venceu — concordou Séverin.

Com um ar presunçoso, Tristan tomou um gole de seu chocolate quente.

— Conseguir a localização do Olho nos dá uma vantagem, mas nos deixa com a questão da Casa Kore em si. O Festival de Primavera deles é em duas semanas. Tristan é o único de nós que esteve várias vezes na Casa Kore para projetos de jardinagem Forjada, então ele cuida da parte externa.

— E quanto aos convites? — perguntou Enrique. — Eles foram distribuídos há meses.

— Hipnos vai cuidar disso — garantiu Séverin. — Ele tem que servir pra alguma coisa.

— Nossos instrumentos não conseguem passar pela pedra verita — lembrou Zofia.

— Ela está certa — concordou Enrique. — Seremos barrados na porta de entrada. A única coisa que repele pedra verita é pedra verita. E dificilmente alguém tem um pedaço de verita sobrando largado por aí para poder confundir os sensores.

Séverin colocou um cravo na boca.

— Ah, não — choramingou Enrique. — Odeio quando você faz isso. O que foi, agora?

— Acho que me lembro de você ter mencionado um artefato do norte da África que tinha propriedades similares.

Enrique arregalou os olhos.

— Eu não tinha *ideia* que você prestava atenção no que falo.

— Surpresa.

— Mas, hum, sim... há um artefato que quero examinar, mas está trancado e protegido em uma exposição. É parte de uma mostra de objetos supersticiosos das colônias, mas não estará aberta antes da Exposição Universal.

— Muito que bem.

Enrique pestanejou.

— Espera aí. Você quer que *eu* invada a exposição?

— É claro que não...

— Graças a Deus.

— ... Zofia vai com você.

— Como é que é? — disseram Zofia e Enrique ao mesmo tempo.

— Eu trabalho sozinha — argumentou Zofia.

Enrique revirou os olhos.

— A maioria das mulheres mataria para ficar sozinha comigo.

— Aprendi que algo não precisa ser animado para que se use a palavra "matar" — comentou Zofia. — Como quando as pessoas falam em "matar o tempo". Talvez essas mulheres a respeito das quais você está falando estejam matando suas expectativas?

Tristan cuspiu metade de seu chocolate quente, então olhou para o relógio e empalideceu.

— Preciso ir — disse ele. — Tenho uma encomenda para entregar.

Enrique suspirou.

— Preciso pesquisar mais a respeito do artefato. Zofia, você bem que podia vir comigo. Você também vai precisar saber acerca dessas coisas.

Zofia fez uma careta e desceu da cadeira, deixando Séverin e Laila na cozinha. Séverin pegou sua xícara de chá. Estava feliz pelo fato de a cozinha estar bem iluminada e por eles dois estarem sentados em lados opostos da mesa. Não que as circunstâncias daquela uma única noite já tivessem se repetido, mas toda vez que ficava sozinho com ela era como se seus pensamentos escorregassem de um penhasco... no qual imagens que seria melhor ficarem esquecidas surgiam como ondas fantasmagóricas.

— Laila.

— *Majnun* — disse ela, em voz baixa.

Só Laila o chamava de *majnun*, ou "lunático". Em geral, era dito com afeto, mas naquele momento o tom dela estava frio.

Séverin olhou ao redor da cozinha. Laila preferia deixar um caos caloroso e borbulhante em seu espaço de trabalho. Folhas de receita manchadas e coladas nas paredes. Tigelas lascadas que, segundo ela, estavam encharcadas de felicidade e, portanto, eram superiores a qualquer coisa nova. Colheres de pau gravadas com o nome das pessoas com quem ela se importava, penduradas no teto, balançando. Mas, hoje, tudo parecia impecável. Nada na superfície. Tudo guardado. Era o contrário de feliz.

— Você nunca aprende — repreendeu ela, bebendo chá. — Talvez isso teria sido evitado se você me deixasse ler sua correspondência.

— A carta era Forjada, não tinha como...

— O selo era Forjado. O papel em si era comum. Eu poderia ter te contado por onde a carta estivera, por quantas casas ela tinha passado antes de chegar até você. Eu poderia ter te contado que era uma armadilha.

Ela estava certa, e Séverin sabia. Mas dividir aquilo com todo mundo só teria provado que ele os colocara em perigo.

— O que você queria que eu tivesse feito?

— Eu queria que você tivesse confiado em mim — disse ela. — Como eu tenho confiado em você.

Aquela confiança era o motivo pelo qual não havia contrato ou tatuagem de juramento entre eles. Dois anos antes, Laila salvara sua vida ao ler o relógio de bolso de um hoteleiro que o queria morto só para poder tomar sua propriedade. Ela provara suas habilidades para Séverin lendo um antigo pingente de ouroboros que ele havia herdado do pai... E, assim que extraiu as profundezas dele, ela lhe ofereceu seus próprios segredos em troca. Laila poderia ter se aproveitado de suas descobertas a respeito dele, mas, em vez disso, dera a ele uma faca para chamar de sua, e foi assim que se passou. Os dois sorrindo, com as malditas coisas desconhecidas pendendo como canivetes na garganta um do outro.

Tirando Tristan, Laila era a amizade mais segura que ele já tivera.

— Você está fazendo tempestade em copo d'água — desdenhou Séverin. Uma olhada para Laila, e ele soube que dissera a coisa errada.

— É a minha vida, Séverin — disse ela, com a expressão dura. — E isso significa muito para mim.

Ele corou.

— Não quis dizer isso...

— Não tô nem aí para o que quis dizer. Eu me importo se algo fica no caminho da minha busca — vociferou Laila. — Incluindo seu ego.

Laila sempre retornava ao assunto da busca pelo livro Forjado com as respostas quanto à sua existência, embora nem mesmo ela conhecesse seu conteúdo. Assim como era implacável e incansável em prol daqueles a quem amava, ela também encarnava isso em sua busca. Nada a impediria. Nem a família que deixara para trás, na Índia, nem, em breve, a família que fizera ali.

— Tudo o que estou pedindo é que confie em nós do jeito que nós confiamos em você — disse ela. — Você sabe o que eu sou?

— Uma mulher zangada? — sugeriu ele, com um sorriso fraco.

Laila não achou graça.

— Sou um instrumento. Eu sei disso. E você sabe disso.

— Não se chame assim... — Censurou ele.

Mas Laila o interrompeu:

— E, mesmo assim, você se recusa a me usar, mesmo quando te peço para fazer isso. Então, parece que você precisa de um certo lembrete.

Ela esticou a mão, segurando o pulso dele.

— Laila... — advertiu-a ele.

— Você derrubou sua caixa de cravos sobre suas mangas essa manhã. Escondeu um dos dispositivos incendiários de Zofia na sala de Hipnos. Por quase uma hora, ficou olhando para o relógio de osso no seu escritório. Quer que eu continue? Porque posso fazer isso — disse Laila, com a voz quase falhando. — Este terno foi feito por uma mulher que soluçou sobre o tecido após descobrir que estava grávida fora do casamento. Este terno...

— *Pare* — ordenou ele, ficando em pé tão rápido que sua cadeira bateu no vidro que estava na parede às suas costas.

Séverin olhou para os dedos dela ainda tocando seu pulso. Nenhum dos dois se moveu. Conseguia ouvi-la respirar, superficial e rapidamente, do outro lado da mesa. Desde que concordaram em trabalhar juntos, três anos antes, ela nunca mais lera os objetos dele. Ao toque dela, ele se sentia perigosamente exposto. Precisava sair dali. Agora.

— Você não é um instrumento. Não para mim — disse ele, sem olhar para ela. — Mas, se insiste tanto, então faça algo útil. Me coloca naquela lista de convidados do *Palais des Rêves*.

Quando a noite se aproximou, Séverin ouviu uma comoção do lado de fora de seu escritório. Não era novidade. E, portanto, ignorou e continuou concentrado nos papéis que tinha diante de si. Por algum motivo, achou que podia sentir no ar o cheiro de açúcar e água de rosas. O perfume que Laila mantinha em um frasco de quartzo-rosa. De manhã e à noite, ela passava um pouco nos pulsos e na base da garganta cor de bronze. Era um cheiro suave... um que ele só percebeu quando seus lábios roçaram o pescoço dela.

Séverin apertou a ponte do nariz.

Dá o fora da minha mente.

Em um lado de sua mesa estava a planta do palácio da Casa Kore. Do outro, o protótipo que Zofia fizera de uma máscara de Esfinge. Mas então ele ouviu um nome ser chamado no corredor:

— *L'Énigme!*

Ah, não, pensou Séverin.

— Pode ir, a gente vai ficar aqui — disse uma voz imperiosa.

A gente?

Séverin empurrou sua cadeira, pronto para atravessar o aposento e trancar a porta, quando Laila — não que alguém fosse reconhecê-la naquele momento — entrou. Séverin nunca a tinha visto como *L'Énigme*. Ele nunca fora ao cabaré. Mas sabia dos boatos quanto ao efeito que ela causava na audiência. Olhando para ela naquele momento, os boatos eram apenas uma sombra da realidade. Com o enfeite de penas de pavão na cabeça e a máscara, *L'Énigme* parecia mais um mito do que uma mulher. As plumas coloridas como pedras preciosas desciam até suas costas. A seda clara agarrava em suas pernas, Forjada para ondular como se um vento invisível fosse sua constante companhia. Sua blusa era pouco mais do que um espartilho de pérolas.

Laila deu dois passos adiante, parando por tempo o suficiente para deixar que a multidão que crescia cada vez mais do lado de fora do escritório a visse deslizar a mão sobre o braço dele.

— Eu queria surpreendê-lo — disse ela, com tom sedoso. Então se virou para encarar a porta aberta e a multidão de rostos curiosos. — Será que precisamos ter audiência?

Alguém fechou a porta.

No instante em que a porta foi fechada, Séverin saiu do alcance dela. Olhou de relance para a porta. Atrás dela, a fofoca provavelmente tomava conta dos corredores.

— O que foi?

Ele não confiava em si mesmo para falar mais do que isso.

— Você me pediu para que te colocasse na lista de convidados. *Voilà.*

Laila se acomodou em uma das cadeiras do escritório e tirou o enfeite de cabeça. Ao seu toque, as penas de pavão Forjadas encolheram até se tornarem uma gargantilha de seda verde com um pingente de resina. Laila puxou o cabelo de lado enquanto lutava com o fecho de seu colar.

— Isso fica se soltando — reclamou, franzindo o cenho. — Acho que o Enrique prendeu errado. Pode me ajudar?

Todas as linhas de seu corpo pareciam relaxadas. A briga tinha passado. Não foi o primeiro confronto deles e não seria o último, então nenhum dos dois se deu ao trabalho de pedir desculpas. Séverin foi até as costas dela.

— Me explica como essa demonstração vai me colocar na lista de convidados — pediu, segurando o fecho entre os dedos.

— Todas as cortesãs podem convidar um amante para ficar em seus aposentos privados durante uma apresentação — explicou ela. — Esta noite, esse homem é você. — Os dedos dele escorregaram, e Laila ficou tensa. — Eu não esqueci a promessa que fizemos — garantiu, com leveza.

Um ano e meio antes, ele lhe dissera:

— Não podemos fazer isso de novo.

Ao que ela respondera:

— Eu sei.

Ele tinha uma Casa para recuperar, um futuro inteiro para erguer das sombras. Já tivera garotas em sua cama antes, mas nada como aquela noite. Nada que o fizesse se esquecer por um instante de quem era. De quem ele devia ser.

Nenhuma fantasia valia seu futuro.

Desde então, nenhum dos dois mencionara a promessa que tinham feito. Ambos fingiam que nunca acontecera, e faziam isso muito bem. Podiam trabalhar juntos. Podiam ser amigos. Podiam seguir em frente.

— Isso é só um boato plantado — acrescentou Laila, com rapidez. — Vou me assegurar de aparecer com outra pessoa na próxima noite e, assim, liberar você de qualquer associação comigo.

Ele não gostou de como seus pensamentos permaneciam agarrados às palavras "esta noite".

Quando terminou de prender o colar, o polegar dele raspou em sua nuca. Laila estremeceu, inclinando-se para a frente. O topo da longa cicatriz que percorria sua coluna apareceu pelo decote.

— Suas mãos são frias — apontou ela, fazendo uma careta. — Que tipo de amante tem mãos frias?

— Um que compensa a temperatura com talento.

Séverin pretendia dizer aquilo como uma brincadeira, mas sua voz saiu rude demais. Laila se virou sobre o assento. Sem pensar, os olhos dele foram até a boca dela. Ela tinha se arrumado com pressa. Havia um pouco de pó branco na borda de seus lábios vermelhos. *Açúcar.* Será que estava fazendo bolos e perdeu a noção do tempo? Ou era de propósito? Um convite para alguém provar?

Uma explosão de luz vermelha em sua mesa fez os dois se separarem.

Laila se assustou e depois fez uma careta. Sua mão estava presa na beira da mesa.

— Devo ter encostado sem querer.

A mesa de Séverin era Forjada para responder apenas à palma de suas mãos. Se mais alguém a tocasse enquanto estava ativa, ficaria preso. Ele se aproximou, colocando a palma da mão na mesa de jade. O brilho vermelho sumiu, e Laila estava livre. Séverin não sabia o que dizer. O ar estava tão repleto dela que mal sobrava algo para seus pulmões.

— As palavras pelas quais você está procurando, *majnun*, são "muito obrigado" — disse Laila, levantando-se da cadeira.

E então se dirigiu para a porta. Antes de alcançar a maçaneta, ela tocou a gargantilha. Seu enfeite de cabeça Forjado se desdobrou, retorcendo-se de maneira sinuosa por seu rosto, roubando qualquer expressão que surgisse ali. Mais uma vez, Séverin sentou-se diante de sua escrivaninha.

As palavras pelas quais você está procurando, majnun, *são "muito obrigado".*

Laila estava quase sempre certa, um fato que ele jamais admitiria para ela, nem diante das dores da morte.

Mas naquele dia ela estava errada.

8

LAILA

Laila estava começando a entrar em pânico.

Primeiro, ela tinha menos do que duas horas até sua apresentação no *Palais des Rêves*. Segundo, ela não tinha conseguido buscar seu vestido novo no costureiro, e com certeza devia ter fila em seu modista favorito. Terceiro, ela não conseguia encontrar sua gargantilha Forjada em nenhum lugar, e se recusava a sair sem a peça. O colar continha seu enfeite de cabeça de penas de pavão e, se não o usasse, alguém poderia reconhecê-la.

Laila jogou de lado uma das muitas almofadas em sua cama, e então sacudiu as cortinas transparentes de seu dossel.

— Onde está? — disse ela em voz alta. — Você pegou?

— Por que sou sempre eu que levo a culpa? — quis saber Tristan.

Ele estava esparramado, de barriga para baixo, no chão do quarto dela. Uma das almofadas estava apoiada sob o queixo dele enquanto Tristan arrumava meticulosamente a coleção de perfumes dela em uma fileira diante de si. Laila reconhecia cada frasco, exceto um, uma esfera de vidro com bolinhas pretas.

— Você podia fazer algo de útil e me ajudar — resmungou ela. — O que está fazendo aqui, mesmo? Você tem seu próprio quarto.

— Estou pesquisando — retrucou ele.

— Dá pra pesquisar em outro lugar?

— Se eu for até o laboratório de Zofia, ela vai me dar uma aula de matemática. Se eu for até o escritório de Enrique, ele vai me dar uma aula de história.

— E quanto a Séverin?

Tristan fez uma careta. Laila sabia o que aquilo significava — os dois rapazes tinham brigado. Como sempre.

— Você sabe que ele se importa com você, né? — perguntou Laila.

Tristan a ignorou. Estendeu a mão, abrindo um dos perfumes e sentindo o cheiro da fragrância. Fez uma careta.

— Isso aqui tem cheiro de baleia morta.

Laila tirou o perfume das mãos dele.

— Eu gosto dele — disse ela, afetada.

Ela olhou para o chão do quarto. Havia sedas dos trajes antigos que ela pretendia transformar em cortinas, cestas cheias de colares não terminados, uma coleção inteira de sapatos e uns dois desenhos de artistas de cabaré que a retrataram no palco.

Agitada, Laila puxou uma mecha de seu cabelo.

— Não posso sair sem a minha gargantilha. Eu achei que estivesse bem...

Um brilho pálido da fita — bem atrás de Tristan — chamou sua atenção. Laila pegou a gargantilha do chão e a balançou diante do rapaz.

— Tristan! Estava bem do seu *lado*! Você não podia ter dado uma olhada?

Ele olhou para ela, os olhos arregalados.

— Sinto muito?

— Você não sente nada — bufou ela.

Laila deu meia-volta, mas o salto de seu sapato escorregou... e ela caiu de costas. Tristan tentou segurá-la, mas não se moveu com rapidez suficiente, e a cabeça dela bateu dolorosamente no chão. Tristan colocou uma almofada sob a nuca dela.

— Laila! Você está bem?

Quando tentou se sentar, seu braço bateu na esfera de vidro que tinha as bolinhas pretas.

— Meu experimento! — lamentou Tristan.

A esfera de vidro se estilhaçou. Mas, em vez de se espalharem pelo chão, as bolinhas pretas quicaram no ar. Ela ergueu os olhos, os lábios entreabertos em surpresa enquanto encarava as bolinhas flutuantes. Em um piscar de olhos, elas caíram. Laila tentou proteger o rosto, mas uma delas entrou por entre seus lábios. Ela cuspiu imediatamente, e várias colunas de tinta se ergueram no ar e a encharcaram em sombras grossas.

— Tristan! — exclamou ela.

Laila ouviu o barulho de algo se mexendo à sua frente. Não dava para dizer o que era, já que não conseguia enxergar nada. Mas então, uma voz que, sem sombra de dúvidas, era de Tristan, falou:

— Ops.

Uma hora mais tarde, Laila estava sentada em sua carruagem, limpando uma mancha de tinta no polegar.

Acontece que as bolinhas pretas eram a mais nova invenção Forjada de Tristan, combinando tinta de lula e celulose dentro de células de plantas. Quando seguradas na boca e cuspidas, criavam um efeito digno de pesadelos. Daí seu nome: Mordidas Noturnas. Elas tinham a capacidade de encharcar alguém de tinta e bloquear sua visão por quase vinte minutos. Era uma coisa muito útil quando se estava lutando contra inimigos. Mas nada útil quando, em questão de horas, alguém tinha que se apresentar para uma plateia lotada. No fim, Zofia aparecera misturando uma solução química para limpar a tinta. Enrique também "ajudou", mas basicamente ficou rindo enquanto Tristan corria em círculos gritando "desculpadesculpadesculpa".

Enquanto a carruagem sacudia pelas ruas de paralelepípedo, Laila se inclinou para olhar pela janela. Vestindo o enfeite de cabeça e a máscara, ela era reconhecível logo de cara. Mesmo sua carruagem — que tinha uma cabine de ferro em forma de penas de pavão — era feita para anunciar sua presença. Ela preferia dessa forma. Ser barulhenta em uma vida lhe permitia que fosse tranquila nas demais.

Paris esperava drama de *L'Énigme*. *L'Énigme* incendiava joias de ex-amantes (na verdade, elas eram uma cópia habilmente projetada, cortesia de Zofia). *L'Énigme* tinha rivais (todas elas amigas que concordavam com um calendário predeterminado de "bate-boca" em público). *L'Énigme* era uma princesa exilada por se apaixonar por um nobre britânico; um demônio solto nas ruas de Paris. *L'Énigme* era uma sedutora sem coração que dançava porque o estalo do coração de um homem entre seus dentes era muito melhor do que qualquer moeda.

L'Énigme era Laila, mas Laila não era *L'Énigme*.

A carruagem parou um pouco antes da *rue de la Paix*, número 7, o elegante endereço do renomado costureiro de Paris. Outras carruagens também paravam. Mulheres com todos os tipos de vestidos, chapéus emplumados e bolsas encrustadas de joias saíam delas, parando só pelo tempo suficiente para que a multidão soubesse onde elas estavam entrando.

Ainda que estivesse estranhamente frio para a primavera, Laila fez questão de causar impacto tirando a pele preta de marta. A pele deslizou por seu ombro, expondo a alça cravejada de seu traje *La Nuit et Les Étoiles*. A Noite e as Estrelas.

O crepúsculo cobria a *rue de la Paix* como uma mortalha de veludo. Uma música suave se misturava ao som dos cascos de cavalo nas pedras. Ao longe, a coluna da *Place Vendôme* parecia uma agulha perfurando o céu e roubando a chuva. As ruas escorregadias bebiam a luz das lanternas, pintando faixas douradas nos paralelepípedos. Ao redor de Laila, a multidão se agitava, com questionamentos sendo lançados em voz alta entre os aplausos e os gritos de admiração.

— *L'Énigme!* Você ficou sabendo que *La Belle Otero* queimou penas de pavão no palco noite passada?

— *L'Énigme!* — gritou um homem. — É verdade que você e *La Belle Otero* não se falam mais?

Laila riu, cobrindo a boca com a mão enluvada. Seus anéis de serpentes Forjadas deslizando por entre os dedos.

— *La Belle Otero* pode fazer coisas fabulosas com a boca. Falar não é uma delas.

A multidão arfou. Alguns a fuzilaram com o olhar. Outros riram e repetiram sua frase. Laila pouco se importou. Era o que ela e Carolina queriam. A própria Carolina, conhecida pelo público como *La Belle Otero*, tinha sugerido o insulto. A estrela da *Folies Bergère* era uma artista deslumbrante, mas uma estrategista ainda mais brilhante no que se referia à publicidade. Elas tinham inventado o plano no mês passado, durante o chá. Laila fez uma anotação mental para mandar para Carolina sua caixa favorita de abacaxis desidratados.

Dentro do salão, Laila caminhou a passos largos pelo chão de madeira, passando por espelhos altos. Enquanto caminhava, ouvia o murmúrio suave dos boatos perseguindo sua sombra:

— Você viu só quem é o novo amante dela?

Todos os seus "amantes" ou eram inventados ou resultados de um favor para amigos que não tinham interesse em levar mulheres para a cama. Era uma regra que ela tinha mantido desde que chegara à França.

Só uma vez a quebrara.

Com Séverin.

Só uma vez ela tinha deixado uma atração se transformar em indulgência. O que era uma vez? Foi o pensamento a que se apegou quando se sentiu atraída por ele. Luxúria era uma coisa, mas o que ela sentira naquela noite era uma atração... do tipo que impede as estrelas de caírem do céu noturno. Era vasta. Era diferente do que ela imaginara.

Era um erro.

No salão, vestidos Forjados flutuavam ao longo de uma passarela de cristal, os tecidos ondulando e se esticando como se um corpo humano invisível os movesse. Costureiros subiam em escadas, segurando metros de crinolina engomada ou rolos de seda Forjada que imitavam qualquer coisa, desde o céu em um entardecer outonal até um crepúsculo esfumaçado repleto de estrelas fracas.

Seu costureiro a recebeu na entrada.

— Meu vestido de noite já está pronto? — perguntou ela.

— Mas é claro, *mademoiselle*! Você vai adorar! — disse ele. — Trabalhei nele a noite toda.

— E vai combinar com meu traje?

— Sim, sim — assegurou ele.

Embora seu traje Noite e Estrelas não fosse mudar, ela precisava de um vestido de noite para sua entrada na revolucionária festa do *Palais des Rêves*. O costureiro a levou até o provador. Lá dentro, girava sobre ela um candelabro Forjado de champanhe. Uma taça se soltou do conjunto e flutuou até a mão dela. Laila a segurou, mas não bebeu.

— *Voilà!* — disse o homem.

Ele bateu palmas, e um vestido veio deslizando até o provador. Era de um cetim cor de marfim, com mangas bufantes, um decote em forma de lua crescente bordado com pequenas pérolas e uma sobreposição de treliça preta que parecia um arabesco de ferro. Ela o tocou de leve. Imediatamente, o arabesco se retorceu, e a treliça de seda preta se fundiu perfeitamente em um novo padrão floral escuro.

— Deslumbrante — sussurrou ela.

— E perfeitamente temático para a Exposição Universal — acrescentou o costureiro. — Eu criei o modelo a partir das treliças em camadas da Torre Eiffel. Se a *mademoiselle* gostar do vestido, espero que leve em consideração a ideia de sair da loja já vestida com ele?

Laila já sabia que a resposta seria sim. Mas sua personalidade de diva a governaria durante toda a noite.

Ela deu de ombros.

— Preciso inspecionar eu mesma para tomar a decisão.

O costureiro escondeu a careta atrás de um sorriso muito bem ensaiado.

— É claro.

E, com isso, a deixou sozinha com o vestido. Quando Laila teve certeza de que ele tinha saído, colocou a taça de champanhe em uma mesinha de marfim e começou a se despir. Queria que não houvesse tantos espelhos.

Ela odiava olhar para o próprio corpo.

Nos espelhos, suas costas mutiladas eram refletidas mil vezes. Com cuidado, Laila estendeu a mão por sobre o ombro, traçando a cicatriz, obrigando-se a *ler* o próprio corpo. Cada vez que tentava, era incapaz de conseguir algo. Cada vez, exalava um suspiro de alívio. Ela só conseguia ler objetos. Não pessoas. Será que isso queria dizer que ela era verdadeiramente humana? Ou será que seu corpo tinha ficado mudo, de tal maneira que ela podia ler qualquer objeto exceto um que havia sido Forjado?

Era uma pergunta que fazia todas as noites para sua mãe, na Índia. Antes de dormir, a mãe esfregava óleo de amêndoas doces em suas costas, massageando o tecido cicatricial.

— Isso vai desaparecer — dizia ela.

— E então eu serei de verdade? — perguntava Laila.

As mãos de sua mãe sempre ficavam imóveis quando ela fazia aquela pergunta.

— Você é de verdade, minha garotinha, pois é amada.

As mãos de seu pai nem sempre eram tão gentis. Ele nem sempre sabia o que fazer com Laila. Sua filha forjada.

Talvez fosse porque ela não se parecia em nada com os pais. Tinha os olhos escuros de um cisne, um tom insólito de preto que parecia animal, um cabelo brilhante como o pelo molhado de um gato-da-selva. Afinal, fora o que o *jaadugar* usara. Um filhotinho roubado do ninho de um cisne e uma fera azarada presa em um fosso.

O resto de seu corpo fora tirado do túmulo de uma criança.

Na Índia, os que tinham afinidade de Forja eram chamados de mágicos. *Jaadugars*. Por um preço, podiam realizar complicadas técnicas de Forja. Diziam que os *jaadugars* de Puducherry eram especialmente habilidosos em artes obscuras porque possuíam um livro antigo, escrito em um idioma que não era mais falado. Supostamente, o livro continha os segredos de Forja que rivalizavam com os poderes dos próprios deuses.

O *jaadugar* que os pais dela visitaram era habilidoso em criar um corpo novo a partir de corpos quebrados. Ele podia até mesmo retirar a consciência de alguém e transferi-la para um novo receptáculo. O que foi exatamente o que seus pais lhe pediram quando a levaram — natimorta — até a cabana do *jaadugar*, que ficava fora da cidade.

Anos depois, contaram a Laila que, se ela tivesse sido levada ao *jaadugar* uma hora mais tarde, sua alma teria se libertado para sempre. E aquele era um fato que sua mãe adorava recordar e que seu pai queria esquecer.

Eles tinham pedido pela bela garota com a qual sonhavam que a filha deles se tornaria, e no fim das contas acabaram com ela. Vermelha e gritando como qualquer recém-nascida. A criança se tornou deslumbrante, é verdade, mas ficou para sempre com aquela marca ao longo da espinha. Como se tivesse sido remendada.

Quando a mãe dela morreu, seu pai mudou. Ele trocava de direção quando a via, fazia as refeições no quarto, mal falava com ela, exceto quando a filha parava diante dele. Laila observou o pai se afastar e começou a enfaixar as mãos para não o assustar com suas habilidades. Sua mãe dizia que a habilidade dela era um dom. Já o pai dizia que era consequência de como ela fora feita, pois nunca tinham ouvido falar de alguém com os dons dela. Foi só quando completou dezesseis anos, e todas as suas amigas estavam se preparando para seus casamentos ou concordando com seus noivados, que ela confrontou o pai.

Uma noite, ela lhe mostrou as pulseiras que a mãe lhe deixara.

— Pai, posso usá-las depois que o senhor arranjar meu casamento?

O pai estava sentado no escuro, com o olhar distante. Quando olhou para ela, riu.

— *Casamento?* — perguntou ele, apontando para o corpo dela. — O *jaadugar* que fez você disse que o trabalho dele não passaria de seus dezenove anos, criança. Qual o sentido de arranjar um casamento? Além disso, você é uma garota feita, nem mesmo é de verdade. Quem ia te querer?

Aquelas palavras fizeram Laila ir até o *ashram* dos *jaadugars*, mas o homem que criara seu corpo havia morrido muito tempo antes, e o livro dos segredos que eles guardavam tinha sido roubado... levado para um lugar chamado Paris, por uma organização conhecida como Ordem de Babel.

Ela buscava pistas do paradeiro do livro em cada objeto que lia, mas até aquele momento sua busca se provara infrutífera. Se pudesse ter acesso direto ao conhecimento da Ordem, ela tinha certeza de que o acharia de imediato. No entanto, não podia fazer aquilo, a menos que tivesse um patriarca ao seu lado. Adquirir o Olho de Hórus queria dizer que ela finalmente teria um. Era o senso de humor retorcido do destino que o patriarca fosse o único que a fizera esquecer que era uma coisa criada, com uma data de validade sobre a cabeça. O que era mais do que motivo suficiente para fingir que aquela noite nunca acontecera.

Nenhuma distração fazia a morte valer a pena.

No reflexo do espelho, Laila observou sua cicatriz se mexer. E então, com delicadeza, passou os dedos pelas bordas enrugadas. Parte dela se perguntava se, no dia em que fizesse dezenove anos, ela se abriria ao meio, transformando-se em um monte de pele brilhante e ossos desgastados, o menor vislumbre de uma quase-garota desaparecendo no ar como fumaça.

Se eles adquirissem o Olho de Hórus, ela nunca teria que descobrir.

Laila fechou o vestido, escondendo a costura nas costas. E depois deixou a loja usando o brilhante vestido de ferro, com as alças de seu traje Noite e Estrelas brilhando logo abaixo do cetim.

No *Boulevard de Clichy*, o *Palais des Rêves* era a própria personificação de seu nome. O Palácio dos Sonhos. Era projetado como um porta-joias. No teto, vários feixes de luz faziam piruetas em direção ao céu. A fachada de pedra do *Palais* era Forjada com uma ilusão de nuvens em pleno anoitecer, com uma tonalidade violeta onírica que sobrevoava suas sacadas. Não importava quantas vezes Laila vislumbrasse o *Palais*, ela sempre se sentia transformada. Como se, nesses momentos, seus pulmões não inspirassem ar, mas o próprio céu noturno. As estrelas percorriam suas veias. A alquimia da música e as ilusões do *Palais* a transformando não em dançarina, mas em sonho.

Laila subiu as escadarias da entrada secreta do *Palais*. Lá dentro, um guarda segurando um lampião prateado a cumprimentou.

— *L'Énigme* — disse ele, de forma respeitosa.

Laila ficou parada enquanto o lampião reluzia diante de suas pupilas. Era um protocolo de rotina para qualquer um que entrasse no *Palais*. A lanterna revelava se alguém estava ou não sob a influência de uma afinidade mental Forjada. A afinidade mental era um talento perigoso, e o método favorito de assassinos que podiam colocar a culpa sobre algum inocente.

Assim que foi liberada, Laila entrou no *Palais*. Uma sensação de calma tomou conta de seu corpo. O perfume familiar do palco a preencheu. Madeira encerada, laranjas com cravos penduradas no teto, pó de talco e borracha. Lá dentro, claraboias projetadas com maestria filtravam a luz das estrelas. Sobre o palco o teto era abobadado. E candelabros de champanhe perambulavam sobre o público, reluzindo como constelações pisoteadas por bailarinas febris.

No palco amplo e recortado por cortinas, a cantora, *La Fée Verte*, cantava uma música gloriosa sobre revolução. Seu vestido verde e fino flutuava em suas costas, asas de madrepérola finamente cortadas que se abriam e se fechavam lentamente. O cheiro forte de absinto pairava no ar, e seus admiradores mais fervorosos erguiam, em suas mãos, taças fumegantes de licor. Atrás do palco, ela escolhera um pano de fundo estranho... não da Bastilha, a fortaleza que fora tomada por uma multidão de revolucionários... mas sim das catacumbas de Paris. Os ossuários que continham os ossos de milhões de pessoas, os restos de vozes ao mesmo tempo terríveis e grandiosas da Revolução. Era uma imagem arrepiante no palco: filas e mais filas de crânios sorridentes, fêmures dobrados em corredores e cruzes. Mas também era um lembrete. De que toda vitória tinha seu custo.

O segundo andar era reservado para os camarins. Cada estrela do *Palais* tinha o seu, personalizado de acordo com suas especificações. Laila lançou um último olhar para o primeiro andar, esquadrinhando rapidamente a multidão e localizando a marca. O mensageiro da Casa Kore. Ele parecia inseguro de si, sentado em uma cadeira de veludo de espaldar alto. Na mesa diante dele havia uma tigela de morangos cobertos de chocolate. Laila sorriu. *Você seguiu o meu conselho.*

Uma Esfinge estava imóvel no canto, como ela e Séverin sabiam que aconteceria. Nas festas maiores, o *Palais* sempre mantinha duas por perto, caso alguém tentasse enganar um membro da Ordem ou contrabandear para fora um objeto marcado por uma das Casas. Hoje, a segunda Esfinge só devia aparecer uma hora mais tarde, graças a Zofia e Tristan, que sabiamente manipularam os horários das Esfinges Forjadas do *Palais*. Mas haveria outra "Esfinge" para assumir o lugar do guarda: Séverin. Tristan estaria com ele, fingindo-se de oficial de polícia. Um item falso seria colocado no bolso do mensageiro. Algo que parecesse ter sido marcado por uma das Casas, o que permitiria à Esfinge que se aproximasse dele. Então o mensageiro seria acusado de roubo, levado até uma cela, todos os seus itens pessoais seriam retirados — incluindo a moeda-inventário com a localização do Olho de Hórus —, ele seria "interrogado" e então libertado.

Simples.

Ao fundo, *La Fée Verte* acabara sua apresentação sob aplausos estrondosos. Daqui a pouco seria a vez dela.

Assim, Laila abriu a porta de seu camarim. Lá dentro, chamas dançavam em velas definhadas. A luz fraca deixava o ambiente agradável e dourado. Em uma mesa lateral, perto de sua penteadeira, havia um buquê de rosas brancas.

E em sua espreguiçadeira cor de vinho...

Um garoto. Ele estava reclinado de lado, arrancando as pétalas de uma rosa, com ar distraído. Devia tê-la ouvido abrir a porta, pois ergueu a cabeça e sorriu. Seus olhos eram surpreendentemente claros em contraste com a pele lustrosa e escura.

— Ah, olá, *ma chère* — cumprimentou o garoto.

— Quem é você?

O garoto se levantou e fez uma mesura.

— Hipnos.

Laila levantou o queixo.

— E o que está fazendo *aqui*?

Hipnos deu uma gargalhada.

— Eu já estou encantado por você! Tão imperiosa! Aposto que Séverin gosta que você mande um pouco nele, estou errado?

Ao ouvir o nome de Séverin, Laila ficou tensa.

— O que você fez com ele?

Hipnos bateu palmas e suspirou.

— Ah, minha nossa, você se *importa* com o Séverin! E por que seria diferente? Aquele garoto se parece com todos os ingredientes sombrios dos contos de fadas. O lobo deitado na cama. A maçã na mão da bruxa.

Ele deu uma piscadela.

O calor subiu pelo rosto de Laila.

— Eu não...

— Eu realmente não me importo se é isso ou não — cortou Hipnos, acenando com a mão. Seu sorriso continha todo o perigo de um segredo descoberto. — Não é por isso que estou aqui, minha querida. Eu estou aqui porque, se não agirmos logo, temo que dentro de uma hora Tristan e Séverin estarão mortos.

9

ZOFIA

Zofia mastigava um palito de fósforo, seus olhos fixos na porta da exposição. A Exposição de Superstições Coloniais era um recinto de vidro e aço, do tamanho de uma estufa grande. Em seu interior, havia exemplares de antigos objetos Forjados encontrados por todo o império francês além-mar. A qualquer momento, o turno do segurança terminaria. Depois disso, ela e Enrique entrariam, sorrateiros, roubariam um artefato que, segundo Enrique, podia neutralizar os efeitos da pedra verita e, então, se encontrariam com os demais no L'Éden.

— Por Deus, essa espera me faz querer morrer — reclamou Enrique.

A essa hora da noite, não havia mais ninguém no *Champ de Mars*, exceto vagabundos, mendigos e um turista ocasional em busca de um vislumbre da Exposição antes de sua abertura. Ao longo dos últimos meses, os preparativos para a Exposição Universal tinham transformado a cidade, trazendo novos formatos ao horizonte a cada dia. Barracas coloridas brotavam do dia para a noite, e o vibrar de novos idiomas se juntava ao zumbido sonoro das luzes elétricas.

Mas nada chamava mais a atenção de Zofia do que a imponente Torre Eiffel, que era a entrada oficial para a Exposição Universal de 1889. Os jornais diziam que, juntas, a Forja e a ciência levariam a uma nova era industrial. Mas Zofia não considerava a Forja como algo separado das ciências. Para ela, a Forja não era um tipo de arte divina concedida por objetos antigos, mas uma ciência ainda não compreendida.

Zofia olhou de relance para a aterradora Torre Eiffel. Alguns a chamavam de Torre de Babel dos novos tempos, pois as duas foram construídas sem a Forja e marcavam o início de uma nova era. Mas a Torre de Babel fora construída para alcançar Deus e os céus. Zofia não tinha certeza de que tipo de deus o mundo pretendia alcançar agora.

— Por que esse segurança está demorando tanto? — resmungou Enrique. — Ele devia sair às oito da noite. Já são quase nove.

— Talvez ele não tenha relógio.

Ele a encarou.

— Você finalmente fez uma piada?

— Só estou apontando uma falha em sua observação.

Enrique soltou um suspiro barulhento.

— E pensar que eu poderia estar dançando no *Palais des Rêves* esta noite.

— Eles não te quiseram, lembra? Séverin disse que seu rosto era todo errado.

— Obrigado por lembrar.

— Disponha.

Além da Exposição de Forja, era possível ver os pináculos de templos de pedra, folhas de palmeiras e barracas de seda que marcavam os pavilhões coloniais que se espalhavam pela *Esplanade des Invalides*. Seria a maior atração depois da Galeria das Máquinas e da Torre Eiffel. Segundo os jornais, ela continha um "vilarejo negro com quase quatrocentos africanos em seu hábitat natural".

Aquela palavra parecia errada para Zofia. "Hábitat". Parecia uma coisa para animais. E pessoas não eram animais. Não parecia certo que estivessem ali apenas para serem vistas.

— Péssimo — disse ela, sem perceber que tinha falado até ouvir a própria voz.

— O quê? — perguntou Enrique.

Ele acompanhou o olhar dela até o topo das barracas, e sua boca se retorceu de desgosto.

— Parte da "missão civilizatória" da Europa — disse ele, baixinho.

Zofia sabia a definição de "civilizar", mas não entendia por que a palavra estava sendo usada. Na escola, "civilizar" significava levar as pessoas a um estágio de desenvolvimento mais avançado. Mas Zofia vira as ilustrações nos livros de viagens — os grandes templos, as invenções complexas, as técnicas e os avanços na medicina que foram descobertos e implementados muito antes de chegarem às costas europeias.

— Essa palavra não combina.

Enrique tinha uma expressão de desconsolo. Estava com os olhos arregalados e a mandíbula travada. Um padrão de tristeza misturado com alguma outra coisa.

— Nem me fale.

Agora Zofia sabia o que mais a expressão dele dizia. Enrique entendia.

Um som no beco fez os dois pularem de susto.

— Uma Esfinge — sussurrou ele. — Não se mexa.

Zofia ficou imóvel enquanto a luz da lamparina mostrava uma forma reptiliana familiar. Com a tarefa de rastrear itens marcados pelas Casas que tivessem sido roubados, a Esfinge operava e respondia à Ordem. Quando ela passou pelo esconderijo deles, Enrique e Zofia se ocultaram ainda mais nas sombras. Atrás dela, vinha mancando um ladrão, com o braço dobrado em um ângulo errado, o pulso quebrado e sangrando nas presas da Esfinge.

Zofia desviou o olhar. No instante em que a Esfinge localizava alguém, a Forja em sua máscara de crocodilo entrava em ação. Elas se moviam em uma velocidade sobre-humana, e suas mandíbulas partiam pele e ossos do que pegassem primeiro.

O homem teve sorte de que a Esfinge só atacou seu pulso.

Quando a Esfinge e o ladrão passaram, um som na Exposição de Superstições Coloniais chamou a atenção de Zofia. O segurança terminara seu turno, e a porta da exposição foi aberta. Assim que terminou de trancar, o segurança daquele turno colocou a palma da mão em um painel de vidro, que ganhou um rápido brilho azul, o qual logo desapareceu. O homem olhou em volta. Ao longe, mendigos já se amontoavam nas esquinas, preparando-se para a noite. Gatos raquíticos se dissolviam nas sombras.

Enrique ajustou sua roupa, uma camisa e um casaco surrados.

— Lembre-se do que Séverin disse. O roubo precisa parecer um acidente.

— Nada de explosivos — recitou ela, morrendo de tédio.

— Nada de explosivos.

Zofia não mencionou que trouxe sua fita incendiária, o incinerador e fósforos. Afinal, nunca se sabe.

Enrique colocou uma máscara sobre o rosto. O guarda começou a caminhar na direção da rua. A luz da lamparina iluminava o alto de seu chapéu. Enrique cambaleou na direção dele, balançando uma garrafa de vinho vazia que encontrara perto da pilha de lixo.

— Ei, você aí! — gritou Enrique. — Tem algum trocado pra me dar?

O guarda recuou. Zofia avançou para dentro do alpendre, o que significava perder Enrique de vista. Mas ela ainda o escutava. O confronto físico. O grito do guarda. Moedas caindo no chão. O pedido de desculpas embriagado de Enrique reverberando pelos edifícios.

Agora era a vez dela.

Zofia se arrastou pelo lixo. Como Enrique, também estava vestida de mendiga. Ainda que um pouco mais arrumada. Agir como outra pessoa era fácil, um alívio até. Ela tinha um roteiro. Ela seguia o roteiro. Fim.

— Senhor! — chamou ela.

O guarda caminhou mais rápido.

— Senhor, você derrubou isso!

E então correu para alcançá-lo antes que ele partisse. Enquanto corria, tomou cuidado para não deixar as mãos cobertas de gel tocarem nada além do necessário. O homem se virou, olhando para a palma aberta dela, cheia de moedas de prata.

— *Merci* — agradeceu ele, pegando as moedas, inquieto.

Zofia ficou parada. Repuxou as bochechas em um sorriso que parecia esperançoso. Dobrou os joelhos para parecer mais baixa. Mais infantil. Se isso não saísse como planejara, havia uma outra forma. Seu colar estava escondido embaixo do colarinho, e ela sentia os perigosos pingentes como lascas de gelo contra a pele.

— Pela ajuda — resmungou ele, mal-humorado, jogando uma moeda no chão.

Zofia agarrou a mão aberta dele, apertando-a com força para mantê-la presa entre as suas.

— Obrigada, senhor — disse ela, a voz esganiçada. — Ah, muito obrigada.

O homem rapidamente puxou a mão. Então correu noite adentro. Zofia o observou se afastar, então olhou para as próprias mãos. O gel era Camada de Sia, um material Forjado pela primeira vez no Antigo Egito e que mantinha o formato das coisas. Mais especificamente, o da palma das mãos. Em geral, o gel era azul-vivo e gelado ao toque, mas Zofia alterara a fórmula, deixando o gel transparente e com o calor da pele humana. Rumores diziam que a Casa Caída podia fazer mais coisas com a Camada de Sia. Que podia Forjar o gel não só para lembrar a palma das mãos, mas também para deixar marcas em uma pessoa, marcas que permitiam rastreá-la. Mas tal tecnologia, se é que já existiu, morrera com a Casa Caída.

Enrique saiu das sombras na entrada da Exposição de Forja. Sua roupa de mendigo fora substituída por um terno simples, escuro, e uma cartola.

— Conseguiu?

Ela estendeu a mão. Enrique ficou vigiando enquanto Zofia pressionava a palma da mão contra o painel de vidro. Uma luz azul fraca se acendeu. Bingo. Atrás das pesadas portas, as travas de ferro se abriram e caíram em uma pilha barulhenta.

O interior da Exposição de Forja era bem maior do que o exterior sugeria. A galeria se estendia por um longo corredor escuro, iluminado por um ponto de luz ocasional diante das vitrines de vidro. Embora o exterior parecesse de aço e vidro, o interior não deixava entrar luz natural. Em vez disso, grandes murais cobriam as janelas. Painéis de tecido brocado cobriam a parede dos fundos. Eram tão sedosos e reluzentes, que pareciam quase molhados.

Enrique tirou do bolso um dispositivo esférico de detecção que era Forjado — uma das invenções de Zofia. Em seguida o jogou no ar. Enquanto caía lentamente, fazendo uma espiral, o objeto emitia luzes que iluminavam o contorno do ambiente.

O lugar parecia vazio o bastante para Zofia, embora ela não gostasse de sua aparência. Fechado demais, apesar do espaço.

— Não tem ninguém aqui — disse ela. — E não tem nenhum dispositivo de gravação. Vamos...

Assim que ela deu um passo adiante, Enrique a segurou por trás e a puxou contra seu peito.

— Me solta...

— Calminha aí, fênix, calma — murmurou Enrique no ouvido dela. — Olhe para o chão.

A esfera rolara até parar perto de um dos vários pódios. Uma rede de luz vermelha saía do objeto e abarcava quase o chão todo.

— Eles esconderam dispositivos de gravação no chão?

— Bem esperto da parte deles — comentou Enrique, soltando-a. — Vamos ter que ir mais devagar do que pensei.

Zofia olhou para a porta de entrada e para a pilha de correntes de ferro logo do outro lado. Enrique havia dado um dinheiro extra para a madame do bordel que era frequentado pelo próximo segurança da noite, então o homem não chegaria nos próximos vinte minutos. Isso lhes daria tempo suficiente.

Mas eles tinham planejado o tempo presumindo que os dispositivos de gravação estariam na parede. Não no chão.

— Desde que a gente não encoste em nenhuma das luzes vermelhas, vai dar tudo certo — garantiu Enrique.

Ele foi na frente. Deu um passo cuidadoso e completamente dentro da área delimitada pela luz vermelha. Zofia o seguiu, acompanhando-o passo após passo. Depois de cinco minutos, ela começou a ter câimbras nas panturrilhas. Cada espaço se tornava mais estreito. Quase não dava para colocar o pé inteiro em cada um. Zofia se equilibrou na ponta dos pés, com os braços estendidos para conseguir se equilibrar. Enrique fez o mesmo.

— Quase lá — sussurrou Enrique. — Acabamos de passar pelo sétimo pódio, e nosso objetivo é o nono.

Zofia não tirou os olhos de seus pés. A escuridão se fechava ao seu redor. Ela sabia que aquele não era um salão com trancas. Sabia disso, mas, mesmo assim, achava que podia sentir o ar tocá-la. Suave como uma pena roçando sua pele. A bile subiu pela garganta. *Está aberto. Está aberto.* Ela ergueu os olhos. Tinha que ver o céu. Tinha que saber que não havia uma parede. Que os pódios não eram alunos. Que o zumbido da eletricidade não eram risadas.

Enrique parou alguns metros na frente dela.

— Chegamos! Consigo ver o artefato...

O sapato dela escorregou.

A linha vermelha diante de Zofia foi partida ao meio.

Feixes de luz vieram do teto. Do lado de fora do salão de exposição, sirenes gritaram na noite.

Enrique se virou para encará-la.

— O que você fez?

Zofia ergueu os olhos, assustada, mas seu olhar não foi nem para Enrique nem para a coluna preta onde o artefato estava, e sim para o homem recostado na parede atrás deles. No escuro, ele se fundira com as sombras, mas a luz o revelou. Ele semicerrou os olhos, repuxou os lábios em um sorriso de escárnio e levantou a mão. A luz refletiu em uma lâmina erguida.

— Cuidado! — gritou Zofia.

O homem avançou com a lâmina. Enrique girou o corpo e saiu do caminho. O instinto assumiu o controle. Quando se tratava de socializar, Zofia tinha dificuldade de saber os movimentos certos. Mas lutar era diferente. Tratava-se de padrões, de antecipar o movimento do músculo. Isso ela sabia fazer. Zofia levou a mão ao colar. Sob seu toque, os pingentes Forjados se transformaram.

Com um salto, Enrique foi para o lado dela.

— Pega o artefato — ordenou Zofia.

Ele olhou para o rosto dela e depois para o pingente, com as sobrancelhas arqueadas por um mero instante. O homem com a faca tentou agarrá-la, e Zofia lhe deu uma cotovelada, acertando-o no nariz. Antes que ele pudesse gritar, ela o pegou de lado com um gancho de direita. O homem grunhiu e lhe deu um bofetão. O rosto de Zofia sentiu a dor, e ela recuou. Então, ela bateu um calcanhar no outro. Esporas de aço saíram dos saltos de seus sapatos. O homem avançou mais uma vez, e ela o chutou, acertando-o nos joelhos. Ele caiu, contorcendo-se no chão.

No instante em que o sujeito caiu, Zofia correu até Enrique. O historiador estava ocupado tirando do bloco de madeira o artefato quadrado. Atrás dela veio o som de um gemido alto. O homem tinha se levantado. Quando cambaleou na direção dela, uma corrente dourada saiu pelo colarinho da camisa dele.

— Garota estúpida — exclamou ele.

O homem tentou pegar alguma coisa em sua capa. Zofia arrancou outro pingente, jogando-o no rosto dele. Quimicamente falando, não era nada além de um oxidante de metais e um combustível metálico, mas Zofia o Forjara para fazer mais do que simplesmente causar um único clarão de luz. Ela tinha colocado toda a sua vontade no objeto, estimulando-o para que se acendesse com o próprio ar. Agora ele soltava fagulhas e queimava, sibilando contra o rosto do homem. Suas mãos se moviam, enquanto ele tentava afastar o pingente, sem sucesso.

— Consegui! — comemorou Enrique.

Três policiais apareceram na entrada da frente.

— *Arrêtez!* — gritou o primeiro policial.

Todos os três ergueram os olhos. A boca do homem se retorceu em um sorriso. Ele pegou o chapéu que usava e o arremessou na direção do policial. Zofia notou um brilho estranho na aba. No instante em que percebeu o que era, Zofia acenou com os braços para chamar a atenção dele.

— Saia daí! É uma lâmina!

Tarde demais. A aba passou pela garganta de um dos policiais. O sangue escorreu pela camisa do homem.

— Não! — gritou ela. — Não!

O homem a agarrou pelo pulso. Ela tentou se libertar, mas ele era forte demais. Em vez disso, Zofia agarrou a corrente de ouro no pescoço dele. O homem engasgou quando a corrente se partiu na mão dela, e o impulso a fez cair no chão.

— Vocês não sabem o que estão impedindo — ofegou o homem. — Este é o início de algo novo. Uma verdadeira revolução.

Ele caminhou na direção dela, sua silhueta escura ocultando a luz. Zofia rastejou para trás, enquanto tentava pegar a fita Forjada escondida embaixo de seu colarinho. Ela a arrancou, jogando-a entre ela e o homem. Ao fazer isso, desejou: *Acenda*.

Chamas brotaram do chão e o calor fez o ar estremecer. Através das chamas, viu o rosto do homem. Lívido e vermelho sob o brilho do fogo.

Enrique a ajudou a se levantar e a voz dele soava distante enquanto dizia:

— Vamos, vamos!

A saída estava ao seu alcance. Um passo, depois outro, e então sair correndo. As portas de vidro se fecharam. Passos soavam na calçada. O cheiro do fogo atingiu seu nariz. E, depois que ela mordeu a língua sem querer, sua boca tinha gosto de ferro e sal. Em seus ouvidos, soava a última palavra do homem:

— Revolução.

10

LAILA

Laila não conseguia inspirar o suficiente para encher os pulmões. Hipnos fizera sua cabeça girar.

Dentro de uma hora Tristan e Séverin estarão mortos.

— E o que você quer que eu faça?

Hipnos bateu palma.

— Eu amo quando as pessoas me perguntam isso.

Laila estreitou os olhos.

— Por que você não... — Começou ela.

Mas Hipnos a ignorou, cruzando o aposento até o grande espelho dourado apoiado em sua penteadeira.

— Me permita mostrar a cena que acabo de notar no térreo do *Palais*.

Hipnos pressionou a mão no espelho, e a imagem ondulou. O reflexo deixou de mostrar o camarim de Laila para exibir uma perspectiva do público diante do palco. No reflexo do espelho, homens acendiam seus cigarros. Garçonetes circulavam entre as pessoas usando asas feitas de folhas de jornal, cada página coberta com as palavras da Constituição francesa: *Liberté, Equalité, Fraternité*. Com desconfiança, Laila olhou para Hipnos. Só cortesãs e dançarinas do *Palais* conheciam as habilidades do espelho.

Ele notou o olhar dela e deu de ombros.

— Ah, por favor, *ma chère*, este não é o primeiro quarto de dançarina para o qual fui convidado.

Um movimento no espelho roubou a resposta de Laila. Uma Esfinge.

— Nós previmos a presença de uma Esfinge na multidão — informou Laila, inquieta. — Isso não é novidade...

Hipnos apontou para o espelho. Era possível ver uma segunda Esfinge no salão oriental, andando de um lado para o outro. Na mesa mais próxima, estava o mensageiro da Casa Kore. No início, o coração de Laila ficou mais leve. Talvez Séverin e Tristan tivessem chegado mais cedo do que ela esperava. Talvez Tristan tivesse acabado de colocar a falsificação no mensageiro.

— Aquele deve ser Séverin... — começou a dizer ela.

Mas então, bem no horário, uma terceira Esfinge passou pela porta do salão ocidental. Ao lado dela havia um oficial uniformizado da Sûreté. *Séverin e Tristan.*

Tristan localizou o mensageiro da Casa Kore do outro lado da sala.

— Não! — gritou Laila.

Mesmo enquanto gritava, sabia que era inútil. O espelho se baseava apenas em imagens. Não em sons. Ninguém podia ouvi-la.

Se continuassem caminhando adiante, ela não seria mais capaz de vê-los. O espelho só permitia ver um determinado pedaço da multidão. Tristan parecia prestes a dar um passo adiante, quando algo o puxou para trás. De súbito, um grupo de homens se ergueu de sua mesa, deixando Tristan e Séverin fora de vista. Quando os homens se afastaram, Laila conseguiu ver os dois escondidos atrás de uma larga coluna de mármore. A qualquer momento, as duas Esfinges verdadeiras reconheceriam a impostora. Uma imagem violenta apareceu diante de seus olhos. Séverin e Tristan caídos sobre uma poça de sangue.

Laila se virou para encarar Hipnos.

— Mande uma mensagem para eles! Além disso, você é um patriarca da Ordem! Não tem como você mandar as Esfinges embora?

— No instante em que eu saio da minha casa, cada uma das minhas ações é gravada e submetida à Ordem no fim de cada mês — contou

Hipnos, dando um tapinha na lapela, onde estava preso o mnemo-inseto no formato de uma mariposa. Não era de se estranhar que ele tivesse ido até ali. Todos os camarins eram Forjados para anular quaisquer dispositivos de gravação.

Do lado de fora, alguém começou a tocar os tambores, o sinal para ela entrar no palco. Laila olhou as roupas elegantes de Hipnos, desde o relógio, passando pelo mnemo-inseto, até as abotoaduras em forma de lua crescente em suas mangas.

— Todos os seus acessórios têm a marca da sua Casa?

Hipnos fez uma expressão soberba. E então acariciou seu broche, também em formato de lua crescente.

— Mas é claro que sim. São bonitos demais para serem de um plebeu.

Laila teve uma ideia. Abriu o vestido, e as luzes das velas iluminaram seu traje Noite e Estrelas.

Hipnos arqueou as sobrancelhas.

— Ah, céus — lamentou ele. — Não culpo você nem um pouco. Mas não posso ter a morte dos meus companheiros pesando na consciência da minha irresistibilidade.

— Sua virtude está a salvo comigo. — Laila deu uma piscadinha. — O que você acha de um pouquinho de drama? — perguntou ela, terminando de tirar o vestido. Seu enfeite de cabeça Forjado, de penas de pavão, fazia cócegas em sua pele.

Os dentes de Hipnos resplandeceram sob a luz das velas.

— Ah, meu amor, eu vivo pelo drama.

L'Énigme não subiu ao palco como planejado.

Na verdade, ela nem mesmo subiu ao palco.

Em vez de pegar as escadas que levavam diretamente a ele, Laila desceu a escadaria principal. Não contou para ninguém — nem para o gerente de palco, nem para os músicos, ou mesmo para as outras dançarinas. O que não tinha problema. Quando a grande cortesã a treinara, dissera-lhe que as únicas regras que deviam ser seguidas eram os instintos e a paleta de cores. Naquela noite, Laila seguiu a ambas as regras.

No alto da escadaria, ela esperou. Em uma das mãos, carregava uma garrafa meio vazia de champanhe. A outra estava repleta de colares de pérolas, um conjunto de brincos de esmeraldas e duas abotoaduras em forma de lua crescente. As duas Esfinges não tinham se movido de seus postos. Tristan e Séverin não eram vistos em lugar algum.

— Hipnos! — gritou ela.

A multidão se virou. A trompa francesa e a música de piano foram interrompidas abruptamente. Hipnos estava sentado a uma mesa, com o braço ao redor de um belo homem. Quando ergueu os olhos na direção dela, abriu um sorriso malicioso.

Laila desceu alguns degraus, balançando os quadris generosos, de modo que a luz captasse seu espartilho de lantejoulas. Ela não fingia uma briga de amantes havia seis meses. Estava devendo isso à multidão.

Hipnos tirou o braço do outro homem com cautela.

— Você mentiu pra mim — acusou ela, em voz alta.

Hipnos se levantou, erguendo as mãos.

— Minha querida, eu posso explicar...

Laila arremessou a garrafa de champanhe, fazendo um amplo arco. Algumas pessoas desviaram da trajetória. Outras correram para pegá-la antes que caísse no assoalho, mas já era tarde demais. A garrafa de champanhe se estilhaçou no chão e cacos de vidro brilhantes se espalharam pelo salão de dança. A Esfinge que estava mais perto do palco levantou a cabeça. Suas narinas inflamadas.

— Ela não significou nada para mim! — exclamou Hipnos, caindo de joelhos.

— *Ela?* — repetiu Laila. — Eu estava falando *dele*.

— Ah. — Hipnos fez uma careta. — Dele também?

— Já estou cansada disso! — anunciou Laila. — De tudo isso!

E, de seu lugar privilegiado na escadaria, Laila arrebentou o colar de pérolas. Elas rolaram na direção da audiência. Quando a multidão mergulhou para apanhá-las, a segunda Esfinge ergueu a cabeça.

— *L'Énigme* não vai se apresentar hoje! — gritou Laila, e então deu meia-volta, desaparecendo escada acima.

O gerente de palco bufou, mas ela não se importou. Seu contrato permitia — e, na verdade, até encorajava — um chilique desses e uma apresentação cancelada por ano.

Ela só estava fazendo seu trabalho.

No momento em que chegou aos seus aposentos, Laila tocou o espelho e observou a cena se desenrolando no térreo do *Palais*. Séverin e Tristan não estavam ali. Nem o mensageiro da Casa Kore. No chão, as duas Esfinges verdadeiras estavam de joelhos, recolhendo as pérolas e joias, com as mãos molhadas de champanhe. Jogados no meio de tudo aquilo estavam as abotoaduras e o broche em formato de lua crescente com a marca da Casa de Hipnos. Laila tinha quase certeza de que uma das abotoaduras tinha caído entre as tábuas do chão, o que significava que ficariam procurando por décadas.

Laila trocou de traje, e então escolheu um vestido violeta de *crêpe de Chine* de seu guarda-roupa. Pingentes de ametistas polidas Forjadas para beber a luz da lua adornavam o V acentuado da cintura e as bainhas de suas mangas ondulantes. Laila parou para passar mais ruge nos lábios antes de se dirigir a uma escada que ela mandara fazer especialmente atrás de seu guarda-roupa e que levava à saída dos funcionários e ao sótão que servia como cela. No sótão, ela pressionou o ouvido contra a porta.

Atrás da madeira, as vozes eram indistintas. Depois de um momento, ouviu uma cadeira sendo arrastada. E então uma porta se fechando.

Se tudo seguira conforme o plano, Tristan tinha acabado de interrogar o mensageiro da Casa Kore enquanto Séverin descobria a localização do Olho de Hórus. Laila ainda tentava ouvir mais sons quando a porta foi aberta. Ela perdeu o equilíbrio, e sua cabeça bateu no peito rígido de alguém. Quando ergueu os olhos, um grito ficou preso em sua garganta. Uma Esfinge. Suas mandíbulas estavam abertas. Seus olhos reptilianos pareciam uma moeda de ouro cortada ao meio. A coisa a segurou com uma das mão, enquanto a outra tirava a máscara para revelar um Séverin descabelado. Ele sorriu.

— Enganei você por um momento, não foi?

— Meu Deus — exclamou Laila, levando a mão ao coração.

— Um mero mortal, ao seu serviço — brincou ele, fazendo uma mesura.

A máscara da Esfinge tinha bagunçado o cabelo dele, e as mãos de Laila se retorceram com a lembrança de seus dedos passando por entre os fios, da textura surpreendente, como seda áspera. Ela deixou a lembrança de lado. Conhecia todas as peças cuidadosamente remendadas dele. Séverin era uma armadilha disfarçada de elegância, desde o sorriso sarcástico até os olhos inquietantes. Seus olhos eram exatamente da cor do sono — um tom de zibelina aveludado, com uma nuance violeta, que prometia tanto pesadelos quanto sonhos.

Séverin segurou a porta aberta, e Laila entrou. O sótão era um lugar estreito, cheio de estantes de livros e talheres enferrujados. Tristan estava no meio do aposento, tirando o uniforme de Sûreté e vestindo um fraque e uma cartola. Ele deu um aceno tímido para ela.

Laila lhe soprou um beijo.

— E então? Conseguiram a moeda-inventário?

Séverin sorriu.

— Conseguimos.

— Onde está o mensageiro?

— Tomando uma bebida forte, imagino.

— Vocês ficaram com a moeda, ou...

— Devolvemos — respondeu Séverin. — Não fazia sentido ficar com ela uma vez que já tínhamos as coordenadas.

— Ótimo — disse Laila. Ela começou a se sentir bem culpada pelo mensageiro, e causar ainda mais problemas com a empregadora dele não lhe parecia certo. — O que aconteceu com os horários das Esfinges?

Séverin esfregou a mão nos cabelos.

— Não sei dizer. Zofia Forjou o horário com perfeição. Tristan o entregou a tempo. Um erro administrativo, talvez. Mas você nos salvou. Fingindo uma briga de amantes com Hipnos? — Ele estremeceu.

— Você que pensa, foi bem divertido — disse Laila. Séverin pareceu ficar rígido, e Laila sentiu a mais tênue das emoções. — Além disso, foi ele quem veio me avisar.

— Foi ele? — perguntaram Tristan e Séverin ao mesmo tempo.

— Fui eu.

Os três se voltaram para a porta. Hipnos estava recostado contra a entrada. Estendeu seu mnemo-inseto esmagado, um sinal de que, pelo menos por um tempo, ele não gravaria nada.

Hipnos sorriu para Tristan.

— Ah! Eu te usei como isca! — Ele avançou e estendeu a mão. — Como você está?

Tristan cruzou os braços.

— Eu devia colocar uma das minhas aranhas em você. Elas são bem venenosas, sabe?

Hipnos olhou ao redor do aposento.

— Elas estão aqui?

Tristan titubeou.

— Bem, não exatamente, agora é quando o Golias come, entende, e...

Séverin o interrompeu:

— Por que você tá aqui?

— Estamos neste negócio juntos, não estamos? — perguntou Hipnos. O olhar dele varreu o aposento enquanto inclinava a cabeça de lado. — Onde está aquele historiador lindo?

— Trabalhando — disse Séverin, tenso. — O que é o único tópico que eu gostaria de discutir com você.

— Ah, sim. Trabalho. Então. Tiveram sucesso em encontrar a moeda-inventário?

Séverin o encarou por um momento. E então confirmou com a cabeça.

— Nós temos as coordenadas exatas do Olho de Hórus na coleção da Casa Kore. Agora só precisamos do convite.

— Essa parte cabe a mim, naturalmente.

— E preciso de uma lista de convidados e do nome da organização de segurança privada que a matriarca da Casa Kore contrata para seus eventos.

— Feito! — concordou Hipnos, batendo palmas. — É assim que é o trabalho em equipe? Achei... hierárquico. — Hipnos deu uma piscadinha para Laila. — Olá, minha amante.

— Ex-amante — retrucou ela, com um toque de carinho.

Hipnos a lembrava de Enrique. Isso se a inteligência de Enrique tivesse sido alimentada por champanhe e fumo amargo pela maior parte de uma década. O rosto de Séverin ficou sombrio. Um pequeno músculo em sua mandíbula se contorceu, como se ele estivesse mastigando um cravo imaginário para acalmar os ânimos. Ele deu uns passos adiante, colocando-se entre Laila e Hipnos.

— Você e eu devíamos conversar em particular — disse ele para Hipnos.

— Amanhã eu apareço para o chá.

— Não tem necessidade alguma de que você vá até o hotel.

Os ombros de Hipnos caíram e sua voz ficou aguda como a de uma criança:

— Mas eu quero! — Ele sorriu e falou em um tom de voz normal de novo: — E eu sempre faço o que quero. Amanhã eu te vejo.

Então Hipnos soprou dois beijos para Tristan, os quais ele fingiu amassar com a sola do sapato. Depois, Hipnos passou por Séverin e se inclinou para pegar a mão de Laila.

— Vou manter sua identidade secreta, *L'Énigme*. E, antes que eu me esqueça, devo dizer que amei seu figurino. Tão brilhante. Estou bastante tentado a ver se serve em mim.

Hipnos cruzou a porta. E, assim que se foi, os ombros de Tristan caíram, e ele soltou um suspiro.

— Eu não quero que ele vá ao hotel, é sério.

Por um momento, uma expressão fria e vazia tomou seu rosto. Laila sabia como ele era protetor em relação a Séverin, mas ela nunca o vira daquela forma. No instante seguinte, sua expressão se derreteu em um sorriso caloroso.

Ele irradiava felicidade.

— Ah, e eu também gostei do seu figurino, Laila. Você estava linda.

Laila fez uma mesura e então olhou de relance para Séverin. Ele tomara um cuidado pouco usual ao se vestir. A cor do lenço de seda em seu bolso combinava com o tom prateado de sua cicatriz. No segundo botão da camisa, ele prendera um elaborado broche de ouroboros, um que ela sabia que cravava dolorosamente em sua pele — porque ele lhe contara. Seus sapatos eram uma herança do pai, o havia muito falecido patriarca da Casa Vanth. Laila sentiu um aperto no peito.

Hoje, Séverin se vestira com uma dor sutil. Ela reconhecia isso porque fazia a mesma coisa consigo mesma todas as noites, quando tirava suas roupas, passando os dedos pela longa cicatriz em suas costas enquanto tentava ler o próprio corpo. Às vezes, a dor era um lembrete de onde ela estava... de quem era... e do que queria ser.

Os olhos de Séverin se cravaram nos dela, e Laila se obrigou a sorrir com ironia.

—Tristan e Hipnos elogiaram minha roupa — provocou ela, apoiando a mão no quadril. — E você, não vai dizer nada?

— Não tive a chance de prestar atenção — disse ele. Seu sorriso não alcançava os olhos. — Estava ocupado demais evitando uma morte certa. Isso deixa qualquer um distraído, sabe.

Ele podia dizer o que quisesse, mas ela não tinha se esquecido de como Séverin a observara no dia anterior. Como ficara parado. Como seus olhos escureceram, deixando apenas uma aura violeta. Os homens já tinham olhado para ela de milhares de jeitos e milhares de vezes, mas nenhum deles a fizera se sentir como Laila se sentira ontem. O requinte quase doloroso de ser desvendada por um olhar. Aquilo fazia com que ficasse ciente de tudo quanto a si mesma — a pele esticada sobre os ossos, a seda pendendo em seus membros, sua respiração aquecendo o ar. O tipo de consciência que torna alguém vivo.

Aquilo a apavorava.

E era o mesmo motivo pelo qual ela soube, depois daquela única noite que os dois passaram juntos, que aquilo tinha que terminar. Não fazia sentido entreter-se com aquela consciência quando, em menos de um ano, ela sequer existiria. Mas ainda se lembrava. Ela se lembrava de que fora a primeira a se aproximar dele, e que ele fora o primeiro a se afastar.

Laila tinha que partir.

— O cocheiro está me esperando — anunciou ela.

Enquanto saía, olhou para Séverin por sobre o ombro.

— Assegure-se de parecer muito triste no L'Éden. Afinal de contas, se você realmente fosse meu amante, estaria completamente devastado tanto pelo meu desprezo público por você quanto por meu traje maravilhoso.

Ela não esperou para ver a expressão dele.

II

ENRIQUE

No observatório, Enrique se deixou cair em sua poltrona azul favorita. Uma tempestade sacudia as janelas, e as cortinas cobertas de constelações bordadas balançavam como trapos do céu noturno.

— Alguém estava esperando por nós.

— O homem da revolução — disse Zofia, baixinho.

Ele ergueu os olhos. Zofia estava encolhida, cabreira, na poltrona diante dele. Como sempre, ela mastigava um fósforo.

— O que você disse?

— O homem da revolução — repetiu ela, ainda sem olhá-lo. — Era disso que ele estava falando. Sobre o início de uma nova era. Além disso, o sensor deveria tê-lo detectado, mas não foi o que aconteceu.

Aquilo também estava incomodando Enrique. Era quase como se o homem os observasse de algum lugar, se materializando só depois de eles vasculharem a área em busca de dispositivos de gravação ou de outras pessoas. Mas não tinha como ele estar lá. A entrada havia sido trancada. As janelas estavam todas cobertas com murais. A saída estivera fechada e lacrada até que a polícia a arrombara. Tudo o que havia na sala eram os objetos Forjados expostos e a imensa parede de espelho.

Zofia abriu a palma das mãos, de onde caiu uma corrente de ouro. Um pingente pequeno, do tamanho de um franco, estava pendurado nela. Zofia levou a corrente ao rosto, virando o pingente.

— Onde você conseguiu isso?

— Ele estava usando isso no pescoço.

Enrique franziu o cenho. Atrás de Zofia, os ponteiros do relógio de pêndulo avançavam lentamente em direção à meia-noite. Ao redor deles, o observatório mostrava os sinais de seus planos. Papéis e plantas cobriam todas as superfícies. Diferentes esboços do Olho de Hórus pendiam do teto. Até então, aquela tinha sido como qualquer outra aquisição: planejamentos, debates e discussões enquanto comiam bolo.

Até o homem apontar uma faca para ele.

Foi então que percebeu. O gélido reconhecimento de que, talvez, alguém não quisesse que eles encontrassem o Olho de Hórus, e faria qualquer coisa para garantir que isso não acontecesse. Enrique tirou o artefato do bolso dianteiro do paletó. Segundo sua pesquisa, ele fora colocado sobre a entrada de uma igreja copta no norte da África. Enrique virou o artefato nas mãos. Era feito de latão, com as bordas amassadas. Quando passou o polegar pela parte de cima, pôde sentir as depressões dos entalhes, mas estavam muito recobertos de zinabre para que pudesse ver direito. A parte de trás do quadrado mostrava marcas de cinzel de onde havia sido arrancada da base de uma estátua em homenagem à Virgem Maria. Segundo os moradores locais, a parte quadrada da base da estátua emanava um brilho estranho quando alguém entrava na igreja carregando o mal em seu coração. Ele nunca ouvira falar de uma pedra Forjada capaz de fazer algo assim, exceto a verita. Se esse quadrado tinha uma peça de verita — ou peças, embora parecesse impossível —, então talvez ele tivesse detectado um homem que havia entrado portando uma arma na igreja. Talvez esse homem com a arma realmente fosse mau, e quando os outros notaram o brilho da pedra, acabaram abordando essa pessoa, encontrando a arma e fazendo suas próprias conexões. Sempre havia uma observação na raiz de uma superstição.

— É uma abelha — disse Zofia, de repente.

— O quê?

Ela estendeu a corrente com o pingente.

— Tem a forma de uma abelha.

— Uma escolha estranha — comentou Enrique, distraído. — Ou um símbolo, talvez? Será que simpatizava com Napoleão? Tenho quase certeza de que as abelhas eram consideradas símbolos do governo dele.

— Napoleão gostava de matemáticos?

— O que isso tem a ver?

— As abelhas fazem prismas hexagonais perfeitos. Meu pai as chamava de matemáticas da natureza.

— Pode ser? — indagou Enrique. — Mas, considerando que Napoleão morreu em 1821, não acho que vou ter a oportunidade de perguntar.

Zofia pestanejou para ele, e uma pontada de culpa atingiu Enrique. Ela nem sempre conseguia processar as piadas como as outras pessoas, e às vezes as tentativas dele de fazer humor eram mais severas do que sofisticadas. Mas Zofia nem percebeu. Dando de ombros, ela colocou a corrente com a abelha sobre a mesinha de centro entre eles.

Enrique virou o artefato nas mãos.

— Mas de onde será que ele saiu? Será que estava esperando ali o tempo todo, ou havia uma porta?

— Nenhuma porta exceto as da entrada e saída, que a gente notou.

— Só não entendo o que ele queria. Por que esperar por nós? Quem era ele?

Zofia olhou para o colar de abelha, fez um ruído ininteligível e estendeu a mão.

— Me dê aqui.

— Você já ouviu aquele ditado que diz que "é mais fácil atrair moscas com mel do que com vinagre"?

— Por que eu ia querer atrair moscas?

— Deixa pra lá.

Enrique entregou o objeto para ela.

— Cuidado, hein — alertou ele.

— Não é nada além de latão um pouco corroído — disse ela, desdenhando.

— Você consegue limpar a corrosão?

— De olhos fechados — garantiu ela, antes de sacudir o quadrado. — Eu pensei que você tinha dito que isso podia ter verita sólida dentro? Parece mais os amuletos supersticiosos que vendiam no meu vilarejo. Que prova você tem? Qual foi a sua pesquisa?

— Superstições. Histórias — disse Enrique, antes de acrescentar só para irritá-la: — Um instinto bem nas minhas entranhas.

Zofia fez uma careta.

— Superstições são inúteis. E as entranhas não têm instintos.

Ela pegou uma solução de sua mesa de trabalho improvisada e limpou o quadrado. Quando terminou, o empurrou para o outro lado da mesa. Agora ele conseguia ver um padrão semelhante a uma grade e o formato de letras, mas pouco além disso. No observatório, as lareiras tinham sido apagadas. Nenhuma lamparina era permitida, a fim de não atrapalhar a vista das estrelas, e só havia algumas velas sobre a mesa.

— Mal dá pra enxergar — reclamou Enrique. — Você tem sílex pra acender o fósforo?

— Não.

Enrique suspirou, olhando ao redor da sala.

— Bem, então eu...

Ele parou quando ouviu o som inconfundível de um fósforo sendo aceso. Zofia segurava uma pequena chama em uma das mãos. Com a outra, pegou um segundo fósforo e o acendeu no dente canino inferior. O fogo iluminou seu rosto. Seu cabelo platinado parecia a neblina de um relâmpago sob uma nuvem. Aquele brilho parecia natural nela. Como se esse fosse o jeito que ela devia ser vista.

— Você acabou de acender um fósforo no dente — constatou ele.

Ela olhou para ele de forma inquisitiva.

— E terei que fazer mais uma vez se você não acender as velas antes que esses dois se apaguem.

Com rapidez, ele acendeu as velas. Então pegou uma e a segurou perto do disco de metal que saíra da bússola, examinando-o. Em uma inspeção mais de perto, viu escritos na superfície. Todas as letras no quadrado estavam concentradas no meio, mas havia quadrados suficientes para 25 letras escritas tanto vertical quanto horizontalmente.

S	A	T	O	R
A	R	E	P	O
T	E	N	E	T
O	P	E	R	A
R	O	T	A	S

O coração dele acelerou. Sempre acontecia isso quando se sentia à beira de descobrir alguma coisa.

— Parece latim — comentou Enrique, inclinando o disco. — *Sator* pode ser traduzido como "fundador"; em geral, de uma natureza divina. *Arepo* talvez seja um nome próprio, embora não pareça romano. Talvez egípcio. *Tenet* quer dizer manter ou preservar... E então temos *opera*, como "trabalho", e *rotas*, plural de "rodas".

— Latim? — perguntou Zofia. — Achei que esse artefato vinha de uma igreja copta do norte da África.

— E vem mesmo — garantiu Enrique. — O norte da África foi um dos primeiros lugares para onde o cristianismo se espalhou, e acredita-se que isso foi ainda no início do século I... e Roma tinha interação frequente com o norte da África. Acredito que sua primeira colônia agora é conhecida como Tunísia.

Zofia pegou uma das outras velas e a segurou perto do disco.

— Se a verita está aí dentro, eu posso quebrar a peça?

Enrique pegou o quadrado de latão da mesa e o levou de encontro ao peito.

— Nem pense nisso.

— Por que não?

— Já estou *farto* de pessoas quebrando as coisas antes que eu tenha a chance de vê-las — disse ele. — Além disso, olhe esse fecho aqui do lado. — Ele apontou para uma pequena alavanca afundada no comprimento do quadrado. — Alguns artefatos antigos têm dispositivos para proteger o objeto que está dentro deles, então, se você quebrar, pode destruir o que quer que esteja aí.

Zofia curvou o corpo e apoiou o queixo na palma da mão.

— Talvez um dia eu consiga descobrir como talhar a pedra verita.

Enrique assobiou.

— Você seria a mulher mais perigosa na França.

Como regra, era impossível quebrar pedra verita. Todo pedaço que existia na entrada de palácios, bancos e outras instituições endinheiradas eram lascas brutas que foram se separando de forma natural ao longo do processo de mineração e purificação. E, por conta de tudo isso, ninguém jamais ouvira falar de um pedaço de verita do tamanho de um cascalho, mesmo no extenso mercado clandestino que em geral servia aos próprios propósitos.

— As palavras são as mesmas — apontou Zofia.

— Como assim?

— Elas são a mesma coisa. Você não vê?

Enrique encarou as letras, e então percebeu o que ela queria dizer. Havia um *s* no canto superior esquerdo e no canto inferior direito. Um *a* adjacente a eles. Dali, o padrão fazia sentido.

— É um palíndromo.

— É um metal quadrado com letras.

— Sim, mas todas as letras falam a mesma coisa de frente para trás e de trás para frente — explicou Enrique. — Palíndromos costumavam ser inscritos em amuletos para proteger de qualquer mal quem os usava. Se pensarmos bem, não só em amuletos. Havia um na Grécia Antiga que foi encontrado do lado de fora da Basílica de Santa Sofia, em Constantinopla. *Nipson anomēmata mē monan opsin.* "Lave os pecados, não apenas o rosto." Pensava-se que o jogo de palavras confundiria os demônios.

— Jogos de palavras também me deixam confusa.

— Vou me abster de qualquer comentário — disse Enrique. Em seguida analisou as letras mais uma vez. — Tem alguma coisa familiar nesse arranjo... Sinto como se já tivesse visto isso antes.

Enrique foi até a biblioteca que havia dentro do observatório. Estava procurando um volume específico, algo que encontrara durante seus estudos de linguística a respeito de latim antigo...

— Te achei — murmurou, pegando um volume pequeno: *Excursões à cidade perdida de Pompeia*. Ele rapidamente esquadrinhou as páginas antes de encontrar o que procurava. — Eu sabia! Este arranjo é chamado de Quadrado Sator — explicou. — Foi encontrado nas ruínas de Pompeia na década de 1740, sob o governo do rei de Nápoles. Pelo jeito, a Ordem de Babel ajudara a financiar as escavações do engenheiro espanhol, Roque Joaquín de Alcubierre, na esperança de que aquilo revelasse instrumentos Forjados até então desconhecidos.

— E chegaram a encontrar?

— Parece que não — comentou Enrique.

— E qual é o significado do palíndromo?

— Ainda está sob investigação — disse ele. — No reino antigo não apareceu mais nada como isso, então ou é um enigma, ou um criptograma ou uma inscrição muito entediante de alguém que estava prestes a ser morto por um vulcão gigante. Pessoalmente, acho que é uma chave... Descubra o código e o quadrado de latão se destrava. Talvez haja alguma matemática envolvida aqui... Zofia? Alguma ideia?

Zofia mastigou a ponta do palito de fósforo.

— Não há matemática aí. São só letras.

Enrique fez uma pausa. E uma ideia surgiu em sua mente.

— Mas números e letras têm realmente muito em comum... — disse ele, devagar. — A matemática e a Torá levam à gematria, um método cabalístico de interpretar escrituras hebraicas ao designar valores numéricos às palavras.

Zofia endireitou o corpo.

— Meu avô costumava nos dar enigmas desse tipo. Como você sabia disso?

— Bem, isso já existe há algum tempo — respondeu Enrique, sentindo o tom acadêmico invadir sua voz. Ele tinha uma vontade bizarra de se sentar em uma cadeira de couro e adquirir um gato fofinho. E um cachimbo. — Há muito tempo a matemática é considerada a linguagem do divino. Além disso, o sistema de códigos alfanumérico não pertence apenas à linguagem hebraica. Árabes fazem isso com numerais *abjad*.

— O nosso *zeyde* ensinou a minha irmã e a mim a como escrever cartas codificadas uma para a outra — contou Zofia, com suavidade. Ela rodopiou uma mecha de cabelo platinado ao redor do dedo. — Todo número correspondia à sua posição alfanumérica no alfabeto. Era... divertido.

Com isso, o mais leve dos sorrisos tocou o rosto dela. Enrique nunca a ouvira falar da família. Mas nem bem terminou de mencionar isso, e a mandíbula dela ficou tensa.

Antes que ele pudesse dizer qualquer coisa, Zofia pegou uma pena e alguns pedaços de papel.

— Se eu pegar todas as letras desse seu Quadrado Sator e olhar a posição delas no alfabeto, e depois somá-las, eis o que temos.

$$S\ A\ T\ O\ R \longrightarrow S + A + T + O + R = 19 + 1 + 20 + 15 + 18 = 73$$
$$A\ R\ E\ P\ O \longrightarrow A + R + E + P + O = 1 + 18 + 5 + 16 + 15 = 55$$
$$T\ E\ N\ E\ T \longrightarrow T + E + N + E + T = 20 + 5 + 14 + 5 + 20 = 64$$
$$O\ P\ E\ R\ A \longrightarrow O + P + E + R + A = 15 + 16 + 5 + 18 + 1 = 55$$
$$R\ O\ T\ A\ S \longrightarrow R + O + T + A + S = 18 + 15 + 20 + 1 + 19 = 73$$

— Isso não parece muito útil.

Zofia franziu o cenho.

— Separe os números. A primeira linha é 73. Sete mais três é igual a dez. Vá para a próxima linha. Cinco e cinco são dez. Cada um deles se torna dez quando os tratamos como um inteiro separado. Ou talvez não seja dez. Talvez seja apenas o um e o zero. Vê?

— É como o *I Ching* — comentou Enrique, impressionado. — O movimento do zero até o um é o poder da divindade. *Ex nihilo* e tudo mais. Isso faz sentido se há um pedaço de verita dentro do quadrado, porque acredita-se que a pedra examina a alma, do jeito que uma divindade faria. Mas isso não nos dá nenhuma pista de como abrir a caixa em si. Além disso, parece que as letras estão... deslizando?

Zofia levantou o quadrado de metal, inclinando-o para frente e para trás. Pressionou a letra *S* e moveu o dedo. A letra andou alguns espaços para a direita.

Durante a hora seguinte, Enrique e Zofia copiaram as letras em pelo menos vinte folhas de papel diferentes antes de recortá-las e arrumá-las conforme tentavam chegar a algo. De vez em quando, ele olhava de relance para o rosto dela. Enquanto trabalhava, Zofia tensionava as sobrancelhas e fazia uma careta com a boca. No último ano, mais ou menos, durante o qual a garota trabalhou para Séverin, Enrique nunca passara muito tempo com ela. Zofia era sempre muito quieta ou muito evasiva. Raramente ria e fazia cara feia mais do que sorria. Observando-a naquele momento, Enrique começava a achar que ela não estava realmente fazendo cara feia... talvez fosse só a expressão que fazia quando pensava... como se tudo fosse um exercício de cálculo. E ali, com os números e o enigma diante deles, era como observá-la ganhar vida.

— Linguagem do divino, linguagem do divino — murmurava Enrique para si, sem parar. — Mas como ele quer ser arranjado? Eu vejo *A* e *O*, que, na teoria, poderiam se encaixar na representação do *alfa* e do *ômega* do poder de Deus. Essas são, coincidentemente, a primeira e a última letras do alfabeto grego, o que poderia sugerir que Deus é o primeiro e o último.

— Então tire os dois *As* e os dois *Os* — sugeriu Zofia. — Não faria sentido se eles fossem considerados à parte?

Enrique fez o que ela sugeria. Talvez fosse a luz no aposento, ou o fato de que seus olhos estavam estranhamente desfocados de cansaço, mas ele pensou em sua casa enquanto murmurava uma rápida oração. Ele se lembrou de se ajoelhar com a mãe e o pai, com Lola e os irmãos no banco da igreja, cabeças baixas, e o padre recitando o Pai-Nosso em latim: *Pater Noster, qui es in caelis, sanctificetur nomen tuum...*

— *Pater Noster* — suspirou Enrique, abrindo os olhos. — É isso. "Pai Nosso", em latim.

Os olhos dele percorreram o arranjo de letras, com as mãos se movendo furiosamente enquanto rearranjava os pedaços de papel, formando uma cruz:

— Zofia — disse ele. — Acho que sei como usar isso.

Em seguida, Enrique pegou o disco de metal dela, e então arrastou as letras até formar o *pater noster*, com os *As* e os *Os* colocados fora da cruz. O quadrado se abriu no meio, e uma luz fantasmagórica reluziu diante deles. Zofia recuou quando a metade de cima do quadrado de latão deslizou, revelando quatro peças de pedra verita do tamanho de cascalhos que poderiam fazer um reino de refém.

12
SÉVERIN

Séverin tinha dez anos quando foi levado até seu terceiro pai, Inveja. Inveja o recebeu depois de Ira acidentalmente beber um chá impregnado com acônito. Não foi uma morte pacífica. Séverin sabia, pois a tinha assistido.

Inveja tinha uma esposa, chamada Clotilde, e duas filhas cujos nomes Séverin não se recordava. No primeiro dia com Inveja, o garoto se apaixonou. Adorou a charmosa casa branca e as crianças que tinham a mesma idade dele e de Tristan. Quando os homens de ternos e chapéus os deixaram diante da casa, Clotilde lhes dissera, com todo o charme, é claro, "Me chamem de Mama". Quando ela falou isso, a garganta do garoto ardeu. Séverin queria tanto dizer aquela palavra que seus dentes doíam.

Clotilde permitiu a eles que tivessem quase uma semana inteira perfeita. Chá com leite e biscoitos pela manhã. Abraços quentinhos à tarde. Faisão brilhando em gordura dourada para o jantar. Cacau logo antes de dormir. Duas camas com colchões de penas diante das camas das outras duas crianças.

E então, antes que a semana terminasse, Séverin escutou Clotilde e Inveja brigando atrás de portas fechadas. O garoto estivera a caminho do salão de chá. Levava nas mãos flores que ele e Tristan passaram a manhã toda colhendo.

— Eu pensei que eles eram herdeiros! — gritou Clotilde. — Você disse que essa era a nossa chance de voltarmos a ser benquistos!

— Não é mais — disse Inveja, com um tom de voz pesado. — Um deles tem uma imensa fortuna, mas não verá nem o cheiro do dinheiro até se tornar maior de idade.

— Bem, e o que esperam que a gente faça? Que a gente os alimente e os vista com aquela merreca que a Ordem nos paga? A refeição dessa semana custou os olhos da cara! Não podemos continuar assim!

Por fim, Inveja suspirou.

— Não, não podemos.

E esse foi o fim do chá com leite e biscoitos, dos abraços calorosos à tarde, do faisão brilhante e do cacau na cama. Foi o fim do "Mama", já que agora ela preferia ser chamada de Madame Canot. Séverin e Tristan foram realocados para a casa de hóspedes, e as outras duas crianças não os viram mais. A única bênção foi que Tristan e Séverin receberam um tutor da universidade. E já que era tudo o que lhe seria dado, Séverin se lançou nisso de cabeça.

Depois que Madame Canot os mudou para a casa de hóspedes, Tristan chorou por semanas. Séverin, não. Ele não chorou quando o jantar de Natal foi só para Inveja, sua esposa e suas filhas. Não chorou quando as filhas de Inveja ganharam de presente um filhotinho de cachorro, com orelhas sedosas, enquanto Tristan e Séverin ganharam um puxão de orelha por deixarem o quarto estreito e gelado todo desarrumado. Ele não derramou uma única lágrima.

Mas observou.

Ele os observou com dedicação.

Séverin encarou o relógio de osso.

Tinha mudado o objeto de seu lugar costumeiro na estante de livros para sua mesa, para ajudá-lo a se concentrar. Atrás dele, o sol do fim da tarde se lançava pelas altas janelas de sacada do L'Éden.

Fazia duas semanas desde que eles tinham descoberto alguns pedaços preciosos de pedra verita e a localização do Olho de Hórus na moeda-inventário. Em três dias, eles partiriam para a celebração do Festival de Primavera da Casa Kore, no *Château de la Lune*, a propriedade de campo da Casa Kore.

Naqueles extensos terrenos escondia-se o Olho de Hórus, o raro artefato que podia ver o Fragmento de Babel.

A aquisição que mudaria tudo.

Mesmo assim, um fato continuava a corroê-lo por dentro... Enrique e Zofia relataram que um homem estivera esperando por eles na escuridão da exposição. Aquele fato assombrara todos eles. Tristan, em especial. Não que isso preocupasse Séverin, particularmente. Tristan era sempre o mais medroso do grupo, sempre preocupado com o fato de eles estarem à beira da morte, sempre procurando um jeito de escapar. Só que, daquela vez, Séverin não fizera a vontade dele.

Noite passada, os dois estavam colocando armadilhas no jardim, tentando capturar qualquer que fosse a criatura que estava matando todos os passarinhos.

— Tem certeza de que não é o Golias? — perguntara Séverin.

— O Golias jamais faria isso! — garantiu Tristan, corando. — Mas esqueça o assassino de passarinhos. E quanto ao homem que quase matou Enrique e Zofia? Séverin, essa aquisição não é segura.

— E quando é que uma aquisição já foi segura?

— Mas antes ninguém estava atrás da gente. Eles poderiam nos machucar. Nos machucar de verdade. — Tristan fez cara feia. — Aposto que é coisa do Hipnos. Aposto que ele está nos levando para uma armadilha. De que outra forma alguém saberia que nós estamos atrás do Olho de Hórus?

— Ele fez um juramento de não causar danos. Não pode quebrá-lo.

— Mas e quanto a alguém que esteja trabalhando com ele?

— Nossos serviços de inteligência descartaram todos os guardas dele.

— Mas obviamente tem alguém...

— ... que provavelmente seja da Casa Kore — cortou Séverin. — Eles organizaram equipes para encontrar o Anel de Babel desaparecido da matriarca deles, e podem ter confundido Enrique e Zofia com os ladrões.

— Você está animadinho demais para conseguir ver o que está bem diante dos olhos! Isso é diferente! E você não está me escutando! — gritou Tristan. — Pra ser sincero, isso é tudo culpa do seu ego. Qual o objetivo desse...

— Já chega.

Tristan se encolhera. Só quando olhou para baixo, Séverin percebeu que tinha batido com a mão na mesa. Mas não conseguiu se controlar.

— Qual o *objetivo*? — repetiu Séverin. — O objetivo é retomar o que nos foi tirado, mas você não entende isso, não é? Você estava acostumado com Ira, mas eu, não. Eu costumava ter uma família, Tristan. A droga de um futuro. E o que eu tenho agora?

Tristan abriu a boca, mas Séverin falou antes:

— Eu tenho você, é claro — disse ele.

Tristan o olhou com cautela. Tenso.

— Mas...?

Séverin virou a palma da mão para cima, olhando sua cicatriz prateada.

— Mas eu costumava ter mais.

Tristan explodira porta afora. Quando Séverin foi falar com ele, encontrou a porta Tezcat trancada. Não importou quantas vezes batesse ou virasse a folha de hera dourada... não conseguiu abri-la.

Aparentemente, Tristan não era o único que estava zangado com ele. Laila agia de um jeito distante, incomum, e, ainda que tivesse repassado mentalmente as interações deles várias vezes, Séverin não tinha certeza do que fizera.

Uma batida em sua porta o afastou de seus pensamentos. Ele endireitou o corpo na cadeira.

— Pode entrar.

No início, tudo o que a mente de Séverin registrou foi o cabelo escuro. Ele sentiu um aperto no peito. Uma centena de lembranças iguais àquela. Laila toda semana entrando em seu escritório sem avisar, com açúcar espalhado no cabelo. Na mão, uma nova sobremesa que ela simplesmente não podia esperar que alguém provasse.

— Hum, oi?

Enrique entrou no escritório, segurando um pedaço de papel e parecendo bastante desconcertado.

Séverin chacoalhou a cabeça. Precisava de mais horas de sono. Olhou para Enrique, notando as manchas escuras sob seus olhos, seu cabelo preto em geral impecável estava todo despenteado. A falta de sono abalava todos eles.

— O que você tem aí?

— Bem, considerando o jeito como você estava me olhando, sinto que eu devia trazer o segredo da dominação mundial. Mas, infelizmente, não é isso. — Então Enrique abriu um sorriso. — Só por curiosidade... quem você achou que eu fosse?

Séverin revirou os olhos.

— Ninguém.

— Não foi o que me pareceu.

— Enrique, o que você tem para mim?

Enrique se deixou cair na cadeira diante de Séverin e empurrou pela mesa um pedaço de papel rabiscado com uma letra relaxada.

— Você me pediu um relatório sobre a simbologia das abelhas, mas não há nada particularmente relevante que eu possa te contar. O mesmo que já falei antes. Elas aparecem por todo um espectro cultural de mitologia, em geral como portadoras de profecias, dado o modo como conheciam o mel nas civilizações antigas, ou como psicopompos, criaturas capazes de levar os mortos de um mundo para o seguinte. Em termos de como isso se relaciona com a França, tudo o que consegui descobrir foi que Napoleão Bonaparte as usava como parte de seu emblema, talvez tentando parecer mais alinhado com os antigos reis francos, os merovíngios.

Séverin pegou sua latinha de cravos.

— Isso é tudo?

— É tudo — disse Enrique. — E também não é como se a gente pudesse voltar e dar uma olhada na área da Exposição onde fomos atacados. Está cheio de policiais por lá. E, ainda que eu não esteja dizendo que não temos alguém no nosso rastro, estou dizendo que o colar e o pingente do homem eram só um enfeite em formato de abelha. Talvez ele tivesse alguém na família que algum dia trabalhou para Bonaparte.

— Pode ser.

Enrique olhou para ele.

— Tem alguma coisa que você não está me contando?

Séverin fez um aceno com a mão.

— Não, não. Obrigado por isso. Continue investigando o que conseguir encontrar.

Enrique assentiu com a cabeça e então se levantou. Ao fazer isso, seu olhar caiu sobre um objeto na mesa de Séverin. O relógio de osso que se dizia ter pertencido à Casa Caída.

— Isso é novo? — perguntou Enrique.

— Nem um pouco.

— As marcas nele são... diferentes. Ainda que o fato de alguém ter resolvido dar o formato de ossos humanos a um ouro de boa qualidade seja um tanto quanto macabro. E isso é um desenho de uma estrela de seis pontas? É como se fosse...

— E é.

Enrique arregalou os olhos.

— É uma relíquia da Casa Caída? Por que você tem isso?

— Bem, serve como um lembrete.

Enrique se mexeu, nervoso.

— Você não... Quer dizer... Você não tá planejando...

— A última coisa que quero é imitar a Casa Caída — garantiu Séverin. — Só estou procurando pelo Olho de Hórus. Não tenho a intenção de tentar unir todos os Fragmentos de Babel e construir meu caminho até os céus, ou fosse lá o que a Casa Caída pretendia fazer com eles.

— Eu me pergunto por que eles fizeram isso — devaneou Enrique, em voz baixa, olhando fixamente para o relógio de osso.

— Acredito que eles pensavam que aquele era seu dever sagrado. Mas o jeito como fizeram isso, no entanto, levou a alguns assassinatos bem desagradáveis, ou pelo menos foi o que me disseram. Quem sabe. Quem se importa. A Casa Caída caiu. Esse relógio de osso é um lembrete disso.

— Você tem um gosto muito alegre, Séverin.

— Eu me esforço.

Enrique ficou observando o relógio por um bom tempo. Ele sempre ficava daquele jeito quando havia um objeto que desejava desesperadamente analisar. Séverin suspirou.

— *Depois* da aquisição, você pode inspecioná-lo...

— Irrá! Viva! Ganhei! — Enrique fez uma dancinha de felicidade, depois endireitou o paletó e se recompôs. — Encontro você lá em cima?

— Sim. Prepare todo mundo. Quero repassar a planta do *Château de la Lune*. Hipnos também estará presente, com os convites e as novas identidades.

Pontos de cor tocaram o alto das maçãs do rosto de Enrique.

— Ele tem vindo muito aqui ultimamente, né? — Então, como se precisasse se explicar, acrescentou: — Quero dizer, acho que ele precisa fazer isso.

O patriarca da Casa Nyx os visitara várias vezes, ainda que sempre disfarçado. A Ordem não aceitaria de bom grado que os dois socializassem, ainda que tivessem deixado de prestar atenção em Séverin depois que ele alcançou a maioridade. Por mais que ele quisesse que todos achassem a companhia de Hipnos repugnante... ninguém achava. Bem, a maioria não achava. Tristan se recusava a falar com ele. Alguém até mesmo fizera uma pegadinha, escondendo seu sapato, ainda que ninguém tenha confessado. Hipnos não ficara zangado. Em vez disso, batera palmas, animado. *Ah! Uma pegadinha! É isso o que amigos fazem?*

Não era.

Embora Hipnos se recusasse a se deixar amedrontar.

— Acho que a cozinha do L'Éden é o fator mais decisivo.

Enrique deu uma risada.

— Provavelmente.

Séverin mastigou um cravo. Quando Enrique foi embora, ele abriu uma gaveta secreta em seu escritório e tirou o arquivo que tinha roubado do escritório do legista.

O palpite de Enrique estava certo. Havia algo que ele não contara para nenhum deles: o mensageiro da Casa Kore estava morto.

Ele fora encontrado em um bordel com a garganta cortada, e todos os seus pertences foram levados, exceto a moeda-inventário. Ou ela fora deixada nele sem querer, ou intencionalmente. Séverin se lembrava de quando ele e Tristan tinham interrogado o homem. De como, quando o mensageiro entregara a moeda-inventário, ela não estava em seu corpo, como eles imaginaram, mas dentro de sua boca, escondida embaixo da língua feito um dracma de ouro colocado como pagamento para o barqueiro dos mortos. Mas, quando o legista olhara na boca do homem, encontrara outra coisa escondida atrás de seus dentes:

Uma abelha de ouro.

Todo mundo já estava esperando por ele no observatório.

Tristan andava de um lado para o outro, girando uma margarida de pétalas douradas em uma das mãos. Era um protótipo para a instalação de verão do hotel, lembrou Séverin: o Toque de Midas. Zofia estava sentada de pernas cruzadas, um palito de fósforo pendurado entre os lábios, seu avental preto manchado de cinzas. Enrique se debruçava sobre um livro, e o manuseava usando luvas de pelica. Laila estava reclinada em sua espreguiçadeira. Seu cabelo, penteado com elegância, e ela usava um vestido cinza-claro com um colar de pérolas no pescoço. Na mão, torcia preguiçosamente o que parecia ser um pedaço de barbante preto. Séverin olhou com atenção. Não era um barbante... era um cadarço. Não que ele prestasse alguma atenção especial nos sapatos de Hipnos, mas tinha quase certeza de que aquele pertencia ao patriarca. Laila encontrou o olhar de Séverin e lhe lançou um sorriso conspiratório. Estava lendo os objetos de Hipnos. Em resposta, Séverin sorriu.

— Onde está o Hipnos? — perguntou ele, olhando ao redor da sala.

— Vai saber. — Tristan fez uma careta. — Temos que esperar por ele?

— Levando em consideração que ele tem nossas identidades e convites... sim. É a última peça que falta do nosso plano.

Hipnos abriu a porta assim que seu nome foi falado. Usava um terno verde-escuro e sapatos cravejados de esmeraldas.

— Trouxe presentes! — anunciou ele.

Enrique não ergueu os olhos do livro.

— *Timeo Danaos et dona ferentes.*

Os cinco o encararam sem entender.

— Como é? — indagou Zofia.

— É da *Eneida* — explicou Enrique. — "Temo os gregos mesmo quando me trazem presentes."

— Não sou grego.

— O princípio é o mesmo.

Mas, quando Enrique falou isso, um sorriso brincou em seus lábios.

— Esses aí são os nossos convites? — perguntou Laila, olhando para o punhado de cartões dourados na mão dele.

Hipnos os espalhou na mesinha de centro.

— Um para cada um de vocês. Exceto para Tristan, que de toda maneira já vai estar lá para cuidar dos jardins. Quanto aos convites, providenciei para que vocês cheguem na sexta-feira, a tempo do banquete da meia-noite. Vocês partirão no sábado, à meia-noite, já que o domingo é estritamente reservado para membros da Ordem.

— Perfeito — disse Séverin. — Um pulo pra dentro e outro pra fora.

— O primeiro convite vai para o nosso experiente especialista em flores orientais, vindo diretamente da China, *monsieur* Chang — contou Hipnos.

Em seguida estendeu o cartão dourado para Enrique.

Enrique não se moveu; ficou apenas encarando o cartão como se fosse uma doença.

— Você tá tirando uma com a minha cara?

— Eu jamais faria isso.

— Bem, eu *não sou* chinês. Sou filipino e espanhol. — Enrique pegou o cartão. — Isso é terrivelmente ofensivo.

Hipnos deu de ombros.

— E também é terrivelmente conveniente; a matriarca da Casa Kore é obcecada por todas as coisas chinesas. Na sequência, um cartão para uma dançarina *nautch* que vai se juntar à excitante trupe de entretenimento.

Séverin balançou a cabeça. Laila podia se apresentar no palco do *Palais* como *L'Énigme*, mas ele sabia que, para ela, a dança — do jeito clássico no qual fora treinada na Índia — era considerada sagrada. Laila pegou o convite, imperiosa, com a expressão marcada pelo desgosto.

— No entanto, os dançarinos tecnicamente não chegam antes do dia seguinte ao início do festival, então primeiro você terá que se passar por uma criada da Casa Nyx.

Laila assentiu com a cabeça, tensa.

— Faz sentido...

— Não! Não faz, não! Por que ela precisa fingir que é uma criada da Ordem? — quis saber Tristan, levantando-se de seu assento. — Ela não é parte da Ordem! Nenhum de nós é!

— Tristan, meu amor — disse Laila, com uma calma perigosa. — Se você se intromete na batalha de uma mulher, você fica no caminho da espada dela.

Tristan voltou a se sentar, o rosto corado.

— Ah, que meigo! — exclamou Hipnos. — Você não quer que ela seja maculada por se associar a mim, suponho. Muito que bem. No entanto, seria imprudente levar junto todas as ferramentas de que você vai precisar em uma excursão. Acredito que é muito melhor dividir o fardo. Como é mesmo o ditado? Não coloque todas as cestas em sua cabeça?

Enrique revirou os olhos.

— É "não coloque todos os ovos em uma única cesta".

— Odeio ovos. E por isso prefiro a minha versão — retorquiu Hipnos antes de pegar o próximo cartão dourado. — O próximo convite vai para o nosso oficial do governo, Claude Faucher. E, não se preocupe, todos os convidados precisam usar máscaras e, até onde sei, eu sou o único membro da Ordem que se importa em saber qual é a sua aparência.

Séverin pegou o convite, reprimindo pontadas de alívio, culpa e, embora odiasse, indignação. Todo aquele tempo e tudo o que ele fizera, e ainda assim a Ordem nunca olhara para ele. Sua culpa era mais aguda, no entanto. A linhagem argelina de sua mãe só se revelava sutilmente em suas feições, mas fora isso ele poderia se esconder à vista de todos se passando por francês. Outros não podiam fazer o mesmo.

— E, por fim, um convite para a baronesa russa Sophia Ossokina.

Zofia olhou ao redor da sala mesmo depois que Hipnos estendeu o cartão para ela.

— Essa sou eu?

— *Oui*.

— Eu vou ser uma baronesa *russa*?

Quando o assunto era política, Zofia até podia ter os pensamentos flutuando nas nuvens, mas, sob o comando do Czar Alexandre, a Rússia não tinha nenhuma afeição pelos judeus, e ela não tinha nenhuma afeição pela Rússia.

— Você vai tirar de letra — garantiu Hipnos, jogando o convite no colo dela.

Sem mais nada nas mãos, Hipnos olhou para todos eles, sem saber muito bem o que fazer na sequência. Assim, as cruzou atrás das costas. Parecia dolorosamente infantil. Sob a luz, seus sapatos cravejados de esmeraldas pareciam menos grandiosos e mais espalhafatosos. Tudo o que ele usava fora cuidadosamente selecionado. Mas não importava o quanto as roupas lhe caíam bem se o mesmo não acontecia com sua pele.

Nenhum deles olhou para Hipnos. Ou lhe agradeceu. Séverin entendia aquilo. Viu como cada convite fora um tapa na autoimagem de cada pessoa. Mas também entendia como Hipnos enxergava o cenário, como trabalhara para garantir que cada pessoa pudesse acessar o *Château de la Lune* sem incidentes.

— Quando se é quem eles esperam que você seja, ninguém presta muita atenção. Se estão furiosos, que esse seja o combustível de vocês — disse Séverin, olhando nos olhos de cada um. — Só não esqueçam que poder e influência suficientes fazem com que seja impossível alguém afastar os olhos de vocês. E então não dá para passar despercebido.

Ele não dirigiu o olhar para Hipnos, mas viu os seus ombros relaxarem.

— Agora, quanto ao *Château* — começou ele, mostrando as plantas por meio do mnemo-holograma. Os demais se inclinaram para a frente, ansiosos.

Hipnos ficou boquiaberto.

— Como vocês conseguiram isso?

— Eu tenho minhas fontes — respondeu Laila, sorrindo.

— Parte de sua útil legião de homens caidinhos de amor — comentou Séverin rapidamente. Ele não queria se demorar nos homens do arsenal de Laila. — Agora, a mansão em si não é nada que já não tenhamos visto no passado. Dois salões, uma sala de banquetes imensa, cozinha, sala de jantar, capela, cripta e chapelaria. A matriarca da Casa Kore encomendou, em particular, uma escadaria Forjada que leva ao aposento dos criados, o que deve ser um desafio.

O *Château* em si era localizado em meio a quase cinquenta hectares de terra, e era cercado por uma série de construções menores. Quadrados roxos marcavam os jardins: o pomar de inverno e de verão. Uma estrela marcava o observatório. Uma folha marcava a estufa — uma construção extensa — e um punhado de círculos azuis marcava as fontes da propriedade. Um *x* vermelho marcava a biblioteca. O alvo deles, já que era ali onde o Olho de Hórus era mantido.

— Essas são as principais características da propriedade — explicou Séverin. — Tristan, o único de nós que realmente esteve na propriedade de campo da Casa Kore, observou que alguns aspectos, como o arranjo das barracas e dos pavilhões para entretenimento, mudam de acordo com as estações do ano. Isso aqui — ele apontou para os pontos vermelhos e pretos que se alternavam em volta das construções — marca a posição dos guardas contratados. Um total de cem homens e mulheres com espingardas. A cada oito horas, a Casa paga para que os guardas sejam trocados. Vinte entram. Vinte saem. Provavelmente, assim ninguém fica tempo o suficiente para cometer algum ato desagradável.

Enrique assobiou.

— Cem guardas? Não me importo em deixar festas com buracos na memória. Mas no meu corpo é um pouco diferente. Não estou interessado em acabar nas catacumbas.

— Você está presumindo que as espingardas vão estar carregadas — comentou Séverin.

— E não vão?

— Só metade delas, segundo nosso homem na polícia. E adivinhem só quais são os dois lugares mais bem protegidos?

— A biblioteca e a estufa — sugeriu Zofia.

— Correto.

Afinal, esses eram os dois espaços mais celebrados pela Casa Kore. A entrada para seus jardins sobrenaturais e suas extensas coleções.

— Mas disso nós já sabíamos — falou Enrique.

— Correto também — disse Séverin. — Mas a metade da força policial designada para a biblioteca tem as espingardas carregadas com cartuchos sem munição.

Enrique arqueou uma sobrancelha.

— E a metade da estufa?

— Armas carregadas até o bico.

— Mas, segundo a moeda-inventário, o Olho de Hórus está na biblioteca — lembrou Laila. — Por que proteger a estufa?

— Um mistério que só o acesso à estufa pode desvendar. Tristan?

Até aquele momento, Tristan estivera estranhamente em silêncio. Quando olhou para Séverin, seus olhos estavam vermelhos. Ele sorriu, mas o olhar permaneceu sério.

— Deixa que eu cuido disso — disse ele. — Com a ajuda do meu bom amigo, o experiente e honrado botânico, sr. Ching.

Enrique grunhiu.

— Argh. É Chang. Espera aí, por que estou corrigindo isso?

— E quanto às espingardas? — perguntou Hipnos.

Zofia acenou com a mão.

— Meus projetos são superiores.

— Além disso, como vamos sair de lá? — Quis saber Enrique.

— Com isso eu posso ajudar — garantiu Hipnos. — Posso invocar a regra da Ordem para garantir que a matriarca coloque alguma coisa em seus cofres mais bem protegidos. Ela não vai saber o que é, e pode ser qualquer coisa de que vocês precisem. Roupas para dar no pé et cetera.

— Tudo bem. Mas e quanto às armas? — perguntou Enrique. — Não podemos simplesmente entrar lá armados até os dentes.

— É verdade — concordou Zofia, franzindo o cenho.

— Não faço ideia de como vocês vão resolver isso — suspirou Hipnos. — Primeiro, a matriarca da Casa Kore precisa dar a festa para manter as aparências, mas ela não vai correr nenhum risco depois do roubo do Anel.

Segundo, todas as entradas terão pedra verita, então armas serão inúteis. Terceiro, as Esfinges estarão presentes.

Ao ouvir isso, Laila sorriu e deu uma piscadinha.

— Confie no processo.

Séverin assentiu com a cabeça, sabendo exatamente no que Laila estava trabalhando para enganar a segurança da Casa Kore.

Mas Hipnos parecia horrorizado.

— Tenha compaixão com a minha pessoa, *ma chère*.

Foi um comentário estúpido e trivial que não tinha relação alguma com os planos de Laila. E, talvez por causa disso, roubou uma risada de Séverin. Atrás de Hipnos, Tristan pareceu chocado.

O súbito senso de humor de Séverin esfarelou.

Ele prometera para Tristan que a Ordem não tocaria neles.

Agora, olhe só para eles... Hipnos pegando um biscoito no prato de aperitivos que Laila fizera. Hipnos sorrindo com suas duas covinhas assimétricas, um sorriso do qual Séverin se lembrava desde a infância. Hipnos sentado entre eles... fazendo-os rir mesmo depois que Séverin começou a usar aquela tatuagem de juramento como uma adaga pressionada contra o coração.

Hipnos deu uma mordida no biscoito e fez um gesto de aprovação com a cabeça para Laila.

— Ótimo plano! Agora todos nós podemos...

Uma onda gelada recobriu Séverin.

— Não existe um "nós".

Os quatro membros de sua equipe trocaram olhares confusos.

Ele teria que ser mais claro.

— Hipnos — começou ele —, você está empregando nossos serviços para ganhos conjuntos. Mas você não é um de nós.

Lentamente, Hipnos deixou de lado o resto do biscoito. Fechou os olhos. Ao se levantar, não olhou para eles, preferindo limpar migalhas invisíveis de seu terno elegante.

— Considerando que estamos em um acordo de negócios, eu tenho o direito de pedir informações acerca de seu progresso, e vou continuar a fazer isso — falou ele, seco. — Vejo vocês em três dias no *Château de la Lune*. Ah, e Séverin... você nunca esteve em uma festividade da Ordem, né?

Hipnos sabia que não. Aquilo nada mais era que um golpe bem dado, já que *ele* era alguém de dentro, enquanto Séverin sempre seria o órfão procurando por um jeito de entrar. Não fazia sentido responder a Hipnos algo que ele já sabia.

— Ah, e eu preciso adverti-lo. Será como se seus olhos estivessem enxergando pela primeira vez — disse Hipnos, sorrindo lentamente. — E, se fracassar na tarefa que tem em mãos ou acabar sendo pego, então também será sua última vez.

PARTE III

Querida irmã,

Estou tão ansiosa para conhecer meu novo sobrinho quando vocês vierem me visitar! Você perguntou como eu me sinto por ter sido confiada à linhagem de nossa família, e confesso que sinto uma mistura de emoções. Sinto admiração, por um lado, pela responsabilidade sagrada que me foi conferida. E, mesmo assim, cautela... Você se lembra da Casa que caiu? Seu nome foi apagado dos registros, de modo que agora ela é conhecida apenas como Casa Caída. Nosso pai disse que ela caiu na época em que eu nasci, mas ele me mostrou uma carta que recebeu do patriarca executado. Ele me disse que é um lembrete de que nós não compreendemos completamente as profundezas do que protegemos. E isso me assombra, minha irmã, pois o patriarca executado escreveu:

"Apesar de protegermos do público o Fragmento de Babel do Oeste, não posso deixar de me perguntar se também estamos protegendo o público *dele*..."

13

ZOFIA

Zofia gostava de fazer cálculos em voz alta. A matemática a acalmava. A distraía.

— Duzentos e vinte e dois ao quadrado é quarenta e nove mil, duzentos e oitenta e quatro — murmurou ela, subindo os degraus de mármore.

Em sua mão, o convite dourado era como uma chama retirada de uma fogueira. Ela passou o dedo pelas letras elaboradas: *Baronesa Sophia Ossokina*.

— Setecentos e noventa e um ao quadrado é... — Zofia franziu o cenho. — Seiscentos e vinte e cinco mil, seiscentos e oitenta e um.

Não foi tão rápida quanto ela costumava ser. Aquele numeral levara quase quinze segundos para ser calculado. Ela já devia estar se sentindo mais calma.

Mas não estava.

Em uma hora, eles embarcariam no trem até o *Château de la Lune*. À meia-noite, estariam sentados para o banquete de abertura. Essa não seria como as aquisições anteriores, quando fazer-se passar por alguém significava decorar um punhado de falas. Aquilo significava esconder-se à vista de todos. Teria sido muito mais fácil se ela fosse uma soma por si mesma. Mas Séverin e os outros a tornavam parte de uma equação. Se fracassasse, não o faria sozinha. Também fracassariam Séverin, Enrique e Laila, e todo o peso de suas esperanças. Também fracassaria Hela, que estava trabalhando como governanta dos primos mimados delas, à espera da liberdade. Era o sonho ao qual ela se apegava, aquela pequena imagem que via e revia sem parar... a paz de caminhar por uma rua e sentir que não era diferente de ninguém.

Coisas tão frágeis oscilando na balança.

As mãos de Zofia estavam úmidas quando cruzou o último corredor até o quarto de Laila. Só visitara Laila ali uma vez. Não tinha gostado. Os cheiros eram todos errados. Era colorido demais. Não era como a cozinha, com seus tons uniformes de creme.

Antes que pudesse bater, Laila abriu a porta, seu sorriso largo como sempre.

— Pronta? — perguntou ela, animada.

Uma onda de perfume acertou o nariz de Zofia. Ela enrugou o rosto, dando um passo rápido para trás, os ombros caídos como um animal encurralado.

Laila deixou a porta aberta, desaparecendo dentro do quarto. Não convidou Zofia para entrar, nem esperou por uma resposta. De onde estava, Zofia só podia ver uma fresta do quarto. Um toque de seda verde nas paredes. Uma janela com cortinas de linho que impediam que o quarto ficasse muito iluminado. Perto da soleira da porta, havia uma mesinha de jade. E sobre ela... um biscoito perfeitamente claro e redondo.

Zofia deu um passo adiante e pegou do prato o biscoito. Queria dar um passo para trás imediatamente, mas então deu uma olhada na penteadeira. Laila era normalmente bagunceira. Uma vez, Zofia tentara arrumar a cozinha, mas parou quando Laila ameaçou não fazer mais sobremesas. Na última vez que estivera ali, o quarto era um desastre: frascos de cosméticos no chão; joias penduradas nas luminárias; a cama não só desfeita, mas também assimetricamente posicionada, porque Laila "gostava de acordar com o sol batendo no rosto". Aquilo causava arrepios em Zofia.

Daquela vez tudo parecia diferente.

Ela enfiou a cabeça pela porta. Todos os cosméticos na penteadeira estavam espaçados igualmente, da mesma forma que Zofia teria feito. Mas havia uma exceção. Um tubo gritantemente alto, bem no meio de uma escala toda arrumada em ordem descendente. Os dedos de Zofia se retorceram de vontade de arrumá-lo.

Zofia olhou para a esquerda. Laila colocava um vestido preto e longo. Um pouco adiante, havia outro biscoito claro, equilibrado sobre um baú baixo perto da penteadeira de Laila. Com cautela, Zofia entrou no quarto. Foi até o segundo biscoito e o comeu imediatamente. Sentiu-se... menos terrível. Mas devia ser apenas por conta do biscoito.

— Quase terminei de escolher suas roupas — disse Laila. Agora ela estava sentada de pernas cruzadas no chão, afofando a cauda de seu vestido preto. — Você vai precisar de quatro trocas de roupa entre o banquete de meia-noite, na sexta, e o baile à meia-noite do sábado. E, é claro, você terá tempo para ajustá-las com quaisquer dispositivos incendiários que julgar adequados. Acho que tudo isso vai caber no seu guarda-roupa de viagem.

O guarda-roupa de viagem de Zofia estava no fundo do quarto. Era menos um guarda-roupa de viagem e mais uma oficina de viagem. Quando completamente fechado e trancado, lembrava uma pilha de malas de couro gravado. Quando aberto, virava outra coisa. Todas as "malas" eram presas umas às outras e Forjadas para terem compartimentos com kits de química, gazuas, moldes, frascos de terra de diatomácea, limalhas de ferro, ácidos diversos... e vestidos. Um único pedaço da preciosa pedra verita estava guardado no fundo, tornando tudo indetectável para os sensores da Casa Kore.

— Você vai se sair bem — acalmou-a Laila, com suavidade. — Você já tem os modos de uma baronesa. Agora só precisa acreditar nisso.

Laila pegou o vestido do cabide, trazendo-o na direção de Zofia. A garota encolheu-se. Pensou nas mulheres que observava no salão. Elas pareciam terrivelmente desconfortáveis. Todas aquelas cinturas apertadas e sapatos de ponta fina. Rindo de coisas sem graça.

— Experimenta! — pediu Laila. — Meu modista na Casa do Mérito fez especialmente para você. Tem um biombo bem ali...

Zofia tirou o avental, os sapatos e começou a desfazer-se de suas roupas.

Laila riu, balançando a cabeça.

— Ou isso.

Zofia conhecia aquele suspiro pesado.

Sua mãe costumava emitir aquele som todas as vezes que achava que Zofia tinha falta de modéstia. "Falta". Outra palavra que não se encaixava. Não era como se ela tivesse algum estoque secreto de modéstia e tivesse usado tudo. Já tinha aprendido o que era considerado modéstia. Tirar as roupas em público? Nada legal. Em particular? Tudo bem. Ali elas estavam em um quarto fechado, o que queria dizer particular. Quem se importava? Além disso, ela nunca gostou da sensação de usar muitas roupas. E não entendia por que tinha que ter vergonha do próprio corpo. Era só um corpo.

Ao mesmo tempo, Zofia sentia saudade do som do suspiro da mãe. Depois que os pais morreram no incêndio da casa, Hela fizera o melhor possível para não preencher os dias delas com dor, mas a sensação se esgueirava pelas frestas de suas vidas mesmo assim.

— Me avise quando não puder respirar — grunhiu Laila, puxando os cadarços.

— Isso. Faz. Zero. Sentido.

— A moda, meu amor, assim como o universo, não precisa nem de explicação, nem de sentido.

Zofia tentou fazer um som de protesto, mas acabou se engasgando.

— Já está apertado o suficiente! — anunciou Laila. — Braços para cima!

Zofia obedeceu. A seda escura ondulava em volta dela. Ela olhou para baixo, notando as contas perfeitamente redondas de azeviche que se agitavam na barra como se fossem ondas retintas. Eram Forjadas também, e as ondas se moviam pelo tecido, para cima e para baixo. A mente de Zofia se prendeu ao padrão.

— Só foram descobertas em 1746, por d'Alembert.

Laila parou de se mexer.

— Agora eu me perdi.

— As ondas! — disse Zofia, apontando para o padrão das contas pretas. — A física clássica tem muitas ondas. Elas são uma bela equação hiperbólica diferencial parcial. Há ondas sonoras, ondas luminosas, ondas de água...

O resto do quarto desapareceu enquanto Zofia falava de ondas. Seu pai, um professor de física em Glowno, a ensinara a reconhecer a beleza da matemática. Como era possível ouvi-la — até mesmo o efeito das ondas

— em algo tão complexo quanto uma composição de música. Enquanto falava, ela mal sentia Laila puxar os cadarços do espartilho, deslizar seus pés nos sapatos ou arrumar seu cabelo.

— ... e, por fim, ondas longitudinais e transversais — completou ela, erguendo os olhos.

Mas não foi o rosto de Laila que ela viu, e sim o dela própria, encarando-a pelo reflexo do espelho. Ela não se parecia consigo mesma. Tinha maquiagem preta em seus olhos e vermelha na boca e nas bochechas. Um grampo de *aigrette*, com plumas brancas e pérolas cinzentas, preso em seu cabelo enrolado. Ela parecia as mulheres do salão principal. Zofia estendeu a mão para tocar o coque elegante no alto da cabeça.

— Você está linda, baronesa Sophia Ossokina.

Zofia se inclinou para a frente, analisando seu reflexo. Até podia se parecer com as mulheres do salão, mas não era em nada como elas. Ao contrário de Laila. Laila, que era tão elegante quanto uma onda.

— Devia ser você — observou Zofia.

Os olhos de Laila se arregalaram no espelho. Seus ombros caíram de leve. Um padrão de pesar.

— Não posso — disse ela, baixinho. — Lembre-se do que o Séverin falou. Se você se veste segundo as expectativas do mundo, ninguém repara muito quando você rouba algo deles. Embora eu realmente desejasse não precisar ir como uma dançarina *nautch*. — Sua boca se retorceu com aquela palavra. — As dançarinas *nautch* costumavam ser sagradas nos templos. De onde eu venho, a dança é uma expressão do divino.

— Como no *Palais des Rêves*?

Laila bufou.

— Não. Não como no *Palais*. Nem mesmo sou eu naquele palco. E, mesmo se fosse, ninguém merece uma performance da minha fé.

Zofia puxou as pontas das luvas. As palavras certas continuavam saindo erradas de sua língua. Laila olhou para ela, o rosto marcado de preocupação. Então estendeu a mão, segurando o rosto de Zofia.

— Ah, Zofia — murmurou ela. — Não fique triste. Todo mundo esconde algo.

Zofia foi a primeira a embarcar no trem.

Séverin arrumara tudo para que ele, Enrique e Zofia ocupassem todo um bloco de suítes. Os outros foram separados. Tristan partira para a propriedade de campo da Casa Kore no dia anterior para cuidar do jardim, e Laila fora com Hipnos, levando consigo um bolo imenso e maravilhoso que a Casa Nyx transportaria. Todos deviam chegar ao *Château de la Lune* ao mesmo tempo.

Assim que chegou à sua suíte, Zofia abaixou as cortinas de veludo da janela. Só de olhar para as plataformas da estação, lotadas com pessoas e o vapor das máquinas, já ficava com dor de estômago. Seu nariz doía com o cheiro de comida de rua queimada, e ela já estava cansada daqueles cartazes Forjados que flutuavam ao longo da plataforma. Cada um deles propagandeava uma parte diferente da Exposição Universal, que abriria ao público em quatro dias.

Zofia puxou alguns fios soltos de seu vestido. Sobre o colo, levava a bengala Forjada que fizera para Enrique. Era oca, de ébano polido, e a ponta tinha o formato de uma águia com as asas abertas. Zofia suspirou, desejando ter podido trazer sua lousa. Não havia mais nada para fazer, exceto esperar por Séverin e Enrique.

Cansada, começou contando os cristais pendurados no candelabro: eram 112. Na sequência, contou os botões dourados que estavam presos ao assentos acolchoados de cetim: dezessete. Zofia estava prestes a se sentar no chão e começar a contar as borlas do tapete quando a porta da cabina onde ela estava foi aberta.

Um velho com as costas encurvadas estava ali. Era careca, com manchas marrons na cabeça. Ele parou na entrada da cabine e fez uma mesura com a cabeça.

— O que você acha? Levei quase três horas para esconder essa minha beleza de outro mundo.

Zofia pestanejou.

— Enrique?

— A seu serviço... — Ele começou a falar, olhando para ela. Então fez uma pausa, e Zofia lutou contra a vontade de se esconder no fundo da cabine.

Seja como Laila, disse uma voz em sua mente.

Zofia endireitou o corpo, manteve o olhar no dele, e fez o que já vira Laila fazer várias vezes quando olhava para Séverin: ergueu um canto da boca bem de leve, ao mesmo tempo inclinando a cabeça... Espere, agora ela não conseguia ver nada, ah, e Laila às vezes levantava um ombro...

— Mas o que é que você tá fazendo?

— Estou imitando padrões de flerte.

— Espera aí. Você está flertando... comigo?

Zofia franziu o cenho. Por que ele pensaria aquilo? Ela acabara de dizer que estava imitando estratégias gerais de outras pessoas.

— Talvez eu tenha usado a metodologia errada. Também vi mulheres fazerem isso. Fica melhor?

Ela relaxou o corpo. Então fingiu que havia algo no lábio superior e passou a língua devagar nele.

Enrique pestanejou rapidamente e balançou a cabeça.

Quando alguém balançava a cabeça queria dizer não.

Zofia deu de ombros e fez um aceno com a mão.

— Deixa pra lá, eu pratico mais tarde.

— Você... não precisa de muita prática — balbuciou Enrique, sua voz mais grave do que o normal. Ele não estava olhando para ela. Zofia devia ter se saído muito mal.

Enrique se sentou na frente dela. Por causa de sua corcunda, teve que se inclinar um pouco para a frente. O sol bateu em seu rosto, expondo a costura quase imperceptível ao longo da bochecha, e que pertencia à máscara Forjada.

— No escuro, não vai parecer uma máscara — apontou Enrique, tocando o rosto suavemente. — Eu verifiquei. Tampouco terei que ficar na luz. Aparentemente, minha identidade como um botânico de idade quer dizer que também sou um ser noturno.

— Assim como os gambás.

— Esplêndido.

Naquele momento, o trem deu uma guinada para a frente. A bengala no colo de Zofia começou a rodar. Ela a pegou rapidamente e a deu para ele.

— É sua.

Enrique estendeu a mão para pegá-la.

— É para melhorar meu disfarce?

— É uma bomba.

Enrique quase a derrubou.

— Não faça isso — advertiu Zofia.

— Uma bomba? — perguntou. — E, só pra saber, é carregada com o quê?

— É uma bomba de luz.

— Isso parece paradoxal.

— É uma bomba de luz porque ela solta muita luz.

— Ah.

Zofia apontou para o meio da bengala.

— É oca. O interior tem uma mistura pirotécnica metal-oxidante composta de magnésio e perclorato de amônio.

— Que merda isso quer dizer?

— Se você bater com ela em alguma coisa, ela explode.

— Nada disso me soa bom.

— E vai produzir um clarão que fará seu inimigo perder a visão durante um minuto inteiro. Só a use em caso de emergência.

— Eu imaginei, assim que você falou a palavra "bomba".

Zofia apontou para a corcunda que ele prendera nas costas. Ela fizera a prótese na semana anterior, depois que Séverin projetara um recipiente que repelia verita.

— Me dê a corcunda.

Enrique começou a rir.

Zofia inclinou a cabeça.

— Desintegração rápida causada por ácido industrial é algo engraçado?

Ele parou de rir. Cada linha de seu corpo ficou rígida. Ele se inclinou para a frente, arqueando as costas levemente, como se tentasse distanciar sua pele da corcunda.

— É... é isso o que tem dentro dessa coisa?

Zofia assentiu com a cabeça.

— Esse é o tipo de coisa que alguém gostaria de saber antes que isso fosse preso ao seu corpo.

A porta da cabine foi aberta novamente. Séverin entrou, vestido com o traje de um oficial do governo. Em sua lapela, brilhava uma Marianne dourada, símbolo da Terceira República Francesa.

— Valeu aí por me contar que eu estava carregando ácido nas costas quando você me deu a corcunda.

Séverin caiu na risada.

Zofia cruzou os braços. Odiava quando não entendia as piadas. Desejou que Laila estivesse ali.

— O que tem de tão engraçado em desintegração?

— Nada. Eu precisava disso — disse Séverin. — Dê pra ela. Ela vai mostrar.

Fazendo cara feia, Enrique tirou o paletó, soltou a corcunda e a entregou para Zofia. Ela pegou um de seus grampos de cabelo e a abriu com cuidado.

— Eu preciso de um desses... — começou a falar Enrique.

— Está escondido na sola do seu sapato — respondeu Zofia. — Basta bater uma sola na outra e ela se abrirá.

Enrique soltou um assobio.

— Primeiro, a bengala. Depois o ácido. Agora isso. Sem mencionar o que você faz com números. Gosto do jeito como você pensa, Zofia.

Zofia parou, ainda com o grampo na mão. Ninguém jamais lhe dissera aquilo antes. Na verdade, o modo como ela pensava era, em geral, a coisa que mais a colocava em encrenca, para começar.

Ela franziu o cenho.

— É mesmo?

Enrique sorriu. Ela sabia que era um sorriso de verdade, porque ele sempre sorria assim quando Laila lhe dava um segundo pedaço de bolo.

— Gosto, sim.

Gosto, sim.

Zofia voltou a atenção para o grampo e a trava, mas algo estremecia em seu estômago. A corcunda se abriu com um pequeno estalo, revelando um tubo de vidro em um suporte de veludo.

— A solução piranha — disse Séverin. — É o que você vai usar quando for escoltado até a estufa como *monsieur* Ching...

— É *Chang*!

— *Chang*, minhas desculpas. O ponto é que você vai ser o primeiro a agir. Me diga o que vai fazer.

— Essa não é minha primeira...

— Enrique.

— Pfff. — Enrique cruzou os braços. — Chegamos ao *Château de la Lune* antes da meia-noite. Você, Zofia e Hipnos vão para o banquete fazer o que burgueses safados fazem, embora eu seja um honorável botânico que viajou por muitos, muitos oceanos e...

— Enrique.

— ... e então nós nos encontramos nos seus aposentos e repassamos tudo uma última vez. Entre as três e as quatro da madrugada, eu e Tristan nos encontramos na estufa. Então abrimos o frasco com o ácido, disparamos o alarme e nos asseguramos de que a estufa seja fechada para visitas.

Zofia bocejou. Ela já sabia aquilo.

— Correto.

— Tristan vai conseguir máscaras antigás para que nós possamos continuar respirando depois que usarmos a armadilha química mortal de Zofia, e então voltamos lá mais uma vez perto das oito da manhã.

— Isso mesmo.

— Mas eu não faço ideia de por que você está tão preocupado com a estufa. O que acha que tem lá dentro?

— No mínimo, é uma zona segura para manter o Olho de Hórus. Mas acho que há mais do que isso. Por qual outro motivo todas as armas dos guardas estariam carregadas ali e não em outros lugares? É um pouco interessante até demais — comentou Séverin. — Mas não darei nenhum palpite até depois do banquete da meia-noite. Hipnos vai levar algo precioso, ou pelo menos foi o que ele disse. Pela lei da Ordem, ele pode exigir que qualquer objeto que considere importante seja imediatamente removido e levado ao cofre mais bem protegido da Casa.

— A biblioteca — disse Zofia.

— Exatamente. A matriarca da Casa Kore não terá outra escolha além de guardar ali o que quer que seja. Enquanto Hipnos faz isso, eu estarei atrás dele e da matriarca da Casa Kore. — Séverin pegou a latinha de cravos do bolso do paletó e colocou um na boca. — Zofia, conte para ele como a solução piranha funciona.

— É cloreto de hidrogênio e ácido sulfúrico, então o processo químico é bem simples...

— Não desse jeito, Zofia.

Ela apontou para o frasco de vidro.

— Eu Forjei o vidro com titânio levitante. Tudo o que você precisa fazer é quebrá-lo e lançá-lo no ar da estufa. Ele vai cair bem devagar, espalhando ácido de cima para baixo. Mas, assim que quebrar o frasco, não deixe que ele encoste em sua pele. A menos que queira se desintegrar.

Ela começou a gargalhar.

Séverin e Enrique ficaram olhando para ela.

— Viram? — disse ela. — É como a piada que vocês fizeram! Desintegrar!

— Ah, Zofia — suspirou Séverin.

Ele olhou para o relógio, apertando os lábios.

— Preciso cuidar de algumas coisas. Vejo vocês quando a gente sair. Carruagens separadas para todos nós.

Conforme se aproximavam do *Château de la Lune*, a bruma prateada fez Zofia se lembrar da luz que dividia o metal do Quadrado Sator. Lembrou-se de como se sentiu ao observar as letras do Quadrado Sator deslizarem para frente e para trás, de como os números se alinharam perfeitamente em uma repetição de zeros e uns. Enrique dissera que a matemática era a linguagem do divino. Quando pensou no poder do Olho de Hórus, sua pele se arrepiou. O que ele podia fazer parecia estar além do controle humano, mas essa era a coisa com os números. Eles não eram como pessoas, que podiam dizer uma coisa e fazer outra. Eles não gostavam de enigmas, de maneirismos sociais ou de conversas.

Os números nunca mentiam.

14

SÉVERIN

Quando Séverin fez onze anos, Inveja e Clotilde desistiram deles, e Tristan e Séverin se mudaram para a casa de seu quarto pai: Gula.

Gula foi o pai favorito de Séverin. Gula fazia caras engraçadas e contava histórias mais engraçadas ainda. Gula jogava fora as roupas depois de usá-las apenas uma vez. Jogava nas ruas bolos com pequenas imperfeições.

As joias nas vitrines costumavam desaparecer quase tão rápido quanto ele sorria. Gula não tinha nada em seu nome além de um título aristocrático bastante empoeirado e algumas terras não cultivadas no campo. Mas aquilo não o incomodava em nada.

— A aristocracia é só uma palavra chique para roubo, meus queridos porta-moedas. Estou simplesmente incorporando aquilo com o que nasci de maneira inata, entendem?

Ele não chamava Séverin e Tristan pelo nome porque preferia chamar as crianças como as via. Mas com ou sem nomes, ele os alimentou regularmente, encontrou tutores para eles e até mesmo um especialista em afinidade de Forja para Tristan. Tristan amava Gula, pois ele lia poesia à noite e prometia a Tristan que poderia remodelar o mundo como bem entendesse. Séverin amava Gula porque ele despertou uma voracidade em seu interior.

Os tutores podiam tê-lo alimentado com idiomas e história, mas Gula o ensinou a dicção e a reconhecer o sotaque dos ricos. Ele o ensinou a se impor diante de qualquer um e responder à altura, a como pedir pratos e a como devolvê-los. Ele o ensinou a reconhecer as características dos vinhos e a sentir devoção por um prato que satisfazia a todos os sentidos.

— Não se trata apenas da gordura, da acidez e do sal, meu querido porta-moedas. Trata-se de devorar com os olhos, sentir os sabores com sua visão. E vocês nunca devem subestimar a importância da apresentação.

Ele o ensinou a comer e a sentir fome por coisas que estavam além de seu alcance, e a como roubar sem jamais parecer que lhe faltava algo. Ele o ensinou todos os seus truques e tudo o que ele sabia, até o dia em que tomou seu habitual cálice de vinho do Porto com uma pitada de veneno de rato. Em seu funeral, Séverin roubou uma garrafa de champanhe do restaurante favorito de Gula e a deixou em seu túmulo.

De todos os seus pais, era Gula em quem ele mais pensava.

— Metade da vitória, meu querido porta-moedas, é simplesmente parecer vitorioso.

◆━━━━◆━━━━◆

Séverin, Enrique e Zofia estavam parados diante das portas do trem. Do outro lado das janelas, a noite era densa. Não a meia-noite hesitante de Paris, onde as lamparinas a gás e o vapor ocultavam as estrelas e lançavam a cidade em um eterno crepúsculo. Séverin podia sentir o cheiro do campo. Grama e barro, a primavera ainda jovem demais para derreter o inverno no ar.

Ao lado de Séverin, Enrique tocou seu bigode falso.

— Estou bonito? — perguntou Enrique, puxando a barba postiça e passando as mãos sobre as papadas, rugas e manchas de idade. — Seja honesto.

— "Bonito" é um tanto forçado. Vamos dizer "impressionante". Ou "impossível de desviar os olhos".

— Aaaah. Como o sol?

— Eu estava pensando mais em algo como um acidente de trem.

Enrique soltou um resmungo sentido.

Depois de dois anos e incontáveis aquisições, Séverin sabia como sua equipe lidava com o medo. Enrique usava uma armadura de piadas prontas. Zofia lidava com calma matemática, os olhos varrendo a cabine do trem uma última vez, provavelmente procurando alguma coisa para contar. No silêncio, ele achou que podia ver todos os desejos deles estendidos e distorcendo o ar.

Três dias.

Três dias, e eles encontrariam e obteriam o Olho de Hórus. Com isso, Hipnos poderia proteger a localização do Fragmento de Babel — talvez até encontrar o Anel perdido da Casa Kore —, e a herança de Séverin seria restaurada.

Ao seu redor, a luz das lamparinas brilhava nos painéis de vitrais do trem, transformando o ambiente em ouro derretido. A cicatriz de Séverin se retorceu. Ele pestanejou, e a imagem da abelha dourada encontrada na boca do mensageiro morto cutucou o fundo de seus pensamentos.

Uma batida forte ecoou pela porta da cabine. Sua deixa para partir. Séverin tocou a cartola que usava, sem olhar para os companheiros enquanto falava.

— Depois da meia-noite — lembrou ele.

Os três se separaram, dirigindo-se para portas e carruagens diferentes. Seus desejos se lançavam diante deles, grandes como sombras.

Ele soube que estava perto da Casa Kore quando a estrada mudou.

Seu pai o levara lá quando Séverin tinha sete anos... Naquela época, *tante* Delphine — como então conhecia a matriarca da Casa Kore — o levara para cavalgar.

— Ele é como um filho para mim! — dissera ela. — É claro que vou ensiná-lo a cavalgar. — Ela o segurou com força, as costas dele contra o peito dela, sua risada no ouvido dele. — No próximo verão, vamos praticar saltos. O que acha?

Mas não houve um próximo verão. Não houve nada depois do dia em que ela fez o teste de herança e largou as mãos dele como se ele fosse uma fruta podre.

— *Tante?* — chamara-a ele, só para que a mulher estremecesse.

— Você não pode mais me chamar dessa maneira. Não mais.

Séverin rapidamente deixou a lembrança de lado. Ela pertencia a outra vida.

Adiante, a estrada se dividia em cinco caminhos que pareciam rios. Um deles era de hematita polida e se assemelhava a uma onda prateada. Um brilhava em vermelho, e parecia uma vela retorcida. O outro, azul--claro, lembrava um céu marcado por nuvens. Ao lado, uma faixa de vidro era marcada como se uma chuva invisível não parasse de atingir sua superfície. E, por fim, um caminho de fumaça. Além dos cinco caminhos disfarçados de rios, neblina e bruma se alargavam e se juntavam ganhando formas fantásticas — cães de três cabeças bocejando e mostrando dentes translúcidos, mãos gigantes raspando unhas de neblina nas montanhas, mulheres usando túnicas esfarrapadas, com o corpo dobrado ao meio, como se chorassem sem parar. Além disso... bem. Séverin podia ouvir a música. E os risos.

— Lete, Estige, Flegetonte, Cócito e Aqueronte — recitou ele, baixinho.

Os cinco rios da casa de Hades.

A Casa Kore transformara sua propriedade no campo em um opulento submundo. *Que adequado*, pensou ele, uma vez que aquele lugar era seu próprio inferno.

A porta da carruagem foi aberta no Rio Estige. Diante dele havia uma entrada elaborada: um crânio de jade brilhante do que podia muito bem ser um monstro saído da mitologia, com uma fileira de dentes escondendo a pedra verita. Um leve calafrio percorreu a pele de Séverin. Quando testaram a verita que Enrique e Zofia descobriram, tinha funcionado como um encanto.

Vai funcionar... tem que funcionar.

À esquerda da entrada de verita havia um grupo de três guardas. As pontas de suas baionetas sobressaíam-se sobre seus ombros, capturando o brilho verde da pedra.

— *Monsieur* Faucher, bem-vindo à propriedade de campo da Casa Kore — disse o primeiro guarda. — Se não se importa, podemos vistoriá-lo antes que entre pelas mandíbulas?

— Direto para a barriga da fera, pelo que vejo.

O primeiro guarda soltou uma risada nervosa. A lanterna em sua mão se acendeu.

— Posso?

— É claro.

Séverin se obrigou a não se encolher quando o feixe de luz se aproximou de sua pele. Todas as vezes que via uma lanterna, ele pensava em Ira, que usava uma dessas para ter certeza de que não havia sinal da afinidade mental de Forja que ele usava nas crianças. Ele sempre sabia quando a Ordem planejava sua visita mensal, porque, durante doze preciosas horas, Ira não colocava o Elmo de Fobos nele. Era tempo suficiente para que os traços de manipulação mental desaparecessem... tempo suficiente para que ninguém da Ordem jamais acreditasse nele.

A luz familiar refletiu em suas pupilas. A lembrança conjurou os pesadelos do Elmo de Fobos atrás de seus olhos, mas a luz se afastou com a mesma rapidez, e o guarda acenou para que ele passasse pelas mandíbulas de verita.

Logo atrás, ouviu o barulho de carruagens. Os outros haviam chegado bem a tempo. Incluindo — a julgar pela risada baixa — Hipnos. O que queria dizer que Laila estava ali, empurrando aquela caixa de gelo gigante com bolos e ferramentas Forjadas, todas escondidas por uma pedra verita colocada no metal.

Quando passou pela entrada de verita, Séverin prendeu a respiração... mas o pedacinho de verita em seu sapato cumpriu sua função. Com a entrada atrás de si, ele seguiu até um cais envolto em neblina, onde Zofia e Enrique o esperavam.

— Bem-vindos à propriedade de campo da Casa Kore — anunciou uma voz calma e incorpórea, vinda do ar. — Por favor, estejam avisados de que todos os barcos só podem transportar três convidados por vez.

Um barco comprido, esculpido em ônix, ergueu-se da água.

Uma vez no barco, o falso Estige fluiu sob eles, levando-os em direção a uma caverna com paredes de ônix talhado, com um brilho molhado e lustroso. Estalactites desciam do teto. Em poucos minutos, o pequeno barco parou diante de outro cais elegantemente decorado, envolto em névoa, exceto pelo par gigante de portas de ébano Forjadas com as faces rosnando e latindo do cão de três cabeças, que guardava o submundo. Cada cabeça latiu:

— Con...

— ... vi...

— ... tes.

As três cabeças mantiveram as bocas abertas. Um a um, Séverin, Zofia e Enrique colocaram seus convites nas línguas escuras. As mandíbulas dos cães se fecharam, as cabeças fundindo-se na madeira e na pedra. Um instante se passou antes que as portas se abrissem. Luzes, sons e música vinham da direção deles, cegando Séverin. Os três ficaram parados, e o barco balançou sob eles. Mais uma vez, as cabeças de cães apareceram, daquela vez com uma faixa de veludo pendurada nos dentes.

— Peguem...

— ... suas...

— ... máscaras.

Eles obedeceram.

Zofia entrou primeiro. Depois Enrique. Séverin foi por último. Não dava para mudar de ideia depois que dessem aquele passo. Depois do vestíbulo de recepção, um chão de mármore preto polido bebia a luz lançada por candelabros de ossos esculpidos e vitrais coloridos. Não era nada como se lembrava de quando era criança, e ele ficou feliz por aquilo.

Sob a luz, um delicado padrão, como o de um náutilo, espiralava pelo chão. Uma rede de trepadeiras de cristal e veios de quartzo formava as paredes, como se eles estivessem suntuosamente abaixo do solo. Convidados mascarados, vestidos de preto, cinza e vermelho-sangue seguiam pelos corredores. Um eco tardio do repique de um gongo permanecia no ar. Eles haviam chegado momentos depois de soar o gongo do jantar. Só a matriarca e um grupo de criados estavam ali. Ela caminhou na direção deles, com um vestido vermelho-escuro e uma gargantilha de espinhos de diamantes pretos. Em seu rosto, uma máscara dourada.

Séverin a encarou por um segundo a mais do que devia, convencido de que ela o reconheceria. Não foi o que aconteceu. Da última vez que a vira, ele vislumbrou o brilho azul do Anel de Babel — a cor que o declarava como o legítimo herdeiro — ser arrancado de sua vista. A última vez que falara com ela foi a última vez que teve uma família.

— Bem-vindos ao nosso Festival de Primavera — cumprimentou ela em sua voz etérea, com um sorriso tenso.

Ela estendeu a mão, que calçava uma luva de veludo. Séverin notou que a luva em sua mão direita era fortemente acolchoada. Seus ossos ainda não tinham se curado depois do roubo do Anel. Enrique se curvou sobre a mão que ela ofereceu e Zofia executou uma reverência perfeita. A matriarca sussurrou alguma coisa para seus criados, que imediatamente os levaram para partes distintas da mansão.

Por fim, a matriarca voltou-se para ele. Séverin tinha se preparado para aquele momento, mas a prática não era nada em comparação à realidade de estar diante dela. Onze anos antes, aquela mão enluvada o lançara no escuro e arrancara seu título. E agora ele tinha que beijá-la. Agradecê-la. Lentamente, ele segurou os dedos dela. Sua mão tremeu. A matriarca sorriu. Ela devia pensar que ele estava impressionado, nervoso por sua insignificância diante de tanta opulência. Diante dela. Ele estreitou os olhos. E apertou as juntas dos dedos quebrados dela.

— Estou honrado de estar aqui. — Ele pressionou a outra mão sobre a dela, notando sua respiração falhar, o sorriso se tornar frágil. — De verdade.

A favor dela, era necessário dizer que a matriarca não puxou a mão, mas a deixou cair na lateral do corpo. Ele sorriu.

Um pouco de dor era melhor do que nada.

No instante em que se sentou na sala de jantar da Casa Kore, Séverin sentiu falta do L'Éden. Não havia nada como o verde-vibrante de seu hotel.

Ali, o teto fora Forjado para parecer o interior de uma caverna encravada com pedras preciosas. Pedaços de rubis vermelho-sangue e cabochões de esmeraldas e de jades lançavam luzes coloridas na mesa de ônix. Velas em formato de flores pareciam brotar de pilhas de neve simetricamente espalhadas. No chão, Séverin reconheceu o trabalho de Tristan — trepadeiras que brotavam ao lado dos convidados floresciam para revelar delicadas taças de vinho, para o encanto e deleite de todos.

Como antecipado, sua insignificância lhe garantiu um assento perto da saída, bem longe da matriarca. Muitas das pessoas ao seu redor já tinham sido, ou logo seriam, hóspedes do L'Éden. Se olhassem com atenção, elas poderiam tê-lo reconhecido. Mas não foi o que fizeram.

Perto da ponta da mesa, Hipnos tomava suas bebidas com feliz abandono, enquanto o sorriso no rosto da matriarca ficava tenso toda vez que ele abria a boca. Perto do meio, Zofia era a perfeita imagem da aristocracia: entediada e linda. Ela continuava movendo os dedos em um ritmo estranho, enquanto seus olhos percorriam a sala de jantar. Estava contando novamente. Quando ela encontrou o olhar de Séverin, ele ergueu sua taça. Ela fez o mesmo, segurando-a no alto tempo o suficiente para que as pessoas vissem.

Os pratos eram servidos um atrás do outro: *foie gras* frito, brotos de alho-poró em um delicioso caldo de tutano, ovos de codorna cremosos, servidos em ninhos comestíveis de pão de centeio, e um tenro filé de carne. Por fim, a *pièce de résistance*: uma única porção de sombria. Essas aves eram uma iguaria rara, presas e afogadas em armanhaque, um conhaque regional, e depois assadas e comidas inteiras. O molho escorria espesso pelo prato, deixando manchas vermelhas como sangue na porcelana imaculadamente branca. Na ponta da mesa, a matriarca liderava a refeição. Ela pegou o guardanapo carmesim e o colocou sobre a cabeça. Os convidados fizeram o mesmo. Quando Séverin pegou o dele, o homem ao seu lado deu uma risadinha.

— Você sabe para que são os guardanapos, meu jovem?

— Devo confessar que não sei. Mas estou encantado demais com a moda para negar uma tendência.

Mais uma vez o homem riu. Séverin aproveitou o momento para observá-lo. Assim como todo mundo, ele usava uma máscara de veludo preto sobre os olhos. Havia rugas ao redor de sua boca, e listras grisalhas em seu cabelo. A pele que Séverin conseguia ver era pálida e fina, tomada por alguma doença. O traje cor de mostarda não gritava que era Forjado, então ele provavelmente não era um aristocrata. Alguma coisa brilhou na lapela do homem, mas ele se virou antes que Séverin pudesse ver mais de perto.

— O objetivo dos guardanapos é esconder de Deus nossa vergonha por comer uma criatura tão bela — explicou o homem, colocando o próprio sobre a cabeça.

— Estaríamos escondendo nossa vergonha ou a ilusão de que somos capazes de esconder o que quer que seja?

Séverin notou as extremidades do sorriso do homem, embaixo de seu guardanapo.

— Gosto de você, *monsieur*.

Séverin não prestou muita atenção à carne marrom em seu prato. Ele sabia, objetivamente, que se tratava de uma iguaria. Gula sempre dizia que queria que sua última refeição fosse um prato de sombria. Mas Séverin nunca o aprovara no cardápio do L'Éden. Parecia errado.

Com cautela, Séverin comeu um pedaço da ave. Os ossos finos se partiram entre seus dentes. Sua boca se encheu com o gosto da carne da ave, tenra e saborosa com o sabor de figos, nozes e de seu próprio sangue quando minúsculos pedaços de ossos cortaram a parte interna da boca.

Ele lambeu os lábios, odiando o fato de o prato ser delicioso.

A sobremesa foi seguida de conhaque, e os convidados foram encorajados a se dirigirem a um salão separado. Quando se levantou, Séverin avistou Hipnos sussurrar alguma coisa para a matriarca da Casa Kore. Ela semicerrou os lábios, mas assentiu com a cabeça e sussurrou algo para seu criado. Hipnos chamou seu valete, que estava no canto da sala. O homem carregava uma caixa preta.

Era isso.

Hipnos evocara a regra da Ordem, e agora a matriarca teria que salvaguardar o objeto, entrando no cofre. Enquanto os convidados deixavam a sala de jantar, Séverin ficou ganhando tempo perto da porta, fingindo ter visto algum conhecido. A matriarca saiu pela porta, com Hipnos a seguindo de perto. O canto esquerdo da boca de Hipnos ergueu-se ao passar por Séverin. Um sinal para que o seguisse. Séverin esperou, dando-lhes alguma vantagem. Então, quando estava prestes a ir atrás deles, o homem de traje mostarda o impediu.

Ele respirava com dificuldade enquanto falava, o suor brilhando em sua testa.

— É um prazer falar com você, *monsieur*...

— Faucher — disse Séverin, disfarçando a irritação. — Acho que não cheguei a saber seu nome.

O homem sorriu.

— Roux-Joubert.

Fora da sala de jantar, uma grande escadaria bloqueava a luz. O corredor terminava em três vestíbulos separados. Séverin memorizara a planta baixa com antecedência, incluindo a entrada da biblioteca onde os tesouros Forjados eram mantidos. Ele permaneceu nas sombras. Por causa das plantas, sabia onde a Casa Kore mantinha seus mnemo-insetos e seguiu de acordo com os padrões de vigilância. Séverin parou na entrada do corredor repleto de espelhos distorcidos. Então enfiou a mão na manga do paletó, desfazendo as costuras sedosas que escondiam um sino Forjado projetado por Zofia. Ele o tocou duas vezes, e seus passos se tornaram silenciosos.

Entre o corredor de espelhos e a biblioteca havia uma sala circular cheia de ferramentas astronômicas e, no teto, uma imensa claraboia. A matriarca, Hipnos e os servos estavam todos de costas para ele. Séverin tocou a ponta do sapato em um canto da parede e, sem fazer nenhum barulho, agachou-se em um dos nichos rebaixados do lado oposto. Um fino fio de vidro Forjado, quase invisível, se estendeu através do corredor, conectado ao sapato de Séverin. Fora do nicho, ele ouviu os outros falarem.

— ... um momento para que eu possa colocar a caixa em meu cofre.

— É claro — disse Hipnos. — Eu agradeço, de verdade. No entanto, não é tradição que nós aproximemos nossos Anéis, como prova do acordo? Você me conhece, sou muito ligado à tradição. Nota-se até no meu sangue.

Séverin deu um sorriso irônico com o comentário maldoso de Hipnos.

— Não acredito que seja necessário — respondeu ela, com uma voz levemente alterada. — Somos velhos amigos, não? Antigas dinastias, e tudo o que resta das Casas da França... Certamente, como estou lhe fazendo um favor com grande custo para mim mesma, poderíamos deixar as formalidades de lado?

O comentário de Hipnos era um teste. A matriarca não devia ter revelado para a Ordem que seu Anel fora roubado. Suas palavras eram prova de que ela também pensava que o roubo fora um trabalho interno.

— Mas é claro — concordou Hipnos, animado.

— Posso falar francamente com você? — perguntou a matriarca.

Séverin pôde sentir a hesitação na voz dele. Mas Hipnos respondeu:

— É claro. Para que servem os velhos amigos?

A matriarca respirou fundo.

— Sei que está ciente de que meu Anel foi roubado.

Hipnos fingiu surpresa, mas a matriarca o cortou pela raiz.

— Não me humilhe — retrucou ela. — Cada membro da minha Casa em quem confio está procurando por ele... Não estou pedindo a você que coloque seus guardas na busca, mas peço que se mantenha alerta. Sei que tivemos nossas diferenças, mas isso... Esse dano que talvez tenha sido provocado afeta muito mais do que apenas a nós.

— Eu sei — garantiu Hipnos, solene.

— Muito bem — disse a matriarca. — Agora, se me der licença.

Séverin ouviu o som de alguma coisa se abrindo. As portas imensas da biblioteca sendo destrancadas. Segundos se transformaram em minutos. Hipnos começou a bater o pé no chão. Depois de exatos nove minutos e quarenta e cinco segundos, a porta da biblioteca foi aberta mais uma vez.

— Podemos? — perguntou Hipnos.

A matriarca não respondeu. Talvez tivesse aceitado o braço dele. Séverin ouviu os passos se aproximando rapidamente.

Ele abriu seu relógio, pegando um pouco de pó de espelho. Esfregou-o entre os dedos antes de passá-los na parede atrás de si e tocar suas próprias roupas. Imediatamente, seus trajes brilharam, ganhando o mesmo padrão brocado da parede. O disfarce duraria pouco mais de um minuto — tudo o que ele precisava. Séverin ficou em pé, a postos. Mas a matriarca parou no umbral da porta, como se precisasse recuperar o fôlego.

Aquilo não era parte do plano.

— É linda, não é? — perguntou a matriarca.

— Sim. Com certeza é, sim...

A irritação transpareceu na voz de Hipnos. Os dedos de Séverin se retorceram. Ele olhou para o relógio. Não conseguira encomendar mais pó de espelho a tempo, e aquele era tudo o que lhe restava. Suas roupas brilhavam. Menos de trinta segundos, e então o efeito passaria. Eles o veriam.

Dez segundos faltantes.

Os criados passaram por ele.

Quatro segundos.

Hipnos escoltou a matriarca. Séverin se obrigou a respirar, para não deixar que suas mãos ficassem úmidas e absorvessem o que restava do pó de espelho.

Três segundos.

A matriarca estava prestes a cruzar o fio de vidro. Séverin ergueu o pé. Bem naquele momento ela tropeçou. Hipnos a segurou antes que ela caísse, mas seu vestido se moveu e se ergueu o bastante para revelar os sapatos. Séverin olhou no mesmo instante, em busca do sinal que provaria sua teoria, e o encontrou: lama.

— Você está bem? — perguntou Hipnos.

Hipnos esmagou o fio de vidro, virando a matriarca para deixá-la de costas para Séverin, bem quando os últimos traços do pó desapareceram da ponta de seus dedos.

Quando Séverin entrou em seu quarto às duas e meia da madrugada, encontrou a cama ocupada.

— Por mais lisonjeado que eu esteja, caiam fora.

Enrique agarrou um travesseiro.

— Nem pensar. É delirantemente confortável.

— Você sabe que eu odeio quando meus travesseiros ficam quentes.

— Assim? — Enrique começou a esfregar o rosto nos travesseiros e a abraçá-los.

— Argh. Pode ficar com eles.

Ao lado de Enrique, Tristan estava deitado de costas, encarando o teto. Não disse nada quando Séverin entrou. Mesmo quando Enrique esmagou o rosto dele com um travesseiro, ele simplesmente gemeu e virou de lado. Círculos preto-azulados marcavam seus olhos. Ele parecia exausto e ficava flexionando as mãos, enfiando as unhas nas palmas. Só ficava assim de vez em quando... perdido em seus próprios pensamentos. E então Séverin ou Laila precisavam enfaixar as mãos dele para impedi-lo de machucar a própria pele. Laila foi para o lado de Tristan, abrindo suas mãos com cuidado. Quando se tratava de Tristan, todos eles agiam um pouco diferente. Laila o mimava, Enrique o provocava, Zofia o instruía. Séverin o protegia.

Desde a briga que tiveram em seu escritório, Séverin não tivera a chance de se desculpar. Tudo que não fora dito se acumulava e estalava no ar entre eles.

Passos ecoaram do lado de fora da porta. Laila levou um dedo aos lábios, olhando ao redor do quarto.

A porta se abriu e Zofia entrou. A primeira coisa que fez foi tirar os sapatos. Com a cama e a cadeira ocupadas, ela se sentou no chão.

— Como assim a gente teve que se esconder entre a roupa suja para conseguir entrar aqui, e ela simplesmente veio caminhando até o quarto? — perguntou Enrique.

Zofia começou a esfregar os pés.

— Nós estamos tendo um caso.

— Claramente um bastante tórrido — concordou Séverin.

Zofia grunhiu.

Séverin acrescentou, diante da expressão surpresa de Enrique:

— Ela e eu erguemos uma taça de vinho um para o outro à mesa de jantar, e nos olhamos de forma sedutora. *Voilà*. O jeito mais fácil de ir a algum lugar sem ser notado é dizer para todo mundo aonde você vai. Agora, mudando de assunto. O que vocês têm para mim?

A porta foi aberta de novo. Todos os cinco deram um pulo de susto, levando as mãos imediatamente para as facas ou para a fita incendiária...

Hipnos.

Ele sorriu sob a soleira porta e acenou.

— Por que você está aqui? — perguntou Séverin.

— O plano é meu também, ora. Eu ajudei lá embaixo...

— Você está atraindo atenção indesejada...

— Muito pelo contrário, eu estou afirmando sua propensão a tendências excêntricas. Um boato que eu judiciosamente espalhei no jantar. E, como você acaba de dizer, o jeito mais fácil de ir para algum lugar sem ser notado é dizer para todo mundo aonde está indo. Se eu for embora agora, e alguém me vir, pode atrair... como foi que você falou? Ah. — Hipnos sorriu. — Atenção indesejada.

Séverin fez cara feia.

— Tá bom. Sente-se aí e não fale nem toque em nada. Nem em ninguém.

Hipnos se sentou no chão, ao lado de Zofia.

Laila falou primeiro:

— Confirmei que os únicos guardas com armas carregadas são os que estão cercando os terrários e os muros do jardim da estufa. Também confirmei que eles são transferidos com regularidade. A cada oito horas, vinte guardas são trocados.

— E os que estão nos arredores da biblioteca?

— Todos com espingardas com cartuchos vazios.

Enrique e Zofia pareciam chocados.

— Como você descobriu isso sem ter que dar um tiro com as espingardas?

— Eu vasculhei a artilharia e o vestiário deles. Fica ao lado dos aposentos das criadas — explicou Laila.

— Mas por que a matriarca colocou os melhores homens para protegerem suas flores? — quis saber Enrique. — Isso significa que ela não se importa nem um pouco com os objetos? Talvez o Olho de Hórus tenha sido levado para algum outro lugar...

— Não — garantiu Séverin. — Está aqui. Nesta propriedade.

— Então por que ela não o esconderia na biblioteca, onde disse que estava?

— E está em uma biblioteca — falou Séverin, pensando na lama. — Mas acontece que ela tem outra.

— Na estufa? — perguntou Enrique, sem rodeios.

— Não — respondeu Séverin, sorrindo. — Embaixo dela.

— E como você descobriu isso?

— Vi lama nos sapatos dela. Além disso, você viu as plantas da casa. Afinal de contas, as dimensões da biblioteca são pequenas demais para tamanha coleção, segundo os boatos. Deve ser por isso que as armas estão protegendo os jardins. E é onde o próximo estágio do nosso plano entra em ação. Enrique e Tristan, estão prontos pra liberar a solução piranha?

Eles assentiram.

— Ótimo. A solução vai levar cerca de oito horas para funcionar. Laila. O que aconteceu com a caixa de gelo?

Laila, no entanto, não teve chance de responder.

— Está pronta para estrear como uma surpresa para a matriarca amanhã à noite! — disse Hipnos. — Eu até arranjei para que ela fosse levada até o escritório onde a matriarca guarda a chave física de seu cofre. Ela não pode mais acessá-lo usando o Anel, então não é Forjado. A fantasia de dançarina *nautch* da Laila já está escondida embaixo do estofado da espreguiçadeira. Assim que tiver a chave, ela poderá sair do escritório e se passar por uma dançarina *nautch* que, ao que parece, se perdeu. Então, Séverin, o sempre solícito cavalheiro, vai ajudá-la a encontrar o caminho, enquanto ela lhe entrega a chave. Ele, por sua vez, dá a chave para Zofia, que fará uma cópia. No jantar, Zofia me devolve a chave, e eu a coloco de volta no escritório. Séverin e eu passamos pelo acesso da Casa, enquanto os demais passam pela estufa, e então nos encontramos no cofre da biblioteca!

— Hipnos?

— Sim?

— Você se chama Laila?

Hipnos abaixou a cabeça.

— ... não.

— Laila?

Laila apontou para Hipnos.

— Isso aí que ele disse.

— Estamos entendidos? — perguntou Séverin. — Laila pega a chave. Zofia faz uma cópia. Eu e Hipnos pegamos o caminho da biblioteca e encontramos vocês no cofre subterrâneo. Conseguimos o Olho de Hórus e damos no pé no máximo uma hora depois da meia-noite, quando nosso transporte chega.

Hipnos, Enrique, Zofia e Laila assentiram ao mesmo tempo com a cabeça. Tristan, que estava enrolado na cama em silêncio, foi o último a concordar.

Enrique saiu primeiro, escapando pela calha da lavanderia, com sinos Forjados para abafar seus sons. Depois foram Hipnos e Zofia, os dois com a cabeça inclinada. Restaram Tristan e Laila.

— Você pode ficar um momento, Laila? — perguntou Séverin.

Ela franziu o cenho, mas assentiu com a cabeça.

Tristan se aproximou dele. Séverin colocou as mãos nos bolsos e olhou para o irmão.

— Escuta... — começou a falar Tristan.

Ao mesmo tempo, Séverin disse:

— Eu te perdoo.

Tristan fez uma pausa.

— Não estou pedindo perdão. — Ele engoliu em seco, e então ergueu o olhar. Seus olhos cinzentos pareciam sombrios. Insones. — Eu não confio no Hipnos. Não confio na Ordem.

Séverin gemeu.

— Isso de novo, não.

— Eu tô falando sério dessa vez. Eu só... tenho uma sensação e preciso que você me escute...

— Tristan. — Séverin segurou os ombros dele. — Você é minha família, e eu sempre vou te proteger. Mas não vou dar ouvidos a isso.

— Mas...

— Diga outra palavra e então encontrarei um jeito de tirá-lo dessa aquisição e mandá-lo de volta para o L'Éden. É isso o que você quer?

O rosto de Tristan ficou vermelho. Sem outra palavra, ele saiu do quarto. Séverin ficou encarando a porta fechada.

— Você não devia mandá-lo embora dessa forma — censurou Laila.

Ele fechou os olhos e a exaustão alcançou seus ossos.

— Ele não me deu muita escolha.

— Sempre há uma escolha, *majnun.*

Lunático. Aquele nome só tinha sentido para ele. Nos lábios dela, era como um talismã. Algo que podia protegê-lo. Afastar a escuridão.

Ele sentiu o cheiro dela quando Laila se aproximou. Açúcar e água de rosas. Será que ela tinha trazido o frasco de perfume na bagagem? Passado na garganta e nos pulsos quando o trem parou? Aqueles eram mistérios que outro homem deveria resolver. Não ele. E então Séverin se lembrou de que não estivera sozinho em um quarto com ela desde aquela noite...

— *Majnun?* — chamou ela, inclinando a cabeça.

— Eu nunca perguntei por que você me chama assim — comentou ele, tentando encontrar alguma coisa para dizer.

— Esse é um segredo que você não conquistou.

Ela sorriu. Sua boca estava vermelha. Não pela maquiagem, mas pela corrente sanguínea. Séverin viu marcas fracas de dentes no lábio inferior dela. Marcas que o mantinham cativo.

— O que eu preciso fazer para conquistá-lo? — perguntou ele. Sua voz estava rouca pela falta de sono, e saiu mais áspera do que pretendia.

— O que você tem para oferecer? — provocou Laila.

O cabelo dela tinha se soltado do coque. Ele gostava mais do cabelo dela daquele jeito: um pouco feroz. Um pouco suave. Inteiramente ela. Mechas de seda preta cacheadas ao redor de seu longo pescoço. Ela prendeu alguns fios atrás da orelha, e Séverin desejou que um vento forte entrasse pelo quarto só para que ela tivesse que fazer aquilo de novo.

— O que você quer, Laila? — indagou ele. — Uma pena de uma ave lendária? Uma maçã mágica?

— Ah, por favor — desdenhou ela. — Eu odeio peças repetidas no guarda-roupa.

Séverin fez uma pausa. Guarda-roupa. Vestiário. A palavra o trouxe de volta a si. Era sobre isso que queria conversar com ela. O vestiário era como ela tinha acessado o uniforme dos guardas.

— Laila, no vestiário dos guardas, acho que você só conseguiu ler o uniforme dos guardas que estavam voltando de serviço. Não dos que estavam saindo. Preciso que verifique mais uma vez — pediu ele. — Não podemos ter nenhuma surpresa.

Por um segundo, pareceu que ela queria falar mais alguma coisa. Mas, no fim, Laila apenas assentiu.

— Claro. Farei isso agora mesmo.

Depois que Laila foi embora, Séverin não saiu de seu lugar perto da parede. Pensou nas mãos enluvadas da matriarca e em como, se quisesse, poderia ter esmagado seus dedos quebrados. E, mesmo se Enrique não tivesse estragado seu travesseiro, Séverin não conseguiria se deitar em uma cama da Casa Kore. E se ele já tivesse dormido nela quando era criança e simplesmente não conseguisse se lembrar? Ele dormiu onde se sentou, com a cabeça apoiada na parede. E, quando fez isso, sonhou com os ossos da sombria se partindo e com as marcas de dentes na boca vermelho-sangue de Laila.

15

ENRIQUE

Enrique segurou sua bengala um pouco acima do chão, com cuidado para não derrubar a bomba de luz em cima de nada. A estufa ficava do outro lado do gramado. Os foliões rodopiavam ao redor dele. Mulheres em espartilhos de veludo com máscaras de lobo. Homens em ternos sob medida com asas presas nos ombros. Ao redor dele, garçons e garçonetes com máscaras de raposa e de coelho andavam de um lado para o outro pela multidão, carregando bandejas com uma bebida fumegante que garantia visões caleidoscópicas. Conforme caminhavam, alguns dos garçons mudavam de altura, disparando abruptamente pelo ar graças às pernas de pau Forjadas, escondidas nos saltos de seus sapatos, e entornando garrafas de champanhe que vertiam riachos borbulhantes nas bocas abertas e risonhas dos convidados. Bandejas de comida atravessavam a multidão sem que ninguém as carregasse. Em sua superfície, Enrique viu romãs ocas, bolos claros e ostras em meia-concha, servidas em painéis gotejantes de gelo.

Ao contrário do leilão da Ordem de Babel, dificilmente alguém ali tinha um tom de pele mais escuro ou um sotaque diferente. Mesmo assim, ele reconheceu a decoração. Coisas adoráveis e monstruosas tiradas de contos que vinham do outro lado do mundo. Havia dragões Forjados tirados dos mitos do Oriente, sereias com olhos sedutores, *bhuts* com os pés virados para trás. E, embora não fossem contos de seu povo, Enrique se via neles: empurrado para os cantos sombrios. Ele era como esses contos. Tão sólido quanto a fumaça e tão ineficaz quanto.

Ele sequer se parecia consigo mesmo. Ou com qualquer homem chinês que já conhecera. Estava escondido em uma caricatura, e ela lhe permitiu passar sem levantar suspeitas. Talvez fosse uma coisa feia ter que se esconder, mas era por isso que ele estava ali... para não ter que se esconder mais.

A estufa estava logo adiante. Na escuridão, ele conseguia distinguir os estranhos símbolos esculpidos ao redor dela. Exemplos da geometria sagrada. Mesmo o caminho sob seus pés estava coberto de símbolos diferentes, mosaicos de estrelas dentro de círculos, fractais de estrelas escondidos em árvores. Até os beirais da mansão da Casa Kore, com suas repetidas conchas de náutilos, falavam de uma simbologia antiga.

Enrique estava perto da estufa quando sentiu alguém segurá-lo pelo ombro. Soltou um grito, quase pulando no ar. Deu meia-volta e viu Laila escondida atrás de uma árvore.

— Que bom que te alcancei — disse ela, sem fôlego. Laila passou alguma coisa para a mão dele. — Encontrei isso nos uniformes dos guardas, mas só dos que estão protegendo a estufa.

Quando Enrique abriu a mão, tudo o que viu foi uma violeta cristalizada.

— Não estou com vontade de comer doce no momento, mas...

— Recusando comida? — Laila arregalou os olhos. — Você só pode estar nervoso. Isso não é doce. É um antídoto.

— Pra quê?

— Para o veneno — respondeu ela, franzindo o cenho. — Tristan não te contou?

Enrique ouviu o ruído fraco de algo sendo esmagado por passos. Laila virou a cabeça rapidamente e gemeu.

— Tenho que ir. Acho que estou sendo seguida.

Enrique fez cara feia. Laila lidava com aquilo o tempo todo no *Palais*, mas ele pensou que, pelo menos ali, ela estaria livre, para variar.

— Bêbados babacas. Você tem uma lâmina?

— Várias.

Laila tocou o rosto dele uma vez, e então se fundiu à noite.

O ar ao redor da estufa era sufocante. Nenhum folião chegara tão longe, o que fazia sentido. Cinquenta guardas com baionetas reluzentes não era exatamente o que ele chamaria de convidativo. A estufa em si era uma estrutura imponente e maciça. Vidros foscos e telhado transparente. O cheiro úmido de terra tomava conta do ar. Ao longo das paredes, ele viu um padrão familiar. O mesmo que ele encontrara no espelho dourado do *Palais Garnier*: uma estrela de seis pontas, ou hexagrama, entrelaçada com luas crescentes, espinhos pontudos e uma grande serpente mordendo a própria cauda. Símbolos de todas as quatro Casas originais. Mas havia algo naquela estrela que o impressionou. A estrela era o sinal da Casa Caída, a Casa que ousara não proteger o Fragmento de Babel, mas sim usá-lo, tudo porque pensava que era a vontade de Deus. Os cabelos da nuca de Enrique se eriçaram.

Um guarda o abordou do lado de fora da estufa:

— E quem é o senhor?

Enrique pensou em retrucar, mas olhou para a baioneta e mudou de ideia. Com balas ou não, ainda tinha uma ponta afiada e fina.

— Saudações — disse ele, fazendo uma voz rouca. Em seguida estendeu seu cartão de acesso. — Estou aqui para ajudar o *monsieur* Tristan Maréchal.

— A essa hora?

— E por acaso a beleza segue as horas do dia? — perguntou Enrique, com um tom de voz mais agudo. — Por acaso os céus simplesmente dizem "não, obrigado" porque passou um pouco da meia-noite? Acho que não! Minha profissão não conhece horário. Eu nem sei que horas são. Ou onde estou. Quem sou eu? Quem é *você...*?

O guarda ergueu as mãos.

— Sim, sim, muito bem, aceitarei o cartão. Mas saiba que tenho ordens de responder apenas ao *monsieur* Maréchal. Não a você. E a matriarca exigiu que ninguém passe mais do que dez minutos na estufa, com exceção de *monsieur* Maréchal.

Só dez minutos? Séverin não devia saber daquilo. O guarda segurou a porta aberta. Enrique entrou. Tristan esperava por ele, com os braços enfiados até os cotovelos em uma flor medonha.

— Flor-cadáver! — disse Tristan, animado.

Ele parecia bem feliz, mas havia aquele estranho tom azulado ao redor dos olhos que denunciava a falta de sono. Pesadelos, até.

— Não é meu apelido carinhoso favorito, devo admitir.

— Não, esta é uma flor-cadáver.

— E isso é por que ela tem cheiro de morte?

— A taxonomia raramente é criativa com seus nomes — comentou Tristan, levantando-se.

As luzes da estufa eram muito mais brilhantes do que as do quarto de Séverin. Pela primeira vez, Enrique notou como a pele de Tristan parecia pálida. Em geral, suas bochechas redondas brilhavam coloridas, sempre prontas para um sorriso. Mas, embora estivesse animado o bastante quando viu Enrique, ainda tinha a aparência de alguém exausto.

— Você está bem? — perguntou Enrique, enquanto deixava a bengala de lado com todo o cuidado. Não precisaria dela ali.

Tristan engoliu em seco.

— Bem o bastante. Ou, pelo menos, logo estarei.

Logo. Quando encontrassem o Olho de Hórus. Quando Séverin fosse nomeado herdeiro da Casa Vanth e o mundo inteiro estivesse completamente ao seu alcance.

Enrique apertou o ombro do rapaz.

— Só mais um dia.

Tristan concordou com um gesto de cabeça.

— Que lugar é esse? — indagou Enrique, tirando o paletó.

— Um jardim venenoso. Eu mesmo o fiz. Mas aranhas não são permitidas aqui. Regras idiotas da Casa Kore. O Golias ia odiar esse lugar.

Enrique fez uma pausa, a meio caminho de tirar sua corcunda protética. Então olhou de relance para o paletó no chão, com a violeta cristalizada no bolso da frente. Um antídoto para veneno. Não o surpreendia que Laila soubesse, mas por que não Tristan? Ele teria se planejado para isso.

Ao seu redor, a estufa parecia pacífica demais para ser venenosa, mas ele reconhecia plantas venenosas por todos os lados. Acônitos e oleandros pendiam do teto de vidro e aço. Hera de viúva e loureiro-escuro cresciam em abundância. Estafiságrias da cor do céu no fim da tarde floriam nos cantos, e as mortais trombetas-de-anjo se alçavam tão pálidas que pareciam nuvens órfãs que espiralavam para o alto, como se tentassem encontrar o caminho para casa. Enrique juntou mais os pés no caminho estreito. Misturar flores venenosas e solução piranha era uma péssima ideia.

— É lindo, não é?

Enrique estremeceu.

— Tão lindo que no mesmo instante a inveja me faz querer destruir tudo.

Tristan deu um tapa no braço dele.

Usando a chave escondida na sola de seu sapato, Enrique abriu a corcunda de metal. Em seguida jogou para Tristan um par de pinças que Zofia guardara, e um par de agulhas. Os dois começaram a trabalhar, destrancando a base e extraindo as camadas de proteção até chegarem na caixa contendo a solução piranha. Enrique e Tristan pegaram, ao mesmo tempo, suas máscaras antigás dobráveis. Tristan despejou um pouco de água nas lentes, e Enrique verificou se havia alguma rachadura. Nada. Uma única rachadura e ele perderia um olho e seria envenenado. Ou pior.

Enrique pegou um pequeno martelo, seus dedos estavam trêmulos. Se fizesse algo errado, provavelmente queimaria as mãos. Mas talvez nem percebesse, porque sua visão seria a primeira coisa a desaparecer. Tristan olhou de relance para a porta.

Uma lasca.

Duas.

O invólucro se abriu.

Enrique o jogou bem para o alto. Ele e Tristan tinham cerca de quatro minutos antes de terem algum problema.

— Vamos... — Enrique começou a falar, mas então ouviu Tristan começar a arfar.

Tristan agarrou seus dedos, quase esmagando-os de tanto apertar. Seu rosto passou de pálido a azulado.

Uma batida soou na porta.

— O que está acontecendo aí dentro? — quis saber um dos guardas.

— Nada! — gritou Enrique.

— Só temos permissão para aceitar ordens do *monsieur* Maréchal. Senhor, está tudo bem?

Tristan tirou os óculos. Então limpou algo de seu paletó. Pétalas. Apontou freneticamente para as venenosas trombetas de anjo. Certa vez, Enrique lera que, no momento em que alguém as tocava, as pétalas soltavam óleos que podiam penetrar na pele. Tristan devia ter roçado na flor sem querer.

— *Monsieur?* — chamou o guarda. — Precisamos entrar? Nós vamos considerar seu silêncio como uma afirmativa.

O rosto de Tristan ficou azul.

— Ele não pode falar porque se aproximou demais de uma planta venenosa! — berrou Enrique, pensando rápido. — Se ele falar, vai inalar gás tóxico e... e morrer!

Do lado de fora, os guardas andavam de um lado para o outro, discutindo entre si. Enrique segurou Tristan e o sacudiu.

— Fale qualquer coisa!

Os olhos de Tristan se tornaram chorosos e translúcidos. Abatidos. E então ele despencou.

— Não, não, não, não, não — murmurou Enrique, jogando as ferramentas dentro da corcunda de metal e colocando-a de qualquer jeito em seus ombros.

— Estamos entrando! — anunciou o guarda.

Uma fresta foi aberta nas portas. Por um instante, Enrique se perguntou se devia apenas esmagar o recipiente da solução piranha, mas não podia fazer isso sem se arriscar a ter graves queimaduras. Vários guardas espiaram dentro da estufa, com as armas em punho.

Um dos guardas mais ao fundo sussurrou:

— A corcunda dele não estava do outro lado?

Mas o segundo guarda o empurrou:

— *Monsieur* Maréchal! Ele está ferido.

Os outros guardas clamaram para entrar. Os gritos encheram o ar.

— O que é isso? — perguntou o primeiro guarda, olhando para a solução piranha que caía lentamente do teto.

Uma névoa pesada começou a descer sobre as plantas. Plumas de enxofre se desfaziam no ar.

— Eu disse a vocês que, se o fizessem falar, ele inalaria muita fumaça tóxica. Agora olhem só pra ele. Vocês deviam sair antes de se arriscarem a ficar gravemente feridos.

— Espere um minuto... aquela solução está corroendo o piso...

— É mesmo? Que curioso. Não me lembro de ela fazer isso.

O primeiro guarda semicerrou os olhos.

— O que aconteceu com o seu sotaque?

— Sotaque? — perguntou Enrique, tentando retornar ao disfarce.

O primeiro guarda deu um passo adiante.

— Seu bigode está caindo.

— É a fumaça tóxica. Vocês sabem como é. Os bigodes são sempre os primeiros a irem embora.

O primeiro guarda apontou a espingarda.

— Não! Não faça isso. Totalmente desnecessário. Deve ser, talvez, algo de errado com seus olhos.

Enrique pegou a bengala. Não podia ter pesando em sua consciência a morte — ou a desintegração — desses guardas.

— Não tem nada de errado com nossos olhos, velhote.

— Vocês têm certeza? — perguntou Enrique.

Ele ergueu a bengala bem acima da cabeça, e então a jogou no chão, protegendo os olhos com o braço. Uma luz branca explodiu da madeira, seguida por um som ensurdecedor. Depois disso ele viu dois guardas caídos de bruços e inconscientes. Com cautela, Enrique passou por cima deles, se inclinou e sussurrou:

— Como estão seus olhos agora?

Mas os gritos do lado de fora partiram sua vitória pela metade. A solução piranha se espalhava rapidamente pelo chão do terrário, parando um pouco antes dos guardas. Um tom azul se espalhava pela pele de Tristan.

Enrique procurou em seu paletó, os dedos tremendo até encontrar o que queria: a violeta cristalizada.

Enrique enfiou o doce na boca de Tristan, apertou seu nariz e o obrigou a engolir. Tinha dois guardas inconscientes, um bigode estragado e, do lado de fora, a porta balançava com o som da equipe de segurança. A esperança era um resquício delicado em seu interior, mas Enrique se agarrou a ela mesmo assim. Era tudo o que lhe restava.

16

LAILA

Laila se atrapalhou no escuro, a respiração superficial e rápida.

Se entrar em pânico, você vai perder ainda mais.

O gosto de metal enchia sua boca. Ela estremeceu. A gazua afiada arranhara o interior da bochecha. Ela a cuspiu na mão, e então começou a tatear em busca das dobradiças.

De certa forma, aquilo era culpa dela mesma. Três semanas antes, ela estragara um bolo. Séverin, talvez na tentativa de consolá-la, ou mais provavelmente para que ela saísse de seu escritório, dissera:

— É só um bolo. Não tem nada de valor aí dentro.

— Ah, é mesmo? — perguntara ela.

Ela tinha preparado uma torta de fruta e colocado em seu interior o selo de serpente favorito dele, depois a deixara em sua mesa com um bilhete: *Você está errado.*

Então, de quem era a culpa quando Séverin deslizara pela bancada da cozinha o bilhete que ela escrevera, lhe contara acerca do plano e, sorrindo de orelha a orelha, falara:

— Me prove, então.

E ali estava ela.

Presa em um bolo.

Se esconder dentro da base depois que a coisa toda ficara pronta foi moleza. A tarefa final — trancar tudo — precisara de Zofia.

Seus dedos tatearam até que, por fim, encontrou a tranca. O suor a deixava com as palmas escorregadias. As agulhas de metal estavam úmidas de saliva e ficavam deslizando em suas mãos. Tudo o que ela podia ouvir eram as batidas de seu coração. E então a gazua se encaixou em algo. Ela ficou imóvel. Ouvindo. Ouvindo o leve clique do metal, o barulho abafado de quando as coisas se encaixam...

Clique.

As dobradiças se soltaram, caindo no fundo da base. Laila sorriu.

E então ela empurrou. Mas o compartimento não se abriu. Assim, empurrou com mais força, mas algo a bloqueava. Usando a pequena peça de metal como calço entre as duas extremidades, Laila espiou para fora. A abertura era pequena o bastante para que pudesse ver o que atrapalhava sua saída.

O criado que tinha levado o bolo até lá encostara a base contra a estante de livros.

Ela estava presa.

Lá fora, o relógio badalou, marcando 20h. O som das sinetas nos tornozelos das dançarinas *nautch* vinha pelos corredores. O coração dela deu um pulo ao ouvir o toque familiar de um sitar ao longe, os músicos afinando os instrumentos para as dançarinas. A qualquer segundo Séverin estaria parado do lado de fora, esperando para ajudar a dançarina perdida, enquanto ela lhe passava a chave.

Mas ela nunca ia conseguir chegar lá a tempo.

Laila jogou o peso do corpo contra a prancha de metal, mas de nada adiantou. Outra sineta tocou. Dava para ouvir passos do lado de fora da porta. Se Séverin estava esperando para que ela lhe passasse a chave, já devia ter ido embora.

Dobrando o corpo de lado no escuro, Laila estendeu a mão para tirar as sapatilhas. A direita saiu. Depois a esquerda. Ela enfiou uma sapatilha dentro da outra, retorcendo-as até entrarem no vão da caixa do bolo. Seus braços tremeram quando ela jogou todo o peso do corpo naqueles sapatos entrelaçados, apoiados contra a estante.

No início, nada aconteceu. O carrinho não saiu do lugar. Mas, então, cedeu um centímetro. Mais luz entrou pela base. Laila empurrou novamente, forçando com o cotovelo.

As rodas do carrinho gemeram, rodando para trás e dando espaço suficiente para que Laila deslizasse uma perna para fora, depois a outra, antes de finalmente cair no tapete. Estava sem fôlego.

Laila verificou a base oca mais uma vez, em busca de fios de cabelo ou pedaços de tecido antes de rapidamente trancar tudo de novo. Do outro lado da porta, os sons da festa chegavam até ali. Ela olhou para a espreguiçadeira estofada no canto da sala, onde Hipnos escondera seu disfarce.

Laila afastou de seus pensamentos quaisquer resquícios de medo. Mais tarde acharia um jeito de entregar para Séverin a chave do cofre da Casa Kore. Primeiro, precisava conseguir a chave em si.

O escritório da matriarca parecia um favo de mel extenso e elaborado. Centenas de hexágonos dourados interligados formavam as paredes, cheias de livros, plantas ou gravuras do falecido marido. O teto era uma fita de ouro salpicada de carmesim, um retrato de chamas imóveis. Distante da janela havia uma mesa de jade nefrita, como a de Séverin. A estante atrás dela se estendia do chão ao teto, cheia tanto de objetos estranhos quanto de livros: crânios vazios cheios de flores secas, fósseis de animais presos em âmbar liso, jarros e mais jarros de coisas preservadas. Se quisesse, Laila podia passar o dedo pela superfície da mesa, para ler a imagem de uma chave que pudesse tê-la tocado. Mas o instinto a impediu.

No chão, Laila encontrou um pequeno clipe de papel e o jogou na superfície de jade. A mesa ganhou um brilho vermelho de advertência. Sua boca ficou tensa. Assim como a de Séverin, aquela mesa era Forjada.

Ela se voltou para as paredes de favos de mel e jogou outro clipe de metal. A estante não mudou de cor. Não era Forjada. Mas aquilo não a ajudaria a tirar a chave da mesa. Se fosse Forjada para se lembrar de seu toque — ou para manter sua mão presa —, então ela precisaria de alguma coisa para neutralizar aquilo...

Assim como uma criatura Forjada, a mesa de Séverin tinha um *somno* que desativava o mecanismo de alerta. Era só uma questão de descobrir como acioná-lo.

Às vezes, as pessoas escondiam um molde de gesso de suas mãos — Séverin escondia um atrás da estante —, ou escondiam uma impressão digital em cera perto de uma janela. Era provável que a matriarca também tivesse algo assim. Tudo o que Laila precisava fazer era encontrá-lo.

Laila subiu na poltrona de couro, equilibrando-se no assento, e passou os dedos pela estante. A energia fluiu por suas veias. Uma dor de cabeça alterou as extremidades de seu campo de visão.

Enquanto procurava na estante, a mente de Laila captava imagens de contratos, receitas, cartas de amor, até que enfim encontrou: uma digital revestida de âmbar. Estava escondida entre as páginas de um livro de poemas de amor. Ela procurou a lombada na estante, abriu o livro e a encontrou. Uma grande moeda de âmbar. Laila murmurou uma rápida oração e jogou a moeda na mesa. O brilho vermelho desapareceu.

Sorrindo, Laila desceu da poltrona. Os barulhos do lado de fora do escritório estavam ainda mais altos. Se tornaram mais urgentes. Não adiantava passar os dedos pela mesa para descobrir onde a matriarca guardava a chave. Coisas Forjadas nunca respondiam às suas leituras. Laila procurou nas gavetas e armários, remexendo nos papéis o mais rápido que podia.

Centenas de chaves enchiam a gaveta no armário esquerdo. Laila mergulhou a mão nos metais, com os sentidos em alerta. As chaves não eram Forjadas, então as imagens tomaram conta dela. Quartos vazios. Corredores do Senado. Leilões da Ordem de Babel. E então... um cofre escuro, um teto cheio de estrelas pintadas, bustos de estátuas e centenas e mais centenas de corredores cheios de objetos estranhos. Ela abriu os olhos.

A chave para a biblioteca subterrânea sob a estufa.

Laila pegou a chave e correu até a espreguiçadeira perto da porta. Erguendo a almofada, encontrou o disfarce de dançarina *nautch* envolto em tecido. Com agilidade, ela abriu o pacote, mas não havia antecipado o que sentiria no momento em que visse os trajes de sua juventude. O jeito como sua alma cambaleou, curvando-se sobre as lembranças. A blusa de seda crua da cor da plumagem de um papagaio, com debrum vermelho. As pesadas sinetas *gunghroo* e os brincos *jimmikki* que pareciam tanto com os de sua mãe. Laila levou a roupa ao nariz, inalando profundamente. Até mesmo o cheiro era da Índia. A mistura de cânfora, corante e incenso de sândalo. Ao olhar para o traje, uma fúria gelada tomou conta dela. Ouvia a voz da mãe se infiltrando em seus pensamentos: *Você quer se sentir de verdade, minha filha? Então dance. Dance, e você saberá a verdade.* Laila lançara sua alma na dança, doando seu corpo às invocações rítmicas, aos movimentos bruscos que encerravam histórias inteiras apenas com seus membros. Podia ser sensual. Mas era sempre sagrado. Era, como sua mãe costumava dizer, uma prova de que ela tinha uma alma. De que ela era de verdade.

Mas, para as pessoas na plateia... era um entretenimento projetado para ser outra coisa.

Como é que Hipnos chamara?

Excitante.

Laila mudou de roupa, desfazendo a trança para que seus cabelos caíssem pesadamente pelas costas. Ela enfiou a roupa de criada da Casa Nyx embaixo do estofamento, devolveu a moeda de âmbar com a digital ao livro de poemas e guardou a chave em sua blusa.

O terceiro sino tocou.

Do outro lado da sala, não entrava luz alguma pela fresta da porta. Se Séverin tinha esperado por ela, já não estava mais por ali. Provavelmente, as dançarinas *nautch* já estavam enfileiradas no palco. Se fosse para lá naquele momento, só acabaria chamando atenção para si. Laila puxou o lenço de seda sobre a cabeça e saiu do escritório, adentrando no corredor vazio. A essa altura, o restante dos convidados já estaria sentado no vasto anfiteatro. Tudo o que ela precisava fazer era ir até lá.

O guarda bocejou quando a viu.

— Está atrasada — disse ele, entediado. — O restante do seu grupo já está se preparando.

— Me pediram para fazer uma apresentação solo — rebateu ela, cruzando os braços.

O homem grunhiu, folheando as páginas de seu cronograma.

— Se puder ir agora, então...

— Me mostre o caminho.

Ela vasculhou a multidão... Séverin estava ali, em algum lugar.

O guarda a levou até os músicos para escolher uma canção. Laila reconheceu os instrumentos e sentiu uma pontada de dor entre as costelas. O tambor duplo, a flauta, a vina e os pratos brilhantes.

— Que música devemos tocar? — perguntou o músico da vina.

Ela espiou a multidão pela cortina. Homens em ternos. Mulheres em vestidos de noite. Taças nas mãos. Não tinham noção alguma da história que ela tentaria contar com seu corpo. Nenhuma linguagem com a qual decifrar a devoção de sua dança.

Ela não apresentaria sua fé para eles.

— *Jatiswaram* — respondeu ela. — Mas aumente o tempo.

Um dos músicos arqueou uma das sobrancelhas.

— Já é bem rápida.

Ela estreitou os olhos.

— E você acha que eu não sei disso?

A *jatiswaram* era a peça mais técnica, uma síntese de música e movimento. Uma peça que ela poderia apresentar e deixar o coração de fora.

Alguns minutos depois, o apresentador pigarreou. O palco ficou escuro.

— Apresentando uma dançarina *nautch*...

Laila se desconectou do apresentador. Ela não era uma dançarina *nautch*. Era uma artista *bharatnatyam*.

Enquanto caminhava, as duas partes de si se fundiram. Ela já tinha feito aquela caminhada, usado aquelas roupas. O homem que a trouxera para a França como artista jogara fora seu traje original, costurado por sua mãe. Supostamente, Laila devia usar um *salwar kameez* customizado, não essa coisa ridícula que deixava seu ventre e peito descobertos. O cabelo devia estar enfeitado com flores, com um jasmim preservado da primeira apresentação de sua mãe. Não solto, quase alcançando a cintura. Ela olhou para as próprias mãos, o peito apertado. Suas mãos pareciam nuas sem a henna.

Um murmúrio baixo de aprovação tomou conta da multidão enquanto ela andava pelo palco. Quando se apresentava no *Palais*, seu momento favorito era quando subia no palco antes que as luzes fossem acesas: a adrenalina tomando conta de seus nervos, a escuridão do teatro que a fazia se sentir como se tivesse acabado de nascer. Mas, ali, ela se sentia como algo sob uma redoma de vidro. Presa. Entre seus seios, a chave para a biblioteca parecia uma lasca de gelo. Ela encarou a multidão. Diante de cada assento havia uma cesta com pétalas de rosa para serem lançadas nas artistas ao final da apresentação.

A música estava prestes a começar.

Mesmo antes de a luz cair sobre ela, Laila sentiu Séverin sem nem ao menos vê-lo. Um espaço frio em um salão quente. As luzes deixavam os olhos dele sob a sombra. Tudo o que ela podia ver eram suas longas pernas esticadas diante de si, o queixo apoiado na palma da mão como se fosse um imperador entediado. Ela conhecia aquela pose. A lembrança roubou seu fôlego. A levou até aquela noite... no aniversário dela... quando se sentira tomada por uma valentia a que quase nunca ousava se entregar. Ela o encurralara em seu escritório, mais intoxicada pelo jeito como ele a olhava do que por qualquer champanhe que já tivesse provado. Séverin não lhe comprara um presente de aniversário, então ela exigira um beijo que acabou se transformando em algo a mais...

Laila pôde ver o instante em que ele se tornou ciente quanto à presença dela no palco. A súbita rigidez no corpo dele. Ele nunca a vira dançar antes... e instantaneamente algo mudou dentro dela. Era como ela sempre se sentia antes de se apresentar, como se seu sangue *brilhasse*.

Ela precisava que ele a olhasse com atenção. Se Séverin não fizesse isso, não conseguiria pegar a chave a tempo. Mas ela também *queria* que ele a observasse com atenção.

Talvez fosse apenas seu destino, ser assombrada por uma noite que jamais seria reconhecida. Mas aquilo não significava que ela tivesse que sofrer sozinha. Talvez fosse cruel de sua parte, mas a voz da mãe soou em seus ouvidos mesmo assim: *Não capture o coração. Roube a imaginação deles. É muito mais útil.*

E então foi o que ela fez. Colocou-se na pose inicial, o quadril inclinado para fora, o queixo para cima revelando a longa linha de sua garganta. A música começou. Ela bateu os saltos dos sapatos no chão. Os movimentos eram tão precisos que era como se ela tivesse ligado sua sombra ao ritmo.

Tha thai tum tha.

Séverin podia parecer tranquilo e elegante em meio à multidão, mas ela o conhecia. Cada músculo dele estava tenso. Rígido. Sob aquela postura, havia algo à espreita e faminto. Ela não conseguia ver seus olhos, mas podia senti-los seguindo-a. A boca dele passara de um sorriso controlado para uma linha frouxa.

Laila sentiu um rompante de satisfação.

Não serei assombrada sozinha.

Ela passou a mão pelo peito. Séverin se remexeu em seu assento. Laila enroscou o mindinho na abertura da chave. Bateu o pé, olhando para o chão enquanto escondia a chave entre uma fileira de pulseiras. Enquanto abaixava mais o corpo, sorriu para si mesma. Havia outro poder dentro de si. Um que agora se afundava em seu sangue e em sua consciência. Um jeito de se mover por um mundo que tentava mantê-la à margem.

Roube a imaginação deles.

Ela ficou em pé, os joelhos dobrados em posição de *nritta*, enquanto a esmeralda plissada de sua saia se abria. A música ficou mais rápida. O ritmo ganhou urgência.

Laila olhou de relance para a chave escondida em sua mão. A cabeça de Séverin se moveu. Bem de leve. Mas ela sabia que seu espectador tinha entendido. Ele pegou a cesta. Ao redor, outros fizeram o mesmo.

A música ficou mais rápida ainda, crescendo em direção ao clímax. Por fim, Laila olhou direto para ele e quase se atrapalhou. Séverin parecia fora de si. O olhar dele iluminava a pele dela. Ela se obrigou a retomar o movimento, agitando os dedos... um sinal.

Séverin jogou as flores no ar. Os outros convidados, ao vê-lo fazer isso, seguiram seu exemplo. Uma chuva de pétalas caiu sobre ela, raspando seus cílios como neve, roçando como seda em seus lábios. Laila estendeu a mão em um movimento final em forma de arco e jogou a chave.

O objeto voou pelo teatro.

Séverin a pegou entre a palma das mãos. Um aplauso. Laila conseguia imaginar os olhos dele com perfeição, ainda que não pudesse vê-los. Seus olhos da cor do crepúsculo escurecendo, fixados nela. Laila sabia que precisava olhar para as outras pessoas presentes na audiência, mas não conseguia olhar para mais nada que não fosse ele, e não queria que ele olhasse para mais nada que não fosse ela.

Quando o salão irrompeu em aplausos, o homem sentado atrás de Séverin capturou o olhar dela. Ele usava um terno cor de mostarda, e seu corpo estava totalmente imóvel. Laila estremeceu ao sair do palco. Ele havia se inclinado sobre Séverin como um fantasma... ou um animal prestes a atacar.

17

ZOFIA

Zofia olhou para o relógio. Séverin estava atrasado. Já faltava menos de uma hora até que tivesse que se arrumar para o baile e, se não fizesse o molde da chave até lá, de nada adiantaria. Era uma pena que a matriarca não usasse as impressões da mão para abrir o cofre... pois assim ela poderia ter usado sua refinada fórmula de Camada de Sia. Mas claro que ela não tinha nenhum dos ingredientes necessários ali. Estavam todos em seu laboratório no L'Éden.

Zofia se obrigou a se sentar em um dos cantos do quarto. Não adiantava de nada andar de um lado para o outro. Metade de qualquer aquisição era apenas longos, longos momentos de espera. Mas toda aquela espera só os levava para mais perto de seu objetivo.

Mais um dia.

Mais um dia e então tudo isso teria ficado para trás.

À meia-noite, eles estariam no cofre. Com a localização do Olho de Hórus garantida, era só uma questão de pegar o objeto de uma das prateleiras. Era uma coisinha de nada, mas com grandes consequências. Assim que o Olho fosse adquirido, tudo mudaria... Ela poderia pagar as dívidas e sua irmã finalmente poderia começar a faculdade de medicina. Quando

Séverin se tornasse patriarca, ele teria os fios do mundo na palma das mãos, e poderia até mesmo reverter a expulsão dela da universidade.

Quando seus pais ainda eram vivos, eles diziam que o medo crescia em lugares que não eram iluminados pelo conhecimento. Talvez, se Zofia tivesse mais conhecimento, não sentiria medo. Poderia se tornar uma cientista ou uma professora... alguém que passasse a vida arrancando a escuridão desconhecida com a luz do conhecimento. Ela seria como os pais. Como a irmã. Poderia andar na rua ou no meio de uma multidão. Não teria aquela sensação de aperto, de falta de ar, de estar se afogando, só porque alguém lhe perguntara sobre seu dia e ela não sabia como responder.

O conhecimento a tornaria corajosa. E, mais do que tudo, Zofia queria ser corajosa. Mas ela estava aprendendo a se encaixar. Ou, pelo menos, a imitar como fazer isso. Do outro lado do quarto, seu guarda-roupa a encarava. Um vestido de zibelina estava pendurado no cabide. Seu traje para o baile daquela noite. Levara horas para que descobrisse como se arrumar sem Laila, mas por fim conseguira.

Bem naquele momento, Séverin entrou e rapidamente fechou a porta. Zofia se levantou.

— Você está atrasado.

Séverin não se parecia consigo mesmo. Parecia sem fôlego. Com um olhar selvagem. Frustrado. Era para a Laila ter lhe entregado a chave. Será que algo tinha dado errado? O pânico tomou conta de Zofia.

— Laila está ferida?

Ao ouvir nome dela, pontos de cor apareceram no rosto de Séverin.

— Seu rosto está vermelho.

Séverin pigarreou.

— Eu estava andando rápido. E, não, Laila parece bem. Quero dizer, ela está bem. Não importa. Estou bem. Está tudo...

— Bem?

— Sim — respondeu Séverin, e lhe entregou a chave. — Ela teve que usar um método diferente de entrega.

Aquela era uma explicação fácil. Embora não explicasse por que Séverin parecia tão estranho. Zofia pegou a chave e foi direto para a lareira, onde um pedaço de zinco havia sido derretido. Em seguida, pegou um molde de uma das gavetas inferiores do guarda-roupa e começou a preparar tudo.

Séverin se recostou na parede, passando a mão pelo rosto.

— A solução piranha funcionou.

Zofia não ficou surpresa com aquilo. Afinal de contas, fora ela a responsável. E ela não fazia nada que não fosse exato.

Séverin continuou a falar:

— Até onde sei, a estufa foi fechada ao público. Oficialmente, a história é que um dos guardas quebrou as janelas, e a mistura de gás Forjado com plantas venenosas causou o fumaceiro.

Àquela altura, Tristan e Enrique deviam estar escondidos nos extensos jardins. Na nona hora, os convites deles expirariam, e eles teriam que deixar as instalações da Casa Kore às vistas da equipe de segurança, que os retiraria oficialmente da lista de convidados. Então, o veículo alugado de Séverin os deixaria em uma das entradas não protegidas da propriedade, e eles se encontrariam na estufa.

Zofia pressionou a chave na cera.

— Assim como você planejou.

— Hum. — Séverin levou a mão à maçaneta, e então parou. Parecia querer perguntar alguma coisa, mas pensou melhor. — Na hora marcada. E então tudo começa.

Zofia colocou seu vestido de noite. No bracelete de veludo havia uma caixa de fósforos e duas chaves: uma verdadeira e uma cópia marcada por um leve amassado. Uma máscara feita de penas de cisnes cor de gelo escondia a metade superior de seu rosto, desaparecendo em seus cabelos. Uma rede diáfana de fios frágeis e prateados cobria o vestido. Tudo o que ela tinha que fazer era rasgar o tecido, e então teria um filtro purificador de ar para que ela e Laila pudessem caminhar pela fumaça da estufa sem sofrerem danos.

No andar de baixo, o salão havia se transformado. Espelhos cobriam as paredes, tornando o aposento um espaço infinito. Pelos corredores, espreitava um grifo translúcido, sua cabeça bicuda roçando o teto. Damas e cavalheiros titubeavam e riam quando a cabeça de alguma das criaturas feitas de ilusão se inclinava sobre eles. Em um canto da sala, um bolo glorioso que só podia ter sido feito por Laila brilhava, mostrando oito planetas que se inclinavam e giravam lentamente.

Zofia se concentrou no chão. O vislumbre de uma espiral prateada despertou seu interesse. Ela fez uma pausa, traçando mentalmente a linha... Reconhecia aquele padrão de espirais. Mas não o tinha notado até então. O mármore preto do chão o ocultara até que as luzes do candelabro se derramassem pelos veios prateados do piso. O padrão era quase o mesmo de um náutilo. Preciso. Matemático. Fazia com que ela se lembrasse da espiral áurea, uma espiral logarítmica baseada na proporção áurea. Dizia-se que duas quantidades estavam na proporção áurea se a razão entre elas fosse igual à razão entre a soma das duas e a maior delas. Seu pai lhe explicara em termos de um retângulo áureo...

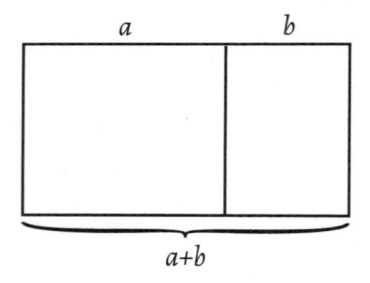

$$\frac{a+b}{a} = \frac{a}{b} \equiv \phi.$$

A representação numérica era chamada de *phi*, aproximadamente 1,618. Seu pai lhe mostrara como era possível encontrar evidências da proporção áurea por toda a natureza: na espiral da concha de um náutilo, nos corações redondos dos girassóis ou das pinhas... mas ela nunca vira aquilo na casa de uma pessoa. Zofia pestanejou, inspecionando o salão, como se até aquele momento não o tivesse visto. Por todas as partes que olhava, encontrava exemplos da proporção áurea. Nas entradas. Na forma das janelas. A equação estava por toda a parte. Números nunca eram acidentais. Havia intenção ali. Mas qual era o propósito? Zofia não conseguia imaginar. Ela se aproximou de um dos arcos, mas um homem com um terno cor de mostarda bloqueou seu caminho.

— Invejo o homem que for o merecedor de olhar tão intenso. Eu simplesmente tinha que saber qual era a sensação, então vim me apresentar.

Zofia rapidamente tentou se lembrar do que já tinha visto outras mulheres fazendo. Quando um homem que não conheciam se apresentava para conversar, elas ofereciam a mão. Então Zofia fez isso. O homem a pegou e a levou aos lábios.

— Não conheço o senhor.

Ele riu. Usava uma máscara com pequenas asas de libélula. Zofia nunca vira um homem tão pálido na vida. Um brilho doentio cobria sua pele.

— Roux-Joubert — apresentou-se ele, soltando a mão dela. — Posso ter o prazer da primeira dança?

Ela mal notara os casais rodopiando ao seu redor. Assim que se concentrou na equação no chão, nada mais parecia importar.

— Eu...

— Por favor — disse o homem, ainda que sua voz não parecesse convincente. — Eu insisto.

Zofia queria dizer não. Mas não sabia como moças educadas faziam esse tipo de coisa. Certamente davam um sorriso afetado ou diziam alguma coisa por detrás de um leque. Até então, a maioria dos convidados a tinha deixado em paz, sabendo que ela só aceitava a companhia de *monsieur* Faucher, um oficial de alto escalão do governo. Séverin fora seu escudo. Se ela dissesse não, ele poderia perceber que estava agindo de forma estranha. Zofia sentiu um clarão de pânico, como se alguém acabasse de trancá-la no quarto. Será que o resto da multidão percebia? Eles a cercariam? Exigiriam saber o que havia de errado com ela para que não pudesse suportar uma única dança?

— Muitas pessoas estão prestando atenção, baronesa — comentou o homem. Um sorriso ligeiro torcia seus lábios pálidos. — Você não iria querer me envergonhar, não é mesmo?

Zofia rapidamente fez que não com a cabeça, e Roux-Joubert a puxou para a pista de dança. As mãos do homem eram, de algum modo, gélidas e úmidas de suor. Ela tentou se afastar, mas ele, por mais que parecesse fraco e doente, a segurou com firmeza.

— De que parte da Rússia você vem, baronesa?

— Poltava.

— Um lugar deslumbrante, tenho certeza.

Roux-Joubert a girou, e ela aproveitou o momento para olhar ao redor da sala, procurando qualquer sinal de Hipnos. Ele já devia ter ido se encontrar com ela. O ritmo da música acelerou, a cadência frenética aumentando em seus ouvidos, combinada com a pulsação errática de seu sangue. O chão sob seus pés parecia gelo cortado. Mesmo se não estivesse estressada, ela não conseguiria dançar bem, e seus movimentos pareciam menos fluidos e mais como se lutasse para manter o equilíbrio. Ele a girou novamente, a mão segurando-a com firmeza, até que uma voz cálida atravessou a tensão da orquestra.

— Baronesa.

Hipnos.

Ele estava parado atrás de Roux-Joubert, uma de suas mãos marrons repousada no paletó cor de mostarda do homem.

— Posso?

Roux-Joubert apertou os lábios em uma linha fina.

— É claro — concordou, beijando a mão de Zofia mais uma vez. Ela estremeceu com seu toque gélido. — Espero vê-la novamente... baronesa.

Hipnos a fez voltar a dançar. Seu corpo era cálido e suas mãos marrons eram secas e quentes sob as dela.

— Você está deslumbrante, *ma chère* — elogiou ele.

Em espirais estonteantes, outros casais se moviam ao redor deles. Hipnos conseguiu levá-los até o meio do salão, longe do olhar atento da matriarca. Zofia se aproximou, virando seu bracelete para que ele pudesse pegar a chave original. Ela sentiu os dedos dele roçarem seu pulso, mas tão rápido quanto se aproximaram eles se afastaram. Hipnos sorriu, e então sussurrou em seu ouvido:

— Eu falei sério. Você está belíssima. Embora eu não tenha gostado do olhar do seu amigo.

— Ele não é meu amigo.

— E *eu* sou seu amigo?

Zofia não tinha certeza de como responder àquilo. Hipnos ameaçara mandar prendê-los... o que não parecia uma coisa que um amigo faria. Mas ele também era outras coisas. Engraçado. Ele não a tratava de maneira diferente dos demais. Zofia olhou em seu rosto. Conhecia o padrão de suas feições: olhos largos, sobrancelhas arqueadas, sorriso forçado. Esperança. Vulnerabilidade, até.

— O que implica uma amizade?

— Bem, às quartas-feiras nós sacrificamos um gato para o Satanás.

Zofia quase tropeçou.

— Estou só brincando, Zofia.

As bochechas dela arderam.

— Eu não sou muito boa com piadas.

Hipnos a fez girar.

— Bem, no futuro, estarei mais ciente disso. Amigos?

A dança estava chegando ao fim. Perto da escadaria, os relógios tocaram a 11ª hora. Zofia pesou as palavras dele antes de abaixar o queixo.

— Amigos.

Na conclusão da dança, parte da multidão se dispersou. Vários dos convites para a Casa Kore expiravam uma hora após a meia-noite, e algumas pessoas que queriam sair mais cedo começaram a se dirigir para a entrada. Zofia foi para a fila dos cumprimentos, observando a multidão enquanto esperava para se despedir. Em algum lugar ali perto, Séverin tramava um jeito de ir até a biblioteca. Hipnos estava guardando a chave de volta no escritório. Tristan, Enrique e Laila esperavam por ela na estufa. Mas sua mente continuava retornando para o homem que a convidara para dançar. Roux-Joubert. O toque dele a fazia se lembrar de algo... mas o quê?

— Desfrutou de seu tempo conosco, baronesa?

A matriarca estava parada diante dela, uma expressão levemente preocupada no rosto. Zofia se sobressaltou e tentou encontrar as palavras adequadas. Tinha praticado aquele diálogo, mas o piso e o homem a tiraram do eixo.

— Muitíssimo — disse ela, forçada. — E... eu gostei do seu piso.

A matriarca pestanejou.

— Como é?

Ah, não. Zofia sentiu aquela tensão familiar... aquela sensação de tentar pisar em um degrau que não estava ali. Tinha dito a coisa errada. Queria retirar o que falou, mas então se lembrou do conselho de Laila. Atuar. Apoderar-se da ilusão que ela tinha lançado sobre si mesma. Então endireitou as costas. Do modo mais elegante que conseguiu, gesticulou na direção do piso.

— A espiral logarítmica baseada na proporção áurea — explicou ela. — Uma das equações favoritas da natureza.

— Ah! — A matriarca bateu palmas. — Você tem um ótimo olho, baronesa. Meu falecido marido imbuiu tudo em nossa casa com algum significado. Mas é uma pena que eu não pude manter abertos os jardins além da estufa... aquilo, sim, é uma visão para os olhos.

Zofia sentiu a mais leve ponta de culpa. Era culpa dela, afinal de contas, que a estufa não pudesse ser acessada.

— Uma pena — concordou Zofia.

— Mais ainda para meu paisagista e seu colega, no entanto — sussurrou a matriarca. — Uma pena o que aconteceu com eles.

As portas de ébano se abriram. A névoa úmida avançou pela entrada, vinda do rio de hematita. Zofia sabia que devia se mexer, mas não conseguia. Um dos criados da matriarca se inclinou para sussurrar algo em seu ouvido. Zofia sentiu o ar ser roubado de seus pulmões.

Ela engoliu em seco, os cadarços de seu espartilho incomodando.

— O que foi?

A próxima pessoa na fila de cumprimentos batia o pé. A música começou a tocar mais alto. Um criado apareceu ao seu lado.

— O que você disse sobre o paisagista e o colega dele?

Aplausos irromperam pelo salão, afogando suas palavras. Acrobatas pirofágicos apareceram, saltando do teto como se fossem relâmpagos. O enxofre pendia no ar.

— Espero vê-la no Conclave de Inverno na Rússia! — disse a matriarca por sobre o barulho.

A pessoa atrás de Zofia chutou seus tornozelos, e ela tropeçou para a frente bem quando um criado a segurou — com um tanto de força — pelo cotovelo. Um presente foi colocado em suas mãos. A matriarca se voltou para a pessoa que vinha em seguida na fila.

Tudo aconteceu muito rápido.

As portas se abriram e fecharam. O barco apareceu para pegá-la e saiu deslizando pela água silenciosa e Forjada. Não havia mais ninguém no barco com ela.

Uma pena o que aconteceu com eles.

Era como se alguém tivesse pegado seus pensamentos com a mão e os apertado com força. O que tinha acontecido com Enrique e Tristan?

Do cais, Zofia caminhou pela estrutura de pedra verita e entregou o convite. Os guardas lhe desejaram boa-noite. Ela esperou por um instante antes que a carruagem marcada por Séverin chegasse até o lugar em que estava.

— Direto por dois quilômetros, pare na segunda fileira de sicômoros — instruiu ela para o cocheiro.

Fosse lá o que tivesse acontecido com Enrique e Tristan, ela descobriria muito em breve.

A noite borrava o lado de fora da carruagem enquanto o cocheiro fazia estranhas curvas e giros pela propriedade, guiando por estradas seguras nas quais não se via nenhuma outra carruagem. Zofia pensou nas últimas palavras da matriarca e em todas as outras, até que a carruagem parou.

— Tudo limpo nos arredores — disse o cocheiro. — Vá agora.

Zofia desceu. Segundo as plantas roubadas da Casa Kore, havia uma antiga porta Tezcat localizada entre duas árvores não marcadas que lhe garantiriam acesso diretamente aos jardins da propriedade.

Como acontecia com qualquer outra porta Tezcat, Zofia supôs que precisava procurar por um objeto que se parecesse com um espelho. Mas, quando andou por entre as árvores, não encontrou nada. Só dois sicômoros, lado a lado, e por toda parte a escuridão sempre faminta. Zofia se virou. A estrada se estendia por ambas as direções. Além dela havia um prado às escuras. Ela estava completamente sozinha, sem nenhum caminho à vista. *Talvez estivesse muito escuro*, pensou. Zofia pegou um pingente específico em seu colar. Fósforo era um dos poucos materiais que podia revelar um Tezcat. Ela quebrou o pingente de fósforo entre os dedos, e ele emitiu uma luz pálida e azul. Zofia ergueu os olhos, cega pelo brilho repentino.

Uma silhueta sombria estava parada a poucos centímetros dela.

Um grito ficou entalado em sua garganta. Ela cambaleou para trás, pronta para pegar os pingentes do colar, quando percebeu que a silhueta sombria fez o mesmo. Zofia ficou parada. Aos poucos, seus olhos se ajustaram. A luz em sua mão não estava sozinha. Havia uma luz idêntica diante dela, nas mãos da silhueta sombria.

Zofia estava olhando para seu reflexo.

Estava olhando para si mesma.

Fascinante, pensou. A tecnologia para fazer uma porta Tezcat que não parecesse um espelho tinha se perdido quando a Casa Caída tinha, bem, caído. Mas agora ela olhava para uma prova do que eles tinham sido capazes de fazer... não só pedaços que camuflavam portas, mas portais reais que diminuíam as distâncias entre um lugar e outro.

Zofia estendeu a mão, os dedos trêmulos. Sob seu toque, a porta Tezcat cedeu, dobrando e absorvendo sua mão. Do outro lado, ela podia sentir o mesmo ar, o roçar de uma hera em sua pele. Zofia largou o pingente de fósforo no chão, esmagando-o sob o salto do sapato.

Ao atravessar, Zofia se encontrou nos jardins. Sem outros convidados, o lugar parecia assustador. A música dos instrumentos soava assombrada e distorcida. Vidros quebrados cobriam o chão. O ouro se soltava do tronco da árvore. Um pouco além, Zofia conseguiu distinguir a estufa abandonada. Um cheiro insuportável envolvia o lugar, e seu coração estremeceu. Zofia verificou novamente para ver se havia algum guarda por perto, mas as previsões de Séverin estavam corretas: eles estavam posicionados nos perímetros dos jardins para evitar inalar alguma fumaça tóxica.

E então ela sentiu um toque no ombro.

Zofia deu um pulo.

— Shh. Sou só eu.

Laila.

Zofia se virou para olhá-la e franziu o cenho.

— O que aconteceu com seu disfarce?

Ela estava usando uma blusa curta e uma saia que ficava baixa demais nos quadris. Parecia muito mais confortável do que o que as outras mulheres usavam.

Laila riu.

— Esse *é* o meu disfarce.

— Ah.

Mas, então, os cantos da boca de Laila viraram para baixo.

— Ouvi alguma coisa quando estava escondida. Acho que Enrique e Tristan podem ter se machucado.

O lábio inferior de Laila tremeu. Ela começou a caminhar em direção à estufa, e Zofia a seguiu.

— Todo mundo na ala dos criados estava falando sobre o que aconteceu nos jardins. Havia dois homens cobertos de bandagens. E... um deles estava usando o disfarce do Enrique.

Zofia sentiu um nó dentro de si. Mas não havia nada que pudesse fazer ou dizer. Ou eles estavam dentro da estufa e em segurança.

Ou não estavam.

Ela arrancou a camada externa de seu vestido e a rasgou ao meio. Um pedaço para Laila, outro para si. As duas enrolaram o tecido como um véu ao redor da cabeça quando se aproximaram da estufa. Mesmo com o véu, a fumaça fazia seus olhos arderem.

As portas estavam abertas. Laila olhou para Zofia, com esperança escrita em suas feições.

Mas Zofia não tinha certeza. Uma porta aberta não queria dizer que Enrique e Tristan tinham feito aquilo para recebê-las. A matriarca podia ter mandado abrirem as portas para permitir que a fumaça da estufa se dissipasse. Zofia apertou as mãos. *Foco.* Começou a contar o que via ao seu redor. Duas portas. Catorze barras de ferro. Uma lua. Sete tílias. Quatro gárgulas penduradas no teto da estufa, com as bochechas puxadas em sorrisos ameaçadores. Seis estátuas embaixo de seis carvalhos obscurecidos, com os olhos de pedra imóveis.

Três passos até a porta.

Depois dois.

Laila entrou primeiro, com a lâmina na mão. Lá dentro, a luz silhuetava as janelas.

Tudo lá dentro estava queimado até virar cinzas. Elas seguiram lentamente pela estufa, procurando alguma saliência ou vão, algum indício de uma porta, quando alguém tossiu nas sombras. Laila avançou, jogando no chão da estufa alguém que estava escondido. Era um policial com uma toalha amarrada ao redor da cabeça. Laila rosnou, erguendo a faca.

— Você... — disse ela. — Você deve ser um dos homens que os machucaram. Não sinto um pingo de dó pelo que vou fazer em seguida.

O policial acenou com as mãos, balbuciando palavras abafadas e aterrorizadas. Zofia sentiu a vibração da vingança, a dor que roía seu coração. Eles tinham machucado Tristan e Enrique. Seus... seus amigos.

Então o guarda abriu um pequeno espaço em sua toalha.

— ... *esperenãomemate!*

O homem apoiou os cotovelos nos joelhos, o rosto vermelho. Ergueu os olhos para elas, um sorriso fraco no rosto.

Enrique.

— Apesar de eu estar encantado por vocês quererem me vingar, realmente não há necessidade.

18

ENRIQUE

Enrique assobiou, e Tristan saiu das sombras. Tristan olhou para Zofia, que estava vestida em seda e veludo, e depois para Laila, que estava vestida com... menos roupa. Ele corou furiosamente, e Enrique jogou a toalha em seu rosto.

— Vê se cresce.

Tristan fez cara feia, mas a expressão desapareceu, substituída mais uma vez por aquele olhar de completo terror. Ele estava assim desde que o doce violeta o livrara das garras do veneno. Não que Enrique o culpasse. Qualquer contato com a morte o deixaria tremendo na base. Tristan nunca ficava à vontade fora do L'Éden, e essa aquisição em particular o assustava. Enquanto esperavam para retornar à estufa, Tristan não conseguia parar de se mexer, quase destruindo uma roseira inteira porque ficava arrancando as pétalas das flores.

— Eu pensei que vocês estivessem mortos! — exclamou Laila, correndo até eles e esmagando-os com um abraço.

Zofia não saiu do lugar, mas puxou as mangas de seu vestido. Enrique a viu olhar de relance para ele, depois novamente para o chão, os olhos brilhando. Ela não precisava correr até eles. Ele sabia.

—Aquela violeta cristalizada nos salvou — disse Enrique. — De algum modo o Tristan acabou se envenenando. Acho que a máscara estava com defeito e deixou entrar um pouco de fumaça.

Zofia ergueu os olhos.

— Não estava, não.

— Sei que são suas invenções, mas sempre pode acontecer algum erro — comentou ele. — Odeio ser eu a lhe informar disso, Zofia, mas você é humana.

— Então por que vocês me chamam de "fênix"?

Enrique não podia argumentar contra aquele fato.

Ao lado dele, os ombros de Tristan caíram.

— Então, o que aconteceu? — perguntou Laila.

— Acho que os guardas devem ter sentido o cheiro da fumaça, então eles entraram correndo para disparar o alarme — contou Enrique. — Dois guardas acabaram inconscientes e cheios de bolhas, então trocamos nossas roupas com eles e nos escondemos aqui até uma hora atrás.

Laila tocou no rosto dele.

— Estou feliz por vocês dois estarem em segurança. Agora, vamos até o cofre. Já é quase meia-noite. Vocês encontraram as portas?

— Aham — confirmou Enrique. — Só que a gente não pôde fazer nada antes que a fumaça se dissipasse o suficiente para podermos entrar ali apenas com as toalhas. Eu não ia me arriscar com as máscaras depois do que aconteceu com o Tristan.

Tristan empurrou os restos de plantas, revelando uma porta plana de metal.

— Todos prontos? — inquiriu Enrique. — Menos Tristan, é claro.

Em geral, Tristan não se incomodava em bancar o olheiro no momento das aquisições, mas, ao abrir a porta, suas mãos tremiam.

— Tomem cuidado — pediu ele.

— Pense apenas no que nós faremos quando isso aqui acabar — sugeriu Laila, animada. — Chocolate quente?

— Aaah... e bolo? — acrescentou Enrique.

Até Zofia sorriu.

— O Golias pode participar também? — perguntou Tristan.

Os três gemeram.

Quando a porta se abriu, uma escada em meio à penumbra descia e se fundia com a escuridão.

— Falando sério agora — murmurou Enrique enquanto começava a descer. — Por que o Golias não pode ficar em uma coleira? Ele é quase do tamanho de um gato.

— Eu consigo te ouvir — ralhou Tristan.

— Ótimo. Comece a pensar em coleiras para tarântulas.

A escada virava de lado e parecia se estender por quase um quilômetro. Depois de um tempo, Enrique ergueu os olhos para ver a distância que tinham percorrido e se ainda podiam ver Tristan. Estava escuro demais. E o fato de a escada estar molhada não ajudava. Enquanto andava, seus sapatos escorregavam sob o peso de seu corpo.

Laila estremeceu.

— Está congelando aqui!

Enrique concordou com os dentes batendo.

O grupo estava se aproximando da base da escada. Enrique esperava que ela os levasse até a grande biblioteca, mas aquele lugar parecia mais um átrio gigante. As paredes molhadas da caverna brilhavam em um formato oval e rústico. Raízes pendiam sobre eles. Quando Enrique respirava, um cheiro escorregadio e mineral tomava conta de sua garganta. No centro do átrio, um pedestal redondo se erguia como uma pedra. Três varetas de metal saíam dele. Faziam com que Enrique se lembrasse de alavancas, embora ele não conseguisse imaginar por que estariam ali. Ele sequer podia dizer se eram mesmo alavancas. Não havia iluminação, exceto pela pequena chama que Zofia segurava e que mal lançava uma poça de luz ao redor deles.

— Onde está a biblioteca? — perguntou Laila.

Zofia acenou com a chama. Ela se espalhou pelas paredes da caverna e então desapareceu.

— Um túnel — sussurrou Enrique. — Talvez fique por ali?

Ele ainda estava olhando para o túnel quando tirou o pé da escada e tocou o chão. Menos de um segundo se passou antes de ele sentir... um tremor na terra. Enrique deu um passo para trás, até que os dois pés estavam firmemente plantados no último degrau.

— Vocês sentiram isso? — perguntou, com a voz repentinamente aguda.

— Vocês *veem* aquilo? — retrucou Zofia.

Ela apontou para a frente. No túnel, uma tocha ardia. A luz do fogo se refletiu nos contornos de uma porta âmbar.

— Aquela deve ser a entrada da biblioteca — falou Laila. Um sorriso imenso tomou conta de seu rosto, e ela saltou os dois últimos degraus.

— Espera, Laila...

Havia algo estranho no chão. Como se ele tivesse lido a presença deles. Mas Enrique não conseguiu impedir Laila a tempo. Ela aterrissou com os dois pés no chão. Aquele mesmo tremor retornou, dessa vez sacudindo a escada. Enrique se desequilibrou, agitando os braços enquanto caía no chão duro. Zofia caiu ao lado dele, e sua chama rolou pelo chão.

Uma luz se espalhou pelo piso — grande demais para pertencer ao pingente iluminado de Zofia.

Aos poucos, Enrique ergueu o olhar. O túnel estava se clareando gradualmente. Onde antes havia uma única tocha, agora havia centenas. E não estavam sozinhas. Aquele tremor pertencia a alguma coisa... uma grande bola de pedra rolava pelo túnel. A cada rotação, ela capturava o fogo das tochas, acendendo-se e iluminando o átrio de pedra. Enrique examinou o resto do ambiente. Um caminho espiralado e cheio de ranhuras envolvia a sala, serpenteando até o centro.

Enrique se levantou.

— Pensando bem, estou muito bem com a escuridão e o frio.

Laila agarrou os pulsos dele e de Zofia, puxando-os para o outro lado do átrio.

— Se a gente sair da trajetória dela, a bola de pedra vai se estilhaçar na parede, e nós corremos pelo túnel e alcançamos a porta — disse ela. — Não é como se o chão fosse...

O chão estalou.

O sapato de Enrique ficou preso em uma rachadura no chão que, até um segundo atrás, não existia. A rachadura se espalhou pelo chão de pedra, como se não fosse nada mais que um painel de gelo. Enrique caiu com força. Tentou retroceder, mas suas mãos estavam escorregadias.

A poucos centímetros de seus dedos, havia uma grande abertura. Um rio gelado fluía sob o chão, avançando com fúria e sombras. O chão plano devia ter sido Forjado para se encaixar como se fosse uma peça de quebra-cabeças, colocada sobre o rio para que qualquer intruso morresse pelo fogo ou pela água. A única coisa boa que podia ser dita sobre a bola de fogo que se aproximava era que, pelo menos, Enrique podia ver o que havia ao seu redor.

— Estamos nos movendo! — exclamou Zofia.

Ela estava esparramada em uma placa de pedra estreita, não muito longe dele. Laila estava em pé do outro lado, se equilibrando sobre um pedaço de chão que não era maior que um prato de jantar. Ainda no túnel, a bola de fogo ganhava velocidade, seguindo um padrão de saca-rolhas que logo os alcançaria.

Enrique olhou para o rio. Sua posição tinha mudado. Ele observou enquanto o salão lentamente se alterava. Todos aqueles pedaços estilhaçados, incluindo aqueles nos quais eles estavam, flutuavam em lenta rotação ao redor do pedestal no meio do aposento.

— Por lei, todas as coisas defensivas Forjadas têm um *somno!* — gritou ele por sobre o barulho do rio e da bola de fogo. — Só temos que o encontrar! Aquele pedestal central deve ser a chave. Laila, você vai chegar ao pedestal primeiro. Prepare-se para nos contar o que ele diz!

Laila assentiu. Em seguida, saltou novamente, pulando com graça de um pedaço de pedra para outro, diminuindo a distância até o pedestal.

Com os olhos, Enrique percorreu o salão. Não era como a sala de conservação do leilão. Não havia um urso de ônix com os dentes ao redor do pulso de alguém. Nenhum corpo feito de pedra para percorrer com as mãos e encontrar marcas e dispositivos de liberação. Ele estava longe demais das paredes da caverna para ver se tinham alguma inscrição. E os pedaços de pedra, até onde podia ver, não eram nada além de rocha.

— Ergue a cabeça, príncipe! — gritou Zofia.

— Agora não é hora para frases motivacionais!

— *Enrique*. Tem algo escrito ali em cima.

Enrique olhou para cima. Enquanto descia os degraus, não tinha percebido nada acima deles além das raízes penduradas no teto. Com a luz da bola de fogo, dava para ver melhor, e havia um padrão esculpido entre as raízes... um arranjo preciso de letras. A rocha sobre a qual ele estava girou mais rápido, e Enrique teve que virar o corpo, tentando decifrar as palavras...

E? Mut? Surg?

Ele semicerrou os olhos.

Olhou novamente para Zofia, pensando que ela poderia ajudar, mas a engenheira estava sentada de pernas cruzadas na pedra, tão confortável quanto se estivesse no observatório do L'Éden. Com o olhar perdido, ela percorria o entorno, enquanto seus dedos traçavam uma lenta espiral no ar. Mais adiante, Laila estava se aproximando do pedestal.

A rocha de Enrique se mexeu mais rápido, girando ao redor do aposento enquanto se aproximava cada vez mais do pedestal. Ele esticou o pescoço para cima, identificando as letras o mais rápido que podia, até que viu todas elas.

Eadem mutata resurgo

— O que diz? — perguntou Zofia.

O idioma era latim. E a frase era familiar de algum modo, embora ele não conseguisse dizer onde tinha ouvido aquilo...

— Quer dizer... *ainda que mudado, eu ressurjo sendo o mesmo.*

— Zofia! Enrique! — gritou Laila. Ela acenava com as mãos, apontando para o pedestal. — Tem treze alavancas numeradas! Elas parecem presas a algum tipo de... mostrador? Acho que é. Eu... Eu não consigo mais ver, mas vocês vão chegar perto em breve.

Alavancas.

De certo modo, era um fato animador, pois queria dizer que podia ser controlado.

— Se as alavancas têm mostradores, pode ser que exista um padrão numérico aqui? — perguntou Zofia.

— Como uma chave — disse Enrique, concordando com a cabeça.

Se colocassem os números certos nas alavancas, a bola de fogo deveria parar e o átrio voltaria ao normal.

— Embora mudado, ressurjo sendo o mesmo — sussurrou ele para si mesmo antes de arriscar uma olhada para a bola de fogo. Ela tinha dobrado de tamanho, e agora parecia uma carruagem em chamas que em questão de minutos os atingiria.

Zofia passou os dedos pela terra, como se desenhasse alguma coisa.

— Pense, pense — murmurou Enrique, batendo o pé.

Ele tinha notado o desenho dos jardins da Casa Kore... as peças de geometria sagrada penduradas nas árvores, até a grande espiral no chão de mármore no saguão de entrada. Mas isso não o ajudava com o padrão. Ressurgir da mesma coisa? Mas permanecer o mesmo? Significava algo que se construía sobre si mesmo...

— Uma espiral — falou Zofia.

— Como é?

— Estamos nos movendo em espiral.

Ele pestanejou.

— Isso a gente sabe, Zofia...

— Mas a questão é que estamos nos movendo em uma espiral específica — prosseguiu ela. — Combina com o padrão do piso da Casa Kore. E a espiral combina com o enigma! *Ainda que mudado, ressurjo sendo o mesmo.* É uma espiral logarítmica. O que significa que o ângulo entre a tangente e o raio vetorial vai ser o mesmo em todos os pontos da espiral...

A cabeça dele estava girando, e não só por causa do pedaço de chão que parecia estar se movendo ainda mais rápido.

— Mas então deveria haver algo se repetindo — disse Zofia, falando mais rápido agora. — Algo que também tivesse raízes antigas. Uma sequência de algum tipo...

Enrique seguiu a espiral. Mesmo o tremor no chão parecia se mover em um ritmo particular. Ritmo esse que devia ser encontrado na natureza, ou na poesia. Àquela altura, eles estavam se aproximando das alavancas. Ele podia ver o pedestal saliente.

Mais adiante, Laila estava agachada em uma laje de pedra, o corpo virado na direção do pedestal com as treze alavancas.

— Não pule! — gritou Zofia.

Nesse momento, as rochas balançaram.

Laila vacilou. A rocha onde estava se inclinou, virando bruscamente de lado. Ela rolou pela placa, quase não conseguindo se agarrar às beiradas. Seus pés balançaram sobre o rio gelado. À medida que mais luz respingava nas paredes da caverna, um lívido tremor percorreu o átrio. A bola de fogo ganhava velocidade e, com isso, impulso. De onde Enrique estava, a bola de fogo parecia prestes a deixar o túnel e se chocar direto no átrio.

— Estou bem! — avisou Laila, erguendo-se sobre a placa de pedra.

Mas sua rocha tinha sido arrastada quase para o centro da espiral... E, se eles não conseguissem parar a bola de fogo a tempo, ela rolaria pelo átrio, e Laila estaria bem em seu caminho.

— Os enigmas são um padrão; o padrão é uma chave — murmurou Enrique em voz alta. A cada nova inspiração, parecia que o ar ficava preso em seus pulmões. O salão ficava cada vez mais quente, e o suor escorria por suas costas. — Treze alavancas. Um enigma. Uma chave. O chão movediço.

Lentamente, uma imagem se formou em sua mente. Só havia uma sequência histórica na qual ele podia pensar e que se encaixava naquele padrão.

— A sequência de Fibonacci — exclamou ele, com a cabeça latejando.

Enrique só se lembrava da sequência porque tinha tentado impressionar uma adorável garota italiana em uma aula de linguística. O noivo dela não gostou da brincadeira, mas ele não se esquecera dos números...

— Zero, um, um, dois, três, cinco, oito, treze, vinte e um — disse Zofia rapidamente. — Cada número é formado somando-se os dois valores anteriores. Se encaixa no enigma do logaritmo.

O pedestal apareceu diante deles, treze alavancas antigas e lugar suficiente para apenas duas pessoas.

— Está se aproximando! — gritou Laila.

Enrique ergueu a cabeça. A bola de fogo estava cada vez mais perto e, bem em seu trajeto: Laila.

Ela estava se segurando em um pedaço de rocha e não corria risco de cair, mas estava presa ali.

— Temos o código! — disse Enrique. — Aguenta firme!

Quando o pedestal com as alavancas se aproximou, Enrique fez um sinal com a cabeça para Zofia.

— No três a gente pula — disse ele. — Um, dois, *três*...

Ele saltou. Por um instante, tudo ficou sem peso. O chão se afastou, e uma boca de escuridão se abriu sob ele. Enrique esticou o corpo, estendendo os braços, a respiração presa em um nó em seu estômago, até alcançar a plataforma rochosa. Zofia caiu ao lado dele. Endireitando-se, ele a segurou pelo braço. Zofia se agarrou a ele quando o chão sob seus pés desmoronou, caindo no rio gelado que corria abaixo deles.

— Seria esse um péssimo momento para mencionar que eu só sei a sequência de Fibonacci até o número vinte e um?

— Eu sei o padrão — disse Zofia. — Não preciso de mais nada. Começamos na extrema esquerda.

Em cada uma das treze alavancas havia uma fileira para três números. Enrique apalpou a parte superior em busca dos pequenos botões que permitiriam inserir os números. Para o primeiro:

○ ○ ○

Então o segundo:

○ ○ 1
○ ○ 1
○ ○ 2

E assim por diante — três, cinco, oito, treze — até chegar na oitava alavanca, na qual apertou os botões até que os números mostraram: 021.

Ao longe, Laila gritou. A bola de fogo atrás dela rugia lívida como o amanhecer. Ela afastou o rosto do calor.

— Aguenta aí! — exclamou Zofia.

Lágrimas escorriam pelo rosto dela, enquanto suas mãos pálidas acionavam as alavancas.

— Trinta e quatro, cinquenta e cinco, oitenta e nove, cento e quarenta e quatro — disse ela. — Duzentos e trinta e três!

No mesmo instante o chão parou de se mover. Zofia cambaleou, quase caindo pela beirada, até que Enrique a segurou. A bola de fogo parou e, lentamente, começou a recuar; o calor deixando o ambiente. Laila subiu em outra pedra que estava perto o bastante. Ao redor deles, o piso começou a se juntar novamente. Estalos de rocha e aço soaram até que mais uma vez o chão ficou inteiro.

O coração de Zofia batia em disparada contra o peito de Enrique. Ele podia sentir a pele dela, febril e úmida, pela túnica de linho. No instante em que a quietude retornou ao átrio, ela se afastou, correndo para ver como Laila estava. Enrique deslizou no pedestal, esfregando as têmporas.

Quando ergueu os olhos, as duas garotas o encaravam.

Laila abriu um sorriso largo.

— *Meu herói.*

Ela lhe deu um beijo no rosto, e Enrique irradiou felicidade. Não era exatamente como os heróis que sonhava em se tornar. Não tinha salvado um país da opressão ou resgatado alguém em seu cavalo branco... mas ainda se sentia bastante impressionante. Ele se virou para Zofia, prestes a parabenizá-la, quando ela cruzou os braços sobre o peito.

— Vai sonhando que eu vou te beijar como a Laila fez.

A cinza escura manchava os braços de Zofia, assim como as maçãs de seu rosto. Aquilo fazia os olhos dela parecerem fogo azul, seu cabelo a chama de uma vela acesa. Nem passava pela cabeça dele a boca dela sobre a sua, mas, quando ela disse aquilo, Enrique não conseguiu deixar de olhar para seus lábios. Eram vermelhos como uma bala. Um tanto abrupto, Enrique apertou a ponte do nariz. Devia ter batido a cabeça, pois os pensamentos mais estranhos estavam dando voltas em sua mente.

— Eu ia dizer que formamos uma bela equipe, fênix.

Um canto da boca dela se ergueu.

— Eu sei.

E aquilo era verdade. A matemática dela, a história dele. Os dois, pensou ele, eram como uma equação na qual a soma era maior do que as partes.

Diante deles, o túnel tinha mergulhado na semiescuridão. Mesmo assim, ele conseguia ver o brilho de uma porta âmbar, a entrada verdadeira da biblioteca da Casa Kore. Era uma caminhada e tanto, mas a adrenalina corria em suas veias, protelando qualquer sinal de músculos doloridos e ossos cansados.

— Qual era o código para o pedestal? — perguntou Laila.

Zofia pigarreou.

— Zero, um, um, dois...

— Era a sequência de Fibonacci — resumiu Enrique.

Se Zofia começasse a declamar os números, eles ficariam ali o dia todo.

— Louvado seja Fibonacci — disse Laila, juntando a palma das mãos.

— Bem, Fibonacci pode levar parte do crédito, mas não todo. Ele era brilhante, claro, mas você sabia...

Zofia gemeu. Enrique a ignorou.

— ... que a sequência de Fibonacci em si aparece já no século VI, em tratados em sânscrito do erudito hindu Pingala. Não é fascinante?

Laila fez uma careta.

— Então, a quem devemos agradecer?

— A mim, naturalmente.

O túnel chegou ao fim, e os três ficaram parados diante da entrada âmbar que dava na biblioteca. A essa altura, a adrenalina correndo em suas veias tinha desaparecido. A exaustão agora ameaçava tomar conta.

Enrique se preparou para o que encontrariam do outro lado da porta. O Olho de Hórus. Enquanto Zofia estendia a mão para segurar a maçaneta, Enrique se perguntou se era possível que o próprio tempo parasse e se expandisse, como se fosse uma imensa pupila se dilatando para deixar entrar a luz. Porque era como se ele pudesse sentir cada segundo passando por sua pele. Como se cada um de seus sonhos estivesse maduro, como uma fruta pronta para ser colhida. Se Marcelo Ponce e o restante do grupo dos Ilustrados pudessem vê-lo naquele instante, talvez o enxergassem como algo mais do que um inteligente garoto *mestizo*. Talvez o vissem como um herói em formação. Como o dr. Rizal. Como alguém que iluminava a escuridão.

A porta se abriu.

O ar morno o cobriu, e sua pele se arrepiou. Antes no escuro, e agora prestes a entrar na luz, seus olhos se ajustaram.

Do outro lado da sala, uma segunda porta se abriu, e duas sombras se estenderam pelo chão.

19

SÉVERIN

O quinto pai de Séverin foi um homem a quem ele chamou de Orgulho. Orgulho tinha entrado na Ordem de Babel por meio do casamento. Sua falecida esposa era a segunda filha de um patriarca. Ainda que ricos de nascença, um investimento em minas de sal distantes os deixara sem um tostão no bolso, obrigando-os a vender suas posses. A amargura crescia como uma crosta na casa de Orgulho. E este mostrava para os meninos os catálogos de coleção da Ordem, sussurrando quais itens tinham pertencido a ele e à esposa no passado. Ele mostrou a Séverin e a Tristan como recuperar o que lhes pertencia. Como fazer um arnês para descer dos telhados e entrar pelas janelas, como subornar os guardas certos, como andar sem fazer barulho. Ele nunca usava a palavra "roubo".

— Tome o que o mundo lhe deve, usando qualquer meio que seja necessário — dizia Orgulho. — O mundo tem uma memória de merda. Ele nunca pagará suas dívidas, a menos que você o obrigue.

◆——◆——◆

Quando se encontrou com Hipnos na entrada da biblioteca subterrânea, Séverin pensou em Orgulho. Hipnos colocou a cópia da chave na porta âmbar, que se abriu, revelando uma longa sequência de degraus que desciam na escuridão. Séverin tomou um instante para abaixar a cabeça, o mais próximo que chegaria de uma oração. Sussurrou as palavras que Orgulho dizia toda vez que ia recuperar a posse de um objeto:

— Vim receber o que me é devido.

Diante dele, a biblioteca subterrânea se estendia em sua totalidade. O espaço era do tamanho de um anfiteatro e, ainda que o chão e o teto fossem de terra batida, um luminoso brilho subaquático dançava na parte superior. Um pequeno fosso cercava a biblioteca. Parecia um sistema de refrigeração embutido para regular a temperatura da sala do tesouro. Lamparinas e incensários Forjados flutuavam nos corredores que se abriam no solo. Vários objetos estavam à vista: cariátides e canecas feitas de chifres, coroas quebradas e vasos canópicos, espelhos que flutuavam no ar e uma jarra azul-celeste que despejava um fluxo contínuo de vinho.

— Ah, não. Coisas brilhantes — gemeu Hipnos, levando as mãos ao coração. — Meu ponto fraco.

Ainda que a biblioteca pudesse colocar reis de joelhos, não era a vista que Séverin desejava. Ele caminhou pelo corredor, na direção da parede dos fundos, onde uma porta âmbar, idêntica àquela pela qual eles tinham entrado, se abria naquele instante. Três silhuetas entraram na sala. Enrique, com uma expressão de assombro no rosto. Zofia, perplexa e segurando seu colar. E depois Laila... manchada com o que pareciam ser cinzas. Laila naquela mesma roupa de dança que ele não conseguia tirar dos pensamentos desde que ela lhe jogara a chave.

Hipnos acenou um cumprimento, e então se inclinou para sussurrar no ouvido de Séverin.

— Você está encarando.

Séverin afastou o olhar abruptamente. Enfiou a mão no bolso do paletó para pegar a latinha de cravos, e colocou um na boca.

— Algum problema? — perguntou ele.

— Sim — respondeu Zofia, sem titubear. — Havia uma bola de fogo e o chão se partiu, e nós pensamos que Tristan e Enrique estivessem mortos.

— *Como assim?*

— Tristan está bem — tranquilizou-o Laila. — Ele está lá em cima neste momento, de guarda.

— Você falou em bola de pelo? — perguntou Hipnos. — Tipo um cachorrinho? Que adorável.

— Ela disse bola de *fogo*.

— Ah. Isso sem dúvida é menos adorável.

Séverin bateu palmas, e todos ficaram em silêncio.

— O comboio para o próximo turno da guarda chega em uma hora. Temos cinco lugares vagos naquele comboio para nos tirar daqui, então temos que nos mexer. Sabemos que o Olho de Hórus está no quadrante oeste, no oitavo salão, mas sempre pode haver alguma surpresa inesperada. Zofia?

Zofia arrancou a segunda camada de seu vestido. Sob seu toque, o tecido se partiu em cinco tiras, que caíram no chão. Ela envolveu uma tira nas mãos, e ela se moldou imediatamente, transformando-se em um par de luvas translúcidas.

— Borracha Forjada — disse ela, erguendo as mãos. — Dessa forma, nenhum objeto poderá detectar um toque humano.

Laila estremeceu.

— É isso, não vamos ficar presos em nada só por termos encostado em alguma coisa.

— Tampouco vamos deixar impressões digitais — acrescentou Enrique.

— Ou sangue — disse Séverin, olhando feio para Hipnos. Ele não ia ser pego naquele esquema da carta novamente. — Enrique?

Enrique apontou para as prateleiras.

— Coleções são coisas complicadas. Às vezes contam com objetos que são falsificações. O Olho de Hórus deve ser do tamanho da palma da mão, com uma peça de vidro ou cristal na pupila, para se ver através dela, embora possa estar embaçada pelo tempo e, portanto, pareça manchada.

Hipnos olhou para o grupo, como se os visse pela primeira vez.

— Sabem, sob essa perspectiva, vocês são um grupo bem formidável.

— Sob *qualquer* perspectiva — corrigiu Enrique.

No instante em que todos colocaram as luvas, Séverin os levou até o oitavo salão.

— Assim que estivermos com o Olho de Hórus, podemos sair e...

— É isso? — perguntou Enrique, erguendo a voz. — Mas está marcado pela Casa...

— Shh, coisa linda — disse Hipnos. Ele estendeu a mão, onde seu Anel, uma lua crescente brilhante, reluzia. — Este Anel está soldado à minha pele. Se for arrancado e não for devolvido a um herdeiro de sangue em uma quinzena, a marca da Casa desaparece. E tenho certeza de que a matriarca não teve tempo de passá-lo para aquele sobrinho abominável.

— Então... — Enrique olhou ao redor da sala. — Tecnicamente... podíamos pegar qualquer coisa agora?

— Foco — advertiu Séverin.

Ao redor deles, a biblioteca se estendia por quase um quilômetro sob a terra. Ao abrigar a maior coleção de artefatos do Antigo Egito, as estantes da Casa Kore transbordavam com tesouros Forjados saqueados das tumbas dos faraós, pergaminhos envoltos em vidros e areia que tinha sido retirada das fundações de templos em ruínas. Mas, ainda que os proprietários e artesãos dos objetos tivessem há muito falecido, o poder que havia nas peças ainda crepitava. Besouros de vidro com as carapaças recobertas de relâmpagos corriam pelas prateleiras. Uma vez ou outra, a lente de um telescópio se virava na direção de Séverin e ele viu, não o chão de terra e os tesouros espelhados atrás de si, mas sim um crânio pairando sobre sua cabeça, uma rosa arrancada de cada lado. Abalado, ele continuou andando.

Conforme se aproximavam da oitava sala, um vento frio soprou pelo salão. Zofia levou a mão ao colar em seu pescoço. Laila recuou, os dedos deslizando pelas vigas de madeira das estantes. Ela se virou para Séverin, abaixando o queixo ligeiramente, em um sinal silencioso: "É seguro entrar".

Séverin entrou primeiro. Então parou. Ouviu os outros virando a quina e o barulho de seus passos parou abruptamente. Enrique parou ao lado dele e gemeu.

— Você só pode estar brincando.

A oitava sala inteira estava cheia de... Olhos de Hórus. Todos eram de bronze e tinham o tamanho de uma mão humana. Todos tinham uma pupila de vidro perfeita e eram completamente idênticos. Só os objetos colocados nos espaços que sobravam nas estantes eram diferentes. Coisas raras e excêntricas que não valiam a pena catalogar. Cruzes egípcias feitas de prata foram penduradas em ganchos elegantes, e vasos canópicos quebrados estavam jogados ao lado de pedaços de cerâmica espalhados pelas prateleiras.

Zofia deu um passo adiante.

— Nem todos os Olhos de Hórus são Forjados.

— Como você sabe? — perguntou Enrique.

Zofia tocou a palma da mão, sem olhar diretamente para ninguém.

— Eu simplesmente sei.

— Ela está certa — concordou Laila, tirando a mão do Olho de Hórus que estava mais perto dela.

Hipnos olhou para ela com ar desconfiado, e Laila gesticulou na direção das prateleiras.

— É quase impossível que tantos Olhos Forjados estivessem aqui. Intactos e existindo.

— Faz sentido — disse Enrique. — Nesse caso, estamos procurando um Olho de Hórus especial, em meio às falsificações. Provavelmente, olhar pelo Olho de Hórus correto vai revelar um Fragmento de Babel, e não o chão aos seus pés. Vai mostrar algo a mais.

Hipnos gemeu.

— Mas são *centenas* de Olhos!

— Mais um motivo para começarmos. — Séverin seguiu para a primeira prateleira. — Vamos?

Havia cinquenta seções ao todo, dez para cada um deles. Séverin começou a pegar os Olhos de Hórus. Cada vez que conseguia ver os sapatos através do vidro, colocava o Olho de volta e pegava o seguinte. Um após o outro, e após o outro, e cada vez ele via o chão refletido no vidro. Três seções. Todas com falsificações.

Séverin estava devolvendo outra falsificação à sua seção quando uma tira de tecido prateado caiu no chão. Quando tentou pegá-la, seus dedos deslizaram pela superfície como se fosse um painel de gelo. Ele nunca tinha visto algo assim. E, sério, era tão *lustroso* que parecia um espelho derramado no chão. Ele segurou a ponta do tecido, levantou-o do chão e o guardou.

Diante dele, Laila parou de passar as mãos pelos Olhos de Hórus. O olhar dela foi do rosto de Séverin para o bolso de seu paletó, e ficou ali. Ele não parecia ser capaz de esconder nada dela.

Séverin pigarreou.

— Enrique? Zofia? Alguma coisa?

Enrique negou com a cabeça. Zofia não respondeu. Séverin se virou, prestes a voltar para sua prateleira, quando viu Laila lutando para tirar um Olho de Hórus da estante. Havia um livro grande e preto colocado perto do objeto. A base de sua lombada parecia presa na tábua de madeira.

— Não consigo tirar! — disse Laila. — O Olho de Hórus está preso atrás desse livro.

Séverin não conseguia explicar por que os cabelos em sua nuca se eriçaram de repente. Não gostou nem um pouco de como aquele livro estava preso na estante. Parecia intencional demais. Além disso, havia algo enervante nas páginas manchadas de tinta e no modo como a capa de couro carbonizado parecia lisa demais para ser feita de pele animal. Até a biblioteca parecia parada e silenciosa demais naquele momento. Antes que ele pudesse adverti-la, Laila puxou o livro da prateleira. No momento em que o tirou do lugar, o volume se abriu no meio. Plumas azuis começaram a sair das páginas abertas.

— Afaste-se! — gritou Séverin.

Laila deixou o livro cair e a escuridão irrompeu de suas páginas. Então, um fragmento branco caiu no chão. Era uma elegante pena branca.

Antes, ele pensou que a biblioteca cavernosa estava parada e silenciosa. Mas estava errado. Agora sim estava silenciosa. Todos os sons que ele esperava ouvir — o roçar dos tecidos, o bater das asas dos insetos, o correr da água — desapareceram. Sombras se infiltraram de todos os lados da biblioteca, correndo para dar uma nova forma à fumaça que saía do livro. Um focinho se formou. Dentes brilhantes. Patas cobertas de pelos encharcados de sangue se esticaram. Séverin podia ver Laila, com a boca aberta, como se quisesse gritar. Ele saiu em disparada por entre as pernas da coisa, na direção dela, bem quando um rosnado baixo reverberou pela biblioteca. Lentamente, os cinco ergueram os olhos.

A criatura de sombras se assomou sobre eles, o topo da cabeça alcançando as prateleiras mais altas. A parte da frente de seu corpo pertencia a um leão, a traseira era de um hipopótamo e a cabeça balançava para frente e para trás, com mandíbulas de crocodilo. A criatura bateu a pata no chão.

— Afastem-se! — ordenou Séverin.

Os cinco correram para o fundo de suas respectivas seções.

— Uma Ammit — disse Enrique em voz alta.

— Quê?

— É o que aquilo é — explicou ele. — A devoradora de almas da mitologia egípcia.

— Mas nós não estamos no Egito! — gritou Hipnos. — O que essa coisa tá fazendo aqui?

— Eu diria que ela foi trazida pra cá para proteger um Olho de Hórus muito poderoso — sugeriu Enrique com sarcasmo.

— O que significa que a gente deve ter encontrado o verdadeiro — falou Séverin.

O chão tremeu. O som de um animal farejando, em busca de alguma coisa, tomou conta do ar.

— Se voltarmos e pegarmos o Olho, talvez ele desapareça — disse Zofia.

Hipnos quase não conseguiu conter uma gargalhada.

— Esse é seu experimento, *ma chère*. Fique à vontade. Mas não vou até lá.

— Não precisa ser todos nós — disse Séverin e olhou por sobre o ombro.

A Ammit respirava com força, a cabeça baixa, os olhos semicerrados e desfocados. Perto de sua pata estava a pena branca que caíra no chão. A Ammit andava para frente e para trás naquela pequena seção. O pelo de seu corpo se eriçava quando se aproximava das estantes, em atitude protetora.

— Definitivamente, ela está protegendo alguma coisa — falou Séverin.

Agora, o que todos eles precisavam fazer era atrair o animal para longe *do Olho*.

— Vocês quatro dão a volta pelo outro lado da estante, até chegarem na seção com o Olho de Hórus. Quando estiverem perto o bastante, façam um sinal para mim. Eu vou dar um pulo, e aí a Ammit virá atrás de mim. Então o que vocês precisam fazer é fechar o livro e pegar o Olho. Entendido?

Todos começaram a seguir lentamente para o outro lado da estante, exceto uma pessoa: Laila.

— Você gosta demais de se fazer de mártir, *majnun* — disse ela. — Não vou deixar você sozinho.

Por enquanto, pensou ele.

— Você está cavando a própria cova, Laila.

— Desde que seja minha escolha.

Então os dois espiaram pelos vãos das estantes. Zofia, Hipnos e Enrique se afastavam...

A Ammit não se mexeu. Todo o seu corpo estava rigidamente voltado na direção de Séverin e Laila. Zofia se inclinou para a frente, os dedos a poucos centímetros do livro. Hipnos e Enrique se agacharam ao lado dela.

Então Enrique olhou para Séverin e fez um gesto afirmativo com a cabeça.

Zofia pegou o livro. O pescoço da Ammit se retorceu como se fosse se virar. Séverin saltou de seu esconderijo.

— Ei, tá com fome?

A criatura urrou.

De suas narinas saiu fumaça. O monstro bateu com as patas no chão e atacou. O salão tremeu. Alguns objetos caíram das estantes. Um cheiro repugnante, vindo da Ammit, substituiu o cheiro mineral do ar. Séverin se preparou, posicionando bem os calcanhares no chão. Ao longe, viu Zofia pegar as duas partes do livro e fechá-lo. Ao lado dela, Enrique pegou o Olho de Hórus na prateleira.

— Adeus! — gritou ele, acenando.

Mas a Ammit continuou em seu ataque.

Séverin viu Zofia franzir o cenho, erguer os olhos e em seguida baixá-los de volta para o livro. Ela o abriu e o fechou de novo, mas nada aconteceu. Ele deixou o pânico de lado. Às vezes, mecanismos de defesa Forjados exigiam algum tempo. Só mais um instante e daria certo. Tinha que dar certo. A Ammit se aproximava. Séverin podia sentir seu hálito rançoso, como carne deixada para apodrecer sob o sol. Sentiu ânsia de vômito. A Ammit ergueu a pata e abriu a boca. Dentes manchados de sangue brilharam sob a luz. No fundo de sua boca havia uma fornalha ardente, no formato exato de uma pena que o fez se lembrar de uma tranca à espera de uma chave. Séverin parou. Por um único instante, afastou o olhar da Ammit, procurando pela pena branca no chão, que devia ser a chave para disparar o *somno* da criatura. Tudo o que ele precisava fazer era enfiar a pena branca goela abaixo no monstro.

Mas ele afastara os olhos da criatura por tempo demais.

E então a sombra da Ammit o envolveu. Antes que pudesse erguer as mãos, Laila mergulhou das estantes, empurrando-o para longe bem a tempo.

Ele grunhiu, tropeçando para trás. Laila o puxou pelo braço, arrastando-o para trás de outra prateleira no mesmo instante em que a Ammit atacou a parede. A fera bufou, sacudindo a cabeça.

— A pena — disse Séverin. — Pegue a pena.

Laila saiu em disparada para pegá-la. Segundos depois, a Ammit se libertou da parede. Erguendo-se sobre as pernas traseiras, virou-se para encarar o salão. Séverin rastejou para frente. Enrique e Zofia estavam segurando lanças que deviam ter encontrado em alguma estante nas proximidades. Hipnos segurava o Olho de Hórus contra o peito. Laila era quem estava mais perto da criatura. Em suas mãos reluzia a pena branca. A Ammit olhou para Laila como se ela fosse sua presa, inclinando a cabeça de lado. Como se estivesse pensando.

O resto do mundo pareceu desaparecer naquele momento.

Ela não.

— Não... Não, não, não — grunhiu Séverin e, então, se obrigou a ficar em pé. Acenou com as mãos. — Ei, olha aqui!

Mas a Ammit não lhe deu importância.

O olhar de Laila foi até Séverin, e depois voltou para a criatura. Ela fechou os olhos com força. Não tinha como entregar a pena para ele. Ela estendeu a mão e a criatura saiu correndo em sua direção. Ao longe, Séverin ouviu os outros gritarem. Ele acreditava não ter soltado um único pio, embora cada partezinha de seu corpo urrasse. A Ammit atacou Laila, prendendo-a com uma pata. A dor fez o rosto dela se contorcer, mas ela lutou contra o monstro, enfiando a pena para frente, até fazê-la desaparecer na boca da

Ammit. A cabeça do monstro virou, bloqueando o rosto de Laila da vista de Séverin. Um uivo alto percorreu as prateleiras, e então a mão de Laila caiu no chão.

A mente de Séverin ficou entorpecida, capaz de se concentrar apenas na mão caída. Era ridículo como conhecia tão bem as mãos de Laila. Ele sabia que as mãos dela permaneciam sempre frias, mesmo quando estava um calor ardente lá fora. Sabia que ela tinha uma pequena marca de queimadura na ponta do indicador. Lembrava-se disso porque estava na cozinha quando ela gritou, depois de encostar o dedo na panela que estava pelando de tão quente. Séverin queria chamar um médico, uma comitiva de enfermeiras, declarar guerra contra as panelas se pudesse... mas Laila recusou.

— É uma queimadura de nada, *majnun* — falara ela, rindo do pânico dele.

— Eu sei — respondera ele.

Mas não suporto ver você sofrer.

A Ammit jogou a cabeça para trás. O mundo perdeu toda a gravidade. Começaram a aparecer rachaduras no corpo da criatura e o misterioso azul do crepúsculo. Então, em um clarão de luz, a criatura desapareceu. Mas Laila não se mexeu no chão.

Ele correu até ela, aninhando o corpo dela contra o seu. Ela parecia muito leve em seus braços. Os outros se aproximaram com cautela, mas Séverin não se virou.

— Laila? — chamou ele, sacudindo-a.

Abra os olhos.

A cabeça dela virou para o lado, e algo dentro dele estalou. Ele levou os lábios até o ouvido dela e sussurrou:

— Laila, é o seu *majnun*. — *Seu lunático*, pensou ele, embora não tenha dito. — E você vai de fato me fazer perder a cabeça se não acordar nesse instante...

Ela se mexeu, gemendo. Então abriu os olhos escuros e insondáveis.

— Graças a Deus — suspirou Enrique, fazendo o sinal da cruz.

Zofia parecia abalada e pálida. Até mesmo Hipnos, que Séverin achava que só os via como um meio para seus fins, tinha lágrimas nos olhos. Enrique ajudou Laila a se levantar, e Séverin se ergueu também. Ele se limpou e endireitou o terno. Não tinha coragem para olhar na direção de Laila.

— Agradeçam a todo o panteão de deidades por Laila e Zofia, porque vocês dois — Séverin apontou para Enrique e Hipnos — são uns inúteis.

Hipnos levou a mão à garganta.

— Eu estava morrendo de medo. Você sabe o que o medo causa na pele de uma pessoa?

— Ah, me faça esse favor e explique.

Hipnos hesitou.

— Bem, não sei exatamente, mas não é boa coisa, isso eu posso afirmar.

— Nós conseguimos o Olho, né? — indagou Enrique, tentando mudar de assunto.

Ele se virou, como se fosse dar o artefato para Hipnos, quando Séverin estendeu a mão.

— Não entregue isso pra ele — disse.

— E por que não? — quis saber Hipnos.

— Você vai realizar o teste de herança, e só então vai receber o Olho...

Hipnos cruzou os braços.

— Minhas condições eram...

— Adquirir o Olho e, em troca, eu terei minha herança restabelecida — recitou Séverin. — Você nunca especificou que, ao adquirirmos o Olho, tínhamos que passá-lo para sua posse logo de cara.

Hipnos abriu a boca e a fechou. Por fim, sorriu. Não estava nem um pouco zangado. Na verdade, parecia aliviado.

— *Touché.*

Hipnos saiu em busca da caixa que colocara sob os cuidados da Casa Kore. Minutos depois, retornou com uma pesada caixa preta.

— Para vocês, meus queridos.

Ele abriu a tampa. Lá dentro havia cinco conjuntos de uniformes e chapéus de guardas. Eles vestiram as roupas rapidamente. Então, com os chapéus arrumados, seguiram separadamente para a saída.

— Estarei no L'Éden depois de amanhã para honrar minha promessa — garantiu Hipnos. Seu olhar passou por cada um deles, com uma expressão faminta e inquisidora. — Estou ansioso para estar na presença de outro patriarca.

━━━━◆━━━━

A escadaria para a estufa ficava a uma curta distância, mas mesmo isso deixou Séverin impaciente. Ele já queria estar subindo os degraus. Queria estar no L'Éden, andando pelo grande salão, estendendo a mão marcada pela cicatriz para o teste dos dois Anéis, observando a expressão da matriarca da Casa Kore quando ela o declarasse herdeiro de sangue da Casa Vanth. Quando pestanejava, ele via o futuro se abrir diante de si, rico e dourado como um mel mítico, cada pequena porção uma profecia comestível — Tristan sorrindo, com os bolsos cheios de flores; Enrique enterrado sob o peso dos livros; Zofia e suas combustões espontâneas; Laila, uma vez completada sua missão, descansando diante dele e lhe dedicando um sorriso especial. Séverin sentiu uma pontada e fechou os olhos diante da dor. Era uma felicidade imatura, não testada. Do tipo que o melhor que sabia fazer era explodir furiosamente atrás de suas costelas. Ele não sabia o que fazer com aquilo. Queria mantê-la afastada antes que ela pudesse devorá-lo ainda mais, e então sentiu Enrique puxar sua manga.

— Zofia tem uma lança.

Séverin olhou para trás.

— Zofia, eu disse para não pegar nada além do Olho de Hórus. — Ele apontou para a lança. — Você não pode ficar com isso.

Zofia olhou feio para ele.

— Você roubou um tecido prateado e ele está no bolso do seu paletó.

Séverin pensou naquilo.

— Você pode ficar com a lança.

— Ei, isso não é justo! — resmungou Enrique. — Eu não peguei nada!

— Você vai receber uma recompensa completamente diferente.

— Ah, sim... — disse Enrique, sonhador. — Destino. Libertação. Sobremesa.

— Nada mais de dívidas — acrescentou Zofia.

— O que você vai fazer, Laila? — perguntou Enrique.

— Ah. Você sabe. Vou para onde quer que minha busca me leve — respondeu Laila, com um sorriso misterioso.

Os outros pensavam que ela procurava por meios de voltar para casa, carregada de tesouros. Mas Séverin sabia o que ela procurava. Sabia que Paris era meramente uma parada durante o caminho de Laila, e o pensamento cortou sua alegria ao meio, ainda que tenha fortalecido sua determinação. Se permitisse, Laila devastaria seu coração. *Que pensamento idiota.* Ela era Laila. A famosa *L'Énigme.* Quem poderia dizer que ela sequer o aceitaria de novo?

— E quanto a Tristan? — inquiriu Enrique. — O que ele vai fazer?

Zofia ergueu a lança.

— Criar um exército de aranhas.

Todos riram, até Séverin, mas agora sua alegria tinha um limite. No alto da escada, ele abriu a porta.

— Tristan? — chamou Laila.

— Fomos atacados por um hipopótamo! — gritou Enrique.

Séverin não se mexeu. Percorreu a estufa com os olhos. Alguma coisa estava errada. Os gases pesados ensombreciam o chão, movendo-se lentamente pela terra queimada pelo ácido. Um brilho preto chamou a atenção de Séverin. A névoa começou a se dispersar. Um leve zumbido se formou em seus ouvidos. O som do medo uivava em sua mente.

— Tristan — disse ele, com suavidade.

Àquela altura, a névoa se dissipara completamente, revelando uma pequena cadeira de jardim colocada no meio do cômodo. Sobre ela, com a cabeça caída de lado, estava Tristan. E, em sua cabeça, uma engenhoca que assombrava todos os pesadelos de Séverin. Um diadema de metal claro, com uma luz azul indo e voltando. Um Elmo de Fobos. As palavras de Ira voltaram à sua mente.

Sua imaginação machuca muito mais do que qualquer coisa que eu possa fazer. Sob pressão suficiente, a mente pode até mesmo... quebrar.

Séverin tentou correr até ele, mas facas Forjadas se materializaram no ar, uma lâmina roçando sua garganta. Um segundo depois, o Olho de Hórus foi arrancado de sua mão.

— Obrigado, rapaz — disse uma voz fraca.

Séverin lentamente virou a cabeça para o lado. Roux-Joubert estava parado diante dele, magro e trêmulo. Limpava a boca com um lenço manchado de sangue. Um broche de abelha brilhava de forma inconfundível em sua lapela.

— Apesar de que, na verdade, eu devia agradecer ao seu amigo — disse ele. E então deu uma batidinha com o dedo na própria têmpora. — O amor, o medo e a própria mente fragmentada dele facilitaram que eu o convencesse de que trair vocês significava salvá-los. Embora ele tenha recebido a ajuda da adorável baronesa. Foram as mãos dela que me levaram até vocês.

Zofia ergueu as mãos devagar, o horror nítido em seu rosto. Roux-Joubert tinha colocado algo nela... mas como?

Roux-Joubert fez uma mesura.

— Obrigado, *mademoiselle*, por ser uma participante tão disposta. Eu realmente amo uma garota idiota.

Por detrás da cadeira de jardim, as facas Forjadas flutuaram na direção do pescoço de Tristan.

— Pare! — gritou Séverin.

— Não quer acabar com essa tortura? — perguntou Roux-Joubert, com suavidade. — Devo admitir que nem sempre fui tão... bem, gentil quanto poderia ter sido. Mas, se deseja que ele continue vivo, então vamos fazer um acordo, *monsieur* Montagnet-Alarie. Segundo Tristan, vocês têm contato com Hipnos, o patriarca da Casa Nyx.

Séverin não disse nada.

— Bem, considero seu silêncio uma confirmação — continuou ele, com um sorriso terrível. — Dentro de três dias, você vai me encontrar, junto com meu sócio, dentro da Exposição de Superstições Coloniais, à meia-noite. No horário combinado, você vai levar para mim o Anel de Babel da Casa Nyx. Eu já tenho o da Casa Kore, mas agora desejo o conjunto completo... Temos um acordo?

Tristan tremeu com violência na cadeira. Seus olhos estavam fechados com força. Uma das facas começou a rodar, a ponta roçando no botão de cima de sua camisa...

— Temos — afirmou Séverin, sem fôlego. — Sim, eu concordo.

A faca parou.

Atrás dele, Laila tremia de raiva.

— Você nunca vai encontrar o Fragmento de Babel...

— Encontrar? — Roux-Joubert deu uma gargalhada. — Ah, minha querida. Eu já sei onde ele está. — Ele fez uma pausa para tossir em seu lenço manchado de sangue. — Três dias, *monsieur* Montagnet-Alarie. Três dias para me entregar o Anel. Ou então atearei fogo em seu mundo e em tudo o que você ama.

Roux-Joubert olhou para o relógio.

— Você fez um cronograma bastante detalhado, *monsieur*. É melhor ir para aquele comboio da guarda agora mesmo. Eu não ia gostar se você perdesse sua carona para casa — disse ele, acenando com o Olho de Hórus na mão. — Não quando você tem tanto o que fazer.

— Eu...

— ... vai me encontrar? — adivinhou Roux-Joubert, rindo baixinho. — Não, não vai mesmo. Nós estamos nos escondendo há décadas, e ninguém jamais nos encontrou. Quando o momento chegar, nós nos faremos ser vistos. Afinal, esse é o início de uma revolução.

PARTE IV

DOS ARQUIVOS DA ORDEM DE BABEL

AS ORIGENS DO IMPÉRIO

SENHORA MARIE LUDWIG VICTOR, DA CASA FRIGG DA FACÇÃO
PRUSSIANA DA ORDEM, 1828, REINADO DE FREDERICK WILHELM IV

Em tempos antigos, havia certo debate quanto a se os Fragmentos de Babel eram artefatos separados e distintos, ou se já tinham sido parte de algo maior... algo que tenha sido talhado em pedaços e lançado ao solo em reinos distintos.

É minha crença que, se eles caíram do céu separadamente, nunca foram destinados a se unirem.

Deus sempre tem Seus motivos.

20

LAILA

Laila estava no Jardim dos Sete Pecados.

A oficina de Tristan nas profundezas da Inveja parecia a mesma de sempre. Ali estava a velha espátula dele, a madeira escurecida e moldada pela pressão de seus dedos. Um terrário inacabado com uma única flor dourada. A régua que Zofia fizera para ele, porque Tristan não gostava de deixar espaços irregulares entre as plantas. O pacote de sementes das Filipinas, um presente de Enrique que Tristan planejava plantar no verão. Um prato das cozinhas, onde uma camada fina de mofo crescia em cima de um biscoito. Ele devia ter roubado o biscoito quando ela não estava olhando, se distraiu e acabou se esquecendo de sua existência.

As pontas dos dedos de Laila estavam dormentes. O frio as deixava azuladas. Era demais, seu corpo protestava. Mas Laila não podia parar. As palavras de Roux-Joubert sobre Tristan a assombravam.

O seu amor, o medo e a própria mente fragmentada dele facilitaram que eu o convencesse de que trair vocês significava salvá-los...

Mente fragmentada. Era verdade que algumas pessoas eram mais suscetíveis do que outras aos efeitos da afinidade mental da Forja, mas Tristan...

Tristan odiava Hipnos.

Tristan arrancava sangue toda vez que enfiava as unhas na própria pele.

Tristan sofria.

A culpa a agarrava pela garganta.

Todo o dia anterior passara como um borrão. O comboio. A mudança de turno. Os guardas com os disfarces de Tristan e Enrique colocados no transporte da enfermaria, já com as roupas de sempre, sem consciência de nada. Então veio a viagem de carruagem que os levaria para casa. De mãos abanando.

Na carruagem, Séverin olhou cada um deles nos olhos enquanto falava:

— Esta aquisição ainda não terminou. Vamos recuperar o Olho de Hórus, e vamos fazer isso antes que esses três dias terminem. E, quando essa parte estiver feita, vamos resgatar o Tristan dessa confusão — garantiu ele. — Nossa prioridade número um é descobrir quem é Roux-Joubert e o que ele está escondendo. Não podemos salvar o Tristan se não soubermos quem está em posse dele.

Laila fora até ali em busca de pistas acerca da identidade ou localização de Roux-Joubert. Mas acabara tentando responder à pergunta a respeito de Tristan. Ela lera tudo em sua oficina, mas acabou não encontrando nada. Nada, exceto o que já sabia desde sempre. A risada dele. Sua timidez. Sua curiosidade. Seu amor. Por todos eles. Por Séverin, em especial.

Laila ouviu um suave ruído de galhos partidos atrás de si. Virou-se rapidamente. Séverin tinha trocado seu uniforme da guarda por um terno escuro. O cabelo estava bagunçado, e ondas escuras caíam sobre sua testa. Com a alvorada que se erguia ao redor deles, parecia um vestígio teimoso da noite, e Laila ficou sem fôlego.

— E então?

Ele se recostou na soleira da porta. Mas não entrou.

— Nada — disse ela.

Laila olhou para ele com atenção. Sua mandíbula estava tensa. A curva de seus ombros parecia frágil. Ela não podia ver os olhos dele, mas imaginou que naquele momento estavam ardendo em chamas. De onde estava, Laila cruzou a oficina em sua direção. Ele não se mexeu. Não mudou em nada sua posição. Ela não percebeu o que estava fazendo até que já tivesse feito. Ela o tocou... segurando as mãos dele entre as dela. Segurou firme mesmo quando um tremor percorreu os dedos de Séverin. Como se a alma dele tivesse estremecido.

— Não encontrei absolutamente nada. Você está me entendendo?

Olhe para mim. Desejou ela. *Olhe para mim.*

Ele olhou.

Os olhos violeta de Séverin tinham um brilho gelado. Na expressão dele, via sua própria culpa espelhada. O que tinham deixado passar que permitira a Roux-Joubert capturar — e machucar — Tristan? O que tinham feito de errado? Eles ficaram em pé dessa forma, de mãos dadas. Talvez fosse só porque ainda estava escuro lá fora, e a lembrança desse momento se dissolveria com a luz do sol. Ou talvez fosse porque, naquele vasto silêncio da incerteza, eles podiam sentir a pulsação um do outro na ponta de seus dedos, e essa cadência significava que podiam ser muitas coisas, mas não sozinhos.

Um segundo se passou. Depois dois. Havia um alívio nesse momento, em segurar e ser segurado, mas então ele se afastou. Era sempre o primeiro a se afastar.

Laila enfiou as mãos nos bolsos de seu disfarce de guarda, o rosto ardendo.

Séverin acenou com a cabeça na direção do L'Éden.

— Hipnos está a caminho.

— Você vai... você vai contar pra ele que Roux-Joubert quer o Anel dele em troca de Tristan?

O olhar de Séverin ficou tenso.

— Está me perguntando se vou traí-lo?

Sim.

— Não, é claro que não! — falou ela, apressada. — Você não vai, certo?

Ele levantou uma sobrancelha.

— E eu pareço um lobo para você, Laila?

— Bem, isso depende da iluminação.

O canto da boca dele se levantou. Um fantasma de um sorriso.

— Não planejo cair numa arapuca — garantiu ele. — No entanto, estou planejando montar uma.

◆━━━◆━━━◆

No observatório, Hipnos ficou completamente imóvel em sua cadeira.

Estava olhando para cada um deles. Suas mãos abertas sobre as coxas. Laila sentiu uma certa pena. Embora Hipnos fosse o mais alto deles, parecia uma criança. Seus ombros estavam encurvados para dentro. Ele estava com a mesma expressão desconcertada desde que o grupo lhe contara o que havia acontecido com o Olho de Hórus. Mas aquilo não o deixara tão perplexo quanto o fato de Séverin admitir que Roux-Joubert propusera uma troca. O Anel de Babel de Hipnos por Tristan.

Hipnos entrelaçou os dedos com força.

— Então. Devo entender que vocês me trouxeram aqui para me informar que vão entregar meu Anel de Babel para Roux-Joubert, pois preferem me esfaquear pela frente em vez de pelas costas?

Zofia inclinou a cabeça para o lado.

— E isso faz diferença?

Laila estremeceu. Hipnos parecia horrorizado e então... magoado.

— Por que estão me contando isso? — quis saber o patriarca.

Em sua cadeira, Séverin se inclinou para a frente.

— Para avaliar se você estaria ou não interessado em ser a isca.

Hipnos olhou para eles, sua expressão curiosamente vazia.

— Você... você não vai me entregar numa bandeja para ele?

— E acabar com dois Anéis perdidos? Claro que não.

Hipnos lentamente ficou em pé.

— Mas é a opção mais fácil para vocês se protegerem.

— Agora estou confuso. Você *quer* que eu faça isso?

— Claro que não, *mon cher*! Só quero ter certeza de que entendi o que está acontecendo aqui.

Laila franziu o cenho. Por que Hipnos parecia tão radiante? Ela sabia que ele não estava feliz com o fato de Tristan ter sido capturado. Sua expressão

250

tinha desmoronado com pesar quando ele ouvira as notícias. Ela até havia lido o paletó dele para ter certeza absoluta, mas os objetos não mentem. Hipnos não tinha nada a ver com a captura de Tristan.

— O que está acontecendo aqui é que eu preciso que você seja a nossa isca — falou Séverin, enunciando as palavras com cuidado.

Um alívio puro e imensurável se espalhou pelo rosto de Hipnos.

— O que está acontecendo aqui — retorquiu Hipnos, erguendo a voz enquanto um sorriso bizarro se espalhava em seu rosto — é que você se importa comigo. Somos todos *amigos*. Nós somos amigos e vamos salvar um outro amigo nosso! Isso é... isso é incrível.

Laila queria abraçá-lo.

— Eu nunca falei isso — afirmou Séverin, alarmado.

— Ações têm uma voz melhor do que palavras.

Enrique, que estava arrumando as últimas partes de uma projeção, ergueu os olhos e balançou a cabeça.

— O certo é *ações falam mais que palavras*.

— Que seja. Gosto mais da minha versão. Vamos discutir essa coisa de amigo-isca.

— Essa coisa de isca — corrigiu Séverin, baixinho. Em seguida pegou a latinha de cravos. — Antes de planejarmos qualquer coisa, precisamos saber com quem estamos lidando. E você precisa começar a falar a verdade.

Hipnos pareceu hesitar.

— ... A verdade?

A latinha de cravos de Séverin se fechou com um *clac* decidido.

— Roux-Joubert não só admitiu roubar o Anel da matriarca da Casa Kore, mas também disse que já sabia onde o Fragmento de Babel do Oeste está escondido, então qual o sentido do Olho de Hórus? Para que mais ele serviria se não para ver um Fragmento de Babel?

— E como sabemos que ele não está mentindo? — perguntou Enrique.

Laila sabia que ele não estava. Roux-Joubert jogara o lenço no chão quando foi embora. As mentiras sempre deixavam um filme viscoso em suas leituras, enquanto ela estudava o que os objetos tinham visto e o que a pessoa dissera enquanto o segurava. Mas não havia nada daquilo no lenço.

— Instinto — disse Séverin, sem pensar, mas seus olhos se voltaram para ela em busca de confirmação. — Além disso, sei que Hipnos está mentindo. Ainda na biblioteca, quando o Olho de Hórus apareceu, o olhar dele não parava quieto. Então, conte-nos a verdade, *amigo*.

Hipnos suspirou.

— Tudo bem. Não andei sendo muito comunicativo, mas não foi culpa minha... Era um segredo que meu pai me contou não muito antes de morrer. Ele nunca me disse o que, exatamente, o Olho de Hórus fazia, mas disse que, se o Anel da Casa Kore fosse roubado, então eu devia encontrar o Olho de Hórus e mantê-lo em segurança. Ele disse que o Olho tinha um efeito sobre o Fragmento.

— No sentido de... revelar a localização do Fragmento?

— Não tenho certeza.

— Ele nunca chegou a dizer que tipo de efeito?

Hipnos engoliu em seco.

— Ele nunca teve a chance.

— Então por qual razão você queria a bússola no leilão? — perguntou Enrique.

— Meu pai estava atrás dela — replicou Hipnos, tenso. — Ele disse que não queria que nem mesmo os rumores das habilidades do Olho caíssem em mãos erradas.

— A Casa Kore sabia o que o Olho de Hórus podia fazer?

— Não exatamente — admitiu Hipnos. — Meu pai me disse que a Casa Kore estava com a impressão de que olhar através do Olho de Hórus revelaria todos os *somnos* em armamentos, e que por isso eles foram destruídos durante a campanha de Napoleão.

— E quanto à Ordem? Eles sabem? — perguntou Enrique.

— Não — respondeu Hipnos, um pouco presunçoso. — O segredo sempre esteve apenas com a facção francesa e, até onde sei, só com a Casa Nyx.

— Então o que Roux-Joubert quer com o Olho de Hórus, se ele sabe onde está o Fragmento do Oeste? — indagou Laila. — Sem mencionar que ele está com o Anel de Babel da Casa Kore, e agora quer o seu também.

Hipnos mordeu o lábio inferior e então ergueu os olhos para encará-los. Ele levantou a mão, e seu Anel de Babel, uma lua crescente simples com um pálido brilho azul, reluziu brevemente sob a luz da sala.

— Meu Anel não guarda apenas a localização do Fragmento de Babel... Dizem que tem outra habilidade, embora eu confesse que não sei muito bem como funciona...

— Como assim?

— Bem, ele supostamente *desperta* o Fragmento de Babel do Oeste.

— Desperta? — repetiu Laila, devagar. — Como pode isso; então um Fragmento de Babel é algo adormecido sob a terra? Eu pensava que era uma rocha.

— É o que a maioria das pessoas pensa, mas a verdade é que ninguém sabe como ele é. — Hipnos deu de ombros. — E também porque, a cada cem anos, o conhecimento da localização do Fragmento muda, passando para outro grupo de Casas no Oeste. A Ordem usa uma ferramenta especial de afinidade mental, com a qual todos que têm o conhecimento se esquecem instantaneamente depois de cem anos. Eles até usam isso em si mesmos. Não é para ser encontrado.

Todos eles ficaram em silêncio, e então Enrique falou:

— Mas você não sabe se despertar o Fragmento do Oeste exige, digamos, ambos os Anéis de Babel ou apenas um?

Hipnos balançou a cabeça.

— A Ordem nunca especificou. Algumas vezes, as histórias dizem que são três Anéis. Às vezes é necessário apenas um. Quem pode dizer ao certo? O Fragmento de Babel não foi perturbado durante mil anos. Ninguém jamais ousaria.

— O que aconteceu na última vez que alguém teve êxito em perturbar o Fragmento de um país? — perguntou Laila.

— Já ouviu falar em Atlântida?

— Não — disse Zofia.

— Exatamente.

— É uma cidade mítica — explicou Enrique.

— Bem, *agora* é.

— A questão é que nós ainda não entendemos o que Roux-Joubert quer com o Fragmento do Oeste — disse Séverin. — O último grupo que tentou perturbar o Fragmento foi a Casa Caída, e eles queriam reunir todos os Fragmentos. Talvez Roux-Joubert queira imitá-los, mas sequer sabemos por que a Casa Caída fez o que fez. Você sabe?

— Bem, eu sei — suspirou Hipnos, olhando ao redor da sala. — Mas, primeiro, onde está o vinho? Não posso discutir o fim da civilização sem vinho.

— Você pode beber mais tarde — retrucou Séverin.

Hipnos resmungou.

— A Casa Caída acreditava que a Forja era um subconjunto da alquimia. Sabem como é, transformar a matéria, transformar coisas em ouro e tudo mais. Mas isso era apenas uma parte de dominar seus segredos. O aspecto mais importante era a teurgia.

— Que é...? — perguntou Zofia.

Enrique pressionou os olhos com a palma das mãos.

— *Teurgia* significa "o trabalho dos deuses".

Zofia franziu o cenho.

— Então a Casa Caída queria entender como os deuses trabalham?

— Não — disse Séverin. Um sorriso terrível curvou sua boca. — Eles queriam se tornar deuses.

Laila estremeceu. O silêncio caiu sobre eles, sendo quebrado apenas pelo ruído metálico de Séverin abrindo sua latinha de cravos.

— A gente não vai encontrar o Tristan sem antes descobrir quem é Roux-Joubert — disse ele. — Sabemos que ele não está nem com a Casa Nyx nem com a Casa Kore. Durante o jantar, a matriarca não o reconheceu, e ele não se sentou com os outros membros da Casa. Então, podemos supor que ele está atuando fora da Ordem, ou que alguém na Ordem está agindo por meio dele. Também sabemos que ele tem acesso à Exposição Universal, porque foi onde ele montou a primeira armadilha para Enrique e Zofia, e é onde exigiu que fizéssemos a troca.

— Em três dias — apontou Enrique. — O que é perfeitamente cronometrado para a abertura da Exposição Universal.

— E daí? — perguntou Zofia.

— E daí que isso significa que ele espera contar com o público — explicou Séverin. — Ele está planejando alguma coisa nessa data. Você o ouviu. Toda aquela conversa de "revolução"? Quer melhor palco para lançar uma do que numa feira mundial?

Hipnos pareceu desanimar.

— Isso não nos diz nada.

— A gente também sabe que Roux-Joubert usa um broche de abelha — comentou Enrique.

— E o que isso tem a ver? Hoje estou usando roupa íntima. Não dá pra dizer que signifique algo.

Zofia franziu o cenho.

— Por que você especificou que hoje...

Enrique interveio:

— O homem que nos abordou na exposição de Forja também usava um pingente de abelha preso numa corrente.

A corrente em questão estava naquele momento dependurada nas mãos de Laila. Zofia a trouxera mais cedo, quando estavam esperando até que Hipnos chegasse.

A corrente em si não era, exatamente, Forjada. Alguma coisa nela despertava os sentidos de Laila. Mas imagens que deviam estar nítidas em sua mente agora pareciam totalmente borradas, como se banhadas em óleo. Alguém havia adulterado o item. A única coisa que ela sabia com certeza era que onde quer que Roux-Joubert estivesse... era subterrâneo. Conseguia sentir aquilo. O frio da falta de claridade. A umidade nas paredes. Unhas com terra embaixo. E um símbolo rabiscado em luz... pontudo. Como uma estrela.

— Roux-Joubert também tem uma forte afinidade de Forja — acrescentou Zofia, a contragosto. — Ele conseguiu adulterar uma fórmula de Camada de Sia. Em geral, a fórmula copia impressões da mão, mas, em teoria, há meios de fazer uma formulação de Sia funcionar como um mecanismo de rastreio. Ele deve ter descoberto o modo de fazer isso, e foi o que o levou diretamente até nós.

— Mas quem disse que a afinidade é dele? — perguntou Laila. — Pode ser que ele tenha alguém fazendo essa parte do trabalho.

Enrique estremeceu.

— Não se esqueça do cavalheiro do chapéu com a aba de lâmina que nos atacou na exposição. Pode ser ele. O que mais sabemos?

— Ele está no subterrâneo — disse Laila.

Os outros quatro se viraram para olhá-la. Hipnos apoiou o queixo na mão, encarando-a com desconfiança.

— E como é que nós sabemos disso? — perguntou ele.

— Não lhe devo todas as minhas fontes — cortou Séverin, de modo protetor. — Roux-Joubert te recorda alguém?

Hipnos balançou a cabeça.

— Sinto muito, *mon cher*, mas nunca ouvi falar nesse nome. Claro que sempre posso voltar ao Érebo e verificar. Minha casa guarda muitos segredos.

Enrique limpou a garganta.

— No entanto, tem uma coisa sobre as abelhas... Estou começando a pensar que não é uma coincidência que tanto ele quanto o homem da exposição usavam uma.

— De novo, não — gemeu Hipnos. — Não é nada além de um símbolo...

Laila sibilou sob a respiração. Podia praticamente ver Enrique brandindo uma espada.

— Nada além de um símbolo? — repetiu Enrique, baixinho. — As pessoas morrem por símbolos. As pessoas têm esperança por causa de símbolos. Não são apenas desenhos. Dependendo da forma, eles são histórias, culturas, tradições.

Hipnos corou e arrumou sua túnica.

Enrique se voltou para Séverin.

— Você pode cuidar da luz?

Séverin estalou os dedos e cortinas desceram para cobrir as amplas janelas. Estalou novamente, e uma grande tela escura se colocou diante do vidro abobadado do observatório.

Hipnos fungou.

— E depois eu sou o dramático.

Ignorando-o, Enrique endireitou as abotoaduras de suas mangas.

—A essa altura, venho pesquisando a simbologia das abelhas há algum tempo — começou ele. — Mas só recentemente conectei o que Roux-Joubert disse com o homem que nos atacou na sala da exposição. Os dois falavam de revolução. Os dois usavam correntes com abelhas. Agora, historicamente, as abelhas têm certa ressonância mitológica, e acho que encontrei uma pista...

— Normalmente você já estaria se gabando — apontou Laila.

Enrique suspirou.

— Só vamos torcer para que eu esteja errado a respeito dessa pista.

Então ele colocou uma pequena esfera de projeção sobre a mesinha de centro. Quando a tocou, duas imagens apareceram lado a lado. Pareciam ser mnemo-capturas de páginas de livros ou de painéis de museus.

A primeira imagem mostrava uma placa quadrada e dourada. Nela havia uma mulher com asas. Era humana da cintura para cima, mas, da cintura para baixo, era uma abelha. A imagem seguinte mostrava uma pintura descolorida de uma deusa hindu, com abelhas irradiando de um halo em sua pesada coroa.

— Deidades abelhas não são incomuns na mitologia — começou Enrique. — A imagem que vocês veem aqui é uma representação das Trías, as deusas abelhas triplicadas... Um tema recorrente nas trindades de deusas... é que elas tinham o dom da profecia. A outra é uma representação da Bhramari, a deusa hindu das abelhas. Estou pronunciando de maneira correta, Laila?

— É Bruh-mah-rii — disse ela, com gentileza.

Enrique fez uma anotação e então prosseguiu:

— O ponto em que o tema das abelhas fica interessante e potencialmente nos conecta à França é que esses insetos eram emblemáticos do governo de Napoleão, ainda que os motivos pelos quais ele as escolheu para representarem seu reino sejam controversos.

A imagem na parede mudou para mostrar uma abelha bordada em um rico manto de veludo.

—Alguns dizem que, ao se mudar para o Palácio Real nas Tulherias, ele não queria alocar recursos para redecorar, tampouco queria o emblema real francês da flor-de-lis bordado em toda parte, então ele os virou de cabeça para baixo. Ao fazer isso, o desenho parecia uma abelha, e aí está a conexão.

Séverin endireitou o corpo em seu assento.

— Você acha que Roux-Joubert tem alguma conexão com Napoleão?

— É possível — disse Enrique. — Napoleão liderou múltiplas campanhas pelo norte da África e pelo Oriente Médio para explorar a região. Ele contava com um corpo de pelo menos duzentos especialistas, incluindo múltiplos linguistas, historiadores, engenheiros e representantes da Ordem de Babel, os quais proporcionavam uma série de serviços de Forja. Suas descobertas — ele parou para apertar o mnemo-inseto e mudar a imagem — eram fascinantes.

A imagem seguinte mostrava um pedaço de rocha escura, coberta pelo que pareciam ser várias linhas de escrituras.

— Em 1799, aquele corpo de exploradores descobriu a Pedra de Roseta, o que acabou por despertar o interesse do mundo quanto aos artefatos do Antigo Egito, sendo que muitos instrumentos ou objetos Forjados foram direto para a Casa Kore. As abelhas também eram sagradas no Antigo Egito porque dizia-se que elas nasciam das lágrimas do deus do sol, Rá. Mas acho que o outro motivo pelo qual chamavam a atenção da Ordem de Babel era por causa dos favos de mel.

— Favos de mel? — perguntou Laila. Favos de mel eram deliciosos, mas dificilmente o tipo de item ancestral que ela imaginava ser capaz de atrair o interesse da Ordem.

— Eu não pensei nisso até que me lembrei de algo que Zofia falou.

— Eu?

Pontos de cor apareceram nas bochechas de Zofia.

— Foi você quem mencionou que os favos de mel são prismas hexagonais perfeitos.

— E o que um hexágono tem de tão incrível? — quis saber Hipnos.

— Geometricamente falando, prismas hexagonais são as formas mais eficientes porque requerem o menor comprimento total da parede — explicou Zofia, erguendo um pouco a voz. — As abelhas são os matemáticos da natureza.

— Isso. — Enrique mudou a imagem mais uma vez — é um hexágono.

— E eu sou um humano — falou Hipnos, claramente entediado com a situação.

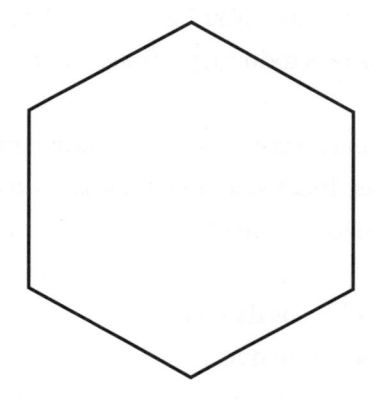

Séverin ficou de queixo caído.

— Entendi.

— Entendeu o quê? — quiseram saber Zofia e Hipnos ao mesmo tempo.

Séverin ficou em pé.

— Estenda as linhas e você tem...

Enrique sorriu de orelha a orelha.

— Exatamente.

— Você tem o quê? — quis saber Laila, mas então a imagem na parede mudou, e ela viu o que acontecia quando as linhas de um hexágono eram estendidas.

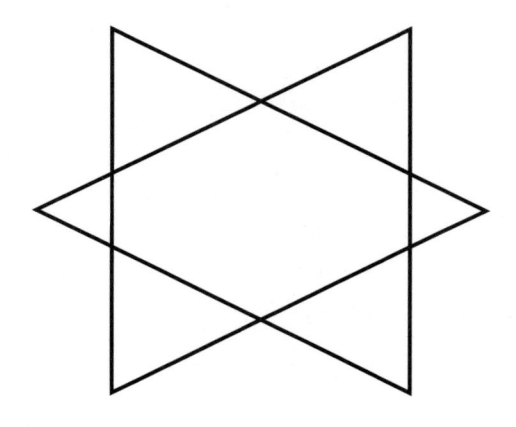

Laila sentiu um retumbar gelado em seu coração. Reconhecia aquele símbolo nas imagens borradas da corrente do colar. Em suas mãos, o pingente parecia um pouco mais frio ao toque do que o resto do colar.

— É um hexagrama — apontou Enrique. — Nós o conhecemos como um símbolo antigo que tem todo o tipo de significado, em várias culturas, mas que também é...

— ... o escudo de uma Casa da Ordem — completou Séverin, encarando a estrela de seis pontas. Inconscientemente, passou o polegar pela longa cicatriz na palma da mão. — Uma Casa que supostamente era para estar morta.

Hipnos agarrou os braços da poltrona.

— Você não está achando que...

Séverin o interrompeu com um aceno de cabeça. Seus olhos pareciam vazios.

— A Casa Caída voltou a se erguer.

21

ZOFIA

Zofia não conseguia se concentrar. Toda vez que pestanejava, ouvia as palavras de Roux-Joubert ecoarem em sua mente:

— Eu realmente amo uma garota idiota.

Idiota.

Era apenas uma palavra. Não tinha peso, tampouco número atômico ou uma estrutura química com a qual pudesse se ligar para se tornar real. Mas doía.

Zofia apertou as pálpebras com força, agarrando com tanta força a beirada da mesa escura em seu laboratório que os nós de seus dedos ficaram brancos. Sentia a palavra como se fosse um tapa na cara. Uma vez, em Glowno, ela fizera uma pergunta teórica sobre física. E o professor lhe respondeu:

— Você teria mais sorte ateando fogo na sua mesa para assim ver se a resposta aparece na fumaça.

E foi o que Zofia fez.

Ela tinha dez anos.

Quando chegou à *École des Beaux-Arts*, foi basicamente a mesma coisa. Ela era curiosa demais, judia demais, estranha demais. Até o ponto em que ninguém recusou a ideia de trancá-la no laboratório da escola.

Mas nem uma única vez alguém se machucara pelo modo como ela pensava. Ou, melhor, pelo modo como ela não pensava.

Mas Tristan? Desmaiado em uma cadeira com facas flutuando apontadas para sua garganta... *Ela* fizera aquilo com ele. Lágrimas ardiam nos olhos de Zofia. Ela podia dar um jeito e resolver um enigma matemático de olhos fechados. Mas uma conversa lhe era um labirinto. E, em seus esforços para percorrer esse labirinto, ela levara Roux-Joubert direto para o esconderijo deles na estufa. Havia algo de errado com ela.

— Zofia?

Ela ergueu os olhos, pestanejando rapidamente. Séverin estava parado à porta. Um tecido prateado pendia de sua mão.

— Posso entrar?

Ela assentiu com a cabeça. Chegara o momento. Ele ia dizer para ela ir embora. Que não era mais bem-vinda ali depois do que fizera. Mas ele não fez nada daquilo. Em vez disso, Séverin deslizou o tecido prateado pela mesa. Zofia o reconheceu como a peça que ele roubara da biblioteca da Casa Kore. Com gentileza, ela tocou o tecido. Parecia uma seda fria, e tinha o mais estranho dos pesos, como se ele estivesse se apertando contra a mão dela.

— Temos mais dois dias antes de nos encontrarmos com Roux-Joubert na exposição de Forja com o Anel de Hipnos.

— Você vai mesmo entregar o Anel? — perguntou.

— Eu vou mostrar.

Zofia franziu o cenho.

— Qual a diferença...

— Deixa que eu me preocupo com isso — disse Séverin. — Enfim, deixei os outros trabalhando para descobrir onde fica o quartel-general da Casa Caída. Mas posso prometer para você que não vamos deixar que eles fiquem com o Anel. E não vamos deixar que eles levem o Tristan.

Os ombros de Zofia caíram. Todo mundo estava trabalhando em alguma coisa. Menos ela.

— Mas eu separei uma importante tarefa para você — informou ele, com suavidade.

Zofia se acalmou.

— Separou?

— Você é a única fênix que tenho — disse ele, com um sorrisinho. — Roux-Joubert não conseguiu ver isso. O que é uma bela vantagem, você não acha? Ele pode não saber agora. Mas logo saberá.

Zofia fechou as mãos com força. Sentia como se um fogo corroesse suas entranhas. *Ele saberá*. Essa devia ser a sensação de uma vingança. Aquilo a deixava... faminta.

— O que você precisa que eu faça?

Séverin apontou para o tecido prateado.

— Será que você consegue descobrir como isso funciona? Acho que pode ser útil.

— Aham — respondeu Zofia, sem ar. — Consigo, sim.

No instante em que pegou o tecido prateado, o restante do mundo desapareceu. Alguém poderia ter ateado fogo em seu laboratório, e ela nem teria percebido. No instante em que se entregava ao trabalho, Zofia dava tudo de si. Uma nova cadência pareceu vibrar em seu sangue: ela não era idiota; ia trazer Tristan para casa; ia consertar a situação.

Era quase noite quando Zofia ergueu os olhos do trabalho e ouviu outra batida na porta. Laila entrou carregando uma bandeja de comida, uma caneca de chá fumegante e um único biscoito redondo.

— Você não comeu o dia todo.

O estômago de Zofia roncou alto quando ela viu a comida. Distraída, massageou a barriga. Nem tinha percebido.

Laila colocou a bandeja sobre a mesa de trabalho.

— Coma.

Zofia sentiu coceira só de olhar para a mesa de trabalho naquele momento. O canto da bandeja se sobressaia à borda da mesa. E não estava simétrico. Parecia bagunçado.

— Eu vou tirar a bandeja e colocar em algum outro lugar quando ter certeza que você deu cinco mordidas. E não faça cara feia pra mim.

Obediente, Zofia colocou cinco porções de comida na boca.

Laila apontou com o queixo para a caneca de chá.

— Beba.

Zofia obedeceu mais uma vez.

Só então Laila tirou a bandeja, colocou-a de lado em outra mesa, em posição exatamente perfeita, sem nenhum canto saindo pelas beiradas, e arrumada de modo perpendicular à parede.

— Algum progresso?

Zofia olhou o tecido prateado na mesa. Começava a achar que não conseguiria fazer o que Séverin lhe pedira sem, em algum momento, precisar sair do L'Éden.

— Funciona como uma porta Tezcat — disse Zofia. — Na verdade, os filamentos são feitos de obsidiana.

Laila inclinou a cabeça para um lado.

— É por isso que parece um espelho?

Zofia confirmou com a cabeça.

— Mas faz mais do que isso. — Zofia remexeu em sua caixa de ferramentas e pegou uma faca afiada.

— Hum, Zofia...

Zofia espetou a faca no tecido. O tecido não rasgou. Na verdade, ele se curvou, como se absorvesse o impacto da lâmina.

Laila xingou baixinho.

— Mas o que é isso?

— Ele repele a matéria — explicou Zofia. — Nenhuma matéria sólida pode penetrá-lo.

Laila passou os dedos pela superfície do tecido.

— O que o Séverin quer com isso?

Zofia mordeu o lábio inferior.

Não tinha certeza se podia responder àquilo porque dependia de um fator que estava nos salões escuros da exposição de Forja. Um lugar que ela não estava ansiosa para voltar a explorar.

— Os outros encontraram o quartel-general da Casa Caída?

Laila suspirou.

— Não. Eles acham que a resposta está num relógio de osso antigo. Pelo que parece, ele mantinha as localizações das reuniões da Casa Caída, ou algo assim. Não me faça explicar. Eu, pessoalmente, acho que devíamos usar o ponto de encontro e daí rastrear quem chega e quem sai.

Zofia pensou no homem que estivera à espreita dela e de Enrique. A esfera de detecção não revelara a presença dele, e as duas saídas tinham sido levadas em consideração, o que significava que ele tinha entrado de alguma outra maneira. Ela não havia notado nada que pudesse esconder o agressor, mas estudar o tecido prateado a fez pensar que talvez tivesse deixado passar algo batido.

— Isso não vai funcionar.

— E por que não?

— Eles estão usando uma rota alternativa.

— Isso é impossível — comentou Laila. — Só tem a entrada e a saída, e as duas dão na mesma rua.

Zofia pegou sua caixa de fósforos e o colar com pingentes de fósforo, guardando-os nos bolsos de seu avental preto. Se a teoria que dava voltas em sua mente estivesse certa, ela não podia perder mais tempo. Afinal, Tristan estava contando com ela.

Zofia já estava quase na porta quando Laila bloqueou seu caminho.

— Aonde você vai?

— Tenho que ir à Exposição Universal. Tenho que descobrir um jeito de entrar na Exposição de Superstições Coloniais. Posso escalar as paredes, aturdir os guardas, ou seja lá o que for necessário... — disse ela, embora o pânico começasse a abrir caminho por sua corrente sanguínea.

— Zofia — chamou Laila, tentando acalmá-la. — Deixa que eu te ajudo. Nós podemos entrar e sair e, com sorte, ninguém vai precisar pular muros.

Zofia ergueu os olhos, confusa.

— Nós?

Laila deu uma piscadela.

— *Oui.*

— Como?

— Você tem os seus talentos — disse Laila. — E eu tenho os meus.

E então ela analisou as roupas de Zofia.

— Mas você não vai usar isso.

— Por que não?

— Porque, minha querida, estamos sem armadura. E a beleza em si é uma armadura. Confia em mim.

◆━━━━◆━━━━◆

Zofia se sentia extremamente incomodada.

— Odeio isso — declarou, tentando ajeitar o vestido que Laila colocara nela.

Tinha uma cor bonita o suficiente. Rosa-claro. Com babados ao redor do corpete e um decote que era ao mesmo tempo áspero e delicado.

— As roupas são uma arte — disse Laila, caminhando a passos largos.

— Eu nunca vou conseguir tirar essa coisa.

— Acontece que algumas pessoas também consideram o ato de se despir uma arte.

Zofia resmungou, mas manteve o passo. Era quase noite. As luzes se espalhavam através do Rio Sena. Diante delas, assomava-se a Torre Eiffel, a entrada da Exposição. Zofia observara a Torre ser construída, crescendo andaime por andaime, até o pináculo. Era uma treliça ousada e impressionante de rebites e parafusos de aço. Ninguém dizia que era bonita, mas isso não fazia diferença para Zofia. A beleza não a comovia. Mas a Torre Eiffel, sim. Era imensamente estranha. Enquanto as ruas pareciam costuradas por mãos elegantes, *la Tour Eiffel* era a agulha desajeitada que deixava tudo no lugar. Ela atravessava os grandes bulevares, as cúpulas elegantes e os edifícios recobertos de deuses esculpidos. Ela nunca se misturava, mas sempre exigia testemunho. Zofia suspeitava que, se *la Tour Eiffel* pudesse falar, as duas se entenderiam muito bem.

Passando a Torre Eiffel, estendia-se a *Esplanade des Invalides*. Mesmo no escuro, a vista lhe tirava o fôlego. Era como se não estivesse mais em Paris. Nada dos bulevares familiares, dos dóceis cafés com suas cadeiras de vime. Agora, tendas compridas cobriam as ruas. Nas calçadas havia mesas baixas cheias de canos d'água. Homens usando túnicas e mulheres com a cabeça coberta caminhavam com pressa pelas vias de paralelepípedo.

Laila apontou para a fonte d'água, o minarete em forma de sino e a mesquita com painéis de azulejos azul-vivo. Ao redor havia salões e restaurantes. O cheiro de comidas desconhecidas era tão intenso no ar, que Zofia ficou com vontade de colocar a língua para fora.

— Estamos na rua Cairo — disse Laila, mantendo a voz baixa.

Embora Paris estivesse tomada por turistas, a Exposição ainda não estava oficialmente aberta, e as ruas estavam vazias, exceto pelos muito ricos, que haviam conseguido ingressos antecipados. Pequenas unidades de guardas patrulhavam com cuidado os espaços, garantindo que ninguém entrasse antes que o evento fosse aberto ao público. Do outro lado da rua, Zofia viu um grupo de guardas caminhando na direção delas.

— Aja com naturalidade — orientou Laila, baixinho. — Você se parece com todo mundo. Como se pertencesse a esse lugar, então não há motivo para eles se sentirem alarmados. E sob circunstância alguma você deve sair correndo.

Um guarda se aproximou delas. Zofia pensou que ele fosse dirigir suas perguntas para Laila, mas não foi o que fez. Ele agiu como se ela simplesmente não estivesse ali.

— Sinto dizer que você e sua criada não podem ficar aqui, *mademoiselle* — disse ele para Zofia. — Tivemos alguns problemas com a segurança... Na semana passada nós tivemos uma ocorrência nessa área. Teremos que pedir que se retirem para outro setor da Exposição Universal.

Ao lado de Zofia, Laila ficou tensa.

— Ela não é minha criada — retrucou Zofia, sem pensar.

Laila fez uma careta, e Zofia percebeu que não era o que devia ter dito.

— Quero dizer...

Outro guarda começou a caminhar na direção delas, com as sobrancelhas arqueadas.

— *Mademoiselle*, qual é o seu nome? — perguntou o primeiro guarda.

— Eu... eu...

Zofia puxava nervosamente a bainha de seda que cobria seu vestido. Ela tinha uma caixa de fósforos escondida na manga. Os saltos de seus sapatos ocultavam esporas afiadas. Mas ela não queria usá-las.

Laila se intrometeu:

— Minha senhora não dá o nome dela de mão beijada como se fosse qualquer uma!

O primeiro guarda pareceu surpreso.

— Eu não quis ofender...

— Você devia se desculpar mesmo assim! — repreendeu Laila.

— É só que ela parece bater com a descrição de uma pessoa envolvida na ocorrência recente. Uma garota, mais ou menos da altura dela. Com o cabelo loiro-platinado. Não é uma cor muito comum.

— Ela é uma flor rara e preciosa — disse Laila, puxando Zofia pelo braço. — Vamos, madame. Nós nos perdemos, isso é tudo...

— Se ela puder permanecer aqui mais um instante, meu colega será capaz de confirmar que ela não é a mulher por quem procuramos. Eu sinto muitíssimo, mas o protocolo é bem rigoroso no dia que antecede a abertura.

Zofia reconheceu o segundo guarda que se aproximava. Era o que havia segurado o amigo que morrera pelas mãos do homem do chapéu com lâminas. Quando a viu, o homem parou abruptamente. Sua mão foi para o dispositivo Forjado em seu quadril.

Zofia agarrou o braço de Laila.

— Corre! — gritou ela, saindo em disparada pela rua.

Laila saiu correndo atrás dela. O coração de Zofia tamborilava em seus ouvidos. Podia ouvir o guarda gritando. Atrás dela, tendas eram derrubadas e mesas, viradas, enquanto Laila lançava tudo ao chão para bloquear o caminho.

— Por aqui! — exclamou Laila, puxando Zofia por uma das ruas sinuosas.

Gritos brotavam atrás delas. Zofia saltou por sobre uma mesa de temperos, derramando no chão pilhas de canela e pimenta. Uma sucessão de xingamentos em idioma estrangeiro perseguiu sua sombra, mas não havia tempo para se desculpar. Zofia seguiu Laila pelas ruas sinuosas do pavilhão colonial até chegarem em uma esquina que adentrava na escuridão.

Do outro lado da viela, as ruas mudaram mais uma vez. Do Cairo para um vilarejo anamita, onde diante delas se erguiam cabanas com telhados de madeira pontiagudos. Um riquixá colorido, cheio de fitas, passou correndo na direção de um grande teatro enfeitado com folhas de palmeira. No fim da rua, Zofia conseguia ver a arcada escura que dava acesso à Exposição de Superstições Coloniais.

E, logo atrás dela, dava para ouvir os passos apressados dos guardas.

Laila começou a abanar as mãos freneticamente.

— Não consigo chamar a atenção do motorista do riquixá! — disse ela.

Os passos estavam se aproximando. Zofia teve uma ideia. Pegou os palitos de fósforo de sua manga, riscou um contra os dentes e o colocou na bainha externa do vestido antes de saltar no meio da rua. Então arrancou a camada de cima de sua roupa já em chamas, a qual se transformou em uma longa coluna de fogo.

O motorista do riquixá parou abruptamente.

— Chamei a atenção dele — anunciou Zofia, apagando o fogo com o pé. O restante de seu vestido, feito de seda Forjada ignífuga, resplandecia, completamente impecável.

Laila ficou boquiaberta, mas então abriu um sorriso largo. Acenou com uma bolsa cheia de moedas.

— Por seu serviço. E seu silêncio.

O motorista, um garoto que não tinha mais do que treze anos, deu um sorriso que deixava à mostra o espaço entre os dentes da frente. As duas entraram no riquixá bem quando os guardas apareceram.

— Abaixe-se! — ordenou Laila.

Zofia se abaixou o máximo possível no assento. O riquixá era pouco mais do que um triciclo coberto. Mas, pelo menos, poderia levá-las até a exposição.

Laila sussurrou instruções para o motorista. Assim que saíram levantando poeira pela rua, ela caiu para trás em seu assento, respirando com dificuldade.

— Viu só? — disse. — O que eu falei pra você mais cedo?

Zofia agarrou a beirada de seu assento.

— Que algumas pessoas consideram o ato de se despir uma arte?

— Não, não isso! — retrucou Laila, e o motorista enrubesceu. — Eu falei que a beleza em si é uma armadura.

Zofia pensou naquilo.

— Eu continuo não gostando de vestidos.

Laila simplesmente sorriu.

❖

As luzes estavam apagadas dentro da exposição de Forja. Os únicos pontos iluminados estavam sob os pódios. Zofia se manteve perto da parede.

— O que estamos procurando, Zofia? Outra entrada? Uma porta oculta?

Zofia negou com a cabeça.

— Nós mesmas.

Ela pegou o pingente de fósforo de seu colar, lembrando-se de como ele revelara a porta Tezcat na Casa Kore. Aquele espelho fora um presente da Casa Caída. E se a Casa Caída estava por trás do roubo do Anel da Casa Kore, será que ela e Enrique tinham deixado algo passar batido na última vez que estiveram ali? E se todo o tempo em que estiveram na exposição, pensando que estavam fora de vista, alguém os observava por detrás de um espelho escondido?

Com Forja, detectar a presença de um Tezcat ia demandar o uso de uma fórmula com fósforo aceso. Assim, Zofia acionou seu pingente de fósforo. Ela então o estendeu à frente, uma pequena chama azul suspensa no ar.

— Não ande na frente da chama — instruiu Zofia.

Laila assentiu com a cabeça. Em seguida, as duas seguiram lentamente pela exposição. Zofia deixou a luz do pingente de fósforo subir pelas paredes brocadas. Do lado esquerdo, nada se moveu. Zofia ergueu o pingente enquanto seguia até o lugar na parede onde o homem com o pingente de abelha estivera à espreita, como se tivesse saído pelo próprio papel de parede. A luz subiu lentamente pelo brocado, refletindo no bordado dourado, e então...

Laila segurou a respiração.

A parede mudou. No início, não mostrava nada além de tecido, mas então a superfície ondulou, tornando-se líquida e prateada. Uma porta Tezcat, exposta. Pelo reflexo, Zofia olhou para Laila.

— É por aqui que eles entram.

22

ENRIQUE

Enrique estava pendurado de cabeça para baixo em sua poltrona.

E então gemeu alto.

— Isso não faz nenhum sentido.

Hipnos, sentado na cadeira de cerejeira escura atrás dele, ergueu sua taça de vinho quase vazia. Sua terceira taça, se a memória de Enrique não falhava.

— Experimente beber vinho.

— Duvido que vá ajudar.

— Fato, mas pelo menos você não vai se lembrar. — Hipnos esvaziou sua taça e a deixou de lado. — Por que você tem uma poltrona? Eu quero uma.

— Porque eu moro aqui.

— Humpf.

Às vezes Enrique achava que seus pensamentos funcionavam melhor quando ele estava dependurado de cabeça para baixo. Ajudava o fato de ver o chão abaixo de si, com todos os documentos que eles tinham encontrado acerca da Casa Caída espalhados pelo tapete.

E, no meio de tudo aquilo, dentro de um fino terrário de quartzo, o relógio de osso.

O objeto era um banquete tanto para um simbolista quanto para um historiador. Aquele não era um relógio qualquer, embora tivesse um mostrador, números e ponteiros que indicavam as várias horas do dia. Símbolos retorcidos estendiam-se ao redor de todo o relógio. Donzelas esculpidas com véus sobre o rosto. Feras sorridentes que desapareciam sob a folhagem prateada. Sepulcros que se abriam e se fechavam em um piscar de olhos, obrigando a pessoa a se perguntar se alguma coisa havia saído dos espaços vazios. No início, Enrique pensava que os símbolos Forjados eram intencionais. Mas, depois de horas de observação, ficara desiludido. Símbolos significavam alguma coisa, mas também podiam existir apenas para confundir o olhar. Algo que ele ainda não estava disposto a compartilhar com Hipnos.

Durante toda a vida de Enrique, os símbolos foram uma fonte de conforto. Eram como histórias que iam além dos confins do tempo. E, mesmo assim, tudo naquele relógio parecia uma provocação. Para piorar, cada vez que olhava para a peça, Enrique era obrigado a contar as horas passando. Cada hora que se passava com a vida de Tristan pendurada na balança.

Um suspiro alto e ofegante interrompeu seus pensamentos.

— Como eu vou conseguir pensar sob essas condições? — exigiu saber Hipnos. — O que aconteceu com o vinho?

— Você poderia experimentar água, pra variar um pouco — comentou Séverin, parado à porta.

— Água é uma coisa bem sem graça.

Para alguém de fora, Séverin não parecia diferente do que era normalmente. Vestido com um terno elegante. Irritado, mas contido. Como se esse pequeno percalço não fosse nada com o que se preocupar. Mas, quanto mais perto ele chegava, mais os pequenos detalhes se destacavam. Os ombros caídos. As rugas sob os olhos. As manchas de tinta nos dedos. Os fios soltos nos punhos de sua camisa.

Séverin estava desmoronando.

Ele deu dois passos para dentro do observatório antes de parar.

— Não consegue achar um lugar pra se sentar? — perguntou Hipnos.

Enrique se endireitou. Claro que Hipnos falara em tom de brincadeira. Havia vários assentos vazios, mas, para Enrique, pareciam fantasmas oscilantes. A almofada preta no chão, onde Tristan devia estar sentado, escondendo o Golias no bolso. A espreguiçadeira de veludo verde de onde Laila devia estar brandindo sua xícara de chá, como se fosse o cetro de uma rainha. O banco alto com o estofado esfarrapado onde Zofia se sentava inclinada, brincando com uma caixa de fósforos na mão. E então o assento de Séverin, a cadeira de cerejeira escura onde Hipnos se sentava naquele momento.

No fim, Séverin preferiu ficar em pé.

Enrique olhou para a porta atrás dele.

— Onde estão as garotas?

Séverin enfiou a mão no bolso e pegou um bilhete.

— Laila e Zofia foram investigar alguma coisa na exposição de Forja.

Aquilo fez Enrique se sentar direito.

— *O quê?* Aquele lugar está tomado por seguranças. E se houver alguém da Casa Caída ali, então...

Hipnos começou a rir.

— Ah, *mon cher*. Você queria que elas pedissem permissão?

— É claro que não. — Enrique enrubesceu.

— Ah... — comentou Hipnos, estreitando o olhar. — Então, talvez você esteja um pouco magoadinho por não ter sido convidado para ir junto. Eu fico me perguntando qual das garotas conquistou um canto da sua imaginação...

— Será que a gente pode voltar ao trabalho?

— Laila, eu me pergunto? A deusa do templo em carne e osso?

Enrique revirou os olhos. Séverin, por sua vez, ficou completamente imóvel.

— Ou seria a pequena rainha do gelo?

— Nenhuma das duas — disse ele, cortante.

Mas, mesmo enquanto dizia as palavras, ele não pôde deixar de se lembrar de uma das últimas vezes que estivera naquela sala com Zofia. Juntos, eles tinham descoberto o código do Quadrado Sator. Juntos, eles tinham descoberto algo. Enrique apenas achara que os dois formavam uma boa equipe. Mesmo assim, ao se lembrar daquilo, viu Zofia na cabine do trem. A luz capturando seus cabelos, que ardiam como uma vela. Seus dedos pálidos traçando o decote do vestido de veludo enquanto ela treinava, entre todas as coisas, como flertar.

Enrique se recompôs. Tinha a cabeça repleta de imagens em demasia. Os olhos fechados de Tristan, o olhar fixo das figuras no relógio de osso, o cheiro apimentado da pele de Hipnos e a luz capturando o cabelo de Zofia.

— Quando elas voltam?

— Em uma hora — respondeu Séverin. — Até onde avançamos com o relógio?

— Até lugar nenhum — resmungou Hipnos.

— Vocês tentaram tirar a cobertura de vidro?

— E o que isso faria? — quis saber Enrique. — Já é uma peça delicada o bastante assim. Talvez seja por isso que é chamada de relógio de osso. Frágil como ossos, e tudo mais. Eu levantei a cobertura uma vez, e o examinei com luvas de pelica, e imediatamente a prata começou a se esfarelar.

— Tá bom, então — disse Séverin, embora não parecesse muito convencido. Ele se virou para Hipnos. — E algum avanço em relação à Casa Caída?

— Não há nada aqui que nós já não tenhamos discutido. A Casa Caída acreditava que era seu dever sagrado reconstruir a Torre de Babel. Eles procuravam fazer isso... — Hipnos fez uma pausa, apertando os olhos para ler o pedaço de pergaminho que tinha diante do rosto. — ... "empregando o poder dos mortos". Não tenho ideia do que isso quer dizer. Parece ao mesmo tempo sinistro e muitíssimo cafona.

— Bem, eles sempre foram enigmáticos — comentou Enrique, apontando para o famigerado relógio de osso.

No auge de seu poder, a Casa Caída nunca revelara onde realizavam seus encontros. Somente seus infames relógios de ossos, objetos Forjados de comunicação, podiam revelar a localização deles. Supostamente, o relógio também continha um método à prova de falhas que permitia que um não membro da Casa os localizasse em caso de emergência, mas Enrique começava a achar que isso não passava de um boato.

— Como a gente sabe que o Roux-Joubert está no lugar dos encontros originais da Casa Caída? — perguntou Enrique.

Séverin mostrou a corrente de abelha em sua mão.

— Ele consideraria isso um ponto de orgulho. Como se estivesse, de modo intencional, dando continuidade a um legado.

Hipnos bufou.

— Ele e *quem mais*? Você me disse que o homem ficava dizendo "nós", mas a Ordem tem um controle rígido acerca de qualquer coisa que se pareça com um recrutamento para a Casa Caída. Seu líder foi executado, e o restante deles pôde escolher entre a morte ou uma fortíssima uma fortíssima alteração de afinidade mental que apagaria qualquer traço de lembrança da Casa Caída.

— Mas a grande maioria dos membros devia ter passado boa parte de suas vidas adultas com a Casa Caída. A afinidade mental não os transformaria em...

— ... uma carcaça de seus antigos eus? — completou Hipnos. — Sim. E é por isso que um número chocante deles escolheu a morte. Fanáticos.

— No entanto, alguns devem ter escapado da morte e da punição — sugeriu Séverin. — Talvez tenham ficado bem abaixo no subsolo.

— Meu palpite é que se trata de um homem inteligente e perturbado, e seu capanga com aquele chapéu com aba de lâmina que vocês mencionaram. A Casa Caída adorava viajar em bandos, como se fossem uma matilha de lobos ou algo assim. Confie em mim, se tivesse mais de uma pessoa no grupo, ele teria levado a todos para aquele showzinho na estufa — disse Hipnos. Ao ouvir isso, até Séverin concordou com um aceno de cabeça. — Além disso, quem usa um chapéu com lâmina? E se ele escorrega e você termina com um talho no próprio rosto? Repugnante.

Enrique estremeceu, fazendo o sinal da cruz.

— Nesse ritmo, a gente não vai encontrar Roux-Joubert nem seu braço direito. Nada nesse relógio é útil. Nem mesmo a inscrição.

Ele apontou para a única palavra escrita abaixo do número seis: *nocte*. Meia-noite.

— É só o nome do relojoeiro — disse Séverin.

— Eu não teria tanta certeza... Pode ser um direcionamento, algum tipo de regra feita para nos informar como olhar para o relógio.

— Posso só dar uma olhadinha nele sem a cobertura de proteção? — perguntou Séverin.

— Só se você prometer que não vai quebrá-lo.

— Prometo que não vou quebrá-lo.

Enrique semicerrou os olhos e fez um sinal com a cabeça na direção do relógio de osso. Séverin ergueu a cobertura de vidro com cuidado. Ficou olhando a peça embaixo, a folha de prata cobrindo as estátuas requintadas.

E então ele a empurrou, o que a fez tombar de lado.

Hipnos deu um gritinho. Enrique saltou de sua poltrona.

— *O que você fez?* — quis saber ele.

— Eu fiz o que queria fazer. O relógio é meu.

— Mas você prometeu! — exclamou Enrique.

— É verdade, mas meus dedos estavam cruzados.

Hipnos fingiu se surpreender.

— Ah, não! Os dedos dele estavam cruzados!

Enrique fulminou Hipnos com o olhar.

— Séverin, você podia ter danificado um símbolo, alguma peça crítica de informação, e agora nós nunca vamos encontrar o Tristan...

— Eu te dei quase quatro horas — lembrou Séverin. — Você é brilhante. Se houvesse algo a ser encontrado, a esse ponto você já teria descoberto. O fato de isso não ter acontecido é para mim prova suficiente que, no estado atual do relógio, não há nada que valha a pena ser encontrado.

— Eu... — Enrique hesitou.

Na verdade, ele estava ao mesmo tempo lisonjeado e ofendido. Mas, ao olhar para o lugar onde o relógio estava tombado, um terror crescente substituiu tudo. Um pó prateado agora se espalhava no ar, uma consequência da delicada folha que cobria os símbolos no relógio. A luz do entardecer refletiu nele, criando sombras nítidas e esguias no mostrador do maquinário.

— Agora você conseguiu o feito — comentou Hipnos. — Ele perdeu a capacidade de falar!

— Ah, cala a boca, Hipnos... — começou a responder Séverin.

Enrique ignorou os dois. Avançou lentamente, com o coração quase saindo pela boca. Havia um novo padrão no corpo do relógio de osso, como tinta escorrendo entre as ranhuras de uma madeira. Palavras esculpidas em luz, prata e sombras. Onde a prata se descolara, surgiu uma palidez plana. Quase branca. Como... como...

Hipnos foi com o corpo para trás.

— Santo Deus, esse relógio é realmente feito de ossos?

Ao mesmo tempo, Séverin o encarou com mais atenção.

— Tem algo escrito nesse relógio.

Não estivera claro até aquele momento. A letra que espertamente disfarçara as palavras no relógio era apertada e estreita, o texto em latim quase ilegível, mas Enrique o traduziu rapidamente:

Toda a vida contigo passei
E só nos conflitos me apresentei
Minha quantidade te permitirá ver
Tudo o que esse mundo deveria ser

Enrique se aproximou do relógio, passando os dedos pelas palavras que agora apareciam.

Quando ergueu o olhar, viu uma luz renovada nos olhos de Séverin. Algo que não estivera ali até então. Os três se sentaram mais uma vez, dessa vez no chão. Hipnos segurou os joelhos de encontro ao peito. Séverin, com as pernas e os braços cruzados. E Enrique, agora alegre e esparramado, com uma caneta e um caderno nas mãos, enquanto começava a transcrever as palavras do enigma. Era a primeira descoberta em horas, e ele podia sentir a força do acontecimento como uma explosão inexplicável de sol em suas veias.

— Minha quantidade — murmurou Séverin, em voz alta. — Isso sugere que a resposta é ambivalente. Tanto a resposta para o enigma quanto sua relação com o relógio. Talvez a quantidade tenha algo a ver com os números no mostrador do relógio?

— Sim, mas o relógio só vai até doze — disse Hipnos. — O que, no nosso corpo, nós só temos doze e que aparece em momentos de conflito?

E assim começou a hora mais excruciante da vida de Enrique. A sugestão inicial foram dentes, mas Séverin imediatamente a descartou.

— Quem só tem doze dentes?

Juntos, examinaram diferentes respostas para o enigma, mas nada se encaixava. Os minutos passavam. Nenhum deles tirou o relógio de osso do lugar em que ele estava pousado. Hipnos tinha se levantado e começado a andar em círculos, reclamando que queria vinho. Por sua vez, Séverin voltara a ficar em silêncio, e seus dedos percorriam as franjas da almofada de Tristan.

— Relógio idiota que pode ou não ser feito de ossos.

Séverin ergueu a cabeça.

— O que foi que você disse?

— Eu disse que o relógio pode ou não ser feito de ossos.

— Ossos.

Hipnos murmurou:

— Quebrar um osso cairia bem agora.

Enrique o ignorou.

— Isso encaixa? Como resposta?

— "Toda a vida contigo passei" — leu Hipnos, em voz alta. — Verdade. Ou seria mortalmente assustador. Embora algumas pessoas, acredito eu com sinceridade, nasçam sem coluna vertebral. E, na sequência, temos: "E só nos conflitos me apresentei". Como? Não acho que encaixe.

Enrique ficou em silêncio. Essa parte do conflito também o desconcertara, pelo menos no início. Ossos não apareciam nos conflitos, flutuando diante de alguém como fantasmas. Mas certamente se mostravam. Ele vira isso nas Filipinas, quando acompanhava o pai nas cavalgadas pelas províncias de Capiz e Cavite, para verificar a produção de arroz nas plantações que possuíam. Na estrada, recostados nas igrejas e nas casas caiadas de branco, como se uma brisa mais forte pudesse fazê-los se dobrar, derrotados, amontoavam-se mendigos. Jovens e velhos, não importava. Seus olhos eram sempre iguais: sem expressão e vazios. O rosto daqueles cujas esperanças endureceram e encolheram demais durante a vida. Lá, ele via crianças com as costelas apontando pelas camisas. Cotovelos nodosos manchados de sujeira. Olhos perturbadoramente largos em rostos esculpidos pela fome.

— Acho que "osso" se encaixa — disse ele, baixinho.

Hipnos o olhou de um jeito estranho. Enrique não tinha vontade de ser o foco daquela atenção, então falou:

— Os dois últimos versos também se encaixam. Sabemos que a Casa Caída tinha alguns interesses macabros. É possível que isso signifique que usavam ossos. Em todo caso, esse verso, "tudo o que esse mundo deveria ser", pode se encaixar com seus próprios interesses e não com os do resto do mundo. O que torna o penúltimo verso, "minha quantidade te permitirá ver", a pista final. Talvez signifique o número de ossos encontrados num corpo humano. Quantos existem, alguém sabe?

— Duzentos e seis — falou Séverin, de prontidão.

Enrique franziu o cenho.

— Será que eu quero saber por que você tinha essa resposta na ponta da língua?

Séverin deu um sorriso lupino.

— Duvido muito.

— Mas como conseguimos que um relógio mostre duzentos e seis?

Séverin deu uma risadinha. Como se recordasse alguma coisa.

— Seis minutos depois das duas. Dois-zero-seis. Duzentos e seis.

Os três ficaram encarando o relógio. Diante deles, crepitava uma espécie de energia que antes não estava ali. Enrique tinha a bizarra sensação de que agora o relógio conseguia sentir que eles sabiam como arrancar seus segredos.

Aos poucos, Enrique empurrou os ponteiros das horas e dos minutos. Hipnos e Séverin tinham se aproximado sem que ele percebesse. Ele viu a cena, de repente, em sua cabeça, como se estivesse olhando de longe: três rapazes ajoelhados ao redor de um relógio feito de osso, a luz atrás deles projetando sombras pontudas trazidas à vida, e sentiu que naquele instante um fio de desejo unia todos eles, para que, quando chegasse o momento, suas almas fossem indistinguíveis.

Enrique esperou. Ele esperou que o poder de Forja se manifestasse diante deles. Mas não sentiu nada.

— Não está funcionando — constatou Hipnos. — Será que entendemos errado?

O coração de Enrique ficou apertado. Ele esperava que não, mas claro que...

— Nós não seguimos as instruções — disse Séverin, apontando para a pequena palavra escrita no relógio: *nocte*. Meia-noite.

— Mas ainda faltam horas até meia-noite!

O olhar de Séverin estremeceu. Ele esfregou a cicatriz na palma da mão, e então pegou a latinha de cravos. Mastigou um, pensativo, ignorando a tensão que crescia nos demais.

— Pelo menos, até lá, as garotas já estarão de volta.

Séverin os deixou pouco tempo depois para cuidar de assuntos do L'Éden, e Enrique e Hipnos ficaram sozinhos no observatório. Enrique não tinha certeza do que devia fazer. No fim, os dois voltaram ao que estavam fazendo antes: analisar os restos de documentos acerca da Casa Caída. Procurar por pistas nos vários pedaços de papel. A sombra da noite se estendia sobre o cômodo. Eles pediram comida e comeram sem tirar os olhos de sua pesquisa. Durante todo o tempo, o relógio de osso os encarava. À espera. Presunçoso. Quando Enrique olhou para o aposento, viu a estranha cortina, os estofados virados. A almofada de Tristan enfiada embaixo de uma cadeira para que ninguém se sentasse nela.

— Por que você tá ajudando a gente? — Enrique percebeu que as palavras saíram de sua boca antes mesmo de pensar nelas.

Hipnos ergueu os olhos, com uma expressão de surpresa.

— É tão estranho pensar que eu tenho meus motivos para querer encontrar o Anel de Babel? — perguntou o patriarca.

— Isso não é uma resposta. Você podia estar nos ajudando da sua casa. Ouvi dizer que a biblioteca da Casa Nyx é motivo de inveja entre os eruditos. Você não precisava estar aqui.

Hipnos ficou em silêncio por um momento, e então cruzou as mãos no colo.

— Se eu tivesse alguém ao meu lado... alguém de posição igual à minha, então talvez a vida na Ordem fosse... mais fácil.

Enrique processou aquilo.

— Você quer que Séverin se torne um patriarca?

Hipnos confirmou com a cabeça.

— Quando nós dois éramos pequenos, eu achava que cresceríamos e nos tornaríamos reis, ou algo assim. Um reino inteiro para dividirmos entre nós. — Ele olhou para Enrique. — Nem pense em contar para ele que eu te falei isso.

Enrique imitou um zíper sendo fechado sobre sua boca, e Hipnos voltou a relaxar. Ele parecia tão jovem, relaxado, mas seus olhos cor de gelo pareciam ancestrais.

— A verdade é que eu preciso de alguém ao meu lado — desabafou Hipnos. Ele envolveu os braços ao redor dos joelhos. — Alguém que possa entender o que significa viver em dois mundos, como eu vivo. Eu tentei e fracassei. Não posso ser ao mesmo tempo o descendente de escravizados haitianos e o filho de um aristocrata francês, mesmo que seja o que eu carrego no meu coração. Eu tive que escolher, e talvez a Ordem tenha forçado a mão nisso. Mas o que ninguém lhe diz é que, quando você decide em que mundo vai viver, nem sempre esse mundo o vê como você gostaria. Às vezes, ele exige que você seja tão ultrajante a ponto de transcender a própria pele. Você pode mudar seu nome. A cor dos seus olhos. Pode se tornar um mito e viver com isso, para que não pertença a mais ninguém além de si mesmo.

Enrique sentiu a boca seca. Sabia exatamente do que Hipnos estava falando. A sensação de que sua própria pele o traía. Que seus sonhos não combinavam com seu rosto e que, portanto, jamais se cumpririam.

— Eu entendo.

Hipnos bufou. Recostou a cabeça no sofá, e a luz iluminou a longa linha de sua garganta. Ele parecia um serafim que passara a vida toda sob o sol. Sempre fora bonito, mas naquele momento a luz dourava sua beleza, transformando-a em algo de outro mundo. Enrique costumava sentir uma pontada de vergonha quando sentia coisas assim... Ele costumava rezar para que, no que se referia à atração, seu corpo escolhesse entre homem e mulher, e não os dois. Fora seu segundo irmão mais velho, dedicado ao sacerdócio, quem lhe dissera que Deus não cometia erros ao modelar os corações. Enrique ainda não tinha analisado sua própria relação com a fé, mas o que seu irmão lhe dissera o fez parar de odiar a si mesmo. Fez com que ele parasse de dar as costas para o que havia dentro de si, e aceitar. Mas foi só depois de ir para a Espanha, cursar a universidade, que começara a fazer mais do que apenas olhar para os garotos bonitos. E naquele momento, encarando Hipnos, se lembrou disso... E estava distraído demais para perceber que o outro garoto notara.

Hipnos passou o polegar nos lábios.

— Tem alguma coisa na minha boca?

— Não. Não mesmo — garantiu Enrique, virando-se rapidamente.

Hipnos murmurou alguma coisa que quase soou como: *Que pena.*

◆———◆———◆

O tempo marchava firmemente em direção à meia-noite.

A essa altura, Laila e Zofia já tinham retornado. Eles compartilharam suas descobertas entre si — o relógio de osso e o Tezcat escondido — e se acomodaram para aguardar no observatório. As cadeiras tinham perdido um pouco de seus ares fantasmagóricos, e todo mundo pegou um assento, deixando intocada apenas a almofada de Tristan.

Naqueles momentos finais até a meia-noite, Enrique pensou que podia sentir tudo... desde o calor vibrante da mão de Hipnos, que estava um centímetro perto demais, o brilho do cabelo de candelabro de Zofia, enquanto ela se curvava para inspecionar sua mais recente invenção, até os cristais de açúcar do biscoito que Laila lhe entregara e o gelo da fúria de Séverin, que encarava o relógio. Enrique, que sempre sonhara em saber como seria a magia, pensou que tinha descoberto: mitos e palimpsestos, o ar adoçado pela luz das estrelas e pelo modo como a esperança era menos dolorosa quando compartilhada entre amigos.

Ao badalar da meia-noite, eles colocaram os ponteiros do relógio na posição: seis minutos depois das duas.

Houve uma explosão de luz na sala.

Laila recuou, mas Zofia se inclinou na direção da luz. A curiosidade cintilava em seu rosto.

— Funciona como um mnemo-inseto — observou ela.

A visão contida no relógio se espalhou pela sala, ocultando o brilho das estrelas sobre a cabeça deles.

Um salão cheio de ossos. Crânios sorridentes amontoados. Terra compactada, sobre a qual um padrão em espiral parecido com o piso logarítmico da Casa Kore se estendia em direção a um grande auditório abandonado. Enrique achou que podia até mesmo sentir o cheiro daquele lugar, independentemente do fato de ser apenas uma imagem. Grandes cruzes feitas de fêmures, e um lago misterioso onde lágrimas de minerais pingavam de estalactites. Ali, finalmente, estava o esconderijo secreto da Casa Caída. O lugar conectado à exposição de Forja. O lugar onde, em algum canto, Tristan estava preso no escuro.

Enrique não soube quem falou primeiro, mas a verdade das palavras roçou sua pele, arrepiando os cabelos de sua nuca.

— A Casa Caída está à nossa espera nas catacumbas.

23

SÉVERIN

O sexto pai de Séverin foi um homem a quem ele chamou de Ganância. Ganância era um ladrão encantador, com um fundo fiduciário insignificante, e que muitas vezes recorria ao roubo. Ganância gostava de manter Séverin de vigia enquanto cuidava de seus "assuntos". Em uma dessas ocasiões, Ganância invadiu a casa de uma viúva rica. Ele esvaziou o armário com objetos de arte, que estava cheio de preciosas peças de porcelana e elaboradas obras de vidro, mas então viu um relógio de jade na parte de cima. Séverin estava vigiando do lado de fora, observando a rua. Quando ouviu o barulho constante de cascos de cavalo, assobiou, mas Ganância o fez fechar o bico. Ele estendeu os braços para pegar o relógio, mas a escada se partiu embaixo dele. O pesado relógio caiu em sua cabeça e o matou na mesma hora.

Ganância o ensinou a ter cuidado ao tentar alcançar muito alto.

Séverin colocou um cravo na língua, mastigando lentamente enquanto analisava a informação.

Eles sabiam onde a Casa Caída se escondia.

Eles sabiam o que a Casa Caída queria: reunir os Fragmentos de Babel. Todo o resto era questão de tempo.

Quando a luz do relógio de osso se dissolveu, Hipnos suspirou.

— Tecnicamente, todos os líderes das Casas precisam reportar qualquer atividade da Casa Caída para a Ordem.

— Tecnicamente? — repetiu Séverin. — Tecnicamente, não sabemos se alguém da Ordem está atuando por meio de Roux-Joubert.

— E foi por isso que eu falei "tecnicamente" — acrescentou Hipnos. — Eu tenho que reportar para a Ordem, mas nunca foi especificado quando preciso fazer isso. Supostamente, eu poderia deixar para depois que nós encontrarmos Roux-Joubert, quando tivermos certeza de que ninguém da Casa Kore estava envolvido no roubo do Anel.

— Sabichão.

— Só estou seguindo o exemplo de alguém.

— Você realmente acha que alguém da Ordem estaria por trás disso? — perguntou Enrique. — Não seria uma traição ao objetivo principal da Ordem?

— Nunca subestime a capacidade humana de traição — disse Laila, em voz baixa.

Como o restante deles, ela evitara seu lugar de sempre na espreguiçadeira de veludo verde. Em vez disso, estava recostada contra a estante de livros, a cauda de seu vestido de seda verde enfiada sob as pernas. Laila esfregou a nuca, os dedos desaparecendo por debaixo do tecido para traçar sua cicatriz. Ela pensava naquilo como uma costura, como se aquilo a tornasse mais uma boneca de pano do que uma humana, mas para Séverin era uma simples cicatriz. As cicatrizes esculpiam as pessoas em quem elas eram. Eram marcas deixadas pelas mãos da tristeza e, para ele, pelo menos, provas de que eram completamente humanas. E então, de modo um tanto inesperado, veio a lembrança de tocar aquela cicatriz, de como ela parecia fria e lisa como vidro. Ele se lembrou de como ela ficou tensa quando a tocou ali, e de como ele beijara aquela marca de cima a baixo, desesperado para mostrar para ela que ele sabia o que aquilo significava e que não importava. Não para ele. De repente, Laila ergueu os olhos e o encarou. As bochechas dela se ruborizaram bem de leve, e ele se perguntou se ela também estava se lembrando. De forma abrupta, ela afastou o olhar.

— Qual é o plano? — perguntou ela.

Séverin se obrigou a olhar para os demais.

— Vamos nos infiltrar no local de encontro da Casa Caída nas catacumbas. Depois recuperamos tanto o Anel da Casa Kore quanto o Olho de Hórus.

— Duvido que ele tenha deixado o Anel dando bobeira — comentou Laila. — Será que não vai estar usando?

Hipnos sacudiu os dedos das mãos.

— Ele não pode. Ainda que tenha conseguido arrancá-lo, ele continua soldado na gente.

Séverin assentiu com a cabeça e acrescentou:

— Olhar pelo Olho de Hórus nos dará a localização do fragmento e, supondo que não haja nenhum sinal do envolvimento da Casa Kore no roubo, passaremos a informação diretamente para a matriarca. Dessa forma, a Ordem pode mandar pessoas para proteger o local do Fragmento e imobilizar Roux-Joubert e seu comparsa.

— Como vamos entrar nas catacumbas? — perguntou Laila.

— Pelo caminho normal, na *rue d'Enfers*.

— Mas eles podem simplesmente fugir pelo Tezcat escondido na exposição — apontou Hipnos.

De onde estava sentada, Zofia pegou o tecido prateado e o balançou para que todos o vissem.

— Não podem, não.

— Por acaso isso deveria me impressionar? — perguntou Hipnos, horrorizado.

— Este tecido é impenetrável — explicou Zofia.

— É verdade — confirmou Laila. — Ela esfaqueou o pobrezinho.

— Por mais fascinante que seja, ainda assim não é maior do que um lenço — apontou Hipnos.

— Eu sei — disse Zofia. — Eu posso reproduzi-lo.

— Uma *centena* de lenços? Nossa, estou me tremendo todo.

— E devia mesmo — respondeu Zofia, com tranquilidade.

— Zofia, se você consegue manipular o tamanho do tecido prateado, eu me pergunto se pode brincar com uma outra coisa.

Séverin tirou um mnemo-inseto do bolso. Era pequeno, leve e frio ao toque. Mesmo assim, em seu corpo Forjado, o inseto podia guardar a imagem de um pensamento e projetá-la no ar.

— Um mnemo-inseto? — grunhiu Enrique. — O que vamos fazer com isso? Gravar os momentos anteriores à nossa morte inevitável? Porque eu realmente não quero uma lembrança desse tipo.

— Só confia em mim.

— Talvez eu pudesse ficar pra trás — sugeriu Hipnos. — Eu poderia ser um ponto de contato com a rua e...

— O que aconteceu com aquela animação do trabalho em equipe? — perguntou Séverin.

— Isso foi antes de eu perceber a pouca importância que você dá para a mortalidade.

— Se você seguir o plano, sua mortalidade permanecerá intacta.

Hipnos parecia altamente desconfiado.

— E que plano é esse, *mon cher*?

Antes que Séverin pudesse responder, Zofia riscou um palito de fósforo no dente.

— Dente de crocodilo.

Os quatro se voltaram para ela. Séverin deu uma gargalhada. Zofia adivinhara exatamente o que eles iam fazer.

— Grandes mentes pensam igual.

Zofia franziu o cenho.

— Não, não pensam. Caso contrário, todas as ideias seriam uniformes.

A essa altura, a boca de Séverin queimava, mesmo assim ele pegou outro cravo. Não tinha certeza de quando fora a primeira vez que lhe disseram que aquela erva aromática ajudava a preservar a memória. Uma pessoa que se hospedara no hotel, talvez, deixando um presente para ele na véspera de sua partida. Agora, Séverin não conseguia evitar o hábito. As lembranças o inquietavam. Ele odiava a ideia de que podia ter perdido alguma coisa, e não queria que o tempo distorcesse como ele se lembrava das coisas, porque não confiava em si mesmo para se lembrar de algo sem um viés. E ele precisava ser capaz disso. Porque, só então, com absoluta imparcialidade, poderia detectar onde tinha errado. Enquanto seguia para o grande salão do L'Éden, ele repassou — pela milésima vez — seus últimos momentos com Tristan. Tristan estivera tentando avisá-lo de alguma coisa, e Séverin lhe dera as costas. Será que fora aí? Será que Tristan tinha saído e sido capturado pela Casa Caída? Será que ele tinha tentado nocautear a si mesmo quando lhe mostraram o Elmo de Fobos, assim como costumava fazer quando eles moravam na casa de Ira?

As palavras de Roux-Joubert retornaram até ele com perfeita clareza e, por um momento, Séverin desejou que os cravos que mastigava não funcionassem tão bem: *O amor, o medo e a própria mente fragmentada dele facilitaram que eu o convencesse de que trair vocês significava salvá-los...*

A culpa corroía suas entranhas. Ele devia tê-lo escutado.

Séverin ficou parado na base da grande escadaria que dava para o saguão, supervisionando o L'Éden. Só que Tristan não estava ali, e Séverin estava sozinho. Então, de trás dele veio um som fino e esganiçado.

— Mamãe?

A coluna de Séverin ficou tensa.

Ele se virou e viu um garotinho agarrando um ursinho de pelúcia maltrapilho. Crianças raramente se hospedavam no L'Éden junto de seus pais. Ele tinha proibido expressamente qualquer coisa que transformasse o hotel em um "ambiente familiar" e, até então, havia tido êxito. Por um instante, Séverin ficou paralisado pela visão da criança. Nos locais que frequentava, raramente via criancinhas. E tinha se esquecido de que em algum momento ele fora tão pequeno, mal alcançando seu quadril, e completamente perdido.

— Mamãe? — chamou a vozinha novamente.

O que tinha acontecido com os pais do menino? Será que pretendiam abandoná-lo... bem ali?

Lágrimas pesadas escorriam pelo rosto da criança, e Séverin lutou contra a vontade de gritar com ele.

Por que lamentar por quem não te quer?, queria gritar. *Você vai ficar bem sem eles.*

Mas então uma mulher passou correndo por ele, pegando o menino no colo e rindo:

—Querido, você não me ouviu dizer que eu só ia ali resolver um assunto na recepção bem rapidinho?

O menino balançou a cabeça, soluçando, e a mãe o abraçou com força. Naquele instante, a inveja de Séverin era uma coisa viva, acomodada em seu coração, pulsando por suas veias. Claro que o menino não tinha sido abandonado. Claro, ele só tinha se perdido temporariamente.

—O que há de errado comigo? — murmurou ele, dando as costas para o menino e a mãe.

Do outro lado do mar de hóspedes, seu valete o viu e acenou. Séverin esperou no pé da escada, acenando de vez em quando com a cabeça para cumprimentar vários hóspedes até que o rapaz o alcançou. Em uma das mãos, o valete carregava uma caixinha com o braço esticado. O desgosto marcava suas feições.

— Senhor, podemos facilmente encontrar outra pessoa para realizar essa... tarefa.

Séverin pegou a caixa. Lá dentro, um punhado de grilos marrons cantava e saltava.

— Eu prefiro fazer isso eu mesmo.

— Muito bem, senhor.

De canto de olho, ele viu um elegante guepardo atravessar o salão.

— E, por favor, informe à Marquesa de Castiglione que, se Imotepe comer o poodle de alguém mais uma vez, o hotel não se responsabiliza.

Seu valete suspirou.

— Sim, senhor. Mais alguma coisa?

Séverin cerrou as mãos com força.

— Os hóspedes com a criança... diga para eles que o quarto que reservaram está em reformas. Encontre uma hospedagem do mesmo nível em algum outro lugar. No Savoy, talvez.

O valete olhou para ele com desconfiança.

— Muito bem, senhor.

Na entrada da oficina de Tristan, Séverin apertou a folha de hera dourada da porta Tezcat, e então parou de repente.

Não estava sozinho.

Laila tinha a silhueta delineada pela luz das velas e estava encurvada sobre um terrário de vidro. Estava cantando uma canção de ninar, ainda que não particularmente bem, e jogando grilos na gaiola do Golias. Agora ele desejava ter deixado alguém vir em seu lugar. Ele odiava vê-la daquele jeito... entrando na rotina, acomodando-se a uma vida que não podia esperar para deixar no passado.

Ele deu um passo na direção da mesa. Ao redor dela, reluziam os mundos em miniatura que Tristan criava. Pináculos minúsculos dominando um céu pintado. Jardins onde pétalas de porcelana juntavam pó. Em meio àquilo, Laila parecia um ícone. O cabelo estava jogado por sobre um ombro, e ele imaginava poder sentir o açúcar e a água de rosas que ela usava na base do pescoço.

Sem querer alarmá-la, Séverin abaixou a caixa de grilos. Mas colocou-a perto da ponta da mesa, de onde quase escorregou e caiu no chão. Séverin se apressou em pegá-la, só para furar o dedo em um espinho escondido.

— *Majnun?* — chamou Laila, virando-se na direção dele. — O que você tá fazendo aqui?

Séverin fez uma careta e gesticulou para a caixa de grilos.

— O mesmo que você, pelo que parece. Embora você tenha conseguido fazer isso sem se machucar.

— Venha, deixa eu dar uma olhada — pediu ela, aproximando-se dele. — Sei que ele guarda bandagens em algum lugar por aqui. — Laila remexeu em uma das gavetas até que encontrou um pedaço de gaze e uma tesoura. — Por um instante pensei que você pudesse ser o furtivo devorador de pássaros das redondezas.

Séverin negou com a cabeça. Aquilo era um aborrecimento, mas a maior probabilidade era que fosse apenas um gato.

— Sinto muito ter desapontado você — disse ele, e levou aos lábios o dedo que latejava com a intenção de chupar a pele, como faria com qualquer corte, mas Laila afastou sua mão.

— Você pode pegar uma infecção! — repreendeu-o ela. — Agora, vê se fica quieto.

Ela pegou a mão dele. Séverin fez o que lhe fora mandado. Ficou parado como se sua vida dependesse disso. Naquele instante, havia Laila demais no ambiente. No ar. Contra sua pele. Quando ela curvou a cabeça para prender a gaze, seu cabelo resvalou na ponta dos dedos dele. Séverin não conseguiu se controlar e se encolheu. Laila ergueu os olhos. Seus olhos misteriosos, tão escuros e brilhantes que o faziam se lembrar do olhar de um cisne, fixos nele. Um canto da boca dela se curvou para cima.

— Que foi? Você acha que eu vou te ler?

A pulsação dele se acelerou. Ela lhe dissera antes que só podia ler objetos. Não pessoas. *Nunca* pessoas.

— Você não consegue fazer isso.

Laila ergueu uma sobrancelha elegante.

— Será que não?

— Isso não tem graça, Laila.

Laila esperou um segundo, e depois dois. Por fim, revirou os olhos.

— Relaxa, *majnun*. Você está são e salvo de mim.

Laila estava errada quanto àquilo.

Durante as dezoito horas seguintes, nenhum deles dormiu. Enrique passou tanto tempo vasculhando os livros da biblioteca, que Laila tinha feito com que a cama dele fosse mandada para lá. Hipnos quase não foi visto sem uma bebida na mão — *pra me ajudar a pensar melhor!* — e passava todo o tempo se correspondendo com seus próprios espiões, cúmplices e guardas. Enquanto isso, Zofia fazia jus ao seu apelido, pois passou metade do dia submersa atrás de véus de fumaça. E Laila... Laila mantinha todos eles vivos. Suas mãos estavam sempre trabalhando... servindo chá, oferecendo comida, massageando nucas cansadas, roçando a extremidade dos objetos, enquanto seu sorriso permanecia tão tranquilo e sábio quanto sempre.

Um dia, depois dois e, então, a meia-noite estava quase sobre eles.

Distante do brilho e do glamour, a meia-noite encharcava as ruas ásperas. Mendigos dormiam amontoados nos cantos, e gatos magricelos deslizavam pelas esquinas de pedra. Séverin e Laila caminhavam a passos largos, seus ombros encolhidos contra qualquer olhar curioso. Séverin nunca tivera qualquer interesse em ver as catacumbas. Sabia que era um ossuário subterrâneo que continha os restos de *milhões* de pessoas. Aninhados na terra estavam os restos mortais de aristocratas, de vítimas da peste negra e daqueles cuja cabeça tinha sido arrancada pela lâmina da guilhotina. Indivíduos incontáveis e sem nome que àquela altura não eram nada mais do que salões e arcos medonhos feitos de crânios sorridentes e mandíbulas rachadas.

Laila estremeceu quando eles se aproximaram. Devagar, ela tirou as luvas e estendeu a mão para tocar a grade de metal na entrada. Fechou os olhos e fez um aceno tenso com a cabeça. Roux-Joubert estava ali. A calma tomou conta de Séverin. Ele pensou nas histórias sobre o submundo que tinha ouvido enquanto crescia. O conto de Orfeu, que olhou para trás e perdeu tudo. Ele não seria assim. Ele desceria e ascenderia, e não perderia nada além de um pouco de tempo.

Séverin se obrigou a engolir a dúvida no fundo de sua garganta e começou a descer os degraus. Acima de sua cabeça, uma placa esculpida em pedra declarava:

Arrête! C'est ici l'empire de la mort.
Pare! Este é o império da morte.

PARTE V

DOS ARQUIVOS DA ORDEM DE BABEL

AS ORIGENS DO IMPÉRIO

SENHORA HEDVIG PETROVNA, DA CASA DAŽBOG DA FACÇÃO RUSSA DA ORDEM, 1771, REINADO DA IMPERATRIZ YEKATERINE ALEKSEYEVNA

Devemos ser vigilantes com os limites de nosso trabalho.

Nós protegemos e preservamos.

Não fingimos ser deuses.

Nossos Anéis de Babel carregam o poder de revelar os Fragmentos, mas alguns se esqueceram de que esse poder não confere divindade. Talvez teria sido melhor se os chamássemos de "asas de cera". Um lembrete para aqueles que desejam alcançar o que não devem. Existem Ícaros, Sampatis, Kua Fus e Bladuds. Aqueles que tentaram alcançar e fracassaram. Sua queda é um ótimo lembrete para nós. Seus ossos esmagados no chão, a leitura de um necromante a respeito do destino que aguarda aqueles que se esquecem.

24

ZOFIA

Zofia encarou a cama de seu quarto. Sobre ela, havia três trajes distintos. Um escuro, um claro e um coberto com um bordado multicolorido. Ela estava ciente, ainda que distante, que havia mais coisas às quais devia se atentar, mas não conseguia compreendê-las, e então nem tentou.

Em vez disso, pegou a carta presa em uma de suas mangas. Era uma lista, escrita com a caligrafia perfeita de Laila.

Passo 1: Zofia, escove o cabelo. Tentei te ajudar antes de partir, mas não consegui encontrá-la. Ou por acaso vi você no corredor ocidental, perto das glicínias?

Zofia sentiu uma pontada de culpa. Laila a tinha visto. Mas Zofia vira a escova e desaparecera por outro corredor.

Passo 2: Separei três vestidos para você. O escuro será mais discreto, porque não tem babados assimétricos. O mais claro será o mais confortável. E o com bordado é para o caso de você se sentir nervosa — então poderá contar os pontos enquanto estiver esperando.

Zofia escovou o cabelo e pegou o vestido bordado.

Passo 3: Em sua penteadeira há um pote de ruge e um de kohl. Use-os apenas se desejar. Os cosméticos não significam que você precisa deles. Eles podem ser qualquer coisa que você deseje que sejam. Uma melhoria, uma armadura et cetera.

Zofia ficou olhando para o último passo. Não conseguia explicar por que aquilo a acalmara, mas foi o que aconteceu. Em sua penteadeira, encontrou os potes de cosmético que Laila mencionara. Zofia não mantinha muitas coisas em sua cômoda, além da bacia para se lavar e uma toalha limpa. Em casa, ela nunca passava muito tempo cuidando do rosto ou do cabelo. Era mais forte que ela, aquilo acabava deixando-a frustrada, e ela simplesmente pedia a ajuda de Hela. Mas Hela não estava ali. Ainda não, de todo modo. Se essa noite desse errado, talvez ela nunca estivesse.

Assim que se vestiu, Zofia verificou mais uma vez os bolsos e saias. Todas as suas roupas tinham algum aspecto Forjado, e o vestido bordado não era exceção. Sua peliça era feita de seda Forjada com enxofre, que podia explodir em chamas — perfumada, para não prejudicar o olfato —, e ela também alterara seus sapatos, junto com os de Enrique e Hipnos, para incluir lâminas nos saltos.

Na alça de sua bolsinha havia um mnemo-inseto e o tecido prateado. Zofia se atrapalhou, suas mãos úmidas, enquanto ajeitava as alças da bolsinha. Quando estava prestes a deixar o quarto, percebeu um leve brilho em sua mesa de cabeceira. Fez uma pausa. Era uma dama-da-noite, Forjada por Tristan para se encharcar com a luz das estrelas e servir como luz noturna para quando ela sentisse fome e quisesse se esgueirar até as cozinhas. Tristan estava sempre trabalhando em invenções botânicas, assim como Zofia sempre trabalhava em novas engenhocas da engenharia. Ela sorriu, pensando na última invenção em que ele trabalhara: as Mordidas Noturnas. Projéteis de tinta que podiam cegar temporariamente uma pessoa, para o desespero de Laila.

Com suavidade, Zofia tocou a dama-da-noite. Nos últimos dias, ela dormira no laboratório, então não deixara a flor no parapeito da janela. Um restinho de luz ainda era notado em suas pétalas, formando uma piscina luminosa na madeira de sua mesa de cabeceira. Com cuidado, ela a pegou e a colocou sobre os outros objetos de sua bolsa. Tristan nunca ficava sem uma flor, seja no bolso ou entre os dedos. No caminho de volta para casa, ele ia precisar de uma.

Zofia seguiu até o saguão de entrada. Em uma das paredes, a luz da tocha Forjada parecia brilhante demais. Ela esfregou a pele, parecia quente. Em geral, Zofia nunca entrava em um ambiente onde as pessoas podiam vê-la. Mas as instruções de Séverin antes de partir foram bem claras.

Se faça ser vista.

A ideia a deixou nauseada. Do alto da escadaria, Zofia observou o salão. Por um milésimo de segundo, a escadaria não parecia ser uma diagonal inclinada, mas sim uma queda pronunciada, seu corpo se inclinando em um precipício direto no chão.

Ela oscilou...

— Tudo bem aí, fênix?

Enrique estava ao lado dela, o braço ao redor de sua cintura, mas o removeu imediatamente.

— Peço desculpas. Eu pensei que você fosse cair.

Ela agarrou o corrimão.

— E eu ia mesmo.

Zofia olhou de canto de olho para Enrique. Assim como ela, ele tinha se vestido com cuidado. Reconheceu a armadura sutil em suas roupas. A invenção dela, na qual botões podiam se transformar em bolinhas de gude e fazer alguém escorregar. O lenço de seda em seu bolso podia se tornar um escudo de ferro. Mas então o olhar dela foi para... cima. Para o rosto dele. Ela já tinha olhado para o rosto dele pelo menos uma vez ao dia por aproximadamente 730 dias, e durante aquele tempo nada havia se alterado. Continuava sendo um rosto objetivamente bonito. Ela notara os olhares persistentes que o seguiam sempre que Enrique entrava em algum ambiente. Mas a consciência que ela tinha de suas feições parecia... diferente. Mais intensa.

— Hum... Zofia?

Ela pestanejou, e então percebeu que tinha erguido a mão para tocar o rosto dele. Com isso, puxou a mão de volta e olhou para ela, pensativa.

— Seu rosto está diferente.

Enrique deu um tapinha de leve nas próprias bochechas.

— Diferente ruim? Diferente bom? Ainda estou bonito, pelo menos?

Um calor percorreu a base da coluna dela. Que estranho. Era desconfortável. Mas não dolorido.

— Está — respondeu ela, e então desceu os degraus.

Os dois vagaram pela multidão. Em um canto do saguão, uma princesa turca estava sentada diante de um tabuleiro de xadrez. Uma mulher cujos cabelos pareciam uma camada de tinta passou por eles, as mangas vermelho-vivo de seu vestido tocando o chão. O balcão da recepção era um círculo de caos. As chaves dos quartos passavam voando pela multidão e golpeavam os punhos dos hóspedes como cães ansiosos por um petisco.

— Por quanto tempo precisamos ficar aqui? — perguntou Zofia.

— Só até o relógio badalar às dez horas.

Zofia olhou para o grande relógio de pêndulo perto da entrada do L'Éden. Faltavam dez minutos.

— Onde está Hipnos?

— Pergunte e terá sua resposta, *ma chère*.

E então Hipnos apareceu ao lado deles vestido com um casaco de veludo púrpura. Ele acenou com os dedos. Seu Anel de Babel resplandeceu.

— Não faça alarde! — repreendeu Enrique, chamando-lhe a atenção.

— Relaxa, é falso.

Zofia olhou para ele. Onde Hipnos escondera o Anel verdadeiro, então? Um patriarca ou uma matriarca nunca podiam ficar sem os Anéis, pois eram soldados em suas mãos.

Enrique bufou.

— Então tá. E quanto ao resto? O que você está vestindo? — ele quis saber. — Séverin falou para nós sermos sutis.

— Alguém pode acabar me reconhecendo. E, se isso acontecer, me vestir com sutileza só atrairia mais a atenção... Para você ver como é algo anormal. Além disso, estou usando todos os meus amuletos da sorte.

— Hipnos ergueu o interior de sua lapela, revelando broches imensos, feitos com fragmentos de pedras preciosas. — Uma boa parte da minha herança, para ser honesto...

— Você parece um inseto!

Hipnos levou a mão ao peito.

— Nossa, que rude! Zofia, eu sou um inseto?

Zofia negou com a cabeça.

— Obrigado...

— Você não tem as características necessárias para ser um inseto — disse ela. — Você precisaria de dois pares de asas, um corpo segmentado em três partes e seis pernas para ser um inseto.

Ela aprendera aquilo com Tristan.

Enrique caiu na gargalhada.

Quando o relógio badalou às dez horas, os três entraram em uma carruagem. O trajeto até a Exposição Universal era curto e, quando eles chegaram, uma multidão se aglomerava ao longo do *Champs-de-Mars*. Lâmpadas resplandeciam de alto a baixo na Torre Eiffel, e fogos de artifício brilhavam contra o céu noturno. Zofia abriu caminho pela multidão, sentindo aquela pontada de pânico surgir em seus pulmões. As pessoas a cercavam por todos os lados. Ela sequer conseguia ver a rua, e mal tinham dado cinco passos...

— Abram espaço! — gritou Hipnos, cutucando as pessoas com a bengala.

Enrique parecia horrorizado. Escondeu o rosto com as mãos. E então Hipnos suspirou.

— Se é assim que vai ser... — Ele desatarraxou a parte de cima de sua bengala. — Cubram a boca e o nariz, meus queridos.

Zofia não viu nada, mas sentiu uma fina bruma contra sua pele. Um a um, os narizes das pessoas se enrugaram, e todas deram um passo para longe de Hipnos, abrindo caminho até a exposição. Quando eles conseguiram chegar ao outro lado, Hipnos tampou a bengala e sorriu.

— Contratei um artista de Forja com afinidade mental para fazer um repelente de pessoas. Infelizmente, não dura mais do que um minuto, mas torna a bengala deliciosamente útil.

Enrique parecia com inveja.

— Bem, a minha bengala emite uma luz brilhante.

Zofia sentiu uma onda de orgulho. Fora ela quem projetara aquela bengala.

Hipnos ergueu o queixo.

— A *minha* pode...

Zofia os ignorou. Não tinha interesse em ouvir dois garotos comparando suas bengalas.

Após as ruas dominadas por vendedores de lembrancinhas e por cafés se pavoneando com produtos exóticos, erguia-se o arco de vidro e metal da *Galerie des Machines*, um testamento para as invenções que os lançariam ao novo século. E, bem ao lado, a Exposição de Superstições Coloniais. Mais cedo, Hipnos colocara guardas da Casa Nyx na exposição e, quando eles o viram, se afastaram e permitiram a entrada do grupo. Àquela hora da noite o lugar estava vazio, pois a maioria dos turistas tinha deixado as exposições para ver os fogos de artifício sendo disparados das laterais da Torre Eiffel.

Como antes, fileiras ordenadas de pódios se espalhavam pelo espaço. Em cada pódio havia a descrição do objeto Forjado em exibição e seu país de origem. Zofia pegou o mnemo-inseto em sua bolsinha.

A parede que escondia a porta Tezcat se assomava diante de Zofia. Com pouco menos de um metro e meio de altura, ela estava acostumada a se sentir pequena, mas era o que estava do outro lado do Tezcat que a fazia se encolher. Ela havia visto os segredos ocultos no relógio de osso. O auditório coberto de ossos no que parecia ser uma gigantesca espiral logarítmica. Ossos incrustados nas paredes.

Na maioria das aquisições, ela ficava de lado ou se escondia no local da reunião final e interferia conforme necessário. Nunca na vanguarda. Nunca era aquela que controla os aspectos. Zofia engoliu o nó de apreensão. As coisas mudaram. Tristan precisava dela. E não ia falhar com ele.

O tecido prateado que levara horas para ser Forjado deslizou de sua mão até o chão. Zofia se recompôs, contando os pontos dos bordados até que um zumbido agradável tomou conta de seus pensamentos. Nas duas extremidades da parede, Hipnos e Enrique se agacharam.

Zofia fingiu olhar para um dos objetos no pódio. E então, murmurou:

— Agora.

Hipnos e Enrique pegaram as pontas do tecido prateado, agora aderido ao comprimento total da parede de pedra. O tecido em si era invulnerável à matéria, mas ainda poderia ser arrancado da parede, então ela forrou o tecido com adesivo Forjado. Mesmo se alguém entrasse ali depois que eles partissem, não conseguiria arrancá-lo a partir deste lado da parede.

Simultaneamente, eles bateram um calcanhar no outro. As pernas de pau Forjadas escondidas em seus sapatos se esticaram, lançando-os direto no ar. O tecido prateado foi esticado a partir do chão, como uma cachoeira subindo, até cobrir toda a parede.

Feito aquilo, Zofia pegou o mnemo-inseto e esfregou o pequeno botão na asa direita. Toda vez que sua pele roçava aquela região, ela sentia uma vibração percorrer suas veias. Ainda que o mecanismo do inseto exigisse uma afinidade pela matéria, seu mecanismo interno usava afinidade mental. O objeto estava ligado ao modo como seu cérebro processava uma imagem e, com essa imagem, ele poderia então projetar o "pensamento" na forma de holograma.

— O que eu preciso fazer, minha linda? — quis saber Hipnos. — Cantar? Dançar?

— Por que eu preciso estar à vista do mnemo-inseto? — perguntou Enrique. — Não posso só ir para o lado?

— O que Séverin faria?

— Provavelmente faria cara séria de forma atraente e observaria o lugar.

— E mastigaria um cravo — acrescentou Zofia.

Enrique sorriu.

— Isso com certeza.

— Agora? — indagou Hipnos.

— Ainda não — respondeu Zofia. Eles tinham que acertar o momento com perfeição, caso contrário, Séverin e Laila podiam ser expostos.

Ao redor deles, o relógio marcou onze horas.

Zofia ajustou as lentes, e então falou:

— Comecem a fazer pose.

25

LAILA

O pé de Laila escorregou no chão liso das catacumbas. Seus batimentos pareciam irregulares ao seu ouvido. Lentamente, ela tateou seu caminho pela escuridão. Mais adiante, conseguia distinguir apenas Séverin. Uma forma alta e imponente que atravessava as sombras espessas das paredes cobertas de ossos.

Laila não ousava tocar nos ossos colocados nas paredes ao seu redor. Nunca testara sua habilidade contra um crânio. Na Índia, os mortos eram cremados. As lendas diziam que aqueles que não eram adequadamente enterrados se tornavam *bhuts*, ou fantasmas. E, embora soubesse que não era capaz de ler qualquer coisa viva, não queria se arriscar com os mortos.

No teto acima, entalhes em forma de moedas lançavam uma luz verde no chão. Laila estremeceu, pensando no aviso na entrada das catacumbas:

Arrête! C'est ici l'empire de la mort.
Pare! Este é o império da morte.

Ela mal conseguia suportar olhar para aquele lugar. Até o ar a ofendia. Tinha a textura fria e inabalável de um sepulcro, e ela podia senti-lo gelando sua garganta a cada inspiração. Quando dobrou uma esquina, avistou um crânio do tamanho do de uma criança e quase vomitou. Tudo fedia a um custo a ser pago, e Laila não sabia qual havia sido o custo de sua existência. Será que era aquilo que o *jaadugar* usara quando criou o corpo dela?

— Aqui — sussurrou Séverin.

Em silêncio, Laila se aproximou dele. Quanto mais perto chegava, mais ela sentia como se uma mão estrangulasse seus pensamentos. Quando viram a localização da Casa Caída revelada no relógio de osso, o objeto lhes proporcionara mais do que uma imagem, ele lhes garantira conhecimento. Laila balançou a cabeça. Não gostava do jeito como se sentia, como se alguma coisa parasita estivesse sentada sobre seus pensamentos, puxando as rédeas de sua mente.

Agora, ao lado de Séverin, Laila pensou que devia haver algum engano. Não havia nada além de outra prateleira de ossos, aquela era enfiada em um arco com uma fileira de crânios sorridentes que oscilavam desde o topo. Uma tênue fenda de luz se sobressaía pelos olhos ocos dos crânios. Laila prendeu a respiração quando Séverin colocou a mão na parede de ossos. Sua mão desapareceu, afundando até o pulso.

— Outro Tezcat — disse ele. Um sorriso feroz se espalhou por seu rosto. — E sequer está protegido.

A Casa Caída confiava no segredo de sua localização e em nada muito além disso. Nenhuma vez, enquanto seguiam pelos corredores segurando seus dispositivos Forjados, ela e Séverin captaram sinais de segurança adicional.

— Pronta?

Laila confirmou com a cabeça. A principal tarefa de Séverin era encontrar Tristan. Quanto a ela, a única coisa que precisava fazer era ler o ambiente. Literalmente. Em algum lugar do outro lado estava não só o Anel de Babel da Casa Kore, mas também o Olho de Hórus roubado da biblioteca subterrânea. Depois daquilo, Hipnos poderia retransmitir a informação para a Ordem, e então Roux-Joubert e seu comparsa seriam detidos.

— Eu vou na frente — informou Séverin.

Por um instante, Laila quis detê-lo. Aquele lugar a enervava. Mas talvez fosse coisa da superstição. No fim, ela observou enquanto ele passava pela parede de ossos, com o coração martelando em seus ouvidos.

Laila esperou um pouco. Sua mão roçou a pequena bolsa que tinha presa ao quadril. Em seguida, empurrou-a para o lado e removeu o pequeno canivete preso na coxa. Respirou fundo, seu corpo retrocedeu com a sensação do ar úmido, e então ela atravessou a parede.

Do outro lado havia um auditório, idêntico ao que o relógio de osso lhes mostrara. Plataformas de pedra escavadas na parede, inclinando-se para baixo em um amplo palco, o qual, por sua vez, a fazia se lembrar de uma concha de caracol. Uma estranha espiral penetrava profundamente na terra. Quando viram aquele espaço pela primeira vez por meio da projeção do relógio de osso, Zofia murmurara que era outra espiral logarítmica e então se lançou em uma explicação que Laila ignorou por completo. Séverin, no entanto, achava que era outra coisa. Uma trilha mecanizada, não muito diferente de uma roda-d'água ativada pela pressão de um líquido, ou da bola de fogo que viajava seguindo um padrão de saca-rolhas lá na Casa Kore. Mas eles não tinham pista alguma quanto para aonde aquilo levava. Atrás do palco, cortinas esfarrapadas de cor escarlate pendiam do teto, completamente imóveis e um bordado de ouro desbotado cobria o tecido. Os símbolos das quatro Casas da França. Um ouroboros — uma serpente mordendo a própria cauda — se estendia até as bordas da cortina. Casa Vanth. Uma lua crescente que parecia um sorriso amarelo e medonho pairava no centro. Casa Nyx. Espinhos e botões de flores se entrelaçavam no espaço que ficava entre a serpente e a lua. Casa Kore. E, dentro da serpente, com as seis pontas tocando o corpo escamado, um hexagrama gigante. A Casa Caída. Atrás daquelas cortinas, imaginou Laila, devia estar a entrada para a Exposição de Superstições Coloniais. Laila tentou não pensar em Hipnos, Enrique e Zofia. Como estavam ao mesmo tempo perto e inalcançáveis. Enquanto esquadrinhava o restante da vista, Laila murmurou uma oração.

À esquerda do palco havia uma porta fechada. Laila conseguia distinguir o som de alguém tocando um violino e outra pessoa falando em voz baixa. Os cabelos de sua nuca se eriçaram, mas ela não entrou em pânico. Era isso o que tinham planejado. Naturalmente, Roux-Joubert e seu parceiro estariam por ali. Em uma hora, eles passariam pelo Tezcat, presumindo que pegariam o Anel de Babel de Hipnos antes de retornar para as catacumbas. Um lampejo de movimento à direita do palco chamou a atenção de Laila. Ela levou a mão ao quadril, em busca de sua adaga. Ao mesmo tempo, Séverin segurou sua mão com uma firmeza de aço.

Tristan.

Ele estava caído sobre uma cadeira. O Elmo de Fobos ainda colocado ao redor da testa. Mesmo à distância, Laila conseguia distinguir um clarão azul cintilando pelo vidro como faíscas de um relâmpago. O olhar dela percorreu o corpo do garoto. Os nós de seus dedos brancos, de tanto segurar o apoio de braço. A forma frágil como ele mantinha as pernas, retas e travadas. Laila apertou os olhos com força, tentando segurar as lágrimas que se assomavam.

— Por que não tiraram aquela coisa maldita dele? — perguntou Séverin, com voz rouca. — Por que ainda o estão machucando?

Ela não tinha uma resposta para aquilo.

— Nós vamos tirá-lo. Logo tudo isso vai acabar.

Séverin empalideceu, mas conseguiu dar um curto aceno de cabeça. Laila se obrigou a olhar além do rosto de Tristan, até a área que o cercava. Havia uma grande mesa de trabalho, repleta de peças mecânicas — pontas de ferramentas, um furador de madeira, um pote de botões. E então, apoiado em um pedaço de veludo... o Olho de Hórus. Alguma outra coisa brilhava um pouco mais para trás. Estava longe demais para dizer, mas aquele tom azulado melhorou seu ânimo. Podia ser o Anel de Babel.

Séverin estendeu a mão. Laila remexeu na bolsa. Ao lado de uma bolsinha com as Mordidas Noturnas de Tristan havia uma pequena caixa de rapé. Ela a abriu, revelando um novo e precioso suprimento de pó de espelho. Séverin pegou uma pitada, espalhando pelas mãos e tocando o chão de terra. Sua imagem ondulou, fundindo-se com a da plataforma. Enquanto ele se movia, parecia haver uma saliência invisível no terreno, descendo rapidamente o chão inclinado. Laila fez o mesmo, e então, com agilidade, desceu os degraus. Mesmo com os sinos Forjados para abafar os sons, ela seguia na ponta dos pés. Um instinto de dançarina, mover-se com precisão. O chão embaixo dos pés deles era escorregadio, coberto de limo e cascalho. Bastaria uma queda e o deslizamento dos pedregulhos revelaria a localização deles.

Na base da plataforma, Laila e Séverin se esgueiraram pelas bordas, avançando até as alcovas sombrias onde Tristan estava. Séverin correu até ele, agarrando o pulso do irmão. Esperou um segundo, e então soltou a respiração.

— Os batimentos dele estão ficando acelerados.

Pelo menos ele tinha batimentos.

Séverin se agachou no chão, pegando as tiras que prendiam as pernas de Tristan à cadeira. Suas mãos tremiam. De perto, o elmo ao redor da cabeça de Tristan emitia um brilho azul sinistro. Raios de luz ricocheteavam pela parte de cima, como se tentáculos ondulassem sobre seu crânio. Seus olhos se mexiam sob as pálpebras fechadas.

— O que eles fizeram com você? — murmurou Séverin, serrando os dentes. Deu uma olhada em Laila. — Pega o Olho e começa a procurar pelo Anel.

Mas Laila se sentia enraizada onde estava. Algo parecia estranho. Um mau pressentimento tomou conta dela, incomodando no fundo de sua mente.

— Séverin, espera.

— Eu vou tirá-lo daqui — disse ele, com ferocidade. Desfeito um nó, Séverin se voltou para as amarras na outra perna. Enquanto isso, Tristan não se mexia, não se retorcia. Como se não conseguisse sentir nada. — É isso e acabou.

Laila se virou para a mesa de trabalho. Ali estava o Olho de Hórus. Atrás dele, o Anel.

Bem ali, um tesouro pronto para ser levado. Mas ela não conseguia tirar nada da mesa. Algo segurava sua mão. Em vez disso, ela tocou a madeira que estava de frente para Tristan. As imagens do que ela testemunhara invadiram seus pensamentos, afastando Laila da cena que a cercava. *O palco. As cortinas puxadas enquanto um homem com um chapéu que tinha lâmina na aba atravessava a parede. Roux-Joubert tossindo, sangue escapando de seu lenço e manchando a mesa de madeira. Tristan gritando. Um tecido sendo enfiado em sua boca.*

Laila puxou a mão, o coração estava em disparada. De canto de olho, podia sentir Séverin. Suas mãos tentando desfazer o nó. Ao longe, ela o escutou.

— Laila, pegue o Olho e o Anel. O que você está esperando pra...

Ela viu a si mesma tocando o Olho de Hórus. Sentia como se estivesse fora do próprio corpo. Sentia que concentrava sua percepção para tentar lê-lo, como faria com qualquer objeto não Forjado. Mas o Olho era Forjado e, quaisquer que fossem os segredos que continha, estava fora do alcance de seu toque. Na sequência, ela tocou no Anel.

Imagens a atingiram com força.

As ferramentas sobre a mesa. O molde de zinco. Luzes azuis em um fio. Tristan gritando enquanto o Anel era feito.

— Agora fique quieto, garoto, ou vou fundir esse Elmo de Fobos à sua cabeça. É isso o que você quer? Não vê seu lugar na grande revolução? Não entende o que precisa ser feito para despertar o futuro?

Laila puxou a mão para trás.

Ela não devia ter sido capaz de ler o Anel.

Era falso.

— Séverin! — gritou ela, sem se preocupar com o fato de que, ao elevar a voz, alguém pudesse ouvi-la.

Ela estendeu o braço para segurar a mão dele bem no instante em que Séverin tocou o elmo. Mas não foi rápida o bastante. Séverin o segurou com as duas mãos. No instante em que o levantou da cabeça de Tristan, as luzes azuis se apagaram abruptamente. Sem o objeto, a cabeça de Tristan tombou para o lado. Eles não tinham trocado as roupas que ele usara na estufa. Estava coberto pelas próprias sujeiras. Séverin se virou para Laila, com um sorriso vitorioso estampado no rosto. Laila pestanejou. Aconteceu tão rápido. Em um momento, as luzes azuis desapareceram. No outro, arderam de volta à vida. A luz se curvou, enroscando-se nos braços de Séverin. Ele caiu de costas, com a cabeça para trás, o corpo tremendo...

— Não! — gritou Laila.

Ela chutou o elmo para longe das mãos dele, e então o segurou. Os olhos dele estavam revirados.

— *Majnun.*

Ele não se moveu. Ao longe, Laila ouviu uma porta se abrir. Vozes ficando mais insistentes. O gemido de metal contra metal quando as cortinas foram abertas. A mente de Laila se dividiu. Tinha que ir embora. Ou poderia esconder Séverin ali, cobri-lo com pó de espelho o suficiente para que ninguém o encontrasse até que os demais pudessem se juntar a ela. Pelo menos ela estava com o Olho de Hórus.

Laila hesitou, e então estremeceu violentamente. Algo a espetara na parte de trás do pescoço. Ela ergueu a mão... e sentiu alguma coisa. A pele fria e pegajosa do pulso de alguém. E, embaixo desse pulso, uma lâmina.

Laila ficou imóvel. E então afastou a mão, as costas rígidas como uma tábua. Em um momento, teria que se virar. Lentamente, ela moveu a cabeça. Ao fazer isso, enfiou uma das mãos dentro de sua bolsa. Ainda estava aberta, agora caída sobre seu colo. Seus dedos se fecharam ao redor de uma Mordida Noturna.

— Por favor — disse uma voz trêmula atrás dela. A voz da pessoa que segurava a faca. — Por favor.

Algo se quebrou dentro dela. Conhecia cada contorno daquela voz. Como ficava grave durante uma gargalhada. Aguda quando empolgada. Laila olhou para trás: Tristan.

Lágrimas escorriam pelo rosto dele. Mas, mesmo enquanto chorava, Tristan não largou a faca que segurava contra a garganta dela.

— Por favor — implorou ele, e já não soava mais como si mesmo, mas como um menino assombrado e caçado. — Por favor, você não entende.

26

SÉVERIN

Séverin abriu os olhos.

Estava ajoelhado. Pelo menos sabia isso. Seus joelhos doíam. Os músculos de seu pescoço latejavam. Quando olhou para baixo, percebeu que tinha as mãos amarradas. Como se estivessem em oração. Sua boca tinha um gosto amargo. Uma pitada de cravo ardia em sua língua.

— Você sabe onde está, *monsieur* Montagnet-Alarie?

Séverin ergueu os olhos. Roux-Joubert o encarava de cima. Séverin mudou o ponto de apoio de um joelho para o outro, sentindo um grande peso na canela esquerda. Antes de entrar nas catacumbas, ele tinha colocado um saco pesado cheio de terra de diatomáceas e enxofre na bainha da calça. Na ocasião, torcera para que o pó deixasse um rastro, mas naquele momento já não tinha certeza se os demais encontrariam aquilo a tempo.

Séverin mordeu o lábio, esperando que a dor clareasse suas lembranças. Lembrava-se de ter entrado nas catacumbas. Lembrava-se de ver entalhes estranhos esculpidos no chão do palco. Fez um esforço, e novas imagens vieram à superfície de seus pensamentos. *Laila.* Laila gritando para ele, tentando impedi-lo bem no instante em que ele pegou o elmo que estava preso na cabeça de Tristan.

— Ele está bem, meu garoto — disse Roux-Joubert, como se pudesse ler seus pensamentos.

Séverin teve que se controlar para não grunhir.

Roux-Joubert montara uma armadilha para ele. E tinha colocado uma isca irresistível para Séverin: Tristan.

Séverin ergueu os olhos. As cortinas escarlate, antes fechadas, agora estavam abertas. A porta Tezcat se espalhava diante dele, assomando-se como uma grande fera de obsidiana polida. Através do Tezcat, ele conseguia ver a exposição de Forja. Objetos pairando sobre pódios pretos. A luz fraca das lâmpadas de enxofre mergulhando a cena em sombras. Mas aquilo não era tudo o que conseguia ver. Parados bem do outro lado do Tezcat, com os pés firmemente plantados na exposição de Forja, com as mãos enfiadas no bolso e sorrisos presunçosos no rosto, estavam Enrique e Hipnos. Séverin afastou o olhar deles, o coração batendo acelerado em sua caixa torácica. Observou o palco. Só duas pessoas estavam ali. Roux-Joubert, vestido em um terno preto, com o broche de abelha proeminente e polido na lapela. Atrás dele, um homem robusto com um chapéu-coco estranho, cuja aba resplandecia como se... como se fosse uma lâmina.

Séverin tentou virar o pescoço para olhar atrás dele, mas não conseguia. Laila e Tristan não estavam à vista.

— Onde estão eles? — resmungou.

— Estão esperando para serem testemunhas — disse Roux-Joubert.

Ele deu um passo na direção de Séverin, e então parou. Em seguida pegou o lenço em seu bolso e tossiu violentamente. Mesmo agora, com a mente ainda nadando nos resquícios dos pesadelos, Séverin conseguia perceber que o outro homem não estava nada bem. O lenço estava todo manchado de sangue. Séverin abriu a boca para falar, mas então o homem de chapéu com aba de lâmina pegou um objeto atrás de suas costas: o elmo.

Faíscas azuis viajavam pelo exterior de vidro, e Séverin estremeceu. Aquela coisa era o último objeto que ele tinha tocado antes de desmaiar. Lembrava-se de como invadira seus pensamentos. Imagens disparadas em sua mente, segurando sua alma com punho de ferro — a mãe gritando: *Corra! Corra, meu amor! Corra!* Tristan agachado em uma roseira. Os cortes dos espinhos marcando sua pele. O faisão de pele dourada disposto em um prato. A mão de Laila desfalecida no chão. Ossos de sombria cortando o interior de sua boca.

Pesadelos. Todos eles.

— O Elmo de Fobos não precisa ser apresentado para você — disse Roux-Joubert. — Embora você pareça surpreso em vê-lo. Bem, ele foi banido há cerca de dez anos pela Ordem de Babel. Uma pena, considerando que produz excelentes resultados. Ninguém motiva melhor uma pessoa do que ela mesma. E quem te conhece melhor do que, bem, você mesmo?

Séverin se lembrou do rosto de Tristan quando ele tirou o elmo. Os hematomas sob seus olhos. Como se há dias não dormisse.

— É surpreendente o que alguém pode revelar em seus piores pesadelos — comentou Roux-Joubert.

O comparsa dele lhe puxou uma cadeira, e Roux-Joubert se sentou, cruzando os tornozelos e alisando a frente do paletó como se estivesse se acomodando para um chá.

— Incluindo uma aquisição de um relógio de osso da Casa Caída.

O olhar de Séverin endureceu.

— Ah, não se preocupe, meu garoto. Ainda é bem impressionante que você tenha conseguido desvendá-lo. Para dizer a verdade, eu não tinha certeza se isso aconteceria, mas deixei a armadilha lá só por precaução.

Séverin lutou contra as cordas que amarravam seus pulsos, mas elas não cederam.

Roux-Joubert se levantou de sua cadeira. Sob a luz sulfurosa das catacumbas, seu rosto era macilento. Quase amarelo devido à doença.

— Eiii... calminha aí... não faça isso. Você não vai querer machucar a si mesmo. Deixe que alguma outra pessoa faça isso. Caso contrário, qual é a graça?

Ele tocou o rosto de Séverin, passando a unha pela lateral de sua bochecha. Mas então Roux-Joubert estremeceu de dor. O homem segurou sua manga, como se ali houvesse um ferimento que precisasse de cuidados. Então aos poucos foi puxando o tecido, revelando um corte comprido, coberto com uma bandagem manchada de amarelo.

— Este é o preço da divindade — explicou Roux-Joubert. — Um preço que tentamos pagar uma vez antes.

Séverin olhou além de Roux-Joubert. Enrique e Hipnos estavam parados ali, claramente dentro da exposição e conversando um com o outro, jogando algo no ar como se tivessem todo o tempo do mundo. Séverin umedeceu os lábios. Sua voz parecia áspera, mas precisava falar. Mais importante ainda, precisava manter Roux-Joubert falando.

— Divindade?

— É claro — disse Roux-Joubert. Um brilho maníaco ardeu em seus olhos. — Você nunca se perguntou por que alguns humanos conseguem Forjar? É uma essência carregada no sangue. Uma capaz de ser aproveitada pelo poder do próprio Fragmento de Babel. Deus nos fez à Sua imagem. Sendo assim, não somos nós deuses?

Mais uma vez, Roux-Joubert levantou a manga de sua camisa. Dessa vez, porém, arrancou a bandagem manchada de amarelo, revelando a pele pálida toda recoberta de cicatrizes.

— Foi difícil — admitiu. — Machucar a si mesmo. Esfolar. Mas...

Do bolso do paletó, ele pegou uma faca brilhante e a passou pelo braço. Em seguida estremeceu de dor, mas, quando seu sangue escorreu, não era vermelho, era dourado. Dourado como icor. Como o sangue de um deus.

— ... vale a pena. Anos atrás a Casa Caída fez uma descoberta em nosso sangue. Com as ferramentas certas, podíamos aproveitar a essência indispensável dentro de nós que permitia, dentre aqueles que tivessem afinidade, o ato de Forjar. Mas esse foi só o começo. Essa descoberta concede o poder sobre mais do que apenas a matéria e a mente... concede o poder sobre o espírito de outros homens. Deixe-me lhe mostrar.

Séverin tentou se afastar, mas as cordas o mantiveram preso no lugar. Roux-Joubert deu um passo adiante. Então pressionou a ponta da faca contra a bochecha de Séverin, arrastando-a para baixo. Séverin ficou tenso. Sua respiração, entrecortada. Seus batimentos, acelerados. Quando terminou de fazer o corte, Roux-Joubert pressionou a pele ferida de seu braço contra o rosto de Séverin, que gritou. Roux-Joubert, porém, a pressionou com ainda mais força.

A voz de Roux-Joubert era baixa, úmida contra o pescoço de Séverin:

— Eu poderia transformá-lo em um anjo, *monsieur* Montagnet-Alarie.

Uma dor lancinante percorreu as costas de Séverin. E mais uma vez ele gritou. Algo afundou entre suas omoplatas. Quando olhou para trás, soltou um suspiro entrecortado. Pontas delgadas de asas se sobressaíam por seu paletó, afiadas como florões. Penas úmidas e peroladas se erguiam no ar enquanto secavam.

— Ou eu poderia transformá-lo em um demônio.

Séverin dobrou o corpo. Uma nova dor tomou conta dele. Sua visão escureceu, mas retornou assim que chifres surgiram em sua testa, curvando-se atrás das orelhas.

— Eu poderia transformar você.

As próprias células do ser que era Séverin estremeceram, até que, em um ímpeto abrupto, se aquietaram. Os chifres retrocederam em seu crânio. As asas se recolheram contra sua coluna.

Roux-Joubert arfou — Séverin não sabia dizer se de triunfo ou de dor. Ao erguer os olhos, viu o outro homem agachado, se balançando sobre os calcanhares. Sorria com tanta intensidade, que Séverin pensou que seus dentes rachariam. Roux-Joubert lambeu os lábios, mas nenhum sangue escorreu. Uma substância dourada descia por seu queixo e pingava na parte da frente de seu terno.

— Mas nós não podemos refazer o mundo apenas com o poder dado por um único Fragmento, entende? Se chegássemos a juntá-los, então talvez as imaginações que reproduzi poderiam se tornar permanentes. Eu poderia refazer você. Refazer toda a raça humana segundo a imagem de novos deuses. Imagine só. Nada mais de misturas horrendas de sangue. Uma pureza. Garantida e filtrada pelas relíquias sagradas que nos foram transmitidas desde o início dos tempos.

Séverin lutou contra uma onda de dor. Sua língua parecia feita de chumbo.

— Sabe, me disseram uma vez que as antigas civilizações nas Américas criavam deuses por meio do sacrifício de humanos. — Séverin sorriu. — Se quiser que eu enfie uma estaca em seu coração, é só pedir.

Roux-Joubert deu uma gargalhada.

— É tarde demais para isso. É hora da revolução. Logo, os Fragmentos de Babel estarão reunidos... mas, primeiro, eles devem ser despertados. Só eles podem cumprir a promessa e o potencial que o Senhor estabeleceu para nós.

Mesmo através da bruma de dor, a mente de Séverin se atentou a algo: *primeiro, eles devem ser despertados...*

— E que promessa seria essa? — perguntou ele.

— Ora, criar um mundo novo, é claro.

O homem de chapéu com aba de lâmina levantou o Elmo de Fobos. Séverin se encolheu. Ele faria qualquer coisa — *qualquer coisa* — para não usar aquele objeto amaldiçoado novamente.

— E já está quase na hora — comentou Roux-Joubert.

Ele olhou por sobre o ombro de Séverin, com um sorriso largo diante da imagem de Enrique e Hipnos.

— Seus amigos têm sido bem colaborativos. O que me faz pensar que talvez eu lhes deva alguma coisa... algum tipo de um agradecimento. Todo esse tempo, vocês queriam saber onde estava o Fragmento de Babel do Oeste, não queriam? Talvez quisessem alertar a Ordem? Adverti-los, até?

Séverin não disse nada. Seu olhar se voltou para a imagem de Hipnos e Enrique. Ainda rindo.

Não olhe...

— Logo você vai descobrir — disse Roux-Joubert, sorrindo. — Sabe, eu até que gosto de você. Acho que você se encaixaria muito bem em nossas patentes, *monsieur* Montagnet-Alarie. Isso se o doutor decidir deixá-lo viver, é claro.

Cansado, Séverin repassou mentalmente aquela palavra. *Doutor.* Que doutor? Roux-Joubert tossiu de novo, dessa vez com mais força. Limpou a boca, a saliva brilhando em seu queixo.

Um som ecoou vindo do palco. Séverin se obrigou a levantar a cabeça. Laila estava parada ali. Atrás dela, segurando uma faca em sua garganta... Tristan. Séverin não conseguia tirar os olhos dele. Os olhos de Tristan tinham o mesmo tom cinza penetrante de sempre, mas não demonstravam traição, apenas dor... e quando viu Séverin, seus olhos se arregalaram. Ele abriu a boca, como se fosse dizer alguma coisa, mas algo o impediu. O olhar de Séverin se voltou para Laila. Laila, que estava... tentando lhe dizer algo apenas com os lábios. Ao lado dela, os olhos de Tristan brilhavam.

Séverin não conseguia ler os lábios dela. Sua cabeça ainda estava atordoada por causa do Elmo de Fobos. Mas ele observou as mãos de Laila. A forma como apertavam os pulsos de Tristan. Como se ela não estivesse lutando... mas sim tranquilizando-o.

Diante dele, Roux-Joubert arrancou o pingente de abelha de sua lapela. Girou-o bruscamente, e o chão se abriu sob eles.

— Agora começa.

Séverin tentou tirar vantagem do caos. Lançou-se para a frente, mas um objeto sibilou no ar, afiado. O chapéu com aba de lâmina do comparsa de Roux-Joubert acertou a beirada de seu paletó, prendendo-o no chão.

— Essa seria uma atitude infeliz de sua parte, *monsieur* Montagnet-Alarie.

Séverin só pôde observar enquanto o chão sobre o qual estava se transformava. As ranhuras profundas e espiraladas na terra ganharam um fraco brilho azul. Ossos caíram das paredes. E então começaram a se fundir, criando formas terríveis. Os mortos estavam curvados em tronos e cruzes, esqueletos grotescos usavam coroas e feras horríveis eram formadas. Séverin sentiu um cataclisma se erguendo em suas entranhas, do verdadeiro poder da Forja, não a ornamentação e a postura da Ordem, mas a própria essência que havia se fundido na humanidade.

— Você está familiarizado com a palavra "apoteose", *monsieur*? — perguntou Roux-Joubert. O icor escorria de seu lábio.

Séverin não respondeu.

— É... um momento de ascensão. De mortal a imortal. De humano a Deus. E você testemunhará isso, mas não estará sozinho. O doutor verá o que eu fiz, e eu serei glorioso além da conta — gabou-se ele.

Roux-Joubert ergueu as mãos. Ao longo das paredes, os ossos estremeceram. Saíram das paredes — crânios, fêmures, fileiras de dentes —, desceram das plataformas e então começaram a se unir. Os ossos se encaixavam, e o som era como o de um trovão.

Com as cortinas escarlate completamente abertas, a imagem no espelho Tezcat tremeu. Do outro lado, Enrique e Hipnos não tinham notado o perigo que corriam. Eles sorriam e continuavam conversando, e sequer ergueram a cabeça.

— Séverin — chamou Laila, baixinho.

Os olhos escuros dela estavam arregalados e brilhantes. Havia um apelo em sua voz. Um a que Séverin não sabia como responder. Porque talvez Roux-Joubert estivesse certo. Talvez não houvesse esperança. Eles tinham a pretensão de entregar o Olho de Hórus para a Ordem. Para mostrar para eles onde o Fragmento de Babel estava escondido. Achavam que o Fragmento de Babel estaria bem distante, escondido em algum lugar bem longe da Casa Caída.

Naquele momento, o chão se ergueu. Séverin foi caindo conforme a terra subia até encontrar e machucar seu rosto. Sua pele doía com o corte que Roux-Joubert fizera perto da têmpora. Ele ficou deitado ali, lutando contra as amarras, o rosto esmagado no cascalho escorregadio das catacumbas. Inspirou, tremendo. No fim, as suposições deles estavam equivocadas.

O Fragmento de Babel estava bem ali... escondido bem no fundo das catacumbas.

Roux-Joubert largou o Anel da Casa Kore no chão. O Anel afundou na terra, e relâmpagos estalaram pelo chão. Então Roux-Joubert tirou outro Anel de seu paletó... um escurecido pelo tempo. Uma cruel estrela de seis pontas. O Anel perdido da Casa Caída. Ele se juntou ao Anel da Casa Kore, e os esqueletos flutuaram no ar.

— Está despertando — anunciou Roux-Joubert.

Séverin ergueu os olhos. Os esqueletos se lançaram contra a porta Tezcat. Ele sabia o que aquelas coisas estavam fazendo. Estavam tentando romper a barreira. E, assim que conseguissem, estariam lá para que todo o mundo as visse... pois do outro lado havia multidões de turistas; toda a Exposição Universal testemunharia o renascimento da Casa Caída.

Roux-Joubert ofegou, e então forçou um sorriso no rosto.

— Vamos dar um olá para seus amigos, que tal?

27

ENRIQUE

MEIA-NOITE

Enrique viu um esqueleto se lançar sobre seu rosto.

Ele se virou para Zofia, que, junto com Hipnos, estava agachada ao lado dele na escuridão sem estrelas das plataformas das catacumbas. Ele mal reconheceu a própria voz enquanto vasculhava seus pensamentos, em busca de uma piada.

— Estava confiante em relação às minhas roupas, mas, sabem como é... falta uma espécie de rapsódia interna. Entendem o que quero dizer?

Zofia fixou nele aqueles olhos azuis ferozes.

— Não.

Ao lado deles, Hipnos soltou um gritinho estrangulado, apertando com força contra o peito a mão que tinha o Anel. O branco de seus olhos reluzia.

— Eles estão acordando...

O Fragmento de Babel.

Todo aquele tempo, Enrique pensara naquilo do mesmo jeito que os outros... como uma rocha, talvez, algo manuseável o bastante para ser carregado. Mas agora podia sentir o poder do Fragmento percorrendo as catacumbas. Não era uma rocha. Talvez sequer fosse um objeto, mas alguma outra força contida embaixo do solo.

Enrique assistiu, com os olhos arregalados, quando luzes azuis se espalharam pelo palco. Mais ossos caíram das paredes, ajeitando-se em esqueletos irregulares. Um cheiro áspero atravessou o ar: minerais e chuva, cabelos chamuscados e metal. Um tremor percorreu o chão, as plataformas balançaram e terra desmoronou das paredes, caindo no espaço entre sua camisa e pescoço. Enrique encolheu-se, mas não afastou os olhos da cena. Tristan, com os olhos cheios de lágrimas, estava em pé, com uma faca pressionada no pescoço de Laila. Mas Séverin... Séverin fora capturado. Ele não sabia como. Só tinham chegado a tempo de ouvir Roux-Joubert se gabar. *Criar um novo mundo.* Reiniciar a raça humana. Um grande nó se formou em sua garganta. Enrique pensou nas pessoas que conhecera ao longo dos anos. As de pele escura e as de pele clara, aquelas cujos idiomas pareciam apimentados. Aquelas mantidas em vilarejos improvisados, com ordem de entreter. Aquelas que observavam, zombavam ou reprimiam seu horror. Aquelas que apertavam mãos que jamais apertariam abertamente nas ruas. Todas elas. Costuradas em uma tapeçaria que não tinha fim. A Casa Caída não podia apagá-las. Parecia impossível... mas tudo o que Enrique precisou fazer foi olhar para a forma encurvada de Séverin para se lembrar. Grandes rasgos na parte de trás de seu paletó. Uma pena suja de terra presa em seu sapato. Restos de asas que tinham brotado com nada além do sangue de Roux-Joubert contra sua pele ferida.

Hipnos ergueu a mão lentamente, encarando seu Anel falso.

— Eu pensei... Eu pensei que, ao menos, meu anel pudesse ser a peça que faltava para impedir que o Fragmento fosse despertado, mas eu estava errado...

Abaixo deles, Roux-Joubert soltou um rugido. Ele ergueu a mão e esbofeteou Séverin. Laila pareceu prestes a gritar, mas, em vez disso, apertou os lábios com força.

— O que você fez com o Tezcat? — quis saber Roux-Joubert. — O doutor não pode entrar!

Graças ao adesivo e ao tecido prateado de Zofia, a porta Tezcat não havia cedido. Era uma pequena bênção. E se a porta Tezcat não pudesse ser aberta, então fosse lá quem estava do outro lado não poderia entrar...

Todo esse tempo, eles acharam que era apenas Roux-Joubert e o homem de chapéu com a aba de lâmina.

Eles estavam errados.

Os esqueletos se lançavam contra o vidro de obsidiana. Uma rachadura fina apareceu, e pedaços começaram a quebrar e a cair ao chão. A imagem de Enrique e Hipnos começou a falhar. Eles sorriam, viravam a cabeça, voltavam a sorrir. Não era nada além de uma mnemo-gravação sendo exibida pelo tecido prateado. Mesmo assim, a cada pedaço quebrado, uma nova cena se formava, mostrando a exposição de Forja em tempo real. Quando eles saíram, a exposição estava vazia. Mas, naquele momento, eles viram a forma escura de uma multidão reunida, delineada pela luz fraca do salão.

Esperando. Esperando para entrar.

Séverin gritou quando o Elmo de Fobos foi usado para atingi-lo na cabeça. Hipnos se inclinou para a frente, quase denunciando a localização deles. Zofia o agarrou pelo pulso.

— Séverin nos disse para não irmos até lá. Não importa o que aconteça.

— Isso foi antes de ele ser capturado! Ele precisa de ajuda! — disse Hipnos. — E, se o Fragmento de Babel está desperto, então nós precisamos colocá-lo para dormir novamente... Ele não pode ficar assim! Toda a civilização está em risco, você não entende? Não consegue sentir?

— Pense por um instante — pediu Enrique, com o coração acelerado. — Roux-Joubert queria o Olho de Hórus para alguma coisa. Você disse que ele teria um efeito sobre o Fragmento, lembra?

— Mas eu não sei que efeito é...

— Você fica dizendo que o Fragmento está *despertando* — falou Zofia. — É um objeto. Não pode ser desperto. A menos que você esteja sugerindo que é semelhante a uma criatura Forjada. E então, neste caso, ele tem que ter um *sonno* para desativá-lo.

Hipnos apertou os olhos com força.

— O Olho de Hórus — disse ele, devagar. — E se o Olho de Hórus colocar o Fragmento para dormir?

Enrique engoliu em seco, virando o rosto da cena de pesadelos que se desenrolava abaixo deles.

— Isso explicaria por que ele não quis que ficássemos com o Olho — disse Enrique. — Ele não queria que ninguém o impedisse.

— E quanto ao meu Anel? — perguntou Hipnos. — Se ele já tem dois Anéis, então por que ia querer o meu?

A boca de Enrique se retorceu em uma careta. Ele pensou no jeito como Roux-Joubert continuava machucando Tristan... pensou em Séverin se retorcendo ali... nas palavras feias que deixaram os lábios de Roux-Joubert quanto a refazer o mundo.

— Poder e ganância sempre têm apetites — disse ele. — Pegar seu Anel seria um passo nessa direção.

A mandíbula de Hipnos ficou tensa.

— Então devemos dar o que ele quer. Ou, pelo menos, uma ilusão disso.

Enrique fez um aceno tenso com a cabeça. De seu esconderijo, dava para ver o Olho de Hórus largado na mesa de madeira, totalmente esquecido. Talvez Roux-Joubert pensasse que tinha vencido e que não havia necessidade de protegê-lo, pois ninguém mais sabia o que o objeto podia fazer.

Os olhos de Zofia se dirigiram para o chão. Ela levou a mão até a terra, até um rastro de pó claro, do qual pegou uma pitada e esfregou entre os dedos.

— Interessante...

Hipnos segurava o Anel falso contra o peito.

— Era pra gente levar o Olho de Hórus até a Ordem. Não dá para fazer isso agora. E nós não podemos abandoná-los.

Enrique olhou para o Anel, e depois para os broches e joias presos no rico veludo do paletó de Hipnos. *Uma boa parte da minha herança*, dissera ele. O que significava que eram marcados pela Casa.

— Se não podemos ir até a Ordem, podemos trazer a Ordem até nós — refletiu Enrique, sem pressa, um plano se formando em sua mente. — Hipnos, nos dê isso. Quero enviar um sinal.

Hipnos arregalou os olhos, um sorriso tocando seus lábios.

— As Esfinges.

Enrique assentiu. A Esfinge conseguiria rastrear qualquer coisa marcada por uma Casa, mesmo se isso a levasse direto para as catacumbas. Além disso, seus olhos podiam gravar imagens... e a Ordem não teria escolha além de acreditar que a Casa Caída tinha se erguido mais uma vez. Hipnos arrancou os broches. Uma luz azul, uma vez marcada na parte de trás das peças, ficou vermelha. Ele jogou um após o outro no chão.

Enrique olhou para o auditório lá embaixo. O chão se abria e a terra caía em ondas.

— Está quase aqui — vibrou Roux-Joubert, e então agarrou Séverin pelas lapelas. — Me diga como abrir o Tezcat. O que foi que você fez?

Ao longe, Enrique ouviu a resposta fraca de Séverin:

— Sabe, para alguém que quer brincar de deus, você não é muito onisciente.

Enrique afastou o olhar, mas mesmo assim ouviu: um sonoro *crac* quando Roux-Joubert acertou o punho contra a cabeça de Séverin.

— Rápido, rápido... — murmurou Enrique, balançando as pernas com nervosismo. Ele queria estar com seu rosário. Precisava de algo para fazer com as mãos. Não podia ficar só assistindo.

Um som de algo riscado veio da lateral, o barulho de um palito de fósforo sendo aceso. Lá embaixo, Roux-Joubert parou. Enrique olhou para o lado. Zofia tinha acendido um fósforo e agora o segurava contra o chão.

— Zofia, mas o que é que...

— Ele me disse que deixaria um caminho de emergência — explicou Zofia, apontando para o pó claro no chão. — Essa substância é altamente inflamável.

Enrique sentiu seus lábios se moverem antes mesmo de perceber que estava sorrindo. Fogo naquele lugar os faria ganhar tempo. Mas era perigoso... eles tinham que agir, e rápido.

— Então que assim seja, fênix. Queima tudo.

Zofia levou o fósforo até o pó.

No palco, veios azuis de luz emergiram do chão. A forma deles: vastas, como náutilos, espalhadas até as paredes. Enrique não conseguia ver o que os outros estavam fazendo, mas podia sentir o poder o Fragmento de Babel. Sentia como se fosse algo que poderia nivelar reis e reverter a imortalidade. Ele abriu a boca, querendo receber esse poder como se fosse um sacramento.

Hipnos se inclinou para a frente, agarrando Zofia e Enrique por trás, puxando-os pelo colarinho.

— Corram! — gritou ele.

Ele os puxou bem no momento em que uma rajada de vento atravessou os corredores. Enrique estremeceu como se alguma coisa sem nome se enroscasse em suas entranhas. Sentiu-a nos recônditos de sua alma. Um conhecimento, como a impressão digital de um criador. Era tarde demais para impedir Roux-Joubert de tirar o Fragmento de seu repouso.

Porque ele já estava bem desperto.

28

LAILA

Laila caiu no chão quando a força do Fragmento de Babel a atingiu. Sua visão ficou borrada. Veios azuis atravessavam o palco de terra, como gelo rachando sobre um lago. A luz escapava pelo chão, uma expansão escura se abrindo no meio do palco, terrível e sem luz, um abismo para onde as estrelas iam para serem desfeitas.

Laila tocou o chão, abrindo bem os dedos contra a terra dura, sentindo-a entrar entre suas unhas. Ela nunca conseguira ler nada Forjado. Sempre tinha uma sensação abrupta e incômoda, como se uma luz se apagasse em um ambiente. Mas, daquela vez... daquela vez ela podia fazer mais do que simplesmente ler o poder Forjado atravessando o salão.

Ela podia entendê-lo.

A vastidão daquilo a arrancou do próprio corpo. Ela estava em todos os lugares, *em todas as coisas*. Estava no alto de uma montanha, com neve nos cabelos. Estava no chão de um palácio, o cheiro doce de resina pinicando seu nariz. Estava sendo segurada na mão de um sacerdote, colocada na boca de um deus, *forjada* — no sentido antigo da palavra, de um martelo que lhe dava forma e vida — na fornalha do tempo. Pontos de conexão se multiplicaram nos planos de sua mente. Sua consciência se estilhaçou.

Ela era infinita...

Laila arfou.

Então retirou a mão da terra. Pontos azuis piscavam e se apagavam na pele dela. O que significava o fato de aquele poder chamá-la daquela forma... se aquele era o lugar onde as estrelas podiam ser desfeitas... e quanto a ela? Será que ela seria desfeita ali?

Quem era ela? *O que* era ela? Sua mãe a chamava de amada. Seu pai a rotulara de blasfêmia. Paris a nomeara *L'Énigme*.

— Laila? — suspirou Tristan.

Laila.

Ela era Laila. A garota que se fez. Este momento — brilhante e longínquo — desmoronou ao redor dela. Seus sentidos retornaram e, com eles, o medo. Ela sabia que não foi sua imaginação desesperada que a fizera ver o brilho de um palito de fósforo aceso acima das plataformas. *Zofia. Enrique.* Eles estavam ali. Séverin ainda balançava o corpo, de joelhos. O sangue escorria pela boca, vindo do corte em seu rosto. Ela podia sentir as mãos de Tristan em seus ombros, frias e trêmulas. Ela tocou de leve o pulso dele, deixando seu cabelo cair pelo rosto para esconder de Roux-Joubert aquele gesto.

A terra não era tudo o que ela tinha lido.

Quando se ajoelhara no chão ao lado de um Séverin inconsciente, Tristan lhe entregara a faca. E então forçara o cabo contra sua mão. *Por favor. Faça isso parar.* O cabo de madeira mergulhara na palma de sua mão, com lascas machucando sua pele, imagens lançando-se em sua mente. Em suas visões, viu Tristan ser submetido a ondas de pesadelos que distorciam suas dúvidas e as faziam parecer reais. Eles o torturaram. E então o torturaram novamente com o conhecimento do que ele tinha deixado acontecer. Laila então lhe devolvera a faca, rodeando os dedos dele com os seus nos poucos segundos antes que Roux-Joubert chegasse com seu comparsa.

Eu sei o que eles fizeram. Não é culpa sua.

Tristan chorara ao lado dela. Ele sequer perguntou como ela sabia, simplesmente confiou, e o peso daquela confiança aumentou a dor que Laila sentia. Ela não deixaria mais ninguém fazer Tristan chorar. Nunca mais.

— Laila? — sussurrou Tristan.

Ela balançou a cabeça, tomando o cuidado de não falar. A Mordida Noturna estava em sua língua. Ela só teria uma chance de usá-la, e precisava acertar o momento com exatidão. Laila ergueu os olhos, concentrando-os em Séverin. Mesmo agora, mesmo machucado, ele parecia um rei. Seu olhar severo. Sem vacilar. Mas não estava voltado para ela.

Roux-Joubert gritou mais alto:

— Abra aquele Tezcat!

O homem de chapéu com a aba de lâmina se encolheu. Lascas de obsidiana do Tezcat haviam caído, quebrado e se espalhado pelo chão que se movia. Mas o Tezcat não cedeu. Do outro lado, a multidão de pessoas com capuzes permanecia imóvel.

O resto da Casa Caída.

Laila estremeceu ao olhar para eles... tão pálidos... tão imóveis.

— Senhor, não tem jeito... Há algo bloqueando a porta — disse o comparsa de Roux-Joubert, tirando o chapéu e colocando-o no peito. — Eu... Talvez o senhor pudesse usar seu sangue? Como fez antes? A força de seu icor certamente será o bastante.

Roux-Joubert engoliu em seco, o olhar selvagem. Com cuidado, ele tocou o próprio braço.

— Não gosto de deixar o doutor esperando. Mas não tenho mais nada para dar.

Tristan apertou o braço de Laila. Ela podia sentir o pânico dele, a respiração rápida, enquanto tentava encher os pulmões.

— Mas você... — disse Roux-Joubert, virando-se para Séverin. — Que essência existe nas veias do herdeiro de sangue da Casa Vanth? Me disseram para não derramar seu sangue... prova, talvez, de que o doutor vê algum valor em você, mas eu me encontro tentado.

Laila cutucou Tristan. Ele hesitou, e então segurou os cabelos dela com força, puxando sua cabeça para a frente. Laila estremeceu. Mas era parte do plano.

— Por favor — murmurou ela. — Um momento.

Roux-Joubert arregalou os olhos. Ele sorriu, e a pele ressecada de seus lábios se rachou com o esforço.

— Você tem uma meretriz bem devota, meu garoto — disse ele, zombando de Séverin. — Parece que ela deseja dizer adeus. Por que não? Minha intenção sempre foi ser benevolente.

Séverin ficou imóvel. Seu olhar estava fixo no dela. Laila se deixou ser levada por Tristan. Então, de leve, ela tocou no pulso de Tristan. Precisava que Séverin soubesse que ela vira o que realmente acontecera. Que ele precisava confiar nela.

Séverin piscou, bem devagar. Na iluminação fraca das catacumbas, seus cílios lançavam sombras salpicadas em seu rosto. Quando ele ergueu os olhos, o azul brilhava naquelas profundezas violeta.

Tristan a empurrou para a frente.

Laila não esperou. Agarrou o rosto de Séverin, os dedos se enroscando em seus cabelos, enquanto levava os lábios aos dele, lembranças e promessas se entrelaçando.

Não podemos fazer isso novamente.

Eu sei.

Os olhos dele se abriram, as pupilas dilatadas. A boca dele se abriu sob a dela, e Laila pôde sentir o gosto dele. Sangue e cravos. Ela pressionou a mão no corte do rosto dele, e ele estremeceu de dor em sua boca.

Beijos não deviam ser assim. Beijos deviam ser testemunhados pelas estrelas, não dados na presença da morte certa. Mas, ao olhar para os ossos que se erguiam ao redor deles, Laila viu fractais brancos. Pareciam constelações pálidas, e ela pensou que, talvez, para um beijo como aquele, até mesmo o inferno mostraria suas estrelas.

29

SÉVERIN

S éverin não devia ter fechado os olhos. Ele sequer registrou aquilo acontecendo, pois o momento inteiro pareceu ocorrer fora do escopo de sua realidade. É claro que ela o beijaria enquanto o mundo desmoronava ao redor deles. Por que não? A lógica dançava nas extremidades de seus sentidos quando Laila levou os lábios até os dele.

Séverin pressionou os lábios contra os dela, sentiu sua rendição, saboreou-a. Ela tinha o gosto do impossível. Como luar cristalizado.

E então alguma coisa dura rolou em sua língua. Mordida Noturna. Ele se lembrou, de repente, que Laila tinha guardado aquilo em sua bolsa um pouco antes de eles saírem. A lógica se endireitou. Qualquer que fosse o horizonte que se inclinara delirante em sua mente agora estava restabelecido, restaurado.

É claro que não era um beijo de verdade.

Eles tinham jurado não fazer aquilo.

Roux-Joubert a puxou para trás.

— Meu momento de misericórdia acabou.

Os olhos de Séverin se estreitaram.

— Então venha até aqui e me mate.

O sorriso de Roux-Joubert tinha um ar maníaco.

— Se você insiste...

Ele pegou uma faca. Séverin esperou, tenso.

Chegue mais perto.

Roux-Joubert ergueu a faca.

E então, lá em cima, nas prateleiras escondidas das plataformas, Séverin escutou o riscar de um fósforo. Uma fagulha iluminou o ar. O enxofre extinguindo o fedor da morte. Um súbito calor aqueceu suas costas, iluminando o rosto de Roux-Joubert conforme as chamas ganhavam vida nas catacumbas.

Séverin empurrou a Mordida Noturna para os dentes da frente. Quando o outro homem se virou, ele cuspiu.

A tinta se espalhou por todo lado. A substância preta saiu de sua boca, caindo em Roux-Joubert. Séverin recuou quando a lâmina raspou seu pescoço. Roux-Joubert cambaleou. Um ciclone de tinta o envolveu. O homem de chapéu com a aba de lâmina correu até ele. Séverin lutou para se livrar dos nós de suas amarras. Tentou ficar de joelhos, movendo-se para fora do caminho. Seu joelho escorregou no cascalho molhado, lançando-o para a frente. A luz se refletia na lâmina, e a respiração de Séverin ficou presa...

Tristan se lançou sobre o homem. Séverin tombou e sua têmpora atingiu uma pedra de tamanho considerável. Laila correu até ele, desfazendo os nós, virando-o enquanto tentava libertá-lo. O próprio chão sob eles era traiçoeiro. Tristan correu até eles, com os olhos arregalados.

— Séverin...

— Mais tarde — retorquiu ele, segurando a mão de Tristan e apertando-a, antes de soltá-la.

Roux-Joubert uivou ao longe, mas Séverin deixou o som de lado.

Laila lutava contra as cordas.

— De nada — disse ele, quando as cordas deslizaram de seus pulsos.

Laila o ajudou a ficar em pé.

— Como é que é?

— De nada — repetiu ele, com um sorriso no rosto. Já sentia a tensão que flutuava no ar. Precisava rompê-la agora mesmo, se é que pretendiam colocar o Fragmento de Babel novamente para dormir e então poder seguir com o restante de suas vidas. — Por lhe dar um motivo para me beijar.

Ela arregalou os olhos, mas não teve chance de dizer nada.

— Graças a Deus por Zofia — murmurou Tristan, ajudando-o a se manter em pé.

O chão balançou novamente... o Fragmento de Babel arrebentara a superfície da terra. Era tão largo quanto o palco, mas não dava para ver a profundidade. O instinto lhe dizia que, no instante em que aquela coisa estivesse totalmente na superfície, eles ficariam sem opções.

— O Olho de Hórus — disse Tristan, sem forças. — O Olho de Hórus vai colocar o Fragmento de Babel para descansar. Foi o que ele disse. Temos que colocá-lo em algum lugar no chão... há um padrão, eu...

O restante de suas palavras se perdeu com a gagueira.

— Eu pego o Olho — ofereceu-se Laila, concordando com a cabeça.

O Olho de Hórus ainda estava na mesa de trabalho de madeira onde eles tinham encontrado Tristan. Laila saiu em disparada sobre os ossos caídos. A terra ao redor deles continuava a sacudir enquanto o Fragmento de Babel tentava sair de baixo da terra. Tudo o que Séverin tinha que fazer era descobrir onde colocar o Olho de Hórus no chão.

Um grito cortou o ar. Séverin se virou, empurrando Tristan para trás...

Roux-Joubert encontrara uma nova fonte de poder.

O homem de chapéu com a aba de lâmina estava morto. O sangue espirrava pela garganta aberta dele. Roux-Joubert cantarolava enquanto enfiava os dedos no corte. A tinta das Mordidas Noturnas ainda espalhada por seu rosto, mas desaparecia cada vez mais rápido... Um brilho dourado fraco envolveu as mãos de Roux-Joubert.

— Não é o bastante, não é nem perto de ser o bastante — reclamou ele. — Mas vai ter que servir.

Roux-Joubert cambaleou para a frente, pressionando as mãos no Tezcat. O cheiro de algo chamuscado e derretido encheu o ar. Houve um momento de completa incandescência... a luz brilhando pelas rachaduras. Do outro lado, o homem com a máscara ergueu um único dedo...

E então a porta Tezcat começou a se soltar e a se quebrar.

30

ZOFIA

Zofia espiou pela borda da plataforma. O Tezcat havia se partido ao meio. A fumaça se erguia e se curvava, escapando da porta arrebentada que agora deixava toda a exposição de Forja exposta para as catacumbas. Aquilo não devia acontecer. Ia contra os cálculos. Siga as regras. Siga as regras e todo mundo ficaria a salvo. Siga as regras e a Casa Caída seria capturada.

Mas não era o que tinha acontecido.

Na cena abaixo, Zofia viu um homem morto. Ao lado dele, o chapéu com a aba de lâmina, e o sangue empoçando ao redor de sua garganta cortada. Roux-Joubert ficou parado ali, com as mãos apoiadas no Tezcat, uma substância derretida escorrendo por seus braços, que estavam erguidos bem alto. A obsidiana caía como pétalas. *Aquilo não devia ser possível*, pensou Zofia, olhando fixo. Apesar de que... também não era para a Casa Caída ter sobrevivido.

Conforme as rachaduras do Tezcat aumentavam, o chão se erguia cada vez mais. Candelabros de ossos chacoalhavam acima deles. Zofia sentiu alguma coisa se enroscar em seu cabelo. Balançou a cabeça, e os dentes de crânios esquecidos se espalharam em seu colo.

— Eles estão indo atrás do Olho de Hórus! — comentou Hipnos, animado. — Laila está a caminho agorinha mesmo!

Era verdade que Laila estava correndo lá embaixo, abrindo caminho até o Olho de Hórus desprotegido e largado sobre a mesa de madeira.

Mas não seria o bastante.

Agora eles sabiam que o Olho de Hórus tinha que ser colocado em uma área em particular, a fim de ativar o *somno* do Fragmento de Babel do Oeste.

A questão era onde.

De onde estavam agachados, Zofia podia ver um padrão se erguendo no chão. Era o ponto central de uma espiral logarítmica, idêntica àquela que enfeitava o chão da Casa Kore. Mas não tinha como Laila saber daquilo.

— Temos que mostrar para eles — disse Zofia. — Caso contrário, eles não vão encontrar o centro.

— A gente não pode descer até lá! — exclamou Hipnos. — Séverin nos disse para não fazer isso.

A hesitação de Zofia não durou mais do que um segundo. Alguns cálculos internos mudaram e ganharam peso. Instruções costumavam ser seguras. Elas traçavam linhas em sua vida, lhe diziam para ficar dentro delas, e isso a deixaria a salvo. Mas ela não estava a salvo. Ela não ficara a salvo nas aulas da *École des Beaux-Arts*. Não ficara a salvo quando Roux-Joubert a encurralara no salão de baile da Casa Kore. E não estava a salvo naquele exato momento... ali, naquele reino de pesadelos e ossos se erguendo, de sangue escorrendo para dentro da terra, facas reluzentes e pedras se desfazendo. De seus amigos em perigo. De uma *força* se erguendo pelo chão e manchando o ar.

As instruções não tinham vez ali.

— Eu não tô nem aí com o que alguém nos disse pra fazer — respondeu Zofia.

O rosto de Enrique se abriu em um sorriso amplo. Em uma das mãos, ele tinha a bengala que escondia uma bomba de luz. Na outra, segurava uma boa quantidade de corda.

— Vamos lá.

Os dois se prepararam, mas Hipnos hesitou.

— Se eu for com vocês, vou morrer.

— Há uma alta probabilidade, mas não é uma certeza — apontou Zofia.

— Isso não ajuda — comentou Enrique.

Os dois olharam para Hipnos. Seus olhos claros estavam desfocados. Então ele apertou os lábios e fechou as mãos.

— Eu vou com vocês.

Zofia desceu os degraus das plataformas, seus pés escorregando nos cascalhos. Então levou as mãos até as mangas, puxando uma fina barra de prata pura. A Forja exigia uma vontade, e a dela estalava em suas entranhas. *Acenda*. Linhas de luz percorreram a superfície do metal e se retorceram.

Laila foi a primeira a erguer os olhos e notar a presença de Zofia. Em suas mãos estava o precioso Olho de Hórus.

— Zofia! — gritou ela.

O calor tomou conta do corpo de Zofia, mas ela não parou. Passou correndo por Laila, até um disco de terra plana. Estava apagado e, quando ela se ajoelhou para limpar a superfície, viu que era pintado. Ela ergueu os olhos para onde Séverin e os demais a encaravam.

— Aqui — disse ela, segurando a barra de prata para iluminar. — É aqui que precisamos colocar o Olho de Hórus para ativar o *somno* do Fragmento.

Muita terra cobria a depressão onde o Olho devia ficar. Séverin correu até lá, com Tristan logo atrás. Os seis começaram a cavar, jogando terra para o lado. A areia encheu os olhos e a boca de Zofia. Mas ela não parou. Não parou quando Roux-Joubert começou a gargalhar bem alto e a porta Tezcat, então completamente derretida, se tornou um ponto de entrada para o resto da Casa Caída.

— Mais rápido, mais rápido... — dizia Séverin.

— Unhas. Feitinhas. Inúteis — ofegava Hipnos.

Mas então um clarão de luz fez com que eles se afastassem. Zofia foi arremessada para trás.

— Zofia! — berrou Enrique.

Ela se levantou, com o sangue latejando em seus ouvidos. Zofia agarrou a barra de luz que guardara nas mangas, mas então ergueu os olhos...

Eles estavam cercados.

Um homem usando um capacete claro, parecido com o de um inseto, os encarava com a cabeça inclinada para o lado. Figuras cobertas com mantos os cercavam, as mãos erguidas e com abelhas de metal encravadas nas palmas. O clarão obrigou todos eles a recuarem. Ali, enterrado na terra, estava o Olho de Hórus. Hipnos tentou cavar, mas um membro da Casa Caída segurou seu pulso.

Roux-Joubert se ajoelhou ao lado de um homem mascarado, balançando o corpo para frente e para trás.

— Por favor, doutor. Por favor, você me prometeu, e eu lhe dei tudo o que posso... — suplicou ele, revelando os braços machucados.

Zofia estremeceu. Roux-Joubert não sangrava como um homem normal. Um líquido pegajoso e amarelo tinha se tornado uma crosta ocre, espalhando-se pela frente de sua túnica e manchando sua calça.

— Eu trouxe o Anel de Babel para você — sussurrou Roux-Joubert. — Não é hora da minha apoteose?

O homem que Zofia supôs ser o doutor ergueu a mão enluvada.

— Você nos trouxe o Anel de Babel... com acréscimos — disse ele. Sua voz não tinha expressão. Livre de qualquer afeto ou sotaque. — Eu admiro a tenacidade, meus jovens. Realmente admiro. Mas vocês não entendem no que se intrometeram. É escolha de vocês, no entanto. O livre-arbítrio é um presente Dele e um presente que eu pretendo manter nessa nova era. O sangue de vocês marcará o ponto inicial dessa nova era? Ou ajudará a transformá-la em realidade?

Zofia sentiu o olhar de Séverin sobre ela enquanto ele observava todo o grupo. No entanto, não foi nem ela nem Séverin que respondeu ao doutor, mas Tristan. Tristan agarrou o chapéu com a aba de lâmina caído não muito longe, e o arremessou na multidão. O doutor desviou, e Tristan soltou um rosnado. Na sequência, o doutor juntou as mãos, como se estivesse em oração, e falou:

— Tenho minha resposta, então.

E assim a Casa Caída desembainhou suas facas.

31

ENRIQUE

Enrique sempre imaginou como seria se sentir um herói.

Aquilo não era como ele imaginava.

Ele pensou que, *pelo menos*, teria uma espada flamejante. Em vez de uma bengala. Que emitia luz.

Mas, quando se voltou na direção dos membros da Casa Caída que os cercavam, pelo menos podia se apoiar em uma coisa: os heróis sempre davam um jeito.

E, sendo assim, ele chacoalhou a bengala de luz contra os membros mais próximos. Por enquanto, eram quase vinte pessoas, mas o rasgo na porta Tezcat continuava aberto e, embora estivasse vazio agora, não dava para saber se continuaria assim. O caos irrompeu ao redor dele. Séverin se atracou com um dos membros encapuzados, empurrando-o para trás. Em seguida tirou algo do sapato, um fino fio de prata que Laila pegou. Juntos, eles circundaram cinco das figuras encapuzadas. Tristan cuspiu uma nuvem de tinta preta e comemorou aos gritos.

— Agora, Zofia! — gritou Séverin.

Zofia avançou segurando a barra luminosa. A luz prateada tornava seu cabelo e sua pele incandescentes. Ela empurrou a barra para a frente, e uma corrente de eletricidade percorreu o fio prateado, estalando e faiscando. As figuras encapuzadas gritaram e então caíram, inconscientes.

Mas nem todos lutavam. O doutor. Roux-Joubert sentado no chão ao lado dele, com os olhos vazios e atordoados, seus lábios azuis, e murmurando enquanto balançava o corpo para frente e para trás e segurava o braço mutilado de encontro ao peito.

A cada chance que tinham, eles escavavam o chão, tentando abrir o espaço exato onde o Olho de Hórus pudesse se encaixar... mas a Casa Caída era implacável.

— Eles devem chegar logo — disse Hipnos, com um olhar selvagem, olhando constantemente para as vigas.

Ele tinha deixado metade de suas posses marcadas lá em cima, um odor forte que as Esfinges tinham que seguir. Mas a Ordem ainda não havia chegado. Nenhuma ajuda viria.

Laila desmoronou na terra ao lado dele, o rosto abatido. Em suas mãos estava o Olho de Hórus. Diante deles, o chão estava quase limpo quando um punhado de facas Forjadas foi lançado no ar, uma lâmina posicionada na garganta de cada um deles.

— Acho que isso já foi longe demais, não acham? — perguntou o doutor, tranquilamente.

Enrique não conseguia ver os olhos dele, mas podia sentir o olhar do homem sobre ele e Hipnos.

— Seus amigos vão morrer. E então você também vai. Mas você pode evitar isso... Esse pode ser um novo mundo. Para todos nós. Eu vejo seu coração, jovem Patriarca. Vejo como você luta... como não sabe a que mundo pertence, como sente que a cor de sua pele determinará a cor do seu futuro. Não precisa ser assim. Junte-se a nós. — O doutor fez uma pausa, e Enrique imaginou que, por detrás da máscara, ele estava sorrindo. — Salve a si mesmo... *Salve seus amigos.* Ela não vai abrir mão do Olho de Hórus até ter certeza de que perdeu. Tudo o que você precisa fazer é me entregar o seu Anel.

Enrique observou Hipnos lutar para ficar em pé. Ele olhou para trás, na direção de Tristan, Séverin, Laila, Zofia e, por fim... Enrique. Os ombros de Hipnos caíram, sua boca semicerrada em uma linha fina. Empalideceu, mas conseguiu fazer um aceno com a cabeça. Em seguida, enfiou a mão dentro do paletó, estremecendo com o esforço, enquanto pegava seu verdadeiro Anel.

— Ah, vejo que o jovem Patriarca ouviu a razão — disse o doutor.

O rosto de Séverin se fechou, mas ele permaneceu imóvel. O choque tomou conta das feições de Zofia. Como ele podia fazer aquilo? Eles tinham sido amigos, não? Não tinham passado horas no observatório? Ou será que Enrique tinha imaginado tudo aquilo?

Enrique levou o olhar para o chão de terra, a superfície lisa onde o molde perfeito do Olho de Hórus estava agora parcialmente exposto. A faca apontada para sua garganta riscou sua pele, como se sentisse o que o historiador desejava fazer. Laila encontrou seu olhar por sobre a lâmina, e seus olhos escuros tinham uma expressão selvagem.

Hipnos deu as costas para eles e avançou alguns passos.

— Vou entregá-lo para você — concordou Hipnos.

Laila gritou:

— O que você tá fazendo?

Hipnos não se virou nem respondeu. Não era nada além de uma sombra rígida. Roux-Joubert chorava aos pés do doutor.

— Está acontecendo... Eu serei um deus — sussurrou ele.

Lentamente, as facas se afastaram da garganta deles. Enrique respirou fundo, algo em seu peito finalmente se soltando. Quando ergueu os olhos, viu um sorrisinho brotar no rosto de Laila, que olhava para Hipnos. Enrique franziu o cenho, então seus olhos se voltaram para Hipnos. Ele ainda estava parado, falando com o doutor.

— Quero garantias de que nada acontecerá com eles.

— Muito bem — disse o doutor. — Agora me entregue o Anel.

Hipnos levou a mão às costas e ergueu três dedos.

Três.

Ele dobrou o dedo anelar....

— Espere — pediu o doutor.

Dois.

Um segundo de silêncio se passou.

— Este não é o verdadeiro Anel — constatou o doutor, erguendo a voz. — Você trairia a si mesmo dessa forma, Patriarca? Por essas pessoas?

— Eu até que gosto delas — respondeu Hipnos.

Ele olhou por sobre o ombro, e então o mais leve dos sorrisos ergueu os cantos de sua boca.

— Mas então... — começou Roux-Joubert.

Enrique se arrastou na terra, terminando de limpar o espaço.

— Agora, Laila!

Ela se lançou para a frente, batendo com o Olho de Hórus no molde. Luzes brilhantes explodiram ao redor deles. A luz azul do Fragmento em ascensão começou a desaparecer. Pouco a pouco, qualquer que fosse a energia que tinha se espalhado pela catacumba naquele momento se curvava sobre si mesma, como se alguma coisa tivesse tentado atravessar o gelo, só para que o gelo se formasse novamente e apagasse qualquer prova.

O doutor rosnou, mas no instante em que o Olho de Hórus tocou o chão, ele se encolheu. Como se não pudesse tocá-lo.

E, então, parado no alto dos degraus das plataformas, veio um rosnado de arrepiar os cabelos: a Esfinge chegara.

— Meu Senhor — implorou Roux-Joubert do chão. — Por favor.

O doutor recuou o pé.

— Você nos trouxe até uma armadilha.

— Eu n-não posso viver assim por muito mais tempo.

— Então talvez você não devesse nem mesmo viver — declarou o doutor.

E então ergueu a mão, e os membros não feridos da Casa Caída saíram correndo pelo Tezcat, desaparecendo noite adentro. Naquele momento, o Fragmento de Babel voltara a descansar... duas luzes frágeis emergiram do chão. Uma era o Anel da Casa Caída. E a outra, o Anel da Casa Kore. O doutor tentou pegar os dois, mas então sibilou como se sentisse dor. E, abandonando o Anel da Casa Kore no chão, enfiou o outro em sua mão, antes de fugir pelo Tezcat.

Agora o salão estava quase vazio. Os quatro ainda estavam amontoados. Um punhado de membros inconscientes da Casa Caída se espalhava pelo chão. Sangue escorria do corpo caído do comparsa de Roux-Joubert, o chapéu com a aba de lâmina largado ao lado dele. Roux-Joubert tossiu, cobrindo a boca com as mãos manchadas. Ao redor deles, os ossos das catacumbas despencaram no chão, voltando para os nichos em que viveram durante séculos...

Enrique balançava o corpo, sentindo a pressa de mil pessoas vindo ao seu redor. O barulho e os gritos dos membros das Casas. O espelho remendado. Mas, além dos poucos membros inconscientes, não havia nenhum vestígio da Casa Caída.

Ao seu lado, ouviu Laila soltar um grito. Só então ele se virou e viu Hipnos esparramado no chão, com as luzes frias das catacumbas brincando em sua pele.

32

SÉVERIN

Séverin não se mexeu até que sentiu a mão de Tristan apertar seu ombro.

— Estamos vivos.

Mas o mesmo não podia ser dito quanto a todos eles. A Casa Caída podia ter desaparecido mais uma vez pelo Tezcat, mas eles tinham deixado pessoas para trás. Logo, elas estariam sem os mantos, suas identidades seriam conhecidas e sua localização, registrada. Séverin ergueu os olhos para a fila de Esfinges que descia pelas plataformas... os olhos delas gravando tudo o que viam ao redor.

Diante dele, Hipnos se mexeu, gemendo.

— Eu estou *morto* — choramingou ele.

Laila foi a primeira a correr até lá, colocando a cabeça dele em seu colo.

— Bem, agora tenho certeza. Um anjo olha minha forma sem vida — disse Hipnos, colocando o braço sobre a testa.

Séverin se obrigou a disfarçar o sorriso que se formava em seus lábios. Não tinha imaginado como se sentiria no momento em que pensou que Hipnos os trairia. Como uma faca virando em seu estômago.

— Ele não é tão ruim assim — comentou Tristan a contragosto. — Por favor, não conte para ele que eu falei isso.

— Não conto, desde que você me perdoe por não ter te dado ouvidos antes.

Tristan soltou um suspiro.

— Isso depende de uma coisa.

— E qual é?

— Alguém alimentou o Golias?

Séverin soltou uma gargalhada, e a força disso — crua, irrestrita — arranhou seus pulmões.

— Você mal escapou da morte, e sua primeira pergunta é sobre uma aranha? — questionou Enrique. — E quanto à gente? Nós acabamos de arriscar nossas vidas e nossos membros para salvar seu ser ingrato!

— Tecnicamente, o Golias é uma tarântula — lembrou Zofia.

Ela estava sorrindo na direção de Tristan.

Hipnos se apoiou nos cotovelos.

— E qual é a diferença...

— Agora você vai ouvir — suspirou Laila.

— Bem, migalomorfas... — começou a explicar Tristan, mas Séverin colocou a mão sobre a boca dele.

— Ele te explica mais tarde — disse Séverin, cansado.

— Mais tarde — repetiu Hipnos. — Tipo... no chá? Amanhã?

Séverin sorriu.

— Por que não?

Nas catacumbas, mais vozes se juntaram ao barulho das Esfinges remexendo os detritos, procurando pelos itens marcados pela Casa.

— Devíamos dar o fora daqui — sugeriu Séverin. — Deixar a limpeza para a Ordem. — Ele olhou para Hipnos. — O que quer dizer você.

Hipnos fez cara feia.

— E, logo, *você*. Não pareça tão presunçoso.

Séverin queria agarrar aquela resposta no ar e segurá-la com firmeza... Logo ele seria parte da Ordem. A Casa Vanth não estaria mais morta. E a Ordem, as mesmas pessoas que o renegaram, imploraria por sua ajuda.

Enrique estava com o Anel da Casa Kore na mão. E então o entregou para Hipnos.

— Não fique com todo o crédito.

— Eu não poderia nem se quisesse — falou Hipnos. — Provavelmente essas Esfinges viram tudo.

Mas ele sorria enquanto falava isso.

— Vamos pra casa — disse Séverin.

Ao redor deles, o mundo havia retornado a uma aparência de paz. Os esqueletos, antes animados pela força da essência de Roux-Joubert e de seu comparsa morto, retornaram ao seu lugar de descanso. Roux-Joubert se contorcia no palco, soluçando e uivando. Ele se arrastou para a frente, tentando agarrar o tornozelo de Séverin, que se afastou.

— Você tirou tudo de *mim* — grunhiu Roux-Joubert.

Séverin o ignorou. A Ordem cuidaria dele. Os seis se dirigiram para a escada que levava para fora das catacumbas.

Séverin mal conseguia acreditar naquilo. Tinham lutado contra a Casa Caída e sobrevivido. A matriarca da Casa Kore ia testemunhar o que acontecera e, com uma palavra bem colocada de Hipnos, eles iriam até o L'Éden e realizariam o teste dos dois Anéis. A Casa Vanth seria restaurada. Por que eles cinco não podiam fazer isso para sempre? Somando Hipnos — eles seis.

Tantas coisas se borravam na mente de Séverin naquele momento. Ele pensava na máscara clara e no mistério do doutor. E, quando passou a língua pelos lábios, achou que sentia o gosto remanescente do não beijo de Laila. Arriscou um olhar na direção dela, e percebeu que ela já estava olhando para ele, com os olhos escuros arregalados, as bochechas e o pescoço enrubescidos. Séverin afastou o olhar primeiro. Havia alegria demais para processar. O som de Enrique e Zofia discutindo se a chave para destrancar o Fragmento de Babel era baseada na matemática ou na simbologia.

— ... impossível detectar sem localizar o centro da espiral logarítmica!

— Certo, mas *depois* disso. Aí fui eu! Por que nós não podemos dividir os créditos ao meio?

— Se você quiser dividir estatisticamente, tenho direito a setenta e cinco por cento.

— *Setenta e cinco?*

Laila sorriu, alisando o cabelo de Tristan de vez em quando e afastando-o da testa, mesmo enquanto ele reclamava e protestava.

— Estou com fome — suspirou Enrique. — Um belo filé com osso seria perfeito.

Os outros o olharam de um jeito estranho. Ele olhou ao redor das catacumbas e deu de ombros.

— O que foi? Estou com fome. E quanto a você, Tristan? O que você quer?

— Isso aqui — respondeu Tristan, baixinho. — Só isso.

PARTE VI

DOS ARQUIVOS DA ORDEM DE BABEL

AS ORIGENS DO IMPÉRIO

MESTRE EMANUELE ORSATTI, DA CASA ORCUS DA FACÇÃO ITALIANA
DA ORDEM, 1878, REINADO DO REI UMBERTO I

Acho que o maior poder é a crença, pois o que é um deus sem ela?

33

ENRIQUE

Enrique abriu a caixa de presente enviada por Laila. Aninhada dentro de uma camada de seda escura, estava uma máscara de lobo dourada, que deixava a metade inferior de seu rosto descoberta. A máscara fora habilmente Forjada, e os pelos curtos e sedosos se agitavam, como se tocados por um vento invisível. Enrique meio que se perguntou se começaria a uivar no instante em que a colocasse. Atrás dela havia um breve bilhete de Laila:

Para a festa de lua cheia no Palais esta noite... Que seja o início de uma nova fase para todos nós.

Ele sorriu sem nem perceber. Amanhã, Hipnos e a matriarca da Casa Kore deviam vir até o hotel para refazer o teste de herança em Séverin. Tudo estava mudando. Ele quase podia ver no ar, como o calor do sol contra suas pálpebras fechadas.

Mais um motivo para celebrar.

Mesmo assim, ele não conseguia deixar para trás o que acontecera nas catacumbas. Uma semana havia se passado e, mesmo assim, toda noite ele acordava assustado, com o fedor de algo queimando em seu nariz... Os lençóis de seda sob suas mãos parecendo terra úmida e cravejada de ossos.

Segundo Séverin, a Ordem já tinha começado a interrogar os membros capturados da Casa Caída, e havia outro objeto que o grupo estava procurando: um livro antigo conhecido apenas como *As Líricas Divinas*.

Enrique remexeu os papéis em sua mesa, ignorando a última carta de rejeição do *La Solidaridad* e o apressado convite para tomar chá com os Ilustrados... Algo no nome daquele título cutucava a escuridão de seus pensamentos. Mas então o relógio soou, e ele soltou um xingamento. Podia procurar mais tarde.

Por enquanto, tinha uma festa para a qual se preparar.

Enrique amarrou as fitas da máscara ao redor do pescoço e adentrou no salão. A carruagem estaria esperando por eles lá embaixo e, se conseguissem chegar cedo o bastante, ele teria tempo para comer uma tigela inteira de morangos cobertos com chocolate. Um pouco antes de alcançar a escadaria, uma silhueta familiar o fez parar abruptamente.

— Você não tem sua própria casa?

— Olá para você também — bufou Hipnos. — Para o seu conhecimento, eu providenciei um conjunto de suítes permanentes no L'Éden. Imagino que vamos nos trombar com mais frequência.

— Você é como uma praga.

— E por que isso? Porque é difícil se livrar de mim? — Hipnos colocou a mão em concha no ouvido e sorriu.

Enrique revirou os olhos.

— Bem, eu tenho que ficar aqui. Em assuntos oficiais da *Ordem*. É meu dever como patriarca da Casa Nyx.

Do outro lado do corredor, Zofia saiu, vestida com seu habitual avental de couro e um gorro justo que deixava escapar um único cacho de seu cabelo resplandecente. Aonde quer que fosse, Zofia carregava consigo aquele cheiro de laboratório, como se estivesse sempre queimando de leve. Ele estava começando a gostar daquilo.

— Me diga que você não vai vestir isso para a festa do *Palais* — disse Hipnos, horrorizado.

— Eu não vou à festa.

— E por que não? — perguntou Hipnos. — Nós todos vamos celebrar!

Zofia fez uma careta.

— Tenho que trabalhar...

—Ah, querida — cortou Hipnos. — Venha junto! É só trocar isso aí que você está vestindo, e então podemos ir! Vamos festejar com as oferendas da cidade! Derramar libações para a vida em si!

— E quanto ao seu traje?

— O que há de errado com meu traje? — quis saber Hipnos, puxando seu terno de veludo ultrajante. O colarinho estava aberto na garganta, e Enrique se lembrou de como sua pulsação se acelerara no dia que se conheceram. Como os dedos de Hipnos desceram por seu peito.

Enrique se recompôs e se voltou para Zofia.

— Venha com a gente, fênix. Seu trabalho não vai virar cinzas se você tirar uma noite de folga.

— Bem verdade — concordou Hipnos. — Além disso, você lembra como decidimos ser amigos?

Zofia fez cara feia.

— Por favor, não sugira que agora vamos ter que sacrificar um gato para o Satanás. Não é nem quarta-feira.

— *Amigos* — repetiu ele, ignorando o comentário dela. — Podem ir a passeios. Ao teatro. Ou a concertos. — Ele olhou para o avental dela. — Embora seja possível sugerir roupas menos ascéticas. Bem, se você decidir se juntar a nós, estaremos te esperando aqui.

Zofia bufou e deu meia-volta, sem emitir comentários. Enrique a observou se afastar, sentindo uma leve pontada.

Entendia como ela se sentia. Abalada, ainda, pelo que acontecera nas catacumbas. Ansiosa para se concentrar em qualquer coisa que não fossem seus pensamentos.

—Acho que todo mundo pode se beneficiar de uma distração da última semana — comentou Hipnos. — Você em especial.

Enrique ergueu os olhos, surpreso com o quão perto o outro garoto estava. Ele só percebera naquele momento. Ao redor deles, as luzes do corredor tinham diminuído. A única iluminação vinha dos dourados padrões barrocos ao longo da parede. Hipnos cheirava a néroli e jasmim, o cheiro mais concentrado na base da garganta — Enrique podia ver um ponto úmido onde o outro garoto devia ter aplicado o perfume.

— Talvez você precise ser convencido?

— A menos que você tenha uma coleção de joias e instrumentos Forjados não descobertos, não tenho certeza do que você tem a oferecer — brincou Enrique.

— Bem, sempre há isso aqui.

E então Hipnos se inclinou e o beijou.

34

ZOFIA

Zofia olhou para os vestidos que cobriam sua cama. Era como se alguém tivesse derretido um arco-íris em cima de seu edredom — cores vivas, quase comestíveis, cobriam cada centímetro. A culpa era de Laila.

Ontem Laila deixara um rastro de biscoitos que ia do laboratório até seu quarto. Quando abriu a porta, encontrou um guarda-roupa cheio de vestidos que iam do lilás-claro ao cinza-claro, da rica zibelina ao castanho-dourado.

— *Voilà!* — dissera Laila, fazendo uma mesura.

— O que é isso?

— Seu novo guarda-roupa! Peguei suas medidas há um tempo e encomendei esses vestidos. Você pode usá-los por baixo daquele avental de açougueiro que chama de uniforme.

Zofia dera alguns passos para a frente, acariciando levemente a seda. Era suave e fria sob seus dedos. Ela gostava de seda muito mais do que de outros materiais, fato que divertia Laila. *Quem diria que a engenheira teria o mais caro dos gostos?*

— Até quando? — perguntou Zofia.

— Como assim?

Ela sempre tinha que devolver os vestidos que usava nas aquisições. Zofia estava acostumada com isso. Mesmo em Glowno, ela e Hela tinham apenas um vestido elegante para dividir entre si.

— Eles são *seus* — afirmou Laila. — Para ficar com eles. E usá-los. O que significa que você realmente precisa vesti-los.

Dela. Zofia soltou um suspiro. Os vestidos valiam muito mais do que seu salário e, ainda assim, com tantos para escolher, ela poderia até mesmo mandar um para Hela. O pensamento aqueceu o rosto de Zofia. O que se devia dizer para alguém que fizera algo assim por ela? "Obrigada" era inadequado. Ela precisava analisar os momentos que a levaram até ali. Ela olhou para o chão, onde um biscoito mordido estava largado em uma bandeja.

— Você me atraiu até aqui com um caminho de biscoitos.

— Quem disse que era um caminho? Poderiam ter sido apenas biscoitos espalhados artisticamente. Você transformou em um caminho ao segui-los, presumindo que havia uma intenção.

— Eu...

— Eu sei.

E foi tudo o que ela precisou dizer.

Naquele momento, Zofia passava a mão pelos vestidos. Pegou um que Laila descrevera como "azul como os céus". E, assim que prendeu os botões, avaliou seu reflexo. Seu cabelo parecia uma nuvem de neve. Seus olhos eram azuis. Era tudo o que ela realmente notava. Olhar para seu reflexo por mais do que um minuto por vez era excruciantemente tedioso. Zofia se virou para calçar luvas cor de marfim. Depois apertou as bochechas algumas vezes — como vira Laila fazer — e então foi até a porta, com o coração martelando em seu peito.

Ela nunca fizera isso antes, e não tinha certeza do que esperar. Durante toda a vida, se sentira analisada demais para se colocar na linha de visão das pessoas. Mas talvez isso pudesse mudar. Ela tinha que agradecer a Laila e Enrique por aquilo. Com eles, ela nunca sentia como se cada sentença fosse um labirinto pelo qual se navegar. Séverin era um pouco mais difícil. Com frequência ele falava só metade do que pretendia dizer, segundo Laila. Hipnos, por outro lado, falava *tudo* o que pretendia dizer, mas Enrique lhe dissera que ela só tinha que levar *metade* daquilo a sério, o que tornava processar as frases do patriarca um pouco trabalhoso. Com eles, ela não sentia como se houvesse uma parte de si faltando. Aquilo a fazia se sentir corajosa, vagar por esse terreno estranho como ela fazia agora, onde não era diferente de ninguém ao seu redor. A fazia sentir que talvez ela fosse o bastante... que sua companhia podia ser desejada e procurada como a de qualquer outra pessoa.

Diante dela, as luzes do corredor do hotel tinham diminuído. Subindo pela grande escadaria, podia ouvir os sons de um violino e de um pianoforte. As janelas abobadadas no alto revelavam um céu noturno claro, decorado com um número imensurável de estrelas.

Quando chegou ao fim do corredor, Zofia parou abruptamente. Enrique e Hipnos não tinham saído do lugar. Seus olhos estavam travados um no outro, as cabeças baixas em uma conversa, e então — tão de repente — não mais em uma conversa.

Zofia não conseguia se mexer. Um gelo se espalhou por ela, rodopiando a partir dos sapatos de salto bordados e novos, que Laila escondera perto de suas botas de trabalho, e subindo por seu corpo, pelo vestido novo e pelas luvas de marfim que já estavam caídas e amarrotadas abaixo dos cotovelos. Ela viu a mão de Hipnos escorregar ao redor do pescoço de Enrique, aprofundando o beijo. Aquela imagem a fez se lembrar de tudo o que não era capaz de detectar, de tudo o que não podia fazer. Ela podia entrar em um aposento, mas não podia atrair a atenção por meio do charme. Podia se encarar no espelho, mas não podia incendiar imaginações com seu rosto.

Zofia deu um passo atrás. Devia ficar no mundo que lhe era conhecido.

E não tentar alcançar um que desconhecia.

Lentamente, deu meia-volta, andando na ponta dos pés, com cuidado para que ninguém a ouvisse ou a visse. Em seu quarto, tirou o vestido azul e as luvas. Então colocou novamente as luvas de borracha e seu avental preto.

Ela tinha trabalho a fazer.

35

SÉVERIN

Séverin usou a bengala para puxar as cortinas de veludo da carruagem, e assim observou as ruas úmidas. O *Palais des Rêves* podia ser visto ao longe, lançando curvas de luz âmbar que se adentravam na noite como se fossem asas. Se Laila estivesse ali, diria que as luzes pareciam uma bênção de penas de anjos. Ele sorriu. Se aquilo fosse verdade, então não era uma bênção. Era uma declaração. Só Paris arrancaria asas de serafins e as colocaria em seus edifícios como se dissesse uma única coisa:

Aqui não é lugar para anjos.

Com a bengala, ele deu uma batidinha no teto da carruagem.

— *Arrêtez!*

Ao lado, Tristan acordou de repente.

— Já chegamos? — indagou ele, esfregando o sono dos olhos.

Tristan não andava dormindo direito na última semana. Às vezes, Séverin o encontrava deitado em posição fetal na estufa, com um alicate na mão, cercado por terrários inacabados... Incluindo uma criação na qual uma fileira de pétalas de jasmim frisadas parecia enervantemente com ossos leitosos enfiados na terra.

— Onde estão os outros? — perguntou Tristan.

— Provavelmente lá dentro — respondeu Séverin.

Enrique estava empolgado para participar da festa de lua cheia no infame *Palais*, e Séverin podia apostar que ele tentaria chegar mais cedo só por causa das sobremesas.

— Não se esqueça da máscara — disse Séverin.

— Ah, é.

Cada um deles recebera uma máscara de lobo. Ele a usaria, mas se recusava a latir para a lua cheia ou fosse lá que festividades o *Palais* tinha planejado.

Tristan saltou da carruagem, então parou, batendo nos bolsos do paletó.

— Esqueci que estava com isso — falou ele, pegando um envelope. — O valete me pediu para entregá-lo a você. Disse que é urgente.

Séverin pegou a carta.

— De quem é?

— Da matriarca da Casa Kore — respondeu Tristan, com a boca retorcida.

Ele não estava muito animado com a ideia de Séverin recuperar sua Casa depois que o teste de herança fosse refeito no dia seguinte. A cada dia, Tristan precisava que alguém lhe garantisse que nada mudaria... E a cada dia Séverin lhe garantia isso. Ele não ia ignorá-lo como da última vez.

Séverin guardou a carta no bolso.

— Ela marca *tudo* como urgente.

Estava começando a ser um pé no saco. Convites para o chá? Urgentes. Perguntas sobre seu estado marital? Urgentes. Opiniões quanto ao clima? Urgentes.

Naquela noite, o *Palais* parecia o sonho do paraíso de um demônio, cheio de lobos dourados, dentes brilhantes e estrelas brancas como leite. Do lado de dentro, o *Palais* fora redecorado para as festividades de lua cheia. Garçonetes seguiam entre as mesas, usando asas ardentes de serafins. O chão de obsidiana parecia um vazio salpicado de estrelas. Clientes com máscaras de lobo sentavam-se em cadeiras de veludo, tomando licores e uivando de tanto rir.

Para onde quer que olhasse, Séverin estava cercado por lobos dourados. E, por qualquer que fosse o motivo, aquilo fazia com que se sentisse em casa. Havia lobos por toda parte. Na política, nos tronos, nas camas. Eles enfiavam os dentes na história e engordavam com a guerra. Não que Séverin estivesse reclamando. Era só que, como os outros lobos, ele queria sua parcela.

Amanhã, ele a teria.

No centro do salão, perto do palco, Enrique e Hipnos acenaram para eles. Séverin foi até lá e se acomodou em uma das poltronas.

— Onde está Zofia?

— Por algum motivo, ela decidiu não vir — respondeu Hipnos.

O canto da boca de Enrique caiu por um instante, mas ele rapidamente escondeu a expressão com um sorriso.

— Sobram mais morangos para mim — disse ele, estendendo a mão para pegar a tigela de prata cheia de guloseimas. — Além disso. Vocês estão atrasados. Tiveram sorte que a apresentação da *L'Énigme* passou para mais tarde.

— O quê? — retrucou Séverin.

Ele havia calculado o momento de sua chegada precisamente para perder a apresentação dela. Quando Laila dançava, ele se sentia só mais um no público que a observava. Como se a salvação de sua alma se equilibrasse na volta do pulso dela, no modo como ela erguia o queixo. Ele não podia passar por aquilo de novo.

— Por quê? — perguntou ele.

Enrique deu de ombros. Mesmo atrás de sua máscara, Séverin pensou que o olhar dele era um pouco cúmplice demais.

— Pergunte a ela você mesmo.

Tarde demais, ele a viu caminhando na direção deles. Ao contrário dos demais, Laila não usava uma máscara de lobo, mas um enfeite de cabeça branco preso com várias penas de pavão. Um vestido da cor do luar agarrado ao corpo. Cabeças viravam conforme ela caminhava. O sorriso dela era radiante e por um bom motivo. Segundo Hipnos, eles podiam ter uma pista do livro antigo que ela estivera procurando pelos dois últimos anos. Finalmente ela poderia ter uma saída de Paris.

Laila não cumprimentou ninguém, mas andou direto até ele. Então apoiou as mãos, uma em cada lado da poltrona dele, e se inclinou para perto.

— Dê uma risada — sussurrou ela, sua respiração quente contra a pele dele. — Agora.

— Por quê? — murmurou ele.

— Porque o proprietário do L'Éden nunca colocou os pés dentro do *Palais*, e agora você causou um belo de um alvoroço. Mais de uma dançarina quer saber se você está interessado e, por mais que eu as ame, não quero nenhuma delas zanzando pelo hotel tentando chamar a sua atenção.

O calor subiu pela coluna dele. Ela queria que parecesse que ele era dela.

— O ciúme lhe cai bem, Laila — comentou ele, sorrindo.

Laila fez pouco caso, mas segurou os braços da poltrona com um pouco mais de força.

— Tenho uma reputação a zelar. E você também. Isso vai atrair muita atenção. Então dê uma risada.

— Faça valer a pena.

Talvez fosse a fumaça no ar, ou as luzes fracas e os lobos sem olhos, mas as palavras — feitas para provocar — saíram de um jeito totalmente errado. Laila se afastou um pouco, com os olhos fixos nos lábios dele. Todo mundo naquela sala poderia ter desaparecido naquele instante, e ele não teria nem percebido. Nos olhos dela, viu uma resposta... alguma coisa. Um clarão de esplendor. E, pela primeira vez, Séverin se perguntou se ela pensava naquela noite roubada da mesma maneira que ele. Se aquilo também a assombrava.

Mas então o címbalo da apresentação foi tocado, e ela se afastou. Ele soltou uma risada tardia, esperando que fosse o bastante.

— Apresentando *L'Énigme!* — exclamou o apresentador.

Os holofotes do teto giraram na direção dela, e Laila se virou sem responder. Séverin xingou baixinho. O que havia de errado com ele? Ele inclinou os ombros e sentiu a ponta do envelope em seu paletó.

— O que foi aquilo? — perguntou Enrique.

— Nada — respondeu Séverin, cortante.

Ele não teve que ver os olhos de Hipnos ou Tristan para saber o tipo de olhar que eles estavam trocando. Seu rosto ardia enquanto pegava o envelope e o rasgava para ler a carta. Melhor parecer rabugento do que humilhado, pensou.

L'Énigme subiu ao palco e o teatro todo irrompeu em aplausos, levantando-se e batendo os pés no chão. Na escuridão, ele quase não conseguiu entender a carta, mas então as palavras o atingiram:

Roux-Joubert fugiu.
Não saia do l'Éden.

A carta caiu de suas mãos. Séverin sentia como se estivesse se movendo embaixo d'água. Não conseguiu se levantar rápido o bastante. Ao redor, os uivos da audiência se transformaram em gritos.

— Fogo! — gritou alguém ao lado dele.

As cortinas se fecharam em um instante. Um fogo selvagem se propagava pelas sacadas, movendo-se em velocidade sobrenatural.

Tristan agarrou o braço de Séverin.

— Santo Deus...

Séverin seguiu o olhar dele até o lugar exato em que Roux-Joubert apareceu. A cada passo, ele lançava chamas ao chão. Mais cortinas de veludo pegaram fogo, e a fumaça era espessa no ar.

No alto, o candelabro balançava perigosamente enquanto a multidão começava a fugir. Do pódio, o apresentador gritava pelos guardas, pedindo ordem...

Mas tudo o que Séverin ouvia era Roux-Joubert:

— Não funciona desse jeito, meu querido garoto — disse Roux-Joubert, sorrindo. — Você não pode ir sem deixar algo para trás.

O olhar de Roux-Joubert foi até Laila. Ela tinha conseguido descer do palco, e agora corria em direção à mesa. Ela estendeu o braço e Hipnos agarrou sua mão. O chapéu com aba de lâmina voou na direção deles.

Séverin saltou de sua poltrona, jogando o corpo contra o dela até que os dois caíram no chão.

O coração dela batia violentamente contra o dele, e Séverin queria desfrutar daquele ritmo para sempre. Ao redor dele, passos soavam no chão, gritos tomavam o ar. Seus olhos se fecharam, e seu corpo todo ficou tenso, esperando um golpe que nunca veio.

— Ah, não. Ah, não... — gritou Enrique.

Séverin abriu os olhos, saindo de cima de Laila e se erguendo do chão. Mas ela devia ter visto alguma coisa antes dele, porque soltou um grito estrangulado. Séverin se virou e pensou que o mundo tinha se partido ao meio.

Ele estava errado. Laila nunca fora o alvo do chapéu com a aba de lâmina. Um cheiro metálico tomou conta do ar. Tristan oscilou. No chão, o chapéu estava caído de cabeça para baixo, com a lâmina brilhando. Uma fina linha vermelha manchou o colarinho da camisa de Tristan. A linha se alargou. O sangue começou a escorrer pela frente de seu paletó. Tristan caiu no chão, e sua cabeça tombou para trás, batendo na pedra.

Séverin não se lembrava de ter corrido até ele. Não se lembrava de segurar o corpo de Tristan nem de abraçá-lo com força. Ao redor dele, os outros se amontoavam. Ele sabia que estavam gritando, correndo em busca de ajuda, movendo-se tão rápido para que a realidade não fosse capaz de alcançá-los. Mas Séverin sabia a verdade. Soube no momento em que tocou o queixo de Tristan, virando-o em sua direção. Seus olhos cinza ainda estavam arregalados, mas a morte havia roubado seu brilho para sempre.

PARTE VII

DOS ARQUIVOS DA ORDEM DE BABEL

AS ORIGENS DO IMPÉRIO

SENHORA HEDVIG PETROVNA, DA CASA DAŽBOG DA FACÇÃO RUSSA DA ORDEM, 1771, REINADO DA IMPERATRIZ YEKATERINE ALEKSEYEVNA

Diz-se que, quando um dentre nós morre, a lembrança de seu sangue permanece no Anel.

O Anel sempre sabe quem é seu verdadeiro senhor ou senhora.

36

SÉVERIN

Séverin estava sentado em seu escritório, aguardando seus convidados. Em sua mesa, a luz da tarde se espalhava pela madeira, espessa e dourada como gema de ovo. Aquilo o surpreendia de vez em quando. A audácia do sol em se erguer depois do que acontecera.

A porta foi aberta, e entraram a matriarca da Casa Kore e Hipnos. Hipnos estava vestido de preto; seus olhos claros, avermelhados.

— Você perdeu o funeral — comentou ele.

Séverin não respondeu. Não queria lamentar. Queria vingança. Queria encontrar a Casa Caída e rasgar a garganta de todos eles.

A matriarca se surpreendeu quando olhou para ele, e o reconhecimento marcou suas feições.

Ele torcia para que a mão dela ainda doesse.

— Você... — Ela começou a falar, erguendo a mão. Mas então viu seu Anel e cruzou as mãos sobre o colo. — O governo francês e a Ordem de Babel estão em dívida com você e seus amigos pelos serviços em devolver meu Anel e por impedirem o que poderia ter sido o fim da civilização — disse por fim a matriarca, com frieza.

Hipnos bateu palmas diante de si.

— Não há motivo para postergar isso ainda mais. A Casa Vanth será restaurada. Você será o patriarca.

Então ele tirou o Anel de seu dedo e o colocou na mesa. Depois olhou feio para a matriarca, até que ela fez o mesmo. De dentro do bolso do paletó, Hipnos pegou uma pequena lâmina.

— Só vai doer um pouquinho — disse Hipnos, com gentileza. — Mas depois disso você poderá reivindicar o que é seu. Você pode se tornar patriarca a tempo de participar do Conclave de Inverno na Rússia. Toda a Ordem o reconhecerá então.

A matriarca não olhou para Séverin; seus lábios estavam apertados em uma linha fina. Séverin olhou para a mesa. Ali estava o momento pelo qual tanto trabalhara... a repetição do teste dos dois Anéis. Ele imaginara aquele momento milhares vezes. Seu sangue — o mesmo sangue negado e considerado falso — manchando os Anéis deles, a luz azul que rodopiaria por seu braço, afundando em sua pele. Ele imaginava que seria uma espécie de libertação, como se asas brotassem de sua pele. O impossível tornado possível — o mundo tornado palatável, o céu um tecido que ele podia puxar e enrolar em seu punho. Ele não imaginava que se sentiria assim. Vazio.

— Que diferença faz derramar um pouco mais de sangue? — retrucou ele, empurrando os Anéis para longe de si.

Hipnos o encarou de um jeito estranho.

— Eu pensei que você quisesse isso.

Séverin observou os Anéis rolando pela madeira. Pestanejou, e não viu nenhuma luz azul. Via apenas o cabelo claro, as unhas sujas de terra. Os olhos cinzentos desconsolados.

Por que isso não pode ser o bastante? Às vezes eu queria que você sequer desejasse ser um patriarca.

Uma lembrança chegou sem aviso, do dia em que Hipnos o enganara ao fazer o juramento. Séverin se lembrava de olhar para Zofia, Tristan, Enrique e Laila pela porta de vidro. Eles estavam tomando chá, chocolate quente e comendo biscoitos. Ele se lembrava de ter desejado agarrar aquele momento e guardá-lo em um potinho. E olhe aonde aquilo o levara. Ele jurara proteger Tristan, e agora Tristan estava morto. Ele prometera cuidar dos outros... e agora a Casa Caída, que vira o rosto de cada um deles, ainda estava por aí. À espera. Sem eles ao seu lado, a Casa Caída nunca seria encontrada. Com eles ao seu lado, a morte estaria sempre à espreita nas sombras. Ele não podia deixar que se machucassem. Tampouco podia deixar que chegassem perto demais. Quando pestanejou, ele se lembrou do corpo de Laila sob o seu, da cadência do coração dela. O canto de uma sereia. A culpa interrompeu seus pensamentos. Pois a canção das batidas do coração dela jamais limparia o sangue das mãos dele.

A matriarca arregalou os olhos.

—Você quer? — perguntou ela. — Você quer isso?

— Não. — Ele se levantou abruptamente e caminhou até a porta para lhes mostrar a saída. — Não mais.

37

LAILA

Laila estava parada no corredor, do lado de fora do escritório de Séverin. Nas mãos, levava uma pilha dos relatórios mais recentes. Ele lhe dissera que não era necessário levá-los pessoalmente, mas ela não conseguia ficar afastada por mais tempo.

Às vezes, ela se perguntava se o luto podia quebrar alguém, pois todos eles apresentavam fraturas, novos vazios. Enrique mal largava sua pesquisa na biblioteca. Zofia vivia no laboratório. O charme de Hipnos parecia afiado como uma faca, desesperado.

De vez em quando o luto tomava conta dela, e Laila não tinha certeza de como se defender da força de cada surpresa. No mês passado, havia começado a chorar porque o chocolate tinha ficado velho. Ninguém bebia aquilo, exceto Tristan. E então ela encontrara uma bandeja de Mordidas Noturnas acumulando pó embaixo da cama. Ela parara de vestir crepe preto dois meses antes, mas isso não a impedia de vagar pelos jardins do L'Éden, como se pudesse ter um vislumbre dos cabelos claros e do som de risada.

Mas, ultimamente, Laila não tinha certeza do que fazer. Séverin lhe mandava objetos para ler, mas ela estava começando a pensar que o luto minara suas habilidades.

Tudo começou depois do funeral.

Laila fora até a oficina de Tristan. Não tinha certeza do que estava procurando. Alguma recordação, talvez. Alguma coisa feliz que ajudasse a afastar a última imagem de sua morte, do sangue manchando os cabelos dele, dos seus olhos cinzentos se apagando. O rosto de Séverin como uma máscara de sonhos partidos.

Mas o que encontrou não foi felicidade.

Era uma gaveta secreta, uma que nem mesmo Séverin sabia da existência. Lá dentro, jaziam os corpos alfinetados de pássaros sem asas. Laila estremeceu ao ver aquilo. Ali estava o mistério dos jardins sem pássaros do L'Éden. Lentamente, ela tocou um dos alfinetes de ferro que prendia as aves naquele rito de morte, e uma imagem surgiu em sua mente. Tristan montando arapucas. Tristan capturando as aves, cantarolando para elas, chorando enquanto arrancava suas penas, incrementando os pequenos mundos que ele criava com tanto amor no escuro de sua oficina. Ela o ouvia sussurrar para as criaturas que se debatiam:

— Viu? Não é tão ruim... você não precisa voar.

Contra sua vontade, ela se lembrou das palavras de Roux-Joubert na estufa: "O amor, o medo e a própria mente fragmentada dele facilitaram que eu o convencesse de que trair vocês significava salvá-los...".

Ela queimou tudo. Toda a evidência daquilo. E então não conseguia sequer dizer se o que vira era verdade. Quando tentava buscar a lembrança, era como mexer em um hematoma recente. Ela nunca contou para Séverin. Não podia suportar que ele visse aquilo. Ele já estava andando pelos corredores do L'Éden como se tivesse visto fantasmas suficientes para toda uma vida. Por que lhe dar demônios para ver também?

Laila hesitou, prestes a dar meia-volta, quando a porta foi aberta de repente.

Séverin estava parado diante dela, com um olhar selvagem, completamente surpreso com sua presença. O rosto dela ardia. Aquele momento em que ela se inclinara sobre ele, naquela noite quando ele lhe sussurrara avidamente para "fazer valer a pena", agora parecia uma relíquia de uma era distante.

— Laila — disse ele, como se o nome dela fosse uma maldição da qual desejava se livrar. — O que está fazendo aqui?

Laila estivera esperando por aquilo. Tinha reunido cada fiapo de coragem para falar aquelas palavras. Nos últimos dois anos, ela achava que ter um prazo final em sua vida a fazia se manter afastada... mas a morte de Tristan mudara aquilo. Ela não queria passar pela vida sem sentir nada. Queria conhecer tudo enquanto ainda podia. Não queria que fantasmas de limiares não cruzados pairassem sobre ela. Não queria uma noite. Ela queria uma chance. Foi essa convicção, mais do que qualquer coisa, que a fez soltar os relatórios no chão, dar um passo na direção de Séverin e beijá-lo.

38

SÉVERIN

O sétimo pai de Séverin foi Luxúria.

Luxúria lhe ensinou que um coração partido era uma bela arma, pois seus pedaços eram excepcionalmente afiados.

Um dia, Luxúria ficou obcecado com um jovem no vilarejo. O jovem compartilhava de seu afeto, e tanto Séverin quanto Tristan passaram várias noites rindo dos estranhos sons que ecoavam pelos corredores. Mas então, um dia, o homem veio até a propriedade e disse que tinha se apaixonado por uma mulher da escolha de sua família, e que iria se casar com ela em uma quinzena.

Luxúria ficou furioso. Luxúria não gostava de ser rejeitado, então encontrou a jovem mulher. Ele a fez rir, fez com que ela o amasse. E quando ela lhe disse que carregava seu filho, ele a abandonou. A garota tirou a própria vida, e o jovem com quem ela devia se casar enlouqueceu.

Séverin suspeitava que o mesmo acontecera com Luxúria. Ele passava os dias sentado na varanda de pedra, com os pés dependurados, o corpo todo inclinado para a frente, como se desafiasse o mundo a lhe dar asas no último segundo.

No dia anterior a Séverin e Tristan partirem para Paris, Luxúria sussurrou para ele:

— A luxúria é mais segura do que o amor, mas ambos podem arruiná-lo.

Séverin interrompeu o beijo, afastando-se para trás.

— Mas que raios foi isso? — cuspiu ele as palavras.

A confusão cintilou no rosto de Laila, mas ela rapidamente disfarçou.

— Um lembrete — disse ela, insegura, com os olhos no chão antes de erguê-los até ele. — Para viver novamente...

Viver?

— Os mortos não merecem ser transformados em fantasmas.

Ela se aproximou. Havia tanta esperança em sua expressão que ele sentiu em seus ossos a dor daquilo. A lembrança atingiu Séverin. Ele se lembrava de como tinha pulado na direção dela, em vez de Tristan, como a protegera, em vez de alguém a quem ele jurara proteger. Como ela ousava falar do que os mortos mereciam?

O gelo tomou conta de seu coração. O desprezo retorceu sua boca, e ele riu, voltando para sua mesa e se recostando nela.

— Laila, o que você quer que eu diga? — perguntou ele. — Quer que eu declame poesia? Que eu diga que há magia em seus lábios, que eles me fizeram ressuscitar?

Laila se encolheu.

— Nas catacumbas eu achei que...

— Você realmente achou que aquele beijo significou alguma coisa? — indagou, com um sorriso irônico. — Você pensou que uma única noite significou alguma coisa? Eu mal consigo me lembrar. Sem ofensa, é claro.

— Pare com isso, Séverin. Nós dois sabemos que significou alguma coisa.

— Você está delirando — disse ele, com frieza.

— Então prove — desafiou ela, com uma voz que era pouco mais do que um sussurro.

Séverin arregalou os olhos. Ela estava parada diante dele, seus passos silenciados pelo tapete peludo embaixo deles. Ele se firmou quando estendeu a mão para tocar a bochecha dela. O mais leve tremor percorreu o corpo de Laila.

—Você está corando, e eu mal encostei em você—observou ele. Séverin forçou outro sorriso de escárnio enquanto seu coração dava um pulo.—Você realmente quer que eu continue com isso de provar? Isso só vai te humilhar...

Laila envolveu os braços ao redor do pescoço dele, puxando-o para perto de si. As mãos de Séverin seguraram sua cintura como se ela fosse uma âncora. Como se ele estivesse se afogando. E talvez estivesse mesmo. Um suspiro, antes preso na garganta dela, se transformou em um gemido quando a língua dele escorregou para dentro de sua boca.

—Laila—murmurou. Ele disse o nome dela novamente, sussurrando como se fosse uma oração.

Ele a ergueu do chão, virando-a abruptamente e colocando-a sobre sua mesa. As pernas dela se encaixaram nas laterais do quadril dele. Estavam tão juntos que a luz da mesa de jade não passava entre os dois. Ele encheu as mãos com a seda preta que eram os cabelos dela. Pelo jeito, era essa a sensação de um beijo que não significava nada. Como se ele não pudesse tocá-la o suficiente, prová-la o suficiente, como se esse movimento em si deixasse seu corpo corroído como o de um viciado. O pescoço dela era uma seda quente sob seus lábios. Ele se sentia embriagado. E então, sentiu a mão dela se esgueirar no espaço onde sua camisa se encontrava com a calça, e parou de repente.

Ele deu um passo para trás. As pernas dela, antes ao redor da cintura dele, caíram, e seus saltos atingiram a parte da frente da mesa.

—Viu só?—indagou ele, com voz rouca.—Eu te falei. Nada.

A fúria tomou conta das feições dela.

—Você sabe que foi alguma coisa. E se realmente acha isso, você é um tolo, *majnun*.

Ele estremeceu ao ouvir a última palavra. Quando finalmente olhou para ela, seus olhos pareciam à flor da pele. Ele não se lembrava de ter buscado as palavras que chegaram à sua boca, mas o veneno delas gelou seus dentes:

—Vá em frente—disse ele.—Me chame do que quiser. É impossível ser ferido por alguém que sequer é de verdade.

Ele não podia negar o que sentiu depois. Um relâmpago estalou no ar quando, claramente, alguma coisa dentro de Laila se quebrou.

39

SÉVERIN

Séverin segurou uma estola de pelo gigante que, até recentemente, devia ter sido uma raposa prateada. Ou talvez uma doninha brilhante. Ele nunca sabia muito bem com essas coisas. Lascas brilhantes de granada estavam espalhados pela estola, para que parecesse salpicada de sangue.

— Que porcaria é essa?

— É seu presente de aniversário, *cher*! — respondeu Hipnos, batendo palmas. — Você não amou? E também é perfeita para nossa próxima viagem. A Rússia é gélida, e a última coisa que você quer no Conclave de Inverno da Ordem é parecer esnobe enquanto bate os dentes. Simplesmente não combina.

Séverin segurou a estola de pelo com o braço esticado.

— Obrigado.

Séverin pegou o protocolo do Conclave de Inverno. Aparentemente, eles se hospedariam em um palácio, com quartos separados que permitiam a presença de — Séverin apertou os olhos ao distinguir a palavra — *amantes*. Ele revirou os olhos. Muitas das facções da Ordem do mundo Ocidental estariam presentes, em especial as facções que guardavam o Fragmento de

Babel de um continente. Se a Casa Caída queria juntar todos os Fragmentos de Babel do mundo, então não era mais apenas problema da França.

— E a Laila? — perguntou Hipnos.

O papel escorregou de suas mãos.

— O que tem ela? — retrucou ele, sem levantar os olhos da mesa.

Não a vira desde aquela noite em seu escritório. Ele deixou de lado a lembrança.

Se tudo saísse como planejado, eles encontrariam o precioso livro dela. Então ela deixaria Paris, e ele estaria livre da culpa.

— Vocês não estão mais trabalhando juntos?

— Estamos.

Enrique se tornara, ainda que a contragosto e com muita atitude, um canal entre os dois. Laila podia não falar mais com Séverin, mas ele ainda tinha o que ela queria: acesso a artefatos e à informação de inteligência vinda da Ordem. E ela ainda tinha o que ele queria: a visão dos objetos que guardavam segredos preciosos. Séverin enchia uma caixa com os objetos pessoais desse ou daquele colecionador ou curador e mandava para ela, junto de um relatório em progresso para encontrar a Casa Caída. Laila devolvia a caixa com anotações sobre a pessoa relacionada, junto de qualquer coisa que tivesse entreouvido no *Palais*. Era um método que funcionava para os dois.

— Você pediu para ela se juntar a nós no Conclave de Inverno?

Séverin assentiu com a cabeça.

— E ela respondeu?

Ele suspirou.

— Não.

Aquele era outro problema. Ele não conseguia descobrir o que ela queria, o que a faria se juntar a eles.

— Ah, briga de amantes — suspirou Hipnos.

— Laila não é minha amante.

— Quem está perdendo é você, *mon cher*. — Hipnos deu de ombros e olhou para o relógio em cima da porta do escritório. — Sua festa de aniversário está a toda lá embaixo. Você sabe disso, né?

— Hum.

— Pretende dar o ar da graça?

— Tão tarde da noite assim, duvido que eu serei lembrado — disse ele.

Hipnos revirou os olhos, fez uma mesura e saiu do escritório. Séverin engoliu um bocejo. Queria ficar em seu escritório, mas não tinha mais nada para fazer. Feliz aniversário, de fato. No ano anterior, Tristan tivera a brilhante ideia de fazer uma torta com um recheio vivo e a encheu com vinte e quatro melros, como uma homenagem ao versinho infantil que Séverin achava engraçado quando tinha oito anos. Zofia construiu uma torta-gaiola com um mecanismo Forjado para abrir quando Séverin soprasse as velas. Enrique achou uma primeira edição de um livro de poesia infantil contendo: *Num ninho de mafagafos*. Laila fizera geleia. Mas, assim que as velas foram apagadas e a gaiola se abriu, nenhuma das aves queria ir embora, e a maioria delas preferia a torta de Laila. E então Tristan quis ficar com elas. E Enrique ficou furioso porque havia cocô de pássaros em cima de todos os livros da biblioteca. A torta se tornou não comestível depois daquilo, mas no dia seguinte Laila fizera um bolinho para ele e o deixara sobre sua mesa com uma velinha.

Séverin quase riu, mas o riso morreu antes de passar por seus lábios.

Nunca mais haveria uma festa de aniversário como aquela.

Um pouco antes de deixar o escritório, Séverin pegou uma máscara de ouroboros em sua mesa. A máscara de bronze de serpente formava uma intrincada figura com o formato de um oito que escondia seus olhos, então ele podia assistir às folias do alto da balaustrada. O L'Éden estava no meio de um baile de máscaras. Acrobatas desciam rodopiando de postes, com máscaras sorridentes coladas estranhamente em seus rostos. Todo mundo viera para o evento. Zofia usava uma máscara com um bico pontudo, o cabelo parecido com uma nuvem esvoaçando ao seu redor como penas eriçadas. Enrique estava parado ao lado dela, com uma máscara de macaco sorridente sobre o rosto, a qual era completada por uma cauda. Hipnos, em vez de usar máscara, escolhera usar uma cauda de fênix gigantesca, Forjada para que parecesse arder em chamas.

Uma fila de doze mulheres vestindo penas de pavão adentrou no saguão. Estavam completamente deslumbrantes.

Mas não eram ela.

Séverin escutou seu valete falar atrás de si:

— Por favor, recebam as estrelas do *Palais des Rêves*, que vão apresentar uma dança muitíssimo especial em homenagem ao aniversário do *monsieur* Montagnet-Alarie!

A multidão aplaudiu. Séverin deu meia-volta. Sua suíte ficava logo depois da alcova ocidental, escondida atrás de uma porta Tezcat em um longo espelho oval circulado por um ouroboros. A serpente era Forjada, então se mexia continuamente, perseguindo o próprio rabo sem parar. Era só pegá-la pela garganta, como se pretendesse estrangulá-la, que a serpente ficava imóvel. Era assim também que alguém podia acessar sua suíte.

O quarto de Séverin tinha um ar de espartano, que era como ele preferia. Havia uma grande cama, com uma cabeceira de ébano. Um dossel dourado e transparente, Forjado para que qualquer um que o tocasse entre as duas e as quatro da manhã — o horário favorito dos assassinos, conforme lhe disseram — ficasse enroscado em seus fios.

Séverin esfregou a nuca, largou a máscara de serpente no chão, tirou os sapatos e puxou a camisa para fora da calça. Quando respirou fundo, se perguntou se estava começando a perder o juízo. Pois, por mais impossível que fosse, pensou sentir o cheiro de Laila. Açúcar no ar. Um suave aroma de água de rosas. Ela o assombrava.

Ele pressionou os olhos com a palma das mãos. O que havia de errado com ele? Séverin avançou alguns passos, pronto para desabar na cama, quando parou abruptamente.

Sua cama já estava ocupada.

— Olá, *majnun*.

Empoleirada na beira da cama, e usando um vestido que parecia ser feito do céu noturno, estava Laila. Ela se mexeu sob o olhar dele, e estrelas suaves percorreram a barra de seu vestido. Atordoado, Séverin se perguntou se era realmente ela. Ou se era algum fantasma materializado a partir de todo seu desejo. Mas então o canto da boca dela se ergueu em um sorriso já conhecido, e ele foi trazido de volta ao presente.

Eles não se falavam há semanas e, mesmo assim, o jeito de falar com ela — as piadas que iam e vinham — retornou até ele, tão fácil quanto respirar. Ela não parecia mais magoada e assustada, do jeito que estava quando se falaram pela última vez no escritório. Pelo contrário, parecia um objeto de adoração. Terrível e bela. Intocável.

E ali estava ele. Desgrenhado, cansado e não querendo demonstrar nada daquilo.

— O que traz a celebridade do *Palais des Rêves* de volta à minha cama? — perguntou ele.

Ela riu e, ainda que estivesse vestido, ele se sentia como se estivesse parado ali nu.

— Uma proposta — anunciou ela, despreocupada.

Ele arqueou uma sobrancelha.

— Uma que tem a ver com a minha cama?

— Como se você soubesse o que fazer comigo em sua cama — retrucou ela, olhando para as próprias unhas.

Ele certamente sabia...

— Minha proposta tem a ver com o Conclave de Inverno na Rússia.

— Você virá conosco?

— Sob meus próprios termos.

— O que você quer?

Laila se inclinou para a frente. A luz foi capturada por seu vestido.

— Eu quero acesso especial. Não quero me esconder dentro de um bolo. Ou fingir que sou uma criada.

E nesse momento ele compreendeu.

— Você quer que eu faça de você minha amante.

— Exatamente — disse ela. — Hipnos não aceitou, o que deixa você como a única opção lógica. Com a celebração ocorrendo em três semanas, dificilmente conseguirei cair nas graças de mais alguém.

Ele tentou não pensar no fato de ela ter procurado outro homem primeiro. Tentou e fracassou.

Ela estendeu a mão para ele, e Séverin notou que agora ela usava joias. Pesadas pedras brutas nos dedos indicadores e pulseiras finas e douradas em volta dos pulsos. Ela nunca usava joias no hotel, pois sempre atrapalhavam na hora de cozinhar.

Quando ela o tocou, ele enrijeceu.

— O que diz, *majnun?* Será só no nome, eu te asseguro — disse ela. A voz de Laila era baixa, impregnada com uma qualidade de sedução quase profissional que o fazia perder o fôlego enquanto cada canto de sua mente lutava para resistir a ela. — Você precisa de mim. E sabe disso. Se eu não estiver lá, todos os planos para encontrar *As Líricas Divinas* vão por água abaixo.

Agora os dedos dela traçavam as linhas do pescoço dele, a parte inferior de sua mandíbula. Ele não conseguia respirar.

— Tá bem — cedeu ele.

— Promete? — sussurrou ela. — Preciso ouvi-lo dizer.

Ele engoliu em seco.

— Eu prometo. Vou declará-la minha amante e levá-la comigo para as celebrações de inverno — garantiu ele.

— Promete que, seja lá o que descobrir, você vai compartilhar comigo? — pressionou ela.

Ela abriu o primeiro botão da camisa dele. As mãos dela estavam em seu peito.

— Tudo bem, sim, eu prometo — garantiu ele, com voz rouca.

Laila se inclinou, com o rosto a poucos centímetros do dele, os lábios escuros como ameixas se abrindo levemente.

— Ótimo — disse ela.

Alguma coisa ardeu na pele dele. Ele sibilou, em seguida olhou para o próprio pulso e descobriu que as pulseiras que ela usava não eram pulseiras, mas bobinas de arame de ferro, Forjadas do mesmo material que uma tatuagem de juramento e agora gravadas em sua pele por causa de sua própria promessa. A sensação do queimar durou menos de um segundo antes que o metal desaparecesse sob sua pele.

— Aprendi a não confiar no que você diz — comentou Laila. — Então tomei minhas próprias precauções.

— Como...

— Aprendi com o melhor — respondeu ela, dando um tapinha na bochecha dele.

Ele a segurou pelo pulso.

— Você devia ter mais cuidado com as promessas que extrai de alguém — advertiu ele, com a voz baixa. — Sabe em que contrato acabou de se enfiar?

— Eu sei exatamente o que estou fazendo — garantiu ela, estreitando os olhos.

— Sabe mesmo? — perguntou ele. — Porque você acaba de concordar em passar todas as noites na minha cama durante as próximas três semanas. E eu cobrarei isso.

— Sei disso, *majnun* — disse ela, com mais suavidade dessa vez. — Assim como sei que isso não representa tentação alguma para você. Sendo assim, você até que pode precisar me beijar em alguma ocasião, só para provar que sou quem você diz que sou. Mas isso não significa nada. Lembra?

Ela desceu da cama e se dirigiu para a porta.

— Feliz aniversário, *majnun* — falou ela, enquanto fechava a porta. — Durma bem.

Naquela noite, ele não dormiu nem um pouco bem.

40

HIPNOS

Hipnos caminhou a passos largos pelos corredores de Érebo. Estava congelando lá fora, e as lareiras haviam se apagado durante a noite, o que significava que estava fadada a ser uma recepção fria para a matriarca da Casa Kore. A estola de pelo dela estava enrolada com firmeza em seu corpo. Se ela não se incomodava em tirá-la, então queria dizer que seria só uma breve visita.

— Por que você veio até aqui a essa hora? — perguntou ele, com ar cansado.

Se ela estava ofendida com a falta de decoro, não demonstrou.

— O Conclave de Inverno está quase chegando.

— Que hilário, madame, mas eu tenho um calendário.

Ela passou a língua pelos lábios, os olhos se voltando para a porta.

— Seu amigo, o *monsieur* Montagnet-Alarie... Você tem certeza de que ele não vai nos pedir para administrar o teste dos dois Anéis?

Hipnos franziu o cenho. Quem poderia ter certeza do que se passava na cabeça de Séverin? Talvez ele voltasse a pedir. Ele tinha recusado por causa do luto, mas talvez, com tempo suficiente, pensasse que valeria a pena recuperar sua herança.

— Bem, não posso dizer ao certo.

A matriarca fechou os olhos.

—Assegure-se de que ele não peça. Pelo menos, não até ele ter ajudado a Ordem a encontrar a Casa Caída.

— O que você não está me contando?

Ela hesitou, e então começou, titubeando:

— Nós administramos o teste dos dois Anéis nele quando o antigo patriarca da Casa Vanth morreu naquele incêndio.

— Disso eu já sabia, e todo mundo sabe que os resultados foram falsificados...

— Não foram.

Hipnos fez uma pausa.

— O que você está querendo dizer?

— Estou querendo dizer que ele não é o herdeiro de sangue da Casa Vanth, e jamais deve saber disso.

NOTA DA AUTORA

Eu estava tomando café da manhã e, por acaso, ouvindo a *National Public Radio*, quando escutei falar pela primeira vez de um zoológico humano que exibia filipinos. Esse vilarejo filipino era uma das maiores — e mais visitadas — exposições durante a Feira Mundial de 1904 em Saint Louis, Missouri, onde os visitantes estavam particularmente interessados em ver tribos "primitivas" dos igorotes, que eram obrigados a matar e comer cães.

Aquela informação me chocou. Eu não conseguia acreditar que tinha acabado de ouvir as palavras "zoológico humano".

Foi esse pedaço da história que me guiou até o mundo deste livro, em especial os acontecimentos da Exposição Universal de 1889, uma feira mundial ocorrida em Paris, cuja principal atração era um zoológico humano — então chamado "Vilarejo Negro" —, que foi visitado por 28 milhões de pessoas.

Como filipina e indiana, o colonialismo corre em minhas veias. Eu não podia conciliar os horrores daquela era com o glamour que, até então, era o que se destacava na minha imaginação a respeito do século XIX: cortesãs e o Moulin Rouge, festas reluzentes e champanhe.

Eu queria entender como uma era chamada *La Belle Époque*, literalmente *A Bela Era*, podia possuir esse nome com uma mancha dessa. Queria explorar a beleza e o horror pelos olhos das pessoas que estavam à margem. E, por fim, eu queria embarcar em uma aventura.

A pesquisa em si foi uma aventura. Aprendi que o herói nacional filipino José Rizal de fato esteve em Paris em 1889. Aprendi muito sobre a história da produção do gelo, que acabou não entrando neste livro. Aprendi que, embora a Paris da *Belle Époque* desfrutasse de saltos artísticos e científicos, também permitiu que um profundo antissemitismo se espalhasse pela Europa, particularmente no império russo.

Ainda que eu tenha tomado muitas liberdades com o tempo e a verdade, nunca pareceu certo separar da beleza o horror do século XIX.

Quando revisamos o horror e sanitizamos o grotesco, corremos o risco de apagar os caminhos que nos trouxeram até aqui.

A história é um mito moldado pelas línguas dos conquistadores. O que parece bom pode acabar azedando e coalhando em nossas mentes coletivas. O que parece mau pode mais tarde florescer e brilhar. Eu queria escrever essa trilogia não para instruir ou condenar, mas para questionar...

Questione o que é ouro e o que reluz.

AGRADECIMENTOS

Por muito tempo, eu não achei que poderia escrever este livro. O escopo parecia inimaginável. Os quebra-cabeças eram emaranhados de tolices. Os personagens rosnavam para mim quando eu chegava muito perto. Mas encontrei um caminho até este mundo e mantive a cabeça acima da água graças às seguintes pessoas. À minha família na Wednesday Books, sou tão grata por seu apoio. Agradeço a você, Eileen, que me tornou uma leitora de romances e viu este conto tomar forma desde sua origem como um amontoado de palavras e um quadro no Pinterest. A Brittani, Karen e DJ, obrigada por acenderem o combustível! A Thao, você é minha agente campeã. Eu não gostaria de estar nessas trincheiras com mais ninguém. Obrigada também à minha família na Sandra Dijkstra Literary Agency por tudo o que fizeram, e especialmente para Andrea, que levou essas histórias para o além-mar. A Sarah Simpson-Weiss, uma assistente extraordinária, afinal como eu existiria sem você? A Noa, sou tão grata por toda sua orientação, humor e feedback valiosos.

Para meus amigos maravilhosos... Obrigada a Lyra Selene, parceira e crítica, que leu essa história mil vezes. A Ryan: mil *miados* sinceros! A Renee e JJ, oráculos iluminados e glamourosos. A Eric, que me deixou emprestar seu nome. A Russell e Josh, que pacientemente testemunharam todos os meus prazos bagunçados. A Marta, Zan e Amber, que me mantiveram sã, com os pés no chão e rindo. A Katie, que me ajudou com a matemática. A Niv, Victoria e Bismah: eu não poderia ter escrito essa história sobre amizade sem vocês.

À minha incrível família: minha mãe, meu pai, Ba e Dadda, Lanani, minhas tias e tios, e futuros sogros. Seu apoio me trouxe até aqui e me mantém em frente. Um agradecimento especial para meu Alpesh Kaka e Alpa Kaki, em cuja casa eu li o primeiro suspense de caça ao tesouro que inspirou esta história. A Shiv, Renuka, Aarav (eu nunca me esquecerei da primeira vez que vi vocês), Sohum, Kiran e Alisa, Shraya — eu não falo isso com muita frequência, mas amo vocês. Um agradecimento especial para minha prima, Pujan, cujos brilhantes *insights* sobre o mundo da arte me fizeram repensar em como observo pedaços da história. Para Pog e Cookie, leitores-beta que me disseram primeiro: que doideira é essa. Estou profundamente orgulhosa de ser irmã de vocês.

A Panda e Teddy, que não podem ler ou escrever, mas parecem ficar mais fofos para absorver meu desespero de escritora. Obrigada.

A Aman. Eu não gostaria de estar nessa jornada com mais ninguém. Você traz mágica ao meu mundo.

Por fim, aos meus leitores, muito obrigada. Vocês preenchem meu coração.

Primeira edição (maio/2023)
Papel de miolo Ivory Slim 65g
Tipografias Alegreya e Aphasia
Gráfica LIS